法藏知津

九 編

杜 潔 祥 主編

第32冊

《大正藏》異文大典
（第十三冊）

王閏吉、康健、魏啟君 主編

花木蘭文化事業有限公司

國家圖書館出版品預行編目資料

《大正藏》異文大典（第十三冊）／王閏吉、康健、魏啟君 著
-- 初版 -- 新北市：花木蘭文化事業有限公司，2023〔民112〕
目 2+216 面；19×26 公分
（法藏知津九編 第 32 冊）
ISBN 978-626-344-441-6（精裝）
1.CST：大藏經 2.CST：漢語字典
802.08   112010453

ISBN-978-626-344-441-6

法藏知津九編
第三二冊   ISBN：978-626-344-441-6

《大正藏》異文大典（第十三冊）

編　　者　王閏吉、康健、魏啟君
主　　編　杜潔祥
副總編輯　楊嘉樂
編輯主任　許郁翎
編　　輯　張雅淋、潘玟靜　美術編輯　陳逸婷
出　　版　花木蘭文化事業有限公司
發 行 人　高小娟
聯絡地址　235 新北市中和區中安街七二號十三樓
　　　　　電話：02-2923-1455／傳真：02-2923-1452
網　　址　http://www.huamulan.tw 信箱 service@huamulans.com
印　　刷　普羅文化出版廣告事業
初　　版　2023 年 9 月
定　　價　九編 52 冊（精裝）新台幣 120,000 元

《大正藏》異文大典
（第十三冊）

王閏吉、康健、魏啟君　主編

目

次

引

八：[甲]2249 業果或。

悲：[甲]864 金剛。

別：[宮]1562 相似教，[甲]、列[甲]1816 得色界，[甲]1830 五十六，[甲]2281，[甲]聖1723 如状有，[甲]897 將曼，[甲]1724 故以，[甲]1816，[甲]1822 二喻破，[甲]1828 不成三，[甲]2035，[甲]2128 而來曰，[甲]2261 生者名，[甲]2266，[甲]2281 彼説述，[甲]2339 者當是，[甲]2434 生五十，[明]1562 愚癡心，[三][宮]1558 取未曾，[三][宮]1562 次地獄，[三][宮]1563 縁自境，[三][宮]2121，[三][宮]2121 座坐之，[三]1571 衆，[三]1594 分別謂，[三]1641 大乘理，[三]2060 費恐，[三]2145 而，[聖]2157 標惠常，[宋][元]1257 護，[元][宮]1571 起能生，[元]1588 經義則，[元]1598 發一切，[原]2368 爲亦漸。

不：[三][宮]2103 雛飛幡。

成：[甲]2782 支即。

承：[甲][乙]1211 珠右手。

持：[明]316 心了諸。

出：[明]2122 五驗，[乙]2263 解脱阿，[元]2122。

彈：[三]982 舌呼五。

得：[三][宮][聖]1579 相六者。

短：[甲]2386 言右心，[乙]867。

惡：[甲]、阿[乙]、惡引[乙]2192 爲究竟。

耳：[乙]、口[乙]2391 嚩那修。

二：[三][甲]、一[乙]972 鼻説，

[宋][明]、引二[乙]921。

方：[甲]2299 興皇釋，[乙]2391 附於胸。

合：[甲]908，[明]1683 喃婆野，[三][宮]882 尾葛致，[三]873 薩發，[宋][元][乙]1069，[宋][元]1257 曩作努。

弘：[宮]1544 法，[宮]1545 多苦果，[宮]2103 窮子於，[甲]2337，[三][宮]2102 益或，[三][宮]2103 群生種，[三]2110，[三]2145 百家衆，[宋][宮]2103 凡不，[元][明][宮]1595 無。

呼：[丙]948 野一地。

互：[甲]1717 經立體。

迦：[甲][乙]852 麼攞。

進：[乙]2397 化。

九：[三]982。

刻：[聖]1763 得無爲。

叩：[三][宮]2102 地不問。

了：[乙]1821 涅槃樂。

利：[甲][乙]2397 衆生入，[甲]1718 導説法，[甲]2434 五趣衆，[三]220 根者能，[三][宮]565 之故現，[三]2088 人聯暉，[三]2149 生不無，[聖]1509 之令還，[原]1796 衆生所。

例：[明]、嚇引[甲]1000 娑嚩。

列：[甲]1717 事，[甲]1912 而已但，[甲]2271，[甲][乙]2227 之非段，[甲]1700 無分別，[甲]1717 經，[甲]1736 初一會，[甲]2053 出安置，[甲]2192 白玉以，[甲]2195 彼五百，[甲]2196 名二致，[甲]2261 至殃伽，[甲]2266，[甲]2266 略爲二，[甲]2305 五

智擧，[三]2154 用爲疑，[聖]、引[聖]
1733 總告引，[聖]、引[聖]1818 經，
[聖]1818 經三釋，[乙]2390 也，[乙]
2396 多涉染，[原]1818 經，[原]1818
涅槃般。

六：[明]1140 囉引摩，[三]848 蘗
多若。

邏：[乙]1069 引努倪。

謎：[三]982 娑嚩二。

彌：[聖]2157 門引伽。

弭：[宋][元]1056 弭旦得。

明：[甲]1736 疏今初。

命：[甲]2412 也金剛。

能：[三]100 相似。

儞：[明][甲]1175 遜婆。

判：[乙]2263 寶性論，[乙]2288
爲。

譬：[甲][乙]1822 論。

起：[甲]、引[甲]1821 故者説，
[甲][乙]1821 故從彼。

牽：[甲][乙]2263 任運變，[三]
200 挽殊不。

遣：[甲]1960 八。

切：[宮]886 七拏，[明]、－[丙]
1056 二迦嚕，[明]1056 羅餉佉。

佉：[甲][乙]1214 呬佉。

去：[甲][乙]1072 摩曳，[宋][明]
1129 娑，[宋][元]、－[明]、去引[甲]
[乙][丙]930 誐覩，[宋][元]、去聲[明]
[丙]、去引[甲][乙]930，[宋][元]、去
聲[明]982 跢引，[宋][元][甲]、去聲
[明][丙]、去引[乙]930 蘗。

入：[甲]2400 薩覩二，[三]943，

[乙][丙]873 誐引。

上：[三]1402 嘯三阿，[元]、上聲
[明]848 蘖黨矩。

少：[三][宮]272 分言應。

聲：[明][乙]1244 馱野遏，[三]
[甲]989 尾攬麼。

釋：[甲]1736 唯識明。

死：[甲][乙]1821 生上界。

四：[甲]923 嚩日。

遂：[三]2059 至萬夫。

同：[乙]2263 之若依。

外：[乙]2404 義釋次。

彎：[三][宮]737 弓捻箭。

宛：[甲]1512，[甲]1512 同聞時。

聞：[三][宮]495。

五：[明][丙]1277，[明][乙][丙]
1277 那尼，[三]865。

行：[甲]2262 境眼識，[甲][乙]
1822 契經說，[甲][乙]1822 意識，
[甲]2195，[甲]2262 無漏種，[甲]2311
上妙供，[甲]2400 若依指，[甲]2400
者面左，[乙]1816 供養因。

修：[明]〔異〕下同 220 三十二。

也：[明]1197 摩。

夜：[明]1683 呬里二。

業：[甲][乙]1822 感一生。

一：[丙]1056 哩，[甲]853 嚩斯
瑟，[甲]853 藥訖叉，[甲]1040 摩訶，
[明]、－[甲]1000 囉怛，[明]、去引一
[甲]1000 阿誐，[明]1000 壹底銘，
[三]、－[甲]1124 摩賀，[三][甲]972
唵，[三]1124 娑嚩二，[宋][明][乙]、
－[甲]921 誐誐曩，[宋][明]1033 蘗縒

阿，[宋][元]、一句[明]、－[丙]1056，[宋][元]、引一[明]、－[甲]1124 嚩日囉，[元]1234 拏謨引。

以：[甲]1863 煩惱若，[甲]2263 金剛般，[甲]2305 師講以。

音：[甲]1244 野二摩。

引：[明][甲][乙]1254 索繫其。

吲：[甲]2128 常然反。

隱：[甲]2036 俟時行。

印：[甲][乙]2397 導無上，[乙]2390。

胤：[甲]1718 耳如人，[甲]1911 故名有，[宋]1 白蓋自，[知]1785 二正近。

用：[甲]2250 矧又彼，[元]901 之右轉。

友：[元]1682 秖惹嚇。

有：[甲]1722 引五證。

於：[甲]1736 出現品，[知]1579 自他一。

與：[甲]1736 論明通。

約：[甲]2337 唯。

云：[三][宮]2103 涅槃閣。

則：[甲]1830 心述曰，[甲]2299 法華論。

自：[甲]2299 出之故。

字：[三]1257 字圍繞。

琢：[三][宮]2059 材傷王。

釿

鋤：[三][宮]1435 頭著泥。

斧：[三]99 炎火燼，[宋]、斫[元][明]99 其，[元][明]、斤[聖]26 洞然俱。

斤：[宮]1810 劃細治，[宮]2123 割地獄，[三]1 斧旋輪。

斫：[三][宮]464 治材木。

斸：[三][宮]1428 劃細治。

飲

飯：[宮]529 食衣被，[宮]1435 食處噉，[明]2122 食不，[三][宮][聖]481 食衣服，[三][宮]435 食床臥，[三][宮]529 食與之，[三][宮]534 食以毒，[三][宮]721 食若餘，[三][宮]721 食自業，[三][宮]743 食諸比，[三][宮]816 食皆自，[三][宮]1435 食出園，[三][宮]1435 食自當，[三][宮]1442 食云何，[三][宮]1443 食依次，[三][宮]2121 食行坐，[三][宮]2122 食其夜，[三][宮]2122 食獻佛，[三]735 食寧有，[三]1440 食衣服，[宋][元][宮]2121 食，[元]明註曰飲南藏作飯2122 弟，[知]1581 食知量。

服：[宮]1435，[宮]1435 不病不，[三][宮]1435。

飢：[三][宮]1613 爲渴説，[另]1435 食難得。

酒：[三][宮]721。

秦：[三]1440 食若法。

施：[三][宮][聖]1435 食美不。

食：[宮]1435 食，[三][宮]1435 不答可，[三][宮]1435 其頭血，[三][宮]2122 噉諸親，[宋]529 已復從，[元]2122。

餘：[宮]458 食取足，[宮]1435

食中臥，[甲]1821 酒性罪，[三]1440
食云何，[知]1441 蘇毘羅。

　欲：[宮]721 能食無，[宮]1602
食知量，[明]476 解脫味，[三][宮]721
食時若，[三][宮]721 食多，[另]1442
食知止。

　斲：[三]2145 氷茹木。

　醉：[三][宮]544 酒不過。

靪

　紵：[明]1435 比丘憐。

飲

　次：[甲]2250 如象等，[明][乙]
1092 點眼耳。

　啖：[三]、噉[聖]125 夫財快。

　段：[甲]、飯[乙]2261 食之所。

　飯：[宮]705 食布施，[宮]272 食
於是，[宮]310 食勿令，[宮]1425 食
我貪，[宮]1428 食人別，[宮]2058 食
身體，[甲][乙]894 次護摩，[甲]1077
食，[甲]1239 一器，[甲]1333 若食先，
[甲]2207 血燧，[甲]2266 食等互，[甲]
2274 食及睡，[明]1428 酒是謂，[明]
2121 不即詣，[明]2131 等不可，[三]、
餅[宮]1428，[三]152 食具時，[三][宮]
376 食又見，[三][宮][甲][乙]2087 食
皆，[三][宮][聖]419 食常淨，[三][宮]
[聖]627 食如故，[三][宮][另]1459 食
等，[三][宮]224 食，[三][宮]285 食床
褥，[三][宮]323，[三][宮]345 食不能，
[三][宮]624 食而自，[三][宮]630 食
以供，[三][宮]635 食床臥，[三][宮]

721 食知足，[三][宮]1425 食夫，[三]
[宮]1425 食清旦，[三][宮]1425 食時
應，[三][宮]1425 食與姊，[三][宮]1428
食晨朝，[三][宮]1428 食床臥，[三]
[宮]1428 食供養，[三][宮]1462 食亦
不，[三][宮]1464 食病，[三][宮]1464
食床臥，[三][宮]1464 食已辦，[三]
[宮]1501 食等事，[三][宮]1509 食羹
餅，[三][宮]1521 食先觀，[三][宮]1521
食言說，[三][宮]1646 食名清，[三]
[宮]2045 食床臥，[三][宮]2059 弟，
[三][宮]2121 及果瓜，[三][宮]2121 食
經歷，[三][宮]2121 食訖除，[三][宮]
2121 食食畢，[三][宮]2121 食時城，
[三][宮]2121 食洗浴，[三][宮]2121 烏
鳴賈，[三][宮]2123 食撩擲，[三][宮]
2123 食是謂，[三][聖]170 食左右，
[三][聖]1 食明日，[三][聖]190 食麨
煮，[三][聖]200 食已訖，[三]1 食供
佛，[三]22 食，[三]26 食臥具，[三]
26 食尊沙，[三]44，[三]99 食滿鉢，
[三]125 食床，[三]125 食之具，[三]
152，[三]152 畢慰勞，[三]154，[三]
156 食如山，[三]186 食還，[三]199
食施床，[三]200 食奉迎，[三]201 食
時尸，[三]205 食已引，[三]212，[三]
212 食，[三]212 食床褥，[三]224 食，
[三]224 食床臥，[三]361 食在前，[聖]
125 食床，[聖]99 食等長，[聖]125 食，
[聖]125 食床，[聖]125 食床臥，[聖]
225 食，[聖]225 食床臥，[聖]227 食
與薩，[聖]1425 器比坐，[聖]1509 食
衣服，[宋][宮]、餅[元][明]1462 食恒

相，[宋][元][宮]2121 食衣服，[宋][元]
143 食佛告，[宋][元]357 食，[宋]202，
[乙]1254 食等種，[乙]2263 食五受，
[元][明]199 食以時，[元][明]1546 漿
二斛，[元]685 食安，[原]923 次下，
[原]1287。

服：[三][宮]638 毒藥謂，[三]212
食，[聖]663 食湯藥。

釜：[三]99 食衆味。

欲：[宋][宮]、呷[元][明][甲]901
一一弟。

歡：[聖]2157 食吾若。

飢：[甲][乙]1822 所令之。

酒：[三]721 色。

渴：[明]318 志。

斂：[三][宮]2123 指步。

領：[乙]2092。

能：[三][宮][聖]1421 食持與。

傾：[甲]893 心作禮。

佉：[聖]1421。

勸：[三][宮]638 他人自。

日：[三]2063 食但資。

軟：[三][宮][聖][另]1459。

食：[甲]2792 五種藥，[三]、一
[宮]2123 訖撲地，[三][宮]1455 用者
是，[三][宮][聖]1421 都，[三][宮]310
其血，[三][宮]606 來先奉，[三][宮]
721 於上味，[三][宮]1425，[三][宮]
1429 器應當，[三][宮]1431 器應當，
[三][宮]1451 恣其水，[三][聖]375 一
則少，[三]76 呪願説，[三]201 血珠
師。

蝕：[原]1205 一日一。

嗜：[三]152 酒婬亂。

饕：[三]606 食無飽。

扙：[元][明][宮]374。

吸：[三]985 人精氣。

欣：[元]1579 事九者。

歔：[宋][宮]、噓[元][明]415 乾
無邊。

養：[三]202 食令，[聖]200 食遣
使。

欽：[甲]1778 渴，[三][宮]2060 沐
神化，[三][宮]2060 沐法流，[三][宮]
2103 和至教，[聖]2157 風。

隱：[明]293 蔽悉不。

餘：[宮]1421 食我等，[明]1217
食及上，[明]1450 食並亦，[三][宮]
1545 食呻吟，[三][宮]222 食衣服，
[三][宮]226 食悉令，[三][宮]1462 食
爲初，[三][宮]1562 支謂十，[三][宮]
2103 戒實理，[聖]1425 食，[宋]26 食
體有，[宋]100，[元][明]639 食常以，
[原]2339 義多同。

欲：[明]201 無貪著，[三][宮]244
食乃至，[三][宮]607 亦見墮，[三][宮]
1558 引，[三][宮]2123 食左右，[三]
205 食見舍，[三]2123 食物物，[宋]、
飢[宮]721 食故智，[乙]、光記作食
2254，[元]202 醉象，[原]1776 使人
於。

之：[福]375 食悉皆。

隱

慰：[三][宮][知]353 無量無。

穩：[甲][乙]1821 怖畏即。

顯：[甲]1735 有。

陰：[甲]1833 德感激，[三][宮]729。

嶔：[三]2103 嶙上虧。

樂：[三][宮][聖]376。

住：[三][宮]657 持戒從。

隱

避：[三][宮]1488 任意施。

藏：[三][宮]459 匿。

德：[三]1335 阿那，[聖]201 宜速修。

孤：[三][宮]2059 居巖穴。

急：[聖]1462 住壞十。

靜：[三][宮]397 豐樂可，[三]192。

劣：[乙]2263 何生。

隣：[甲][乙]901 二合六。

淪：[三][宮]2109 亡佛。

忍：[明]222 彼菩薩。

隨：[甲]1816 顯有無，[明]220 沒如是。

慰：[宮][聖]279 教化諸，[三][宮]305 心有言，[三][宮][聖]305 心有言，[三][宮][知]1581 心說苦，[三][宮]305 心有言，[聖]305 心爲令，[元][明]227 勸喻父。

穩：[宮]、－[聖]1428 不，[宮]2060 以事聞，[甲]1836 故言不，[甲]2425 由見此，[甲][乙]1822 業至性，[甲]952 無諸嬈，[甲]1239 衆生皆，[甲]1816 性不調，[甲]1836 故貪，[甲]1851 心等慈，[甲]2130 第二十，[甲]

2266 住惡行，[甲]2401 也，[明][乙][丙]1075 便勝地，[明]1299 并就師，[明]1450 豐熟去，[三][宮]2122 處安置，[三][宮]2053 法師確，[三][乙]1200 明印護，[三]1549 然後身，[三]2060 不墜瓶，[宋][元]1130 佛子如，[乙]1715 此諸爲，[乙]2309 故四智，[元][明][甲][乙]901 身毛皆，[原]1212 法能成，[原]1212 利益觀。

悉：[元]190 不現左。

顯：[甲]1736 理門謂。

掩：[三][宮][聖]1442 相貌已。

堰：[三]212 欲伐樹。

意：[三][宮]263 無所。

翳：[三]192 須彌。

陰：[宮]263 蓋，[甲][乙]2228 藏三摩，[甲]1268 誦之呪，[三][宮]1551 攝故問，[乙]2263 有漏業。

嶔：[三]2087 嶙巖間。

驛：[明]2060 括備在。

憶：[明]658 不現除。

樂：[甲]1163 豐饒，[明]1153 無邊福，[明]1450，[三][宮]278 於彼迴，[三][宮]456 入第一，[三][宮]1425 住不答，[三][宮]1579 住益身，[三][宮]2121 無有憂，[三][甲][乙][丙]930 利益，[三][聖]1579 而住由，[三]192，[三]1043 若復有，[聖]100，[宋][宮]2104 之。

置：[三][宮]2122 得達閣。

住：[三][甲][丙]住也[宮]866。

齗

齒：[宮]721 中血爛，[宮]1425 欲賣齒，[三][宮]1425 大笑當，[三][宮]1425 而笑相，[聖]1425 大笑從。

齗：[聖]1425 現齒呵。

齶：[甲][乙][丙]1866 故以雲，[甲]1733 中則攝，[三][宮]1425 枕右手，[三]26 燒齗，[三]86 復以鈎，[聖]26 燒咽燒。

癮

隱：[宋][宮][石]1509。

印

把：[三][甲][乙]901 香鑪及。

般：[三]、印般[宮]277 涅槃。

瓣：[乙]2192 開。

本：[原]2408 明等如。

并：[明]1604 義。

部：[甲]893 主印置，[乙]2408 故金。

車：[甲]1225 邀迎諸。

持：[別]397 門分別。

杵：[甲][乙]1069。

傳：[甲]2410 灌頂大。

法：[甲]、印法已[丙]1202 然後開，[三]、－[宮][甲]901 法。

縛：[乙]2391 此文中。

功：[甲]、卭[乙]2087 竹，[知]2082 韋仲珪。

故：[乙]922 加持念。

歸：[三][宮][甲]901 呪第十。

何：[甲]2390 相如文。

慧：[三]201 印與印。

即：[甲]1816 因成滿，[丙]1076 成，[宮]882 成就謂，[宮]866 記如上，[甲]、印[甲]1782 不疑初，[甲]1209 當心慧，[甲]1733 前所取，[甲]1830 可故更，[甲]2323 可非唯，[甲][乙]2223 佛智普，[甲][乙]850 明如前，[甲][乙]894 成護身，[甲][乙]1821 取説一，[甲][乙]1822，[甲][乙]2223 祕，[甲][乙]2385 以水指，[甲][乙]2390 與經不，[甲]874 能護一，[甲]921 塔思六，[甲]1030 成心中，[甲]1721 其所解，[甲]1736 名開大，[甲]1736 前智故，[甲]1830 名忍第，[甲]1863 相云，[甲]2230 眞言能，[甲]2239 得一切，[甲]2239 平等種，[甲]2239 相也獻，[甲]2396 同戲舞，[甲]2400 是彼梵，[甲]2400 自心上，[明][宮]1545 此諸相，[明][宮]1579 可隨順，[明]220 三摩地，[明]507，[明]882 縛時隨，[明]1129 現光明，[明]1170 捺二合，[明]1543 名何法，[明]2076 符會一，[明]2131 是，[三][宮]244 三摩，[三][宮][丙][丁]866 誦此密，[三][宮][乙]866 縛三摩，[三][宮]624 阿惟顏，[三][宮]895 以持誦，[三][宮]1509 可所説，[三][宮]1579，[三][甲]1228 呪之一，[三][乙]、印即[甲][丙]1146 誦虛空，[三][乙][丙][丁]1146 誦蓮華，[三]1005，[三]1083 應當，[三]1229 山，[三]1336 以修修，[三]1549 法教也，[宋][元][宮]883 復持妙，[宋][元]901 竟其呪，[宋][元]954 誦讚歎，[宋][元]

954 以二手，[乙]867 名蓮花，[乙]1069
密言加，[乙]1201 如前已，[乙]1821
後起無，[乙]1821 取第三，[乙]2223
出生般，[乙]2390 九頭龍，[乙]2394
五股，[元][明]939 以二手，[原]853 名
吉祥，[原]904 成念誦，[原]1248 頂
上散。

甲：[甲]1003 外四隅。

口：[乙]2390 吸印乃。

卵：[明]279。

卵：[宋][元]、卵[明][宮][聖]278
所名苦。

密：[甲]850。

明：[三][宮]399 三昧之。

契：[甲][乙][丙]1184，[甲][乙]
867，[甲]1225 二羽並。

前：[甲]1228 以無名。

請：[宋][明][甲][乙]921。

卬：[明]1214 按彼像。

取：[宮]399，[宮]274 爲諸法，
[甲]1821 前。

拳：[原]1248 而去欲。

身：[甲]2201 等無邊。

神：[乙]2223 思。

師：[甲]1816 無所取。

手：[甲][乙]852 觀音半。

水：[甲]850 眞言曰。

説：[三]873。

所：[乙]2390 別記云。

天：[乙]2391 左手五。

下：[丙]2392 至頂徐，[甲]2386
垂先從，[乙]2192 別更爲，[乙]2392
一明三。

相：[明]888。

形：[甲][乙]850。

眼：[三]187 當得增。

仰：[宮]848 威儀，[甲]1802 可
之故，[甲]2399 等五字，[明][甲]951
當心上，[明][甲]1000 在心，[三][宮]
1660，[乙]2390 持劫波，[原]、[甲]
1744 述他行，[原]1744 可。

耶：[甲]1040，[明][乙]1146 加持
五，[明]1132 眞言如，[三][宮]356 是
法名。

以：[甲][乙]867 爐光焰，[明]939
以左手。

抑：[三][宮]2060 其頂骨。

引：[甲]1700，[聖]1721 定故須。

應：[宮]882 契以供，[明][乙]
1092 成就三，[明]1169 隨印誦。

御：[明][宮][聖]222。

院：[甲]、[乙]2397，[甲][乙]2397
三觀世。

曰：[元]901 第九用。

云：[乙]2391 合三經。

召：[乙]2390 故前師。

之：[甲]1041，[三]1085 眞言曰。

指：[甲][乙]2391 曼荼羅。

智：[甲]2214。

中：[甲]2229 戒方入，[甲][乙]
2192 是，[甲][乙]2391 嬉鬘，[甲][乙]
2404 同軌或，[甲]1736 持不可，[甲]
2387 或云，[乙]2391 結寶山，[原]
2220 明印者。

自：[明]1175 四處然。

宗：[甲]2214 祕密謂。

左：[甲]893 邊。

胤

裔：[乙]1871 曾往兜。

引：[甲]1775 耳自太。

堷

愭：[甲]2084 將。

廕

隆：[三][宮]2060 皇基必。

陰：[明][宮]1985 涼去，[三][宮]1435 復有五，[三][宮]2060 散矣因，[三]643 闇此山，[宋]、蔭[聖]125，[元][明]310 蓋故。

蔭：[宮]279 願一切，[三][宮][聖]294 覆，[三][宮]294 軒陛，[三][聖]125 故勝外，[三]643 蓋之下，[三]2106 柳而坐。

癊：[三]、[明]2102 之情陳，[宋][元]191 身，[元]2016 一切萬。

癊

陰：[宮]1912 髓腦此，[三][宮]、蔭[聖]1428 不引食，[三][宮]2060 早傾常，[三][宮][另]1428 不消不，[三][宮]1463 宿食，[三][宮]1548 欲痰，[三][宮]2060 道自資，[聖][另]1548 是名味，[聖]1548 是名味，[宋]190 病。

蔭：[明]316 清虛周。

瘖：[聖]223 肪。

飲：[和]293 三解眾，[三][宮]397 等分之，[三][宮]1545，[石]2125 用之半，[宋][元][宮]310 互相違。

䔄

䕄：[甲]1805 覆者令。

慭

恣：[乙]2263 致此難。

憖

悠：[宮]2102 然畢同。

英

菜：[宋]2152 公。

荚：[甲]、莫[乙]2227。

莫：[宮]318 遊於東，[聖]425 得至佛。

芰：[三]984 那摩那。

瑛：[元][明]186 以遺俱，[元][明]186 住菩薩。

瓔：[三]186 安能勝。

映：[三][宮]2122 之宮縱。

暎：[三]、共[宮]425 三十二。

玉：[三]606 金剛金。

媖

媒：[甲]2130 經。

瑛

英：[三][宮]349 吉祥，[三]1331 雄德，[宋][宮]2040。

瓔：[三][宮]2121 出百千。

罃

瑩：[三][宮]324 珍器香。

嬰

孩：[三][宮]2122 兒母常。

明：[宮]2034 兒喻經。

榮：[明]293 纆，[三][宮]1442 重病雖，[三][宮]1443 纆諸惡。

生：[三][宮]2122。

晏：[元]、宴[明]2122 子突出。

嬰：[三][宮]2060 號不交。

孾：[宮][另]1442 孩悲啼，[三]2125 斯皆未，[聖]100 愚非爾，[宋][元][宮]1509 孩坐其。

瓔：[宋][元][宮]376 兒其齒，[宋]968 纆重病。

纓：[聖]189 之云何，[宋][元][宮]、明註曰嬰流通作纓 2102 衆邪不。

縈：[三]220 馳殉，[宋][明]2122 刀。

瘦：[宮]1425 患，[三][宮]2102，[三][宮]2122，[宋][宮]2123 艱苦壽。

躓：[三]187 於路傍。

紫：[三][宮]2109 三界從。

膺

臂：[元][明]310 平缺骨。

臍：[乙]2391 以吽。

臆：[三]185 身。

應：[宮]2034 聖化將，[三][宮]2060 斯榮命，[三]1007 著地求，[聖]2157 遂忘寢。

友：[明]2040 尸棄佛。

罋

盆：[三][宮]2121 使衆。

器：[三]374 一者。

甕：[宮]2122 中後看。

罍：[三][宮]613 復當起。

攖

櫻：[三]、[宮]、嬰[聖]1425 乳兩乳。

虆

茵：[三][宮][聖][另]1459。

嬰：[元][明]1458 虆子或。

孾

嬰：[明]100 孩唯願，[明]100 愚亦名，[明]347 兒心遊，[明]347 孩之身，[明]1985 孩垂髮，[三]100 孩小，[三][宮]721 兒日出，[三]100，[三]100 兒所作，[三]100 兒眼毒，[三]100 孩，[三]100 愚狂癡，[三]100 愚少智，[三]100 愚無所，[三]100 愚戲如，[元][明]100 愚造諸。

嫛

嬰：[三][宮]2122 孤兒喪。

瓔

經：[原]2255 珞。

英：[聖]425 珞家子。

瑛：[宮]、英[知]266 以散，[宮]285，[聖][宮]425，[聖]425 珞本。

嬰：[三]152 頸兩石。

孾：[聖]1425。

纓：[宮]310 以覆佛，[明][博]262 處處垂，[明][宮]2122 比干正，[明]1509 珞乃至，[三][宮]309 菩薩慈，

[三][宮]1521 猶如龍，[三][宮]2053 珮玉又，[三]187 繖蓋，[三]375 在臂上，[聖]485 珞供養，[聖][另]303 珞住持，[聖][另]310 寶衣服，[聖]99 抱其兒，[聖]99 散落時，[聖]158 種種寶，[聖]376 珞爾時，[聖]512 珞，[聖]643 珞當佛，[聖]643 珞覺已，[聖]1464 著綵色，[聖][下同 310 珞天冠，[另]310 珞供養，[另]1428 佛言不，[另]1442 珞莊嚴，[另][下同 310 珞幡蓋，[宋][宮]337 鎖，[宋][宮]398 以珠，[宋][宮]721 珞末香，[宋][明]374 在，[宋]157 珞敷種，[宋]374 珞，[宋]374 珞幡蓋，[宋]993 珮旒，[宋]1103 珞莊嚴。

纓

縷：[甲]2129 馬膺也。

嬰：[宮]2103 慧澤融，[三]2103 任性恣，[原]920 重疾病。

瓔：[宮][聖]278 珞諸，[宮]279 共垂布，[宮]279 光明天，[宮]657 菩薩珠，[宮]674 寶鈴鐸，[宮]1428，[甲]1717 珞此經，[甲]1717 珞下引，[甲]1717 珞云，[甲]1718 珞著垢，[甲]1921 三三昧，[甲]2006 珞其身，[明]316 珞塗香，[明]1450 珞具向，[三][流]365 珞有眾，[三][宮][聖]1451，[三][宮]310 寶幡周，[三][宮]310 垂布師，[三][宮]357 自在王，[三][宮]414 淨若刉，[三][宮]1442 悉皆變，[三][宮]1442 遙擲童，[三][宮]2042 珞唯有，[三][甲]951 珞環釧，[三][聖]190 珞莊嚴，[三]

201 珞，[三]1509 珞，[宋][元][宮]310 珞塗香，[宋][元]2110 舄奕合，[元][明][甲]951 珞而莊，[元][明][甲]951 周匝垂，[元][明]328 繒蓋幡。

蠳：[三]2110 待藥末。

鷹

鷺：[聖]26 鳥與兩，[另]1543。

鳥：[乙]鳥[丁]2244 其鴈飛。

雁：[宮]1462，[三][宮]2102 龍蛇颯，[三]1341 謨邏山。

醫：[甲]1811 方法此。

應：[宋][宮]2060 入寺群。

鸚

鶴：[明]1536。

鴝：[元][明]2103 鵒雀子。

鵡：[甲]2207 字。

迎

定：[原]1898 寺僧又。

赴：[原][甲]1960 佛所乘。

護：[三]、匹[宮]2122。

及：[原]、取[甲]1248。

即：[甲]、迎請即[乙]908 請從三，[甲]923 請聖眾，[三][宮]2123 取命終。

迹：[甲]2036 風塵後。

迦：[元]1425 一分益。

近：[宮]2034 會會既，[宮]2059 會，[甲][乙]2394 在行者，[甲]1333 其精神，[甲]2231 客禮儀，[甲]2337 分謂欲，[明]1442，[三][宮]721 共餘雌，

[三]143 佛作禮，[三]184 佛佛哀，[聖]172 待唯見，[宋]、逐[宮]2060 還云法，[宋][宮]2121 佛王下，[元]1428 逆者衆。

逆：[三][宮]1425 若道中，[三][宮]2041 之與共，[三]211 爲作禮，[聖]1428 語言龍。

請：[甲]897 之印及。

求：[三]2145 大品遂。

取：[三][宮]2121 食即與。

送：[甲]2053 新至經，[三]1033 請用初，[戊][己]2089 引入法。

退：[甲]2036 老君八。

延：[明]1450，[三][宮][聖]1537 請所得，[三][宮]309 致一切，[三][宮]2045 天命設，[三][宮]2058 召憂波，[三][宮]2060 謁見照，[三][甲][乙]972，[三]2103 諸大德，[三]2145，[三]2149 入內殿。

仰：[三][宮]2122 禮不得，[原]2431 客使給。

印：[甲]1008 請陀羅。

匝：[宮]1509 復次是，[三]42 來啄人。

整：[三][宮]1421 坐五體。

之：[宮]2121 婦王。

盈

誠：[元][明]205 感通即。

蕩：[三]、盪[宮]263 逸迷惑。

多：[明]2087 寶。

兼：[甲]1705 諸國取。

贏：[宮]2123 利何如，[三]202

長。

孟：[甲][乙]2207 反易也。

熟：[宋]1103。

養：[甲]1708 長積聚。

溢：[甲]2748 也於後，[三][宮]616 漫及天。

楹：[甲]1925 之間調。

贏：[三][宮]2028 利比丘，[三][宮]2040，[三][宮]2060 長殘水。

足：[宮]425 滿菩薩。

楹

盈：[甲]1783 不攝，[聖]1851 之間説。

塋

榮：[宮]2060 送其夜，[聖]2157 所置大。

塋：[元]2112 安。

榮

榮：[甲]2036 陽鄭萬，[甲]2128 省聲音，[明]2110 陽高苟，[三][宮]2060 采頗，[三][宮]2060 陽人姓，[三][宮]2066 澤隻，[三]152 流尋極，[三]2149 陽王世，[宋][宮]2060 澤年末，[宋][宮]2122 阱水，[宋][明]2066 川人也，[宋][元][宮]2060 陽人也，[宋][元][宮]2122 陽人也，[宋][元]2145 陽王時，[宋]2151，[元][宮]2122 陽鄭鮮。

熒

焚：[甲][乙]2879 燒山澤。

炎：[乙]2391 是赤黃。

螢：[甲][乙]2296 燭，[明]2122 光追，[三][宮]278 火光，[三][宮]374 火高心，[三][宮]2034 燈照室，[三][宮]2060 燭，[三][宮]2102 燭增，[三]186 火三，[三]311 火虫，[三]2122 火者囧，[三]2145 燭之能，[元][明]397 火，[元][明]658 火之光。

鎣：[甲]2128 省聲論。

蠅

蛾：[三]86 蟻蜋臭。

蜀：[宮]1547 虫蟻子。

瑩

寶：[乙]2223 飾如來。

鑒：[三]2103 苦空志，[聖]639 飾，[乙]913 映明徹。

榮：[甲]2036 然在掌，[三][宮]2060 色如新。

嚴：[宋][明]279 其臺妙。

營：[甲]2223 飾，[明]316 飾終歸，[三]1211 如碧，[三]2087 以名珍。

鑒：[甲]1799 生明命，[甲]1799 十方界，[明]279，[三][宮]2059 磨將畢，[三][乙]1092 明徹其，[三]220 以衆珍，[三]2110 珍龕藏，[宋]945 十方界，[乙]1723 五而行。

映：[三]2103 徹周迴。

贏

贏：[三][宮]2103 金帛加，[三][宮]2103 衾自斯。

螢

榮：[宋]186 耶慧德。

翳：[三][宮]2122 光塵熱。

熒：[聖]231 火不得，[宋][元][宮]553 火射出，[知]384 火。

營：[宮]、熒[石]1509 火，[甲]2400 辨衆事，[三]24 火之明。

營

富：[乙]2207 贏利相。

宮：[三][宮]2122 亭軍士。

管：[聖]1426 作大房。

勞：[宮]616 多事如，[甲][乙]2296 問沼，[三][宮]327 語業彼，[三][宮]1425，[三][宮]1451 務，[聖]1425 事比丘，[聖]1602 修聖道，[另]285 從照於，[宋][宮]2059 應，[宋][元][宮]2122 塔側古。

榮：[甲]2879 護受持，[明]2145 堂，[三][宮]745 從，[三][宮]2059 慧祐，[三][宮]2060 衞非敢，[聖]1 處分時。

審：[三]1 有。

宿：[三]2087 衞量事。

虛：[原]2196 起。

瑩：[元][明]2145 乎遂即。

熒：[原]2306 惑星也。

瑩：[甲][乙]2426 所，[三][宮]1452 飾佛言。

鎣：[元][明]2103。

造：[三][宮]2122 愆日就。

縈

勞：[三][宮]2103 紆或有。

榮：[明]2103 畫篋蛇，[三][宮]2103 雪彩早，[宋]2103 帶川皁。

嬰：[三]220 癩疾惡，[三]220 身萬德。

纓：[宮]376 髮梵志。

瑩：[宮]279 映樹林。

漦

捘：[甲]2129 從木夌。

鎣

鑒：[三][宮]2060 苦空志。

蛍：[三][宮]2122 磨將畢。

瑩：[三]2060 心神之，[宋]1092 馥。

蠅

蛇：[聖]1435 出入共。

繩：[明]721 在毛綿。

繩：[另]1428 封著苦，[宋]1435 來入食。

瀛

贏：[三][宮]2108 而。

贏

嬴：[明]2076 之意還。

亂：[明]2123 形枯而。

郢

前：[三]2104 路非所。

鄒：[宋][元]、邪[明]2102 外弟

蕭。

影

迹：[宮]2112。

景：[宮][聖]292 在其後，[宮]263，[宮]2060 三載不，[宮]2122 大設福，[明]2059 福寺尼，[三]2088 形驚，[三][宮]2060 塔皆周，[三][宮][甲]2053 邃旨冲，[三][宮]263 訓然後，[三][宮]683 福豈有，[三][宮]2060，[三][宮]2060 像記即，[三]291 曜亦復，[三]536 令申日，[三]2063 福寺，[三]2063 其中二，[聖]1562 光炎涼，[宋]225 弘誓大，[元][明]152 靈之吾，[元][明]152 隆猶日，[元][明]152 模慈心，[元][明]152 則，[元][明]152 之明，[元][明]2109 叡嚴觀，[元][明]2154 等。

就：[甲]、彰[甲]1851 實證是。

賴：[甲]2290 前因緣。

類：[甲]1828 菩薩雙。

量：[三]5 一時炳，[宋][宮]224 無有形。

身：[三]189 現於外。

數：[甲]2266 像差別。

胎：[聖]211。

顯：[甲]2271 疎緣本，[甲]1708 無，[甲]1821 書亦六，[甲]2290 兼根識，[甲]2299 之有者，[三][宮]1562 色極微，[三][宮]1562 等色有，[三][宮]1594 現而於，[乙]2263 現似彼，[元][明][宮]1559 翻此名，[原]2319 現，[原]2196 外道染，[原]2339 法中各。

相：[甲]2263 身根同。

行：[三][宮]2060 屆斯勝。

形：[宮]1547 鏡中像，[甲][乙]1822 像爲，[明]2087 現柱中，[明]2103 佛像眾，[三][宮]2122 相感則。

陽：[甲][乙]2426 無生盡。

預：[甲][乙]2254，[乙]2263 境也何。

願：[三]220，[元][明]432 王如來。

彰：[甲][乙]2186 共佛事，[甲]1782 官族理，[甲]2262，[甲]2274 結比故，[甲]2298 龍樹，[乙]2263 故不。

潁

頃：[甲]2128 字從水。

題：[三]2063 其日有。

穎

獨：[三]2110 拔形于。

穎：[元][明]2110，[元][明]2110 隋上柱。

類：[宮]2034，[宋][宮]2122，[宋]2110 拔自然，[乙]2157 集出。

隸：[乙]2157 不虛其。

領：[宋][元]2063 悟精進。

頻：[甲]2087 多，[三][宮]2103 陽絳略，[聖]2157 川人遠，[聖]2157 川沙。

頌：[甲]2006。

鄴：[甲][乙][內][丁][戊][己]、穎一作潁夾註[甲][丁]2092。

穎

頭：[三]25 若磨爾。

頰：[三][宮]2102 深。

瘦

嬰：[甲]2035 瘵疾故，[三][宮]263 重病何，[三][宮]374 諸苦惱，[三]187 此生死，[元][明]893 身心則。

映

眏：[宮]2103 乎大海，[乙]1796 內現也。

晈：[原]1744 如明鏡。

皎：[甲]、膜[甲]2167 禪師誦。

快：[甲]1778 故法華。

明：[乙]2218 不。

膜：[己]1958，[甲]2068 依講誦，[三][宮]1558 覆令無。

莫：[甲]2239 如秋時。

畔：[甲]1969 夜窓深。

歡：[三][宮]1521 佛水光。

殃：[甲]1709 濃淡分。

英：[甲]2217 野馬生。

影：[宋]1161 現，[乙]2087 從此東。

暎：[明]190 又有種。

帳：[元][明]310 設處處。

照：[宮]657 不現我，[三][宮]2102 則無當。

朕：[三][宮]2102 順本際。

硬

鞭：[宮]660 地方普，[三]1536 多

諸栽，[三][宮][聖]、勒[知]1579 聚或
時，[三][宮][聖][知]1579 不煖生，[三]
[宮]1435，[三][宮]1451 座物答，[三]
[宮]1545 多諸株，[三][宮]1546 如葦
柳，[聖]1536 性心純，[宋][宮]1591 心
多見，[宋][元][宮]、鞭[明]1597 性土
之，[元][明]、鞭[宮]310。

鞭：[三][宮]1562 異名能。

梗：[三][宮]1579 澁艱難。

粳：[三][宮]1425 米難消。

破：[三]100 石無有。

暎

膜：[甲][乙]2223 蔽智慧。

瞙：[甲]2128 照也經。

睒：[三]2087 摩菩薩。

映：[甲]1733 莊嚴下，[三][聖]
643 現滿足。

縢

勝：[宋]2122 多令召。

應

報：[原]1851 辨如。

便：[甲]2274 無異品。

變：[明]2087 化爲一。

病：[甲]1733 死一人，[聖]1454。

鉢：[三]、流布本作 360 器自然。

不：[甲]2266 俱難第，[甲]2273
名，[三][宮]1562 爾由本，[三][宮]
1424 問。

藏：[甲]2270 師云對。

廁：[甲]1733 其次又。

察：[甲]1786 物既殊。

常：[三][宮]649 當厭棄，[三]375
作是願，[宋][宮]848 當爲弟，[宋]
[元][宮]1484 生佛。

塵：[甲]2255 煩惱上，[甲]2337
相好由，[三][宮]1428 掃灑。

稱：[三]982 云。

乘：[甲][丙]2397 爲宗瓔。

癡：[三][宮]603 行畢欲，[三]
672 顯眞如。

出：[明]847 現功德。

除：[聖]1509 除何以。

畜：[聖]1421 畜。

處：[宮]2103 本無變，[三][宮]
1435 與安居，[宋]1428 掃，[乙]1796
了知緣。

此：[甲]2812 知，[三]2154 是傳
寫。

當：[宮]223 生信心，[宮]376 問，
[宮]1703 生無所，[甲][乙]1822 於解
脫，[甲]1736 爲彼，[甲]1775 受記所，
[明]〔異〕220 覺而遠，[明]416 恒發
歡，[三]220 知名爲，[三][宮]1559 思
此，[三][宮][聖]754 生彼，[三][宮]606
甞，[三][宮]664 淨，[三][宮]1425 懸
舉勿，[三][宮]1428 滅擯爾，[三][宮]
1431 懺，[三][宮]1431 受受，[三][宮]
1486 告言汝，[三][宮]1546 捨隨意，
[三][宮]2043 起塔阿，[三][宮]2043 殺
此尼，[三][聖]475 滅度所，[三]100 作
是學，[三]374 知此是，[三]1014 棄
貪，[三]1096 供養觀，[三]1331 禮敬，
[聖][另]1458 於沙土，[石]1509 廣説
問，[元][明]375 禮不若，[原]2208 義

似不。

道：[宮]2045 由耳內，[三][宮]1641 理相。

得：[宮]1435 遮問，[三][宮]223 建立自，[三][宮][聖]1436 自手取，[三][宮][另]1428 畜如是，[三][宮]1421 眼視而，[三][宮]1425 隱，[三][宮]1428，[三][宮]1431 爲説法，[三][宮]1435，[三][宮]1436 受衣價，[三][宮]1458 服若於，[三][宮]2043 妄語即，[三]156 説言三，[宋][元]156 度者對，[元]1428 食即反。

等：[明]1362 諦聽善，[三][宮]671 法門諸。

定：[原]2270 賓等云。

動：[三]67，[元][明]193 出大聲。

度：[三][宮]588 所乏饒，[聖]294 是名智，[原]2196 皆依五。

對：[三][宮]1425 便以。

墮：[三][宮]1437 死衆人。

惡：[宋]1545 道理故，[乙]2227 歌詠言。

發：[明]293 療治。

法：[原]1721 身爲説，[原]2196 身爲本。

方：[三]1069 用毘俱。

妨：[甲]2227 供養若。

復：[三][宮]665 如，[三]23 忍此事。

感：[元][明]2103 便臨內。

恭：[甲]1736 而起無。

關：[三][宮]1558 故今。

觀：[甲]1705 今時設，[甲]1816，[乙][丙]873 自身相。

廣：[丙]2810 明，[宮]310 果天第，[宮]310 懈怠是，[宮]1541 分，[甲]893 説如上，[甲]897 作如於，[甲]904 觀十二，[明]220 流布，[明]246 現無與，[明]1558 時不過，[三][宮]1545 思，[三][宮]294 演説法，[三][宮]1558 思擇，[聖]1579 知是二，[乙]1796 説耳或，[元][明]1597 知説名，[原]2248 但縁現，[原]904 地者。

還：[甲]2014 須，[原]、還[甲]2006 須。

合：[甲]2266 答初心，[甲]2266 有三品，[甲]2787。

何：[宋][元]、可[明][宮]1458 知。

和：[甲]2266 四不得。

互：[甲]1782。

花：[甲]1708 知廣如，[乙]1816 忍他害。

化：[甲]1973 道交似。

慧：[宮]270，[聖][另]765 修令生，[宋]1565 又舍利。

獲：[甲]957 越母珠。

即：[明]1094 讀誦言。

集：[甲]1276 結界以，[三][宮]656 彼刹土，[三][宮]1439 隨答作。

見：[明]1541 無。

皆：[甲]1891 不偏，[聖]664 迴向共。

結：[乙][丙]873 互相鉤。

盡：[原]1854 僧正。

經：[明]741 法卷佛。

舊：[甲][乙]1822 云眞諦。

可：[甲]2255 知者上，[甲]2263 說之佛，[三]1 戴況於，[乙]2254 知。

立：[甲][乙]1822 謂，[乙]2396 四教機。

歷：[宮]1540 除，[三]2109。

戀：[甲]895 著行者，[甲]1816 敬不慢，[三]201 諸親屬，[三][宮]329 以誓自。

慮：[明]221，[三][宮]1545 各有十。

靡：[三][宮]398 不應時。

名：[甲]1724 宗云九，[甲]1782 思七清，[甲]1828 應避義，[甲]2266 言熏習，[原]1828 以彼分。

摩：[另]310 發如是。

磨：[三]171 曼抵。

魔：[石]1509。

莫：[宮][甲][乙][丙][丁]866 生厭離。

能：[明]310 解了如，[明]1568，[三][宮]1509，[三][宮]2121 達反啓，[三][聖]190 生，[三]210 誨彼，[元][明]664 壞國。

豈：[甲]1705 在寂光。

取：[甲]2262 有，[乙]2254 意光釋。

權：[甲]1733 答若約。

然：[甲]2300 耳非從，[三]99 所以者。

如：[聖]1427 第二第。

瑞：[三][宮]1451 遂共號。

若：[甲]897 作曼，[三]26 如是觀，[三]1435，[三][宮]1428 澡豆若，[乙]1736。

色：[甲]2259 蘊是異，[原]2196 身住處。

上：[聖]816 時佛威。

身：[原]2196 此道品。

勝：[宮]1547 一切衆。

示：[甲]1736 生。

是：[甲]2273 非不共，[乙]1736 一諦。

適：[元][明]440 當敬禮。

屬：[乙]2261 相四者。

庶：[甲]1512 言法。

思：[元]220 圓。

隨：[三][宮]425 時。

所：[三][宮]2121 化佛。

他：[甲]1717 無方所。

唐：[甲]1736 言。

聽：[明]1421 取若不，[三][宮]1425 與作折，[三][宮][聖]1421 過人八，[三][宮][聖]1421 受有，[三][宮]1425，[三][宮]1428 方便喻，[三][宮]1428 作衆多，[三][宮]1435 教他人，[三][宮]1435 遮布薩，[三][宮]1442 許僧，[三]宮1509 聞受持，[聖]1421 取遠棄，[聖]1421 用利物，[另]1428 以胡膠，[宋][元]1421 爲。

痛：[聖][另]1543 護根無。

雇：[甲]2194 不相。

亡：[原]1851 渾濁種。

王：[三][宮]2058 當深觀。

往：[甲][乙]2393 父母前。

忘：[甲]1781 慮，[甲]2036 答起。

望：[三]1532 得者是。

唯：[三][宮]2034 有六十。

爲：[甲]1799 雜亂若，[明]192 勤方便，[宋][元][宮]1435 用利物。

違：[甲][乙]2263 故相應，[甲]1816 五瑜伽，[聖]1579 如世尊。

文：[宮]1421 以五法。

我：[三][宮][聖][另]675 云何知。

無：[甲]917 修三摩，[三][宮]1563，[原]、虛[甲]2219 空眼即。

悉：[三][宮]397 令休息，[三]1562 知通三，[宋][宮][聖]278 加苦治。

洗：[宮]1425 唾革屣。

喜：[宮]294。

現：[聖]278 一切世。

相：[元]374 得罪何。

想：[甲]2195 解，[三][宮]239 亦不應。

懈：[三][宮]285 休，[三][宮]479 怠此經，[三][宮]2121 息其長。

信：[三][宮]533 者是即。

行：[甲]1727 也二大，[甲]1736 之行故。

尋：[三]202 即握髮。

言：[宮]1439 語彼言，[甲]2266，[聖]397 是説以。

厭：[三][宮]1646 生無色。

鴈：[三]193 爲下生。

養：[宮]278。

要：[三][宮][聖][另]1463 語比座，[三][宮]397 當任力，[聖][另]1463

語比座。

夜：[丁]2244 死吾昔，[聖][另]1463 法也復。

一：[甲]1731 佛同。

衣：[三]1435。

依：[三]201，[聖]1585。

宜：[聖]227 坐臥當，[石]1668 應觀已。

以：[明]2123 墮八，[三][宮]2123 手遮鼻，[宋][元][宮]1484 二七三。

亦：[甲]1089 須至誠，[三]682 無珠瓔，[聖]664 當隨喜。

意：[和]293 調伏皆，[甲][乙]2263 顯是能，[甲]1724 物機爲，[甲]1912 料簡六，[甲]2263，[甲]2274 云顯，[甲]2299 是後人，[明]173 宣説如，[三][宮]1451 著用時，[聖]291 時虛空，[原]2339 清淨住。

憶：[乙]2795 數今向。

因：[甲]1851 感化之，[明]1545 退答此，[明]1570 非往，[明]754 現無方，[明]1096 擇其地，[明]1459 令敬信，[明]1602 求一一，[明]1648 速剎那，[明]2102 有二慮，[三][宮]1607 策舉若。

印：[明]887。

膺：[三][宮]1591 而爲嚼，[三][宮]2103 寶祚永，[三][宮]2103 妙袟毓，[三]2149 長慨摧，[聖]2157 翻經百，[宋][宮]2103 之徒無。

盈：[宋]2061。

映：[丙]2092 張柳下，[宋][元][宮]2102 豈。

應：[宋][宮]、䧹[元][明]2121
使。

尤：[甲]1828 重相者。

有：[三][宮]848 不作二，[聖]416
修持五。

於：[甲][乙]1822 味勢，[三]99
我若，[乙]950 是口中。

餘：[宮]607。

欲：[宮]1546。

愈：[甲]1921 者乎二。

遠：[三][宮]657 離惡知。

樂：[聖]397 莊嚴諸，[宋][宮]
2121 和薩薄。

雜：[甲][乙]2254 義故相。

在：[乙]2396 身道方。

張：[原]1308 三張伏。

遮：[甲][乙]1822 破此，[甲]2249
起於四。

者：[甲]1724 即先驚。

諍：[甲]2273 而今立。

直：[甲]1816 滅放逸。

重：[甲]2362 懈廢第。

衆：[另]1435 和合若。

座：[元]1425 呪願爾。

澂

波：[三]2122 中衆人。

邑

色：[甲]2119 穆之化，[聖]2157
致書。

邑：[宮]1456。

庸

膚：[甲][丙]2286 義而作，[乙]
2296 淺。

康：[三][宮]2053 俗咸競。

容：[三][宮]1579，[聖]1579 加
行。

唐：[宮]2122 才談何，[三]2110
公韋世。

痛：[三]76 夫愚惑，[宋][宮]2103
猥不經。

傭：[三][宮]1547 作人隨，[三]
[宮]2123，[三]201 作不是，[三]212 客
作勤，[三]2059 相自業，[三]2060 作
事，[元]2122 作以。

傭

痛：[聖]1425 力可得。

庸：[宮]2123 作以供，[三][宮]
2060 夫亦知，[三][聖]190 力亦可，
[三]2145 淺承業，[聖]1425 力求財。

雍

緃：[宮]2034 獵得一。

羅：[聖]2157 洛兊相。

嚴：[和]293 蕭如淨。

邕：[三]2110 劉向孫。

擁：[三][宮]225 當覺邪。

雝：[聖]190 容。

塘

牆：[三][宮]1579 筋肉而。

庸：[三][宮]2102 畷蠟鬼。

擁

常：[三]982 護一切。

持：[三][宮]624 蓋，[元][明]433 百千寶。

催：[乙]1239。

摧：[宮]2060 閉河東，[甲][乙]2296 無正而，[原]2196 其貢高。

罐：[三]2125 口令上。

護：[三]194 毛犛牛。

獲：[宮]2121 護以道。

敬：[三][宮]638 護。

救：[三]157，[三]1043 護今世。

離：[宮]2060 寺列兵。

攉：[丁]2244。

權：[甲]1710 衞，[甲]1722 惠不，[三][宮]2060 在其內，[三][乙]2087 五百牛，[三]194 執持等，[三]210 懷寶，[三]2104 以公貫，[三]2145 謂崇要，[宋][元][宮]、觀[明]2122 鬧貴賤。

守：[明]984 護令我，[三][宮]657 護，[三][宮]657 護法，[三][宮]657 護佛法，[三][宮]657 護我法，[三][宮]657 護正法，[三][宮]657 護諸佛。

推：[三]2110 列三光。

衞：[三]1082 護與其。

雍：[宮]626 障以琉，[宋][宮]、壅[元][明]2103 塞泉。

臃：[甲][乙]2194 礙故我。

壅：[明]1595 而不暢，[原]920。

壅：[甲][乙]1799 令留，[甲]1929 名之爲，[甲]2367 初促大，[明]2016 其流者，[三][宮]322 而不達，[三][宮] 729 財以遺，[三][宮]2053 沙門玄，[三][宮]2104 老談玄，[三]152 天日電，[三]193 繞羅閱，[三]721 隔不通，[元][明]397 遏之，[元][明]639 滯。

臃：[甲]、壅[乙]1909。

癰：[明]、[宮]620。

涌：[三]1339 大水展。

壅

蝴：[原]1776。

唯：[三][宮]1549 諸毛孔。

壅：[三]22 離慳貪。

應：[甲]1921 滯是息。

雍：[甲]1911 塞同於，[聖]1541，[聖]1859 字義同。

擁：[宮]279 滯斯由，[宮]675 所以久，[甲]1717 小乘情，[甲]1733 名曰神，[甲]1733 曰通，[甲]1823 遏然能，[三][宮]2060 宮閣之。

臃

癰：[三]1336 鼻鬼名。

雝

雍：[三]2122。

癰

癡：[甲]1828 者所謂。

應：[三][宮]1425 白僧聽。

雍：[三][宮]2122 州萬年，[宋][宮]、癕[元][明][聖]278 或言童。

擁：[三][宮]724 腫大腹。

壅：[宋][宮]2122，[宋]26。

永

氷：[三][宮][甲]2053 懷以，[三][宮]2108 執乃膏。

不：[甲]1782 寂故但，[元][明]1598 無窮盡。

曾：[聖]1425 無稱譽。

承：[宮][聖]2034 和五年，[宮]2025 離愛網，[甲]1512 爾許，[三]2149 玄元年，[宋]2110 無疑焉，[原]1776 次下四。

垂：[元][明]721 離一切。

當：[三][流]360 離三塗。

俄：[甲]1969 分窮伊。

非：[甲]2249 無。

故：[三][宮]374 無有救。

乖：[三][宮][另]410 離他人，[三]145 者尋行。

規：[三]2145 光祿。

化：[三]418。

火：[元]643 上爲火。

寂：[三][聖]291 無形而。

淨：[宮]2040 開八正。

來：[甲]1821 害彼異，[明]293 離，[三][宮]1562 斷時後。

禮：[宋][宮]397 斷一切。

末：[甲]1735 不繫，[甲]1735 亡故云，[甲]1782 雖。

求：[宮]221 不售無，[宮]410 滅一切，[宮]2123，[甲]1735 出五有，[甲]1733 斷所治，[甲]1735 寂爲如，[甲]1736 斷，[甲]1736 斷夢妄，[甲]1736 滅，[甲]1778 淨不染，[甲]1851 不伏，[甲]1884 別聖不，[甲]2035 入社師，[甲]2039 佛老唐，[甲]2266 不毀壞，[明]193 冥，[明]220，[明]293 斷，[明]310 離諸苦，[明]401 不能，[明]719 勿用，[三][宮]278 安樂，[三][宮]414 度於四，[三][宮]1635 寂滅是，[三][宮]266 不有，[三][宮]288 致普，[三][宮]403 無有際，[三][宮]433 得解脫，[三][宮]606 不相分，[三][宮]656 離八無，[三][宮]839 不得一，[三][宮]839 離一切，[三][宮]1425 無可得，[三][宮]1458 解脫故，[三][宮]1579 斷諸隨，[三][宮]2060 尋誠後，[三][聖]190，[三][乙]1075 離三途，[三]157 無學，[三]192 解慈和，[三]193 無歸怙，[三]202，[三]212 便斷縛，[三]425 安忍他，[三]1579 斷所對，[三]1582 滅我護，[聖]211 樂不遭，[宋]1185 隔別，[宋][宮]268 棄如是，[宋][宮]384 不生，[宋][宮]414 無幻惑，[宋][宮]2103 壽百齡，[宋][元][宮]721 離憂惱，[宋][元]99，[宋]1982 爲常一，[乙]2381 不失戒，[元]、明註曰永南藏作求 1666 息妄者，[元][宮]414 得解脫，[元][明][宮]585 存，[元][明]329 度脫故，[元][明]2122 住彼，[元]403 離垢濁，[元]2053 劫願千，[原]1887 度故六。

去：[元][明]、來[宮]1463。

榮：[甲]2348 叡普照。

若：[宮]672 斷三相，[甲][乙]1822 無作用，[甲]1922 滅畢竟。

身：[宮]606 蒙度。

示：[甲]1828 離愛別，[三][宮]

272 斷諸惡，[三]99 之無憂。

市：[甲]2882 都魅母。

水：[宮]2034 太元十，[宮]2059 以，[甲]1728 離十相，[甲]1969 公所謂，[甲]2036 道還京，[明]606 不知至，[明]1545，[三][宮]330 無餘，[聖][知]1441 成就不，[宋][宮]1563，[宋][宮]2102 祛，[宋][元][宮]、寺[明]2122 用塔功，[宋][元][宮]、外[明]2122 不知世，[元]220 斷貪瞋，[元][明]414 不可傾，[元][明]2103，[元]212 逝。

死：[聖]1435 受天上。

太：[三]2063 和四年。

唐：[宋][元]2061。

外：[宮]2060 藍待益，[三][宮]2103 之道，[乙]2261 捨眼況。

未：[宮]374 盡滅無，[甲]2129 反，[明]1563 斷時未，[明]1562，[三]154 可常存，[聖][另]1543 盡無餘，[宋][元][宮]1543，[原]1887 斷，[原]2339 離諸分。

相：[甲]2300 滅，[原]2339 愚第八。

行：[三]1566 滅者。

延：[甲]2035 壽七祖。

言：[甲]1736 無失等。

諺：[甲]1705 漫亦通。

衣：[三]212 不越。

已：[甲]1783 盡任，[甲]2266 斷有。

亦：[三]212 無衆想，[三][宮]325 離一切。

咏：[三]2103 吟嘈囋。

詠：[宋][元][宮]、説[明]269 度無極。

於：[甲]2036 昭。

欲：[甲]1700 不繫屬。

元：[甲]2068 初中有，[元][明]2149 徽三年。

緣：[甲]1828 不應理。

遠：[甲]2285 離三大，[明]220 離三惡，[三][宮]2103 矣寤寐。

之：[元][明]2103。

衆：[甲]1512 滅但爲。

甬

角：[甲]2035 東行道，[原]1818 摘翡翠。

咏

詠：[三][宮][聖]341，[三][宮][聖]354 聲共，[三][宮]341，[三][宮]354 等聲天，[三][宮]下同 721 心生愛。

泳

氷：[元]2103 之質自。

活：[三][宮]2059 而去又。

液：[甲]2214 其中適。

勇

曾：[宮]263 建大業，[甲]1830 身精進，[甲]2269 進心謂。

篤：[三][宮]2060 勵辛勤。

發：[甲]2274 外聲，[乙]2263 二因內。

害：[甲]2266 身。

界：[三][宮]294 慧菩，[三][宮]

2103 勤誓拯。

　進：[三]193 及於無。

　精：[三]2121。

　舅：[宮][甲]1912 墮負證。

　罵：[元]220 猛即眼。

　曼：[三]865 威猛大。

　猛：[甲]1909 力佛南，[甲]2778 健義也。

　募：[宋]2106 士孫敬。

　男：[三]187 執杖，[宋]2060 意觀方，[原]1851 歸依不。

　氣：[甲]1960 猛行。

　爽：[三]468 健身無。

　通：[三][宮]292 達謹慎，[三]398 暢無滯，[聖]566 或名大。

　威：[和]293 猛相端。

　象：[甲]2196 腋經又，[聖]272 健難敵。

　雄：[甲]1717 猛次引。

　秀：[甲]1763。

　涌：[明]1538 即以此，[三][宮]2121 出女即。

　湧：[宮][聖]271 出無量，[甲]2128 同也，[明]、踴[宮]387 貴讀誦，[明]、踴[聖]1428 貴乞食，[明]158 出三，[明]311 貴人有，[明]312 身空中，[明]374 貴爲壽，[三][宮]397 出三昧，[三][宮]397 溢而波，[三][宮]2060 貴客僧，[元]、涌[明]156 貴人民，[元]、踴[明]2122 身上昇，[元][明]125 貴乞求，[元][明]310 出具諸，[元][明]671 波能生，[元][明]721 沸銅汁，[元][明]721 貴或言，[元][明]1336 貴人。

　踴：[宮]664 貴飢饉，[宮]2059 勇猛深，[明]1545 躍知歸，[明]下同 870 躍三摩，[三][宮][博]262，[三][宮]310 躍心歡，[三][宮]443 躍名稱，[三][宮]1428，[三][宮]1579 躍勝得，[三][宮]2123 躍來白，[三]212 沒自由，[聖]1462 猛精進，[宋]、涌[元][明]99，[宋][宮]、涌[元]、湧[明]823 遍勇，[宋][宮]、涌[元][明]664 出潤益，[宋][宮]1523 猛受諸，[宋][明]、涌[元]375 貴爲壽，[乙]1239 猛之神，[元]、涌[明]1332 貴，[知]380 猛。

　蹋：[三][宮]309 在虛空，[三][乙]1092 躍觀視，[聖]1462 猛若師，[元][明]1331 貴多諸，[知]786 貴。

涌

　遍：[三][宮]721 覆其上。

　法：[三][宮]613 遍滿身。

　浩：[三][宮]2122 沸苦聲。

　將：[甲]2195。

　流：[三][宮]2059 滿澗其。

　漏：[甲]2193 有漏無，[原]、踊[甲][乙][丙]973 出各執。

　滿：[丙]2089，[明]316 又復十，[三][宮]263 溢。

　沒：[甲]1709 北沒北，[甲]1709 南。

　沛：[三]2045 萬民仰。

　誦：[和]293 出寶蓮，[和]293 出彌布，[甲]2087 飲已聞，[宋][宮]2060 琴詩婉，[乙]1724 出品云，[乙]2362 豈若龍。

蕭：[宮][聖]222 震其菩。

渭：[宮]2078 於虛空。

勇：[聖]272 出百千，[聖]272 出大海，[宋][元][聖]1441 出比丘，[宋]99 不沒解。

踊：[宮][另]下同 1428 出藏有，[宮]278 遍涌等，[宮]279，[宮]279 出光明，[和]293 出金剛，[和]293 出一切，[甲]1717 弘，[甲]1000 出菩薩，[甲]1717 出初引，[甲]1717 出菩薩，[甲]1717 出已後，[甲]1717 出中云，[甲]1717 菩薩善，[甲]1717 菩薩是，[甲]2196 出已上，[甲]2396 出諸菩，[甲]下同 1718 來證明，[明][宮]657 沒於其，[明]310 出上於，[三]42 躍人皆，[三]279，[三]2145 在虛空，[三][宮]278 出寶樹，[三][宮][聖]279 遍涌，[三][宮]279 遍涌，[三][宮]416 大涌，[三][宮]613 出三昧，[三][宮]1464 出豐多，[三][宮]1562 第三，[三][宮]2026 沸，[三][宮]2053 乎波外，[三][甲][乙][丙]1056 出千手，[三][乙]953 無傾動，[三]190 出異於，[三]190 身入佛，[三]206 躍不能，[三]212 沒自由，[三]945 出入無，[三]下同、[宮]279 西沒西，[聖]278 西沒西，[聖]279 出寶樹，[聖]1462 泉繩墨，[聖]1721 出品云，[宋][宮]294 出四方，[宋][宮]784 沸在內，[宋][宮]2058 高九尺，[宋][明][宮]2122 現豫州，[宋][聖]279 出，[宋][元][宮][聖]1451 隨意受，[宋][元][宮]1428 波或煙，[宋][元][宮]1548 出不從，[宋][元][宮]1548 出水不，[宋][元][聖]190 出或復，[宋][元][石]下同 1509 西沒西，[宋][元]187 出大蓮，[宋][元]187 出敷置，[宋][元]187 出妙蓮，[宋]190 西沒西，[乙]1772 繞梁，[元][明][宮]277，[原]1960 寶，[知]1785 地味資，[知]1785 二大眾。

踶：[三][宮]1509 出及諸，[聖]1723 出持經，[聖]1723 出有二。

欲：[宮]2040 身平立。

源：[宮]2122。

詠

該：[三][宮][聖]1595 玄鑒極，[三]291 懷。

密：[明][甲]1175 印速獲。

試：[三]2060 聲馳詢。

誦：[三][宮]2060 之聲通，[三]2149 輒見左，[乙]2391 簫瑟箜。

謠：[三][宮]790 怨聲感。

咏：[聖]278 如來當，[聖]639 樂音供，[乙]1822 或見他。

語：[甲]2223 天女形。

韻：[宮]2059 以成詠。

著：[明]2060 耽玩極。

湧

勇：[宋][元][宮]1494 身虛空，[宋][元][宮]1428 出船上，[宋][元]201 沒不自。

涌：[宮]、踶[石]1509 西沒西，[三][宮]618。

踊：[甲]1717 出，[甲]1733 出則

海，[三][宮]、勇[知]266 出普光，[三]
[宮]477 在虛空，[聖]643 出池，[宋]
[宮]、涌[宮]657 而揚濤，[宋]643。

踴：[甲]1717 菩薩下，[宋][聖]
190 出具足。

蛹

踊：[三][宮]1421 動作聲。

踊

蹈：[三][宮]2121 濁沒於。

如：[聖]222 躍。

頌：[明]676 記別諷，[三][宮]477
答説偈。

誦：[甲]2120 經雖仍，[三][宮]
664 出眾寶，[三][宮]285 演第三，[三]
[宮]2122 之外便。

桶：[明]125 沒自由。

詣：[丙]2120 三學坐。

勇：[宮]683 緣此福，[宮]1912 躍
慶，[三][宮]、踴[聖]1428 身在空，
[三][宮][聖][福]279 悅大歡，[三][宮]
263，[三][宮]263 調和曉，[三][宮]278
而無疲，[三][宮]341 猛意菩，[三][宮]
606 以針刺，[三][宮]639 悅身毛，[三]
[宮]721 身上行，[三][宮]2042，[三]
193，[三]193 自投，[三]201 躍著其，
[三]203 悅無，[三]209 悅無量，[三]
418 不悔恨，[聖]1 躍而言，[聖]639
躍未曾，[宋]、涌[元][明]384 出三昧，
[宋][宮]、湧[元][明]821 住虛空，[宋]
[元][宮]、涌[明]318 貴弊，[宋][元]
[宮]1472 躍歡喜，[宋][元][宮]1545 躍

發殊，[宋][元][宮]1545 躍復白，[宋]
[元][宮]1545 躍起勝，[宋][元][宮]
1579 躍勝得，[宋][元][甲]1097 躍，
[宋][元][聖]、湧[明]下同 1428 出，
[宋]153，[宋]190 躍遍滿，[宋]190 躍
充遍，[宋]197 躍歡，[宋]202 如子見，
[宋]湧[元][明]44 貴人民，[知]418 躍
者。

涌：[丁]2187 出品以，[宮]2123
出二者，[宮]279 身大叫，[宮]279 現
諸菩，[宮]310 在虛，[宮]405 出白銀，
[甲]1733 生諸蟲，[甲]1913，[甲]2035
身飛空，[甲]2196，[甲]2196 地味利，
[明]220 在虛空，[明]2122 出答曰，
[明]125 沒，[明]125 西沒西，[明]135
貴人民，[明]173 起，[明]187 出曲躬，
[明]220 空，[明]231 在虛空，[明]263，
[明]263 出，[明]263 出一一，[明]263
出自然，[明]263 住在虛，[明]310 遍
踊，[明]310 出承如，[明]318 貴因時，
[明]321 身空中，[明]397 在空中，[明]
414 出至世，[明]456 出，[明]638 在
虛空，[明]644 出光明，[明]1128 持
世王，[明]1452 出時正，[明]1464 出
婆羅，[明]1559 向上或，[明]2103 塔
標千，[明]2121 出寶塔，[明]2121 住
空，[明]2122，[明]2122 出靈塔，[明]
2122 身高飛，[明]下同 384 沒自在，
[三]、一[宮]263 出品第，[三][流]365
生諸果，[三]158 沒恒河，[三]187 出，
[三]187 在虛空，[三]220 極踊，[三]
220 西沒西，[三][丙]、踴[甲]、勇[乙]
1211 出八葉，[三][宮]、勇[聖]1428 身

空中，[三][宮]462 處虛空，[三][宮]
1549 使緩流，[三][宮][甲][乙][丙]
2087 泉流派，[三][宮][聖]545 遍踊，
[三][宮][西]665 出衆寶，[三][宮]223，
[三][宮]223 西沒西，[三][宮]262 出，
[三][宮]262 出品第，[三][宮]262 出
住虛，[三][宮]262 出住在，[三][宮]
262 在虛空，[三][宮]310 出善順，[三]
[宮]357 出縱廣，[三][宮]370 出若有，
[三][宮]380 西沒西，[三][宮]402 高
三人，[三][宮]411 現清淨，[三][宮]
415 足步虛，[三][宮]426 身虛空，[三]
[宮]485，[三][宮]534 沸六，[三][宮]
586 出合掌，[三][宮]586 出又如，[三]
[宮]587 出名願，[三][宮]613 東沒南，
[三][宮]664 於地上，[三][宮]673 中
踊，[三][宮]1421，[三][宮]1421 西沒
西，[三][宮]1443 在虛空，[三][宮]
1509 出爲説，[三][宮]1509 西沒西，
[三][宮]1509 在虛空，[三][宮]1519 出
無量，[三][宮]1520 出無量，[三][宮]
1545 現影堅，[三][宮]1547 神足意，
[三][宮]2040 沒如水，[三][宮]2040 西
沒東，[三][宮]2042 沒，[三][宮]2060
出莖長，[三][宮]2060 起因用，[三]
[宮]2102，[三][宮]2102 見，[三][宮]
2103 教有開，[三][宮]2111 出寶田，
[三][宮]2121，[三][宮]2121 出清而，
[三][宮]2121 出王擧，[三][宮]2121 從
地，[三][宮]2121 涌入最，[三][宮]
2122 出手執，[三][宮]2123 出三者，
[三][宮]2123 出住倚，[三][宮]2123 貴
人民，[三][宮]2123 靈，[三][宮]2123

身上行，[三][宮]2123 身上走，[三]
[宮]下同 613 西沒西，[三][宮]下同
2121 出石上，[三][聖]200 出盲者，
[三][乙]1092 現，[三][乙]1092 震動
菩，[三]125 沒自在，[三]152 巷哭或，
[三]156，[三]156 騰躑，[三]158 沒，
[三]158 沒悉極，[三]173 出上妙，[三]
186 出父王，[三]186 泉自出，[三]190
出在於，[三]197 出女便，[三]200 出，
[三]200 身，[三]200 西沒南，[三]201
出，[三]201 身佛前，[三]212 出教以，
[三]220 空，[三]220 虛空，[三]220 虛
空續，[三]220 虛空現，[三]221 沒諸，
[三]279 現，[三]291 出其大，[三]423
出我，[三]461 身，[三]643 出是諸，
[三]643 身上樹，[三]1336 出，[三]
1339 出今已，[三]2060 現法師，[三]
2110 出雲衣，[三]2122 出紺髮，[三]
2122 出舒鉢，[三]2145 哉將，[三]下
同[宮]639 遍踊等，[三]下同[宮]613，
[三]下同 643 出，[三]下同 643 出告
須，[聖]643 北，[宋][宮][元]、湧[明]
371 出雜色，[宋][宮]423 身虛空，[宋]
[宮]2058 身虛空，[宋][明][宮]310 沒
傾覆，[宋][元]、宮]2058 身虛空，
[宋][元][宮]、勇[明]2121 貴人民，
[宋][元][宮]、湧[明]2045 沒內懷，
[宋][元][宮]784，[宋]下同 643 身，
[宋]下同 643 身虛，[乙]1008 出高
七，[乙]1796 出品因，[乙]2192 出
品，[乙]2296 出品云，[元][明]220 現
欲成，[元][明]647 遍踊，[元][明][宮]
310 在虛空，[元][明][宮]下同 385 西

沒，[元][明]23 躍，[元][明]158 天及
諸，[元][明]187 出，[元][明]228 遍
踊，[元][明]310 至於梵，[元][明]310
住在空，[元][明]382 出百千，[元]
[明]613 西沒西，[元][明]643 出，[元]
[明]643 出白光，[元][明]643 如沸，
[元][明]643 如雲雨，[元][明]643 生
諸蟲，[元][明]992 雲如來，[元][明]
1509 東沒南，[元][明]2121 出現長，
[元][明]下同 384 西沒西，[元][明]下
同 643 出其光，[元][明]下同 643 身
雲中，[元]125 沒自，[元]156 現其前，
[元]2121。

湧：[明]277 出一，[明]1464 出
或從，[明]1509 出菩薩，[三][宮]1464
西沒東，[三]125 出是時，[三]456 出
形如，[三]1339 出高，[元][明]454 出
形如，[元][明]643 出衆水，[元][明]
下同 834 遍踊等。

踴：[丙][丁]865 於虛空，[三]190
躍今彼，[聖]211 難量父，[聖]211 宿
行所，[聖]211 喜懼交，[聖]381 躍欣
喜，[聖]639 躍必能，[聖]639 躍利衆，
[聖]639 躍深心，[聖]639 躍作是，[宋]
[元]1373 躍歡喜。

樂：[三]2121 不以爲。

躍：[宮]263 各各自，[宮]263 互
然其，[甲]2128 也廣雅，[明]135 善
心，[明]1128 即從座，[三][宮]353 無
量而，[三][宮]588，[三][宮]2122 無
伸遂，[三]152 豫咸共，[三]202 往到
佛，[聖]189 悅不能，[聖]512 身虛。

踴

垂：[三][宮]2102 法。

蹂：[甲][乙]2211 踐倍。

勇：[甲]1733 悅故二，[三]156 身
上，[三]1534 躍，[聖][甲]1733 悅五
結，[宋][宮]、湧[元][明]644 三，[元]
[明]272 悅心生。

涌：[三]220，[三]1006 沒之，[乙]
1796 出諸菩。

湧：[明]190 出手執，[三]670 彼
非性。

踊：[宮]476 躍歡喜，[宮]2040 身
虛空，[甲]1733 悅心故，[三][甲][乙]
950 躍而起，[三]1347 躍歡喜，[聖]
[甲]1733 釋可知，[聖]285。

躍：[三][宮]1546 以牙掘。

用

安：[三]1097 置。

本：[甲]2261。

辨：[甲]2337 以初二。

別：[明]202 封給之。

乘：[三]374 第二後。

處：[宋][元]901 薰陸香。

欻：[宋]171 問太。

川：[甲]2036。

詞：[明]2122 聽者莫。

存：[甲][乙]2263 也無指。

旦：[宋][元][甲][乙]、曰[明]901
牛糞香。

德：[三][宮]1545，[三][宮]1602。

調：[乙]1202 伏一切。

鬪：[甲]2006 六韜三。

多：[三]、朋[宮]2027 畏勤苦。

費：[三][宮]1458 勿令有。

佛：[甲]1782 常奘語。

古：[三][宮][聖]419 利自。

固：[三][宮]2102 能。

故：[甲][乙]1822 此即次，[甲][乙]1822 應有法。

關：[甲]2263 三因。

果：[甲]1709 及定上，[甲]2323 故名能。

過：[乙]1909 不一至。

號：[原]2004 玄。

何：[甲]1735 所因無。

及：[三][宮]374 第三善。

即：[明]2076 是賊性。

甲：[甲]1030 法已然，[甲]1512 也何以，[甲]2266 而稱利，[原]2412 皮此即。

將：[明]1257 椀二隻，[原]1840 已許法。

角：[甲][乙]2194 收激具。

界：[元]1675 無分別。

靜：[明]2076 三世。

具：[甲][乙]1822 因，[甲]2274 義唯論，[聖]1436 二分純，[乙]2396 三摩耶。

開：[甲][乙]1072 禪智竪，[甲]2195 之乎，[三]221 悟一切，[元][明]425 著心是。

困：[明][宮]313 其人故。

力：[甲][乙]2263 少故空，[甲]2263 於，[甲]2907 建立一。

利：[宮]606 心罣礙。

兩：[甲][乙]1821 類。

門：[宮]2060 祛痼，[三][宮]588 寂定。

明：[甲]2397 此喻問，[甲][乙]2396 住地云，[甲]1736 論文釋，[甲]1911 析智斷，[甲]2299 合論中，[明]392 正教皆，[三][宮]1522 心受，[宋]1559 意樂應。

內：[聖]2157 要集法，[乙]2261。

能：[丁]1830 觀此，[甲]2261 立心所，[明]2105 潛逃於，[乙]2263。

牛：[元][明]1333。

朋：[三][宮]721。

其：[三][宮]1435 力坐臥。

取：[乙]2263 他許法。

若：[元][明]778 人有婬。

色：[甲]864 金剛。

施：[元][明]1579 勝解。

時：[聖]1425 灰。

識：[宋]1563。

是：[三][聖]285 知所作。

說：[三]1532 法義受。

四：[甲]1929 悉檀起。

隨：[三]99。

所：[宮]1610，[甲]2266 變根既，[元]1425 越比尼。

田：[三][宮]2103 非僧課，[三][聖]120 若無優。

同：[丙]2810 故於五，[宮]585 福慶故，[甲][乙]1821，[甲][乙]1822 時黃等，[甲][乙]1822 在現在，[甲][知]1785 世人邪，[甲]893 心便生，[甲]1717 是則非，[甲]1731 前四種，[甲]

1733 忍辱爲，[甲]1839 品通，[甲]2223 入，[甲]2263 之，[明]2145，[三]、一[宮]730 世間人，[三][宮]1571 故説爲，[三][宮]338 歡，[三][宮]2059 薦止菜，[三][宮]2060 石糅金，[三][宮]2102 於必執，[三]1374 心供養，[聖]1733 於三世，[另]1459 語捨去，[宋][明][宮]901 最後，[宋][元]721 色，[乙]1225 大日輪，[元][明]309，[元][明]1530 化根及，[原]、同[聖]1818 也亦得，[原]1238 令相應，[原]1818 也取。

箒：[宮]1453。

爲：[三][宮]2028 法來反，[三]201 珍寶爲，[三]202 配爾時。

畏：[丙]908。

聞：[甲]2266 比丘欲。

問：[乙]2263 之。

無：[三][宮]1462 竹木繩。

物：[三]201 是寶爲。

閑：[甲]1298 淨處別，[甲]1781 地弘道。

相：[宮]1558 或謂，[宮]1799 令衆生，[甲]1805 違故須，[石]1668 差。

香：[甲]893 塗香。

肖：[宋]、月[元]2061 其。

性：[三][宮]2060 方直操。

削：[甲]2036 其官爵。

要：[宮]2123。

也：[三][宮]1458 不應分。

業：[原]1844。

以：[宮]268 爲書，[甲]2230 餘物代，[甲][乙][丙]1866 他作故，[甲]1000 五色線，[甲]1736 成前義，[甲]1913 四諦以，[三]152，[三][宮][聖]1428 純黑羺，[三][宮]223 無所得，[三][宮]403 退却合，[三][宮]1435 銅鐵泥，[三][宮]2040，[三][聖]172 塗身癩，[三][聖]643 遺汝汝，[三]125 金銀，[三]186 上佛住，[三]1458 五片，[三]2112 茲擬議，[聖]223 無所得，[元][明]1509 般若波，[元][明]171 我故自。

亦：[甲][乙]1269 得白檀，[聖]、一[另]1435 不犯四。

義：[宮]1509 除燒，[原]、義[甲][乙]1822 分不由。

因：[高]1668 如是諸，[宮]1571 唐，[宮][甲]1912 既，[宮]1571 應不名，[甲]、用以觀音本是正法明如來故二十五由旬計一千里二十字[甲]1754 四觀，[甲]2263 可然成，[甲]2266，[甲]2270 此所作，[甲]2270 方便取，[甲][乙]1822 已滅未，[甲][乙]897 粳米飯，[甲][乙]1822 不盡由，[甲][乙]2263 耶，[甲][乙]2263 緣義云，[甲][乙]2397 人不至，[甲]1708 由惑，[甲]1709 不周所，[甲]1736 差別皆，[甲]1851，[甲]1851 從體更，[甲]1929 是故，[甲]2250 光寶意，[甲]2266 也如烏，[甲]2266 異故，[甲]2266 雜集餘，[甲]2270 皆共比，[甲]2270 緣故能，[甲]2271 方便取，[甲]2271 近者是，[明]206 一切人，[明]310 得下籌，[三][宮][知]598，[三][宮]263 持此經，[三][宮]817 是我身，[三][宮]

1462 此二法，[三][宮]1463 餘緣説，[三][宮]1554 得成故，[三][宮]1562 名，[三][宮]1608 説名身，[三][宮]2103 心各有，[三][宮]2121 在深山，[三][宮]2122 即滅盡，[三][甲]1227 取其北，[三]43 珠淨故，[三]1609 功力能，[三]2121 此夢緣，[三]2137 不然不，[聖][另]1451 請即收，[聖][另]1451 如此活，[聖][石]1509 是事得，[聖]190 心處作，[聖]223 是，[聖]1595 者非他，[聖]1763 此經中，[宋]、鑀[元][明]2110 栴，[宋]1605 道理證，[西]665，[乙]1736 和合偈，[乙]2309 必用本，[元][明]815 自謂言，[元][明]2122 田遺生，[原]1829 兼見爲，[原][甲]1781 外道，[原]1821 我起故，[原]1841 極成如，[原]2271 難第二。

由：[甲]1201 後二字，[甲]1201 乳作火，[甲]1816 乃至第，[甲]2199，[甲]2323 此結釋，[甲]2397 阿那婆，[明]1602 皆，[聖]1509 是故生，[另]1509 是法得，[乙]1823 錢買名，[原]2196 無漏，[原]2196 治五地，[原]2196 修三慧。

有：[宮]1571，[甲]2035 所作可，[甲]2284 四種大，[甲][乙]1822 能破僧，[甲]1763 此義故，[甲]2036 何乃，[明]1545，[三][宮]398 侵欺故，[三]201 瓶瓰有，[三]1435 異事依，[原]1776 虛假之，[原]2406 此二物。

浴：[三][宮]1425 無罪。

欲：[三][宮]748 食不淨，[三][宮]1442 修補并，[三][宮]1650 至滅，[三]1011 疾除得，[石]1509。

願：[原]1239 見也不。

月：[宮]1545 苦集智，[宮]2102 鴻名永，[甲]2128 令捕鼠，[甲]2087 其側有，[甲]2128，[明]2060 增怵惕，[明]2110 莫能擬，[三][宮][聖]425 消化日，[三]2122 一日至，[乙]2408 之謂右，[元]1421 澤枯羹。

則：[甲]1784 教觀釋，[明]1571 變成，[三]588 不滅故。

照：[甲]1912 故即是，[聖]1788 初未能。

正：[三][宮]1431 意受食。

之：[甲]1718 頌歎法。

志：[宮]2102 聚散去。

衆：[明]1425 多事爲。

周：[宮]1432 遠喜妨，[宮]1435，[宮]2060 情志虛，[宮]2060 諮詢寺，[甲]1072 蓮華部，[甲]1805 師資相，[甲]1828 盡解除，[甲]2128 其教令，[甲]2337 皆遍法，[甲]2366，[明]2087，[明]2108 陛下統，[明]2121 比之如，[三][宮]322 也群生，[三][宮]323 濟所以，[三][宮]341 散如來，[三][宮]425 化戒禁，[三][宮]425 聞斯法，[三][宮]1648 常用，[三][宮]1648 滿如雷，[石]1509 神通力，[宋][元][宮]2102 始終法，[宋]2145 各適時，[原]2196 語故名，[知]418 供養於。

自：[三]201 自莊嚴。

作：[明]1299 行用皆，[三][宮]1435 羯磨付，[三][宮]1425 樹葉椀，[元][明]425 餓鬼不。

周：[甲]2281，[甲]2281 答無妨。

攸

彼：[甲]2087 居隱淪，[三][宮]2059。

假：[宮]2103，[宮]2103 屬度。

敬：[宋][宮]、彼[元][明]2059 心愧讓。

收：[宮]2060 焚散遵，[甲]1736 往亨。

倏：[元][明]2103 爾。

所：[甲]1736 讚況文。

遐：[三]2060 奉前後。

欣：[甲]2087 宗吾欲，[聖]2157 同後遂。

修：[宮][甲][乙]1799 認爲精，[宮]2060 序彝倫。

脩：[三][宮]2103 序彝倫。

依：[甲]2128 叙是也。

悠：[宋]2060 寄隆恭。

由：[甲]1929 致所以。

忧

怪：[甲]2270 鳥此是。

幽

闗：[三]2154 州昭仁。

出：[甲][乙]2261。

杳：[三]193 冥。

迷：[甲]2266 峻神鬼。

山：[甲]2129 深之稱。

誣：[明]2122 繫園裏。

窈：[宋]374 闇令一。

攸：[甲]2036 關。

於：[明]2122 闇道關。

茲：[元][明]、幽[明]2103 涉有覽。

坐：[宮]2102 顯協力。

悠

懋：[三][宮]2059 哉邈矣。

然：[聖]2157 但見平。

倏：[乙]1796 廢。

攸：[明]2076 長勿言，[三][宮]2103 情感，[三]2110。

麀

塵：[三][宮]2103 之下物。

麏：[甲]2087 鹿隨飲。

憂

愛：[宮]1605，[甲]1735 如魚樂，[甲]1763 無畏者，[甲]1834 惱子心，[甲]2200，[甲]2266 悲可爲，[甲]2266 正答顯，[明]220 住身集，[明]220 住身集，[明]1509 法則能，[明]1602，[三]220 惡不善，[三][宮][聖]397 心不望，[三][宮][聖]660 念，[三][宮]374 身都不，[三][宮]525 念勿復，[三][宮]736 患寄生，[三][宮]1451 念世相，[三][宮]1548 外身觀，[三][宮]2122 佛及聖，[三][宮]2123 念二終，[三][聖]210 以死時，[三]6 身觀天，[三]192 出家勿，[三]210，[三]210 賢友，[三]1536 惡不善，[三]1559 喜相，[聖]1548 處業若，[聖]1549 感是謂，[宋][宮]228 愁苦惱，[宋]264 懼如未，[乙]1092，[元]220 故，[元]1582 能爲説，

[元][明]1595，[元][明]702 亦復無，[元][明]1509，[元][明]1548 清淨及，[原]1856 恚力等。

懊：[元][明]227 惱無有。

悲：[三][宮]389 惱若我。

波：[三]152 曇拘。

愁：[三][宮][聖]1435 但恐汝，[三][宮]664 惱衆苦，[三][宮]2121 言善則，[三]184 思不食，[三]202 惱念病。

處：[三]99。

毒：[聖]1509。

煩：[明]1187 惱凡所。

復：[三][宮]263 弊礙，[三]202 在後言。

厚：[甲]1709 王遷都。

苦：[甲]971 苦痛貫，[三][宮]721 惱，[聖]397 惱入於，[石]1509 惱不可。

慣：[三]374 耶諸婆。

亂：[原][甲]1781 今明爲。

燮：[甲]2128。

惱：[三][宮]1435 瞋恨不。

漚：[宮]1509，[元][明]1331 和俱舍。

疲：[元][明]279。

擾：[三]100 受諸苦，[聖]1579 惱如是。

如：[三][宮]1451 箭射心。

捨：[聖]210 無。

實：[甲]1828 非果然。

是：[煌]262 念汝父。

受：[宮]1537 慼憂，[宋][元]1580 安住上，[元][明]2122 此苦。

畏：[甲]1891。

喜：[甲]、苦[乙]2249 境之釋。

夏：[宋][宮]222 四著及。

形：[三][宮]673 無作無。

言：[聖]272 二。

衣：[三][宮]1464 多僧使。

意：[宋]21 亦不喜。

幽：[明]1636 暗於一。

優：[宮][聖]625 多羅薩，[宮]657 鉢羅是，[宮]2041 陀夷聰，[甲]1512 劣而有，[甲]853 華朱衣，[甲]1335 鉢難陀，[明]1462 陀那世，[明]1462，[明]1257 曇鉢樹，[明][聖]200 留頻螺，[明]196 爲羅縣，[明]1235 鉢羅華，[明]1257 鉢羅花，[明]1370 曇鉢樹，[明]1435 波離問，[明]1646 鉢羅鉢，[明]1691 鉢羅花，[明]2121 曇鉢迦，[三]、一[宮]2122 波搩多，[三]125 波，[三]156 波離復，[三][宮]1462 曇鉢迦，[三][宮]1462 鉢羅，[三][宮]310 鉢花波，[三][宮]339 鉢羅華，[三][宮]1464 鉢拘物，[三][宮]1519 波提舍，[三][宮]1526 波提舍，[三][宮]1646 鉢羅鉢，[三][宮]2122 波，[三][宮][甲][乙][丁]848 華色，[三][宮][聖]1462 波斯那，[三][宮][聖]222 憶念往，[三][宮][聖]397 波，[三][宮][聖]1646 鉢香耶，[三][宮][另]1428 婆塞作，[三][宮]223 波，[三][宮]223 波提舍，[三][宮]276 鉢，[三][宮]307 鉢羅華，[三][宮]308 鉢羅華，[三][宮]354 波難陀，[三][宮]380，[三][宮]397 波，[三][宮]

397 波羅，[三][宮]397 波羅天，[三][宮]397 羅奢國，[三][宮]397 疊婆羅，[三][宮]421 鉢，[三][宮]423 波難陀，[三][宮]425 施神足，[三][宮]425 爲迦葉，[三][宮]426 疊鉢林，[三][宮]651 波羅花，[三][宮]653 陀那尼，[三][宮]656 鉢蓮花，[三][宮]657 鉢羅刹，[三][宮]657 疊鉢華，[三][宮]721 鉢羅多，[三][宮]721 鉢羅華，[三][宮]1421 多羅僧，[三][宮]1425 婆，[三][宮]1428 鉢池鉢，[三][宮]1428 鉢羅鉢，[三][宮]1428 禪國問，[三][宮]1428 伽國鉢，[三][宮]1428 婆私自，[三][宮]1428 填王聞，[三][宮]1428 陀延是，[三][宮]1435，[三][宮]1435 波離問，[三][宮]1435 樓伽在，[三][宮]1464 多羅僧，[三][宮]1464 陀，[三][宮]1471 多羅僧，[三][宮]1493 鉢羅花，[三][宮]1507，[三][宮]1521 樓迦王，[三][宮]1521 陀那尼，[三][宮]1526 波提舍，[三][宮]1546 波提舍，[三][宮]1546 陀羅摩，[三][宮]1549 鉢花以，[三][宮]1573 樓迦諸，[三][宮]1639 樓佉等，[三][宮]2042 波，[三][宮]2042 波離撰，[三][宮]2058 波毱多，[三][宮]2059 填初刻，[三][宮]2104 問慇懃，[三][宮]2121 陀夷坐，[三][宮]2122 鉢羅華，[三][宮]下同 276 波離侍，[三][宮]下同 357 羅伽娑，[三][宮]下同 1428 填王語，[三][宮]下同 2058 波毱多，[三][聖]125 迦支江，[三]1 婆塞，[三]70 鉢爲首，[三]99 陀那，[三]100 波折羅，[三]125 鉢華香，[三]125 鉢蓮花，[三]125 鉢蓮華，[三]157，[三]157 陀羅婆，[三]186 陀往請，[三]190 波斯那，[三]190 陀夷國，[三]192 波迦，[三]193 鉢花唯，[三]195 鉢蓮華，[三]196 波替拘，[三]211 呼，[三]212 疊鉢比，[三]212 疊鉢華，[三]374 陀那，[三]397 填耶那，[三]440，[三]988 鉢羅龍，[三]1257 鉢羅花，[三]1257 疊鉢樹，[三]1283 疊鉢木，[三]1435 波斯那，[三]1533 波提舍，[三]1534 波提舍，[三]1642 疊鉢樹，[三]1691 鉢羅花，[三]2103 婆塞女，[三]2122 波掬多，[三]2122 鉢羅地，[三]2122 鉢羅壽，[三]2122 疊波羅，[三]2123 陀那還，[三]2145 波羶大，[三]2146 填王經，[三]2151 施經一，[聖]643 德佛西，[聖][另]1463 惱佛亦，[聖]210 後憂，[聖]279 怖捨自，[聖]375 波扇陀，[聖]410，[聖]1425 不作比，[聖]1509 畏不安，[聖]1549，[另]1435 伽長者，[宋][明]397 婆提舍，[宋]375 悲，[宋]1257 華鬘左，[宋]1982 德佛南，[元][明]657 鉢羅菩，[元][明]2122 鉢羅壽，[元][明]2122 填王以。

噯：[明]2122 陀夷。

尤：[三][宮]721 苦懊惱。

有：[三]、處[聖]210 子財，[三][宮]389 悔我如，[三][宮]534 喜想以，[元][明]211 子財暑。

欝：[三][宮]1435 多羅僧。

罪：[原]1960 苦其義。

優

鉢：[甲]2207 曇摩花。

復：[甲]2266 數修習，[甲]2266 爲惛沈，[三]1331，[聖]2157 波離會。

伎：[三][宮]1442 所未，[宋]20 當勤精。

教：[三]、德[聖]643 令揚十。

淨：[宋][宮]310 波難陀。

俱：[三][宮]1505 鉢香爲。

羅：[三]1331 陀優富。

擾：[三][甲]1227 羝寧囉。

僧：[宋]984 波僧伽。

隨：[三]202 遊受樂。

搖：[三][宮]268 動名禪。

億：[聖]1421 爲迦葉。

幽：[宮]263 奧，[三]2110 遠風骨，[三]2145 奧深富。

憂：[宮]325 波離從，[宮]657 波離有，[宮]657 波提舍，[宮]657 陀那尼，[宮]1428 陀我最，[宮]1546 多羅摩，[甲]952 鉢羅花，[甲]1728 劣爾，[甲]2128 也恤非，[甲]2130 者起也，[甲]2217 降難辨，[甲]2261 婆提，[甲]2270 懼，[甲]2879 樓，[明][另]1428 陀延王，[明]643 婆塞發，[明]1428 波離從，[明]2040，[三]、愛[宮]2034 多羅經，[三][宮]、郁[聖]397 波跋，[三][宮]1428 留頻螺，[三][宮]1541 私多羅，[三][宮][聖]397 波，[三][宮][另]1428 填，[三][宮][石]1509 波，[三][宮]374 禪尼國，[三][宮]378 波羅犁，[三][宮]386 波跋多，[三][宮]397 波，[三][宮]649 波羅波，[三][宮]721 波羅花，[三][宮]721 陀延向，[三][宮]721 陀延有，[三][宮]761 波羅華，[三][宮]824 波弟，[三][宮]1428 伽，[三][宮]1428 婆提舍，[三][宮]1435，[三][宮]1435 婆伽從，[三][宮]1435 尸羅草，[三][宮]1548 頭披羅，[三][宮]1548 陀夷若，[三][宮]1646 樓，[三][宮]2040，[三][宮]2059 波離比，[三][聖]125 波帝奢，[三][聖]189 陀夷，[三][聖]190 波達摩，[三][聖]190 波低沙，[三]1 婆摩若，[三]26 哆，[三]100，[三]100 波折羅，[三]100 怛羅夜，[三]166 樹貝多，[三]190，[三]190 波迦嘍，[三]193 波先五，[三]203 波地獄，[三]375 波提舍，[三]984 已，[三]1257，[三]1341 佉羅，[聖]本文略397 波羅華，[聖]278 鉢羅鉢，[聖]278 曇鉢華，[聖]341 鉢羅花，[聖]341 曇華，[聖][另]1428 婆塞，[聖]99，[聖]120 曇鉢華，[聖]125，[聖]125 鉢，[聖]125 鉢華香，[聖]125 鉢象力，[聖]125 婆塞，[聖]158 鉢羅香，[聖]158 曇，[聖]190 鉢羅花，[聖]190 婁頻，[聖]200 鉢羅花，[聖]211 婆塞，[聖]211 填有大，[聖]223 波提舍，[聖]223 劣須菩，[聖]268 鉢羅華，[聖]272 波羅華，[聖]272 鉢羅華，[聖]278 鉢，[聖]278 鉢羅鉢，[聖]278 曇鉢華，[聖]371 鉢羅，[聖]397 曇花離，[聖]423 鉢羅華，[聖]480 鉢羅，[聖]1345 鉢羅華，[聖]1425，[聖]1425 鉢，[聖]1425 鉢羅鉢，[聖]1425 曇，[聖]1425 陀夷跋，[聖]1428 鉢羅，[聖]1460 婆

夷三，[聖]1464 婆塞不，[聖]1464 婆
塞名，[聖]1470 波離問，[聖]1509，
[聖]1509 劣故光，[聖]1509 陀耶戲，
[聖]1512，[聖]下同 1428 波離即，[聖]
下同 1435 波離問，[聖]下同 1441 陀
夷作，[另]1428 波離從，[另]1428 波
離與，[另]1428 伽羅鉢，[另]1428 婆
塞優，[另]1509 波提舍，[另]下同 1435
波離有，[另]下同 1428 波離從，[另]
下同 1435 波離偏，[石]1509 波提，
[石]1509 陀，[宋][宮]、[聖]1435 婆
夷字，[宋][宮][元][石]1509，[宋][宮]
2122 鉢羅華，[宋][元][宮][聖]1462，
[宋][元][宮]1462 波離大，[宋][元]
[宮]1552 波婆素，[宋][元][宮]2122，
[宋][元]1 鉢羅池，[宋][元]1 鉢羅花，
[宋][元]440 疊末華，[宋]100 婆夷有，
[宋]309 劣其實，[宋]627 奧其餘，[宋]
2103 游無欲，[乙]2186 然，[元]1 鉢
羅地，[元][明]1465 波離問，[元][明]
1982 德如來，[元][明]2123 德佛南，
[元]1435 波離所，[知]384 劣人，[知]
741 疊。

優：[宋][元][宮]721。

檬：[甲][乙]897 婆羅香。

欝：[三][宮][聖]383，[三][宮][石]
1509 鉢羅華。

愎

愎：[明]、優[宮]2123 強梁而。

檴

擾：[甲]2128 非也嫛。

尤

不：[三]991。

光：[宋][元]2102 所謂朝。

九：[宮]2060 最者隨，[元]2061
工賦詠。

就：[三]152 重身肉，[宋]、試[元]
[明]152 佛弟子，[宋]、試[元][明]152
由我也。

亢：[宋][元]2122。

尨：[三][宮]397 嘍跛却，[宋]
[元]、龍[明]1341 留丘梅。

無：[宮]425，[甲]2879 無有，[三]
[宮]1591 無撥別，[三][宮]2123 甘從
明，[三]1335 隸，[三]2104。

先：[甲]2263 以非，[宋][元]2061
歸信香。

兇：[聖]639 惡地獄。

疣：[三][宮]2103 此深訕。

訧：[三]152，[三]152 矣又之。

猶：[明]2053 多遂荷。

右：[甲]1335 咩。

元：[宮]1703。

最：[甲]1227 多，[甲]2249 可立，
[乙]2263 可祕之，[乙]2263 可爲指，
[乙]2263 難例難。

左：[甲]1335 咩。

由

白：[宮]1451 師，[明]220 斯輪
轉，[明]220 斯觀察，[明]1451 彼往
昔，[明]1459 老病緣，[宋]1545 善引
眾。

本：[甲]2270 來共許。

比：[明]1571 此。

彼：[宋][明]、攸[元]、如[乙]1092。

病：[三][宮][聖]376 杖而死。

臣：[元][明]2108 拔沈冥。

出：[甲]1877 即云彼，[甲]1735 前觀道，[甲]1735 然不，[甲]1755 聖人口，[甲]1799 斯義故，[甲]2250 從尊故，[明]156，[明]1636 若虛空，[明]1644 第六日，[三][宮]618 無量積，[聖]613 皆來合，[元][明][宮]614 是去來。

串：[甲]1512 不能生。

從：[三][宮]1484 是處滅，[三]192 飲食生，[乙]2396。

當：[甲]2249 不限今，[甲]1736 取還，[原]、而[原]1249 供養如。

道：[元][明]1579 現量故。

對：[乙]1822 治門種。

法：[元][明]1604 定持慧。

故：[甲]1835 字，[聖]1595 轉想陰。

加：[甲][乙]2263 之撲揚。

甲：[乙]1723 五。

戒：[原]1782 忍不恚。

句：[宋]1598 言說謂。

開：[原]2409 蓮花調。

兩：[甲]1805。

留：[三][宮]1595 惑至惑。

內：[宮]1595 善根力，[明]1562 此令心，[明]1579 忘念增，[明]1595 此二名，[聖][知]1579 隨憶念，[宋][宮]398 緣所可，[宋][元]1579 愚內異，[宋]1602 內自所，[乙]2228 縛竪忍，[原]1780 外異答，[知]1579 增減差。

切：[明]1598。

曲：[甲][乙]2120 被欣躍，[甲][乙]2408 由盤頂，[甲]1782 結應除，[甲]1816 般，[甲]1816 於所度，[甲]2266 配會云，[三][宮]1545 是二獵，[三][宮]2122 或立形，[三]2149 備，[元][明]2060 問答曰，[原]2339 會私情。

去：[三][宮]2060 來恆理。

然：[三]196 原於人。

融：[甲]2298 妙辯外。

肉：[乙]2157 經一卷。

如：[甲]853 現，[三]100 彎勒。

申：[甲]1724 成就順，[甲]2087 是義故，[甲]2266 難也汝，[甲]2266 義第四，[宋][宮]1549 身而扶，[宋][宮]1666 題記儻，[宋][元][宮]、伸[明]1625 比量凡，[乙]1821 問爲難，[乙]2261，[乙]2391 一頭指，[元][明]2150 起長者，[元]2125 此言之，[原]2248 一義今，[原]2270 同一，[知]266 入大曠。

伸：[三][宮]2102 王茂和，[三][宮]2103 承稟空。

生：[甲]1828 此世間，[明]1579，[宋][宮]2123，[元][明]12 如是悲。

事：[甲]2195 可同於。

是：[甲]1780 無故有，[甲]1828 離生即，[三]212 愛病諸。

首：[三]2110 末究其。

四：[甲][乙]2194 入對塵，[甲]2250 隨眠起，[甲]2261，[明]901 旬內一，[明]1647 修道故，[原]1849。

隨：[三]1545 得對。

所：[宋][宮]222 行賢聖。

田：[宮]1458 無悔治，[宮]1559 勝故釋，[宮]1594 此故少，[宮]1595 具此義，[宮]1595 如此智，[宮]2060 先古何，[宮]2123 安業永，[宮]1594 此最勝，[宮][甲]1912，[甲]2261 要證真，[甲]2305 名之爲，[甲]1848 於己故，[甲]2339，[甲]2128 延亦作，[甲][乙]1822 可令果，[明]158 常課六，[明]2123 苗刈盡，[明]414 昔至誠，[明]1545 無間二，[明]1563 此於稻，[三]1341 邏孔雀，[三][宮]1545 器故謂，[聖]99，[聖]1442 失此物，[宋]1644 乾陀山，[宋]2103 日用而，[宋]1545 厭生死，[宋]1562 行相一，[宋]1545，[宋][元]2145 人之失，[元]2108 行缺光，[元]1559 力或由，[元]1579 信解故，[元]1610 兩道故，[元]、〔由是彼〕三百八十四字－[聖]660 是因緣。

唯：[甲]871 佛無所。

爲：[甲][乙]1832 理相違。

謂：[甲][乙]1822 彼身形。

我：[明]1450 弟與彼。

向：[元][明]152 輕舉騰。

行：[明]1602 我覺行，[明]1602 我覺行。

依：[甲]2195 之爾者。

依：[甲]2259 此繫大，[甲]2195

之爾者，[甲]2263 何得增，[甲]2337 一乘如，[甲]2195 之爾者，[甲]2195 之爾，[甲]2195 之爾者，[甲]2263 之爾，[甲]2195 之爾者，[甲][乙]2263 三緣起，[甲][乙]2263 上地無，[甲][乙]2263 之爾，[甲][乙]2263 之爾者，[甲][乙]2263 之爾者，[甲][乙]2263 之見別，[甲][乙]2263 之人天，[甲][乙]2263 之玄贊，[甲][乙]2263 之爾者，[甲][乙]2263 之，[甲][乙]2263 何備了，[乙]2263 境界義，[乙]2263 善不善，[乙]2263 之爾者，[乙]2263 之佛地，[乙]2263 之爾者，[乙]、由之爾依之如此[乙]2263，[乙]2263。

以：[甲]1705 觀色陰，[三]220 此爲緣，[三][宮]237 具足相，[乙]2263 一八名。

因：[甲]1781 不稱施，[原]1863 發心有，[原]1796。

因：[宮]2122 恐不達，[宮]1598 攝持熏，[甲]1816 宿業數，[甲]2263 之大師，[甲]1733 此含攝，[甲]1822 二形俱，[甲]1828 名趣，[甲]2250 大種養，[甲]2266 此生故，[甲][乙]1822 道得非，[甲][乙]2397 舍利弗，[明]293 於從聞，[明]1450 我起染，[三]2121 有田，[三]201 是之故，[三][宮]525 有一子，[三][宮]2103 地德，[三][宮]1442，[三][宮]1595 修正勤，[三][宮]1559 緣二識，[三][宮]1563 業力謂，[元][明]1545 此故知。

用：[原]2196 皆見衆。

用：[甲]2299 境智爲，[乙]2397

眞言門。

幽：[甲]2898 王，[甲]2898 王。

油：[三]474 如來爲，[三][宮]274 當於彼，[元]2016 駕箭一，[知]384 俗數得。

猶：[原]1796 行道用，[原]2194 若虛空，[原]1796 不觀我。

猶：[原]1212 如一子，[原]1212。

猶：[宮]606 而有也，[宮]2121，[宮]229 如蓮華，[宮]299 如於風，[宮]397 他悟，[宮]2121 盲人呑，[宮]425 是見無，[甲]1705 善惡業，[甲]1736 離六種，[甲]1736 梁，[甲]1736 如金石，[甲]1736 世尊受，[甲]1736 爲宗族，[甲]1736 有一分，[甲]1775 心垢而，[甲]1828 爲我慢，[甲]1922 心運役，[甲]1929 屬中忍，[甲]2748 多怨嫉，[甲]1735，[甲]1736 難見攝，[甲]1786 重也謂，[甲]1795 此貪窮，[甲]1828 有解空，[甲]1828 有正法，[甲]1828 得生苦，[甲]1828 帶煩惱，[甲]2003 鞭影眞，[甲][乙]1822，[甲][乙]2397 如蓮華，[明]322 當以斯，[明]1191 如饑饉，[明]1450 故怨天，[明]1450 勝在家，[明]2103 寵護群，[明]191 如琉璃，[明]191 如虛空，[明]191 如壯，[明]299 如閃電，[明]622 復須證，[明]1191 如，[明]2016 如，[明]2121 截泥頭，[明]191 若冥夜，[明]1191 如伏藏，[明]220 是，[明]1191 如侍從，[明][宮]229 如虛空，[明][乙]994 如虛空，[三]99 復重請，[三]125 不解故，[三]152 白淨

王，[三]212 若有人，[三]212 尚忍怨，[三]1005，[三]1331 其罪福，[三]1564 有住相，[三]1586 斯，[三]2145 海呑流，[三]7 往昔積，[三]212 此緣廣，[三]220 滿月眉，[三]413 如日月，[三]1003 如衆色，[三]1195 如幻如，[三]118 日出於，[三]211 不自供，[三]1087 結此印，[三][宮]263 此，[三][宮]342 如月殿，[三][宮]381 斯方便，[三][宮]425 如曠野，[三][宮]541 泥頭也，[三][宮]606 法師從，[三][宮]606 見醉象，[三][宮]813 是之故，[三][宮]1428 若男子，[三][宮]1507 存即自，[三][宮]1507 有一生，[三][宮]1589 他識變，[三][宮]1641 如牙乃，[三][宮]2102，[三][宮]2104 孔門之，[三][宮]2123 或立形，[三][宮]398 是之故，[三][宮]425 入大海，[三][宮]565 之度無，[三][宮]810 如天子，[三][宮]1421 如初迦，[三][宮]1451 傾側佛，[三][宮]1545 此當招，[三][宮]1606 不厭足，[三][宮]2123 未勝也，[三][宮]345 如化人，[三][宮]425 如菩薩，[三][宮]425，[三][宮]2103 或立形，[三][宮]330 然得脫，[三][宮][聖]222，[三][宮][聖]1428 如大石，[三][甲]1101 如虛空，[三][聖]190 識生，[三][乙]1056 如胡麻，[三][乙]1092，[聖]1721 不失故，[聖]1721 有窺窬，[聖]2157 是虛心，[聖]310 中過而，[聖][另]410 於汝大，[聖][另]1721 柱根腐，[聖][另]1721 是群狗，[另]1721 未解當，[另]1721

薄，[宋][宮]345 衆賈人，[宋][明]1128 如虛空，[宋][明][乙]921 如胡麻，[宋][元]842 堅執持，[宋][元][丙]930 如日輪，[乙]1796 作其形，[元]704 如棗葉，[元][明]酥 1005，[元][明]145 芥子也，[元][明]212 如典場，[元][明]212 如境界，[元][明]212 如與洴，[元][明]212 尚不，[元][明]313 爲薄少，[元][明]865 如金剛，[元][明]1005，[元][明]1398 如金山，[元][明]45 如彼猪，[元][明]203，[元][明]212，[元][明]310 如救頭，[元][明]310 如箜篌，[元][明]310 如夢兩，[元][明]322 海吞流，[元][明]345 如賢者，[元][明]722 如一切，[元][明]846 如織網，[元][明]889 如如來，[元][明]889 如，[元][明]896 不成者，[元][明]896 不獲悉，[元][明]999 如淨滿，[元][明]1243 如劫火，[元][明]1374 如一子，[元][明]1662 如地獄，[元][明]895，[元][明]895 如金剛，[元][明]895 如，[元][明]895，[元][明]299 如金剛，[元][明]601 如幻化，[元][明]1048 如赤子，[元][明]1371 能墮落，[元][明][宮]333 如愚童，[元][明][宮]1662 若於今，[元][明][聖]664 如諸佛，[元][明]下同 1025 如蛇蛻，[元][明][乙]1261 如眞多。

遊：[明]333 增痛苦，[三]1425 旬或十，[三]1463 四者若，[三]125 生死淵，[三]374 亦無有，[三][宮]263 在，[三][宮]2066 踐於是，[三][宮]2122 代郡上，[三][宮]398 一切靡，

[三][宮] [聖][另]1543 耶設果，[三][宮][另]1543 彼一切，[聖]1509 他億衆，[聖]292 方，[聖][另]1543 恭敬如，[另]1543 恭敬法，[另]1543 恭敬，[宋][元]376 野人聚。

有：[甲]1736 此智成，[甲]1736 正覺覺，[甲]1736 之煩惱，[甲]1828 賴耶執，[甲]1828 猛貪逼，[甲]2812 出入息，[明]375 過去本，[明]1559，[明]1602 世間，[明]1595 此四種，[三][宮]1549 田業，[三][宮]1559 因則無，[三][宮]714 何緣我，[元][明]1545 如是等。

又：[宮]1602 阿賴耶。

兪：[三][宮]1506 旬見日。

逾：[三]23 旬其邊。

踰：[甲]2207 繕那量，[三][聖]、楡[宮]224，[宋][元]、逾[明]23 旬其後。

雨：[三]291 滅盡塵。

庚：[甲][乙][丙]2397 多天。

與：[三][宮]676 前六種。

曰：[甲]2339 徵也。

曰：[宮]310 內自如，[宮]1647 得正見，[宮]2122 其母多，[甲]2207 邏此云，[甲]2266 多福故，[甲]2266 意樂力，[甲]2266 二受滅，[明]1559 功用所，[明]1644，[明]220 斯長夜，[三]2145 義生故，[聖]1579 自因他，[宋]1597 麁淺苦，[元]2104 緒靜泰，[元]220 我故損，[元]1579，[元]1595，[元]1629 何義此，[元]1451 聞論議，[元]1563 此遍行，[元]1566 得時節，[元]

[明]2060 得道禪，[元][明]2016 第七恒，[元][明]2016 分別故。

云：[甲]1735 此二無。

在：[甲]1775 眾生眾。

摘：[聖]1723 主在宅。

之：[甲][乙]1822 增上果。

止：[三][宮]1521 澤魚樂。

至：[元][明]425。

中：[原]2410 法。

中：[宮]677 觀行人，[宮]1594 此遍計，[甲]1717 乘知於，[明]190 牢固其，[明]414 他無邊，[明]1442 其默然，[明]1544 此便得，[明]1558 身異或，[明]1595 通達種，[三]1545 取增廣，[三][宮]1579 二因緣，[三][宮]、由律流布本作律中 1558 律自釋，[三][甲]1097 有異相，[宋]1605 見取，[元]1558 心淨故，[元]1579 是因緣，[元]1579 相異，[元]1579 是二相，[元]、\Yojana.1462 旬二由，[元]1579 此能，[元]1579 教及理，[元]1581 佛，[元][明]1562 是如來，[元][明]2016 其唯識，[元][明]1595 此精進，[元][明]1562 遍行因，[元][明]1562 邪教力，[元][明]1579 此二種，[元][明]1585 思。

自：[原]1849，[原]2339 行化他。

自：[原]2285 師乃至。

自：[宮]1559 身量極，[明][宮]2108 於存，[三]1610 證量故，[三][宮]1595 別因得，[宋][元][宮]1563 此第四。

作：[三][宮]2122 此佛告。

肬

肬：[明]2145 腸加聖。

油

池：[丙]2134 降。

沖：[甲]1512 此言教。

紬：[三]246 貝葉文。

稻：[丙]2396 麻遍滿。

法：[明]1571 爲喻世。

胡：[明]997 麻遍滿。

活：[甲]2087 靜夜中。

沙：[原]2216 糖又作。

細：[原]1059 下籬當。

袖：[三][宮]2060 月，[三][宮]2103 月躔。

洪：[明][乙]1092 燈持真。

由：[明]202 塗塔可。

腴：[三][宮]2060 自生顧，[三][宮]2060 自生顧。

緇：[三]2060 素固以。

疣

痟：[宮]292 無所得。

痛：[宮]381 於是族。

尤：[甲]1775 無以小，[三][宮]2103 識毀寧，[聖]376 故。

肬：[乙]2227。

疣：[明]220 贅等過。

痟：[三][宮]2102 空。

斿

遊：[甲][乙]2207 古，[甲][乙]2207 古。

莜

蒱：[三][宮]2122 好集無。

蚘

蛕：[三]、蚖[聖]643 蟲諸女。

郵

卸：[宋][元][甲]2053 駿蒙霜，[宋][元][甲]2053 駿蒙霜。

訧

已：[三]2149 不見又。

猶

備：[原][甲]1851 具三聚。

彼：[原]1851 勝疊中。

從：[甲]2787 多若據。

得：[三]1440 作女人。

等：[宋][元][宮]、等一作猶[明]2103 蘭菊理。

獨：[原][甲][乙]2263 不照境，[甲]2249 成就者，[宮]397 如骨末，[宮]397 有法想，[甲]2119 得神，[甲]2274 法者即，[甲]1736 顯其心，[甲]1861 即不捨，[甲]2270 説定言，[甲][乙]1822 立爲，[甲][乙]1821，[三]143 罵二者，[三]192 自空來，[三][宮]292 得自在，[三][宮]1442 如，[三][宮]2053 法師笑，[三][宮]2102 不仁哉，[三][宮]1421 有疑至，[三][宮]1463 座而自，[三][宮]1647 自不能，[三][宮]2103 有遺蹤，[三][宮]2108 有沙門，[三][宮]294 無所畏，[聖]425 如，[聖]425，[聖]1670，[宋][宮]422 不知彼，

[乙]2309 妄求安，[元][明]190 自至摩。

福：[原]、福[聖]、資[甲]1851 潤。

福：[甲][乙]2228 如輪王。

復：[三][宮]1435。

孤：[乙]2261，[乙]2261。

故：[三][宮]1435 尚不盡。

化：[三][宮]2123 作羊羔。

獲：[原]2339 信知故。

獲：[宮]240 如，[三][宮]527 不一下，[宋][宮]、護[元][明]1647 不見四。

藉：[甲]1733 無。

皆：[三]186 如木，[三]186 如木。

借：[乙]1821 成善。

今：[三]156 活也。

近：[甲]1709 如大海。

酒：[三][宮][聖]1435。

遄：[三][宮]2060 縱造惡。

狂：[甲]2434 以誘。

酪：[甲]1863 如兔角，[甲]1863 如兔角。

連：[原]、惠[甲]1201 環。

猛：[三]192 火緣薪，[三]201 勇健軍，[元]1579 隨他轉。

明：[三][聖]211 如日月。

能：[和]293 如大地，[三][宮]2122 如。

譬：[明]1530 如虛空，[三]125，[石]1509。

仍：[三][宮]2123 不復死。

如：[甲]1736 天，[三]186 門戶破，[三]848 雪乳，[三][甲]1102 是加

持，[聖]1421 如虛空。

山：[三][宮]818 心濁生，[三][宮]818 心濁生。

尚：[甲]2266 難緣起，[甲][乙]2263。

尚：[甲]2263 有故，[甲]2266 有妻孥，[甲]、由[乙]865 如胡，[甲][乙]2263 不可，[甲][乙]2263 以難述，[甲][乙]2263 爲能破，[甲][乙]2263 相續ス，[乙]2263 以如此。

攝：[甲][乙]1822 與五十。

實：[三][宮]2122 不如請。

釋：[甲][乙]2317 有多。

受：[甲]1828 以。

田：[聖]211 無厭。

唯：[宋][元][宮]、惟[明]721 如貝，[宋][元][宮]、惟[明]721 如香氣。

相：[丙]2397 如界內。

信：[元][明]2102 不並是。

厭：[元][明]2145 夜光之。

攸：[三][宮]2122 子固嗣，[三][宮]2122 子固嗣。

尤：[甲]1969，[明]2121 在王曰。

由：[原]1796 如樹根，[原]1796 尚不匱，[原]1796 約偏眞。

由：[丙]1075 觀是色，[博]262 見乾燥，[宮]425 如貧匱，[宮]687，[宮]401 如金，[宮]425 虛空緣，[宮]480 如金，[和]261 如枯，[甲]1698 是三藏，[甲]1717 指掌如，[甲]1783 未盡是，[甲]1921 未已終，[甲]2075 即是不，[甲]867 如笑眼，[甲]1119 如滿月，[甲]1122 如盛夏，[甲]1717 強

次四，[甲]1717 有男女，[甲]1828 除三緣，[甲]1929 如日光，[甲]1932 未決余，[甲]2266 在故者，[甲]1929 有，[甲]1718 是輪迴，[甲]1719 寬從華，[甲]1736 有此障，[甲]1775 聲和響，[甲]1929 如大雲，[甲][丙]1056 如蓮華，[甲][乙][丙]1184 不能得，[明]1 是五欲，[明]2102 農夫，[明]2123 如明鏡，[明]2076 王意似，[明]2122，[明][甲]1175 如胡麻，[明][乙]996 證眞如，[明][乙]1086 布此想，[三]154 如小兒，[三]203 未，[三]212 風有出，[三]212 精勤畫，[三]1301 胎，[三]1 是種種，[三]154 師子吼，[三]842 迴轉火，[三]2152 是虛心，[三]197 有此，[三][宮]285 因本發，[三][宮]292 如塵世，[三][宮]1425，[三][宮]1435 不大減，[三][宮]2121 尚知偈，[三][宮]2122 來相剋，[三][宮]1462 汝不知，[三][宮]1505 故香香，[三][宮]1545 如商，[三][宮]1559，[三][宮]1579 未滅故，[三][宮]1595 如水鏡，[三][宮]1605 業故於，[三][宮]1646 如，[三][宮]1626 遠離灰，[三][宮][聖]310，[三][宮][聖]1602 勝義諦，[三][宮] [聖][另]285 自娛，[三][甲]1003 如來清，[三][聖]210 怨，[聖]211 走，[聖]350 豫於佛，[聖]425 若有魚，[聖]425，[聖]514 逢彼難，[聖]790 知人言，[聖]1721 如火宅，[聖]211 豫未，[聖]1563 如此，[聖]425 如水也，[聖]、增[另]1721 藉二法，[聖][另]1428 如，[另]1509 不

可信，[宋]810 如虛空，[宋]1103 如，[宋]721 如明鏡，[宋]842 如空花，[宋]1097 如童子，[宋]、[宮]801 如西方，[宋][宮]2121 如微風，[宋][宮]656 如有士，[宋][甲]1097 如鏡面，[宋][元]842 住見覺，[乙]1069 若蓮花，[乙]1909 君之總，[乙]2812 有汝於，[乙]950 此心住，[乙]1736 如世尊，[乙][丙]2777 助佛道，[元][明]186 是所作，[元][明]212，[元][明]397，[元][明]722 戒清淨，[元][明]817 是之故，[元][明]474 如此立，[元][明]2016 可得是。

油：[聖]425 蜜甘露。

遊：[三][宮]285 行，[元][明]186 虛空。

有：[明]2154 昏燈炬，[三][宮]671 如化夢，[三][宮][石]1509 如赤子。

於：[甲]2217 有學處，[甲]2362 聞思間，[甲]1851 諸行如，[甲]2217 此初開，[甲]2231 如來心，[甲]2299 菩薩藏，[甲][乙]2263 多勝計，[甲][乙]2254 情起貪，[三]2154 是虛心，[乙]1821 有想未，[乙]2215 是修，[元][明]26 日光速。

育：[宮]309 養四大。

喻：[原]1700 如真如。

喻：[三][宮]1425。

願：[宮]278 不值遇，[甲]2266。

岳：[甲]1860 如腐草。

指：[甲]1816 帶彼相。

諸：[宮]263 族姓子。

状：[三]613 如火光。

准：[宋][元][宮]、準[明]1425 故在汝，[宋][元][宮]、準[明]1425 故在汝。

撙：[三]154 繫其口。

遊

傲：[聖]1582 戲。

遍：[和]293 步勇猛，[宋][元][聖]徧[明]26 知非不。

採：[三][宮][石]1509 花林間。

禪：[三]2059 觀或七。

達：[三]2152 化承支。

調：[三][宮][聖]292 戲神。

飛：[三]1332 騰。

迦：[原]1776 葉佛時。

進：[聖]1435 行何不。

經：[甲]2335 歷橫遍。

令：[甲]、令遊[甲]2195 戲後令。

履：[三]125 步康強。

牧：[三]212 逸。

凝：[三][宮]2060 紫煙高。

起：[甲]2067 巖壑棲，[三][宮]1648 虛。

驅：[三]193 逐不停。

施：[宮]810 空一切，[三][宮]425 所。

逝：[宮]656 虛空神，[甲]1268 方行不，[甲]1918 去住自，[甲]2230 佛師子，[甲][乙]2390 耶毘逝，[甲][乙][丙][丁][戊]2187 久住他，[明]2102 者乎若，[三]2027，[三]212 無礙盡，[三]381，[三]198 心，[三][宮]

2060 又於此，[三][宮]309 去若淨，[三][宮]481 去荒穢，[三][宮]1453 洲今爲。

述：[三][宮]2034，[元]、游 0682。

逑：[乙]2296 異端競。

退：[三][宮]278 南方爾。

脩：[三][宮]1425 然不，[三][宮]1425 然不。

旋：[宮]309 無礙復，[三][宮]285 而無斷，[三][宮]292 往，[三][宮]481 三，[三][宮]2103 大梵流，[三][宮]2121 速，[三][宮]309 或以辟，[三][宮]459 諸力無，[三][宮]1430 軍象馬，[三][宮]2121 輒，[三][宮][聖]285 生，[三][宮][聖]376 往來若，[宋]99 步者能，[宋][元]721。

因：[甲]1736 險路懼。

由：[宮]425 至處多，[甲]2052 其，[甲]2195 經云太，[明][聖]221 行觀，[三]1547 二解脫，[三][宮]263 步康強，[三][宮]585 生焉能，[三][宮]616 處如是，[聖]211 來偶不，[乙]2223 戲已舊。

猶：[三][宮]425 無塵，[宋][宮]656 識度無。

游：[宮]279 彼福德，[甲]1786 也，[甲]1786 不定屬，[甲]1765 用三善，[甲]1786 人與所，[甲]1765 即其有，[甲]1730 諸佛淨，[甲]1786，[明]2060 浪，[明]220 戲於四，[明]12 行至彼，[明]下同 0682 而，[三]152 去悲喜，[三]375 之處丘，[三]375，[三]

2146 經一卷，[三][聖]375 其子，[宋][元]375 彼，[宋][元]375 獵所，[宋][元][宮]1685 止國城，[宋][元]下同 0375 行坐臥，[乙]1909 自在所。

輶：[元][明]2106 毛遂取。

友：[甲]1964 恒隨良，[甲]1964 恒隨良。

曰：[宮]263 忍界於。

在：[三][聖]211 林野心。

至：[明]221 一佛國，[明]222 一佛國。

種：[明]293 行一切。

周：[三]2154 歷諸國。

游

浮：[明]293 彼福德。

孤：[元][明]220 之假。

淨：[甲]1799 過分。

遶：[三][宮]452 梁棟間。

由：[三]2110 以知敬。

遊：[宮]2122 復有大，[宮]2122 京師止，[宮]2122，[宮]2122 行婬女，[甲]1784 於無量，[甲]2196 入善寂，[甲]2270 於溟海，[明]2121 徼司候，[明]1636 逸又若，[明]165 止其上，[明]下同 1636 戲神通，[三]2122 波羅奈，[三]2122 經云佛，[三]2122 行從摩，[三]2122 止此，[三]2122 行，[三][宮]2040 理家所，[三][宮]2122 戲因名，[元][明][宮]279 正遍知。

淤：[甲]2087 夏之徒。

止：[甲]1783 佛所護。

猷

猶：[聖]481 無所希。

猶

猶：[明]2102 同篋。

犕

犕：[元][明][甲]2053 拔同師。

友

發：[甲]2053 棲巖寺。

反：[宮]2121 逼飲酒，[甲]2128
也杜注，[甲]1805 自安忍，[甲]1735
讚後要，[三]2151 途經鄔，[聖]1723
不靜爲，[另]1451 此是佛，[宋]152 爲
相國，[元][明][宮]817 矣其所。

返：[明]2103 長免愛，[三]186 稱
平等。

故：[宮]2074 忽，[宮]2074 忽。

厚：[三]153，[三][宮]1428 如，
[三][宮]1428 意取句，[三][宮]1428 知
識各，[三][宮]1488 中不令，[三][宮]、
意[聖]1428 意取句，[三][宮][聖]1428
故説或。

灰：[聖]425，[聖]425。

及：[明]1450 人民熾，[三]2122
於三月，[三][宮]1464 阿闍梨，[聖]
425。

來：[三]895 善友惡。

力：[三][宮]310 淨信聞。

各：[宮]322 亦我無。

女：[甲]1963 得兒來。

人：[明]721 麁獷喜。

師：[聖]225 品第十。

土：[聖]1788。

爲：[元][明]24 善必破。

文：[聖]2157 或一云。

聞：[三][宮]309 者不可。

業：[丙]1056 不能移。

益：[宮]2102。

有：[明]1450 捨離多，[聖]1488
諸煩惱，[聖][另]790 不固不，[宋]
[元][宮]397 得善友，[元][明][另]790
道。

祐：[三]125 福。

之：[甲]1782 中各各。

支：[甲]2193 故云眞，[甲]2195
無聞非，[原][甲]1851 行也。

支：[甲]2084 入火車，[原]1764
等簡惡。

支：[宮]2043 乃至弗，[宮]2034
國王之，[宮]425 一會説，[明]1459 地
二相，[三]2145 道人書，[三][宮]1579
共住隨，[三][宮]2060，[三][宮]1579
證損害，[聖]1442 地二茫，[聖][另]
1442 地二茫，[宋]2149 譯諸録，[宋]
202 極懷歡，[元]1106，[知]598 黨眷
屬。

志：[元][明]1692，[元][明]1692。

有

愛：[宮]1547 愛是習。

白：[甲]1828 顯二身。

百：[原]1851 千萬世。

百：[宮]1558 我見行，[宮]1545
不能，[宮]2034 關西子，[甲]2261 如

是如，[甲]2299 說論主，[甲]1782 千
妙寶，[甲]1811 論息惡，[甲]1813 官
謂餘，[甲]2266 情，[甲]、有[甲]1782
千眾生，[甲]1721 餘，[明]2016 法明
心，[三][宮]1509 由旬數，[戊][己]
2089 八十五，[乙]2394。

被：[三][宮]279。

本：[甲]2434 質色與，[三]657
人能爲，[聖]1562 頌曰。

彼：[三][宮]415 眾生樂，[元][明]
765 多聞其。

必：[甲]1735 始始。

弼：[三]2105 金剛。

別：[甲]2266 多。

別：[宮]1647 闕此義，[甲]1202
法於屍，[乙]1821 經部師。

不：[乙]2249 定故爲。

不：[宮]244 未入曼，[甲]1361
圓滿唯，[甲]2400 難況求，[甲]、有
[甲]1782 證空而，[明]2034 弊，[明]
261 實耶惡，[明]1566 作者，[明][甲]
1988 順水之，[三]2087 那，[三]99 於
不瞋，[三][宮]2103 言言，[三][宮]
2122 說則自，[三][宮]1546 得聖道，
[三][宮]1546 顛倒耶，[聖]1509，
[宋]、生[元][明]1187 十力成，[宋]
[宮]2122 說彼尊，[宋][元]222 我不
計，[乙]2296 定，[元]1579 利，[元]
[明]291 響亦不，[元][明]99 能與如，
[元][明]1562 能生。

布：[丙]2092，[別]397 諸華常，
[明]1441 五種比，[三]212，[三][宮]
341 施與何，[三][聖]190 施飯人，[聖]

221 得我物，[聖][另]1459 怖謂等。

倉：[三]184 鷹飛來。

叉：[三][宮]下同 1646 人修。

常：[甲][乙]1822 起愛皆。

瞋：[三][宮]271 刺。

成：[甲]2017 緣生無，[三][宮]
532 實然其。

持：[三][宮]397 三世及，[元][明]
[聖]211 戒人。

蟲：[甲]1806。

出：[甲]1863 者亦名。

出：[三]185 日光目，[宋][宮][石]
1509。

除：[三][宮]1428 有知男。

處：[三][宮]1425 一切比，[宋]
423 爲愛欲。

此：[甲]2299 此即佛，[明]2076
一事實，[三]193 轂勇貴，[聖]1595
六相實，[乙]2309 思惟一，[乙]1822。

次：[三]201 有一臣，[三][宮]754
五百麂，[三][宮]721 修行者，[三]
[宮]721 業力隨，[三][宮]1579 差別
謂，[三][宮][聖]1428 五，[聖]1509 入
音聲，[聖]1428 五法成。

從：[三]374。

存：[原]2339 相見真。

存：[甲]1724 是處，[甲]1733 後
釋四，[甲]1736 頌見業，[甲]2249 其
疑故，[甲]2036 知解者，[甲][乙]1775
行斯則，[明]375 過去業，[宋]1694 身
以爲，[宋]363 菩薩發，[乙]2263 智
增悲，[元][明]2016 能所以。

大：[三]1564 涅槃，[宋]1577，

[宋][元]2061 宋高僧。

　帶：[乙]2263。

　但：[三][宮]1809 三發三。

　道：[元][明][聖]397 能施歡。

　得：[和]293 功，[甲]1735 佛智，[甲]2300 無方之，[甲][乙]2263 其理何，[明]2110 兼濟之，[三]1 泄遣人，[三]375 阿耨，[三][宮]374 罪者汝，[三][宮]638 罵詈撾，[三][宮]664，[三][宮]732 鬚，[三][宮]1547 二種道，[三][宮]1672，[三][宮]2122 癡身如，[三][宮]1435 若床榻，[三][宮]1488 二定一，[三][宮][聖]586 如是無，[三][聖]125 所因，[乙]2263，[乙]2795 藥。

　等：[甲][乙]1822 不是有。

　掉：[三][宮]1546 如是壞。

　多：[原]2408 方等陀。

　多：[三]2110 過立不，[三]、則[宮]1562 財釋則，[三][宮]1442 利養爲。

　而：[宮]670 非有不，[宮]1571 證得等，[甲]2270 非自能，[三][宮]2122 多智，[三][宮]310 行爾時。

　爾：[甲]2323 若光釋，[甲][乙]1822 非是近。

　二：[甲]1840 變易而。

　法：[甲]1705 生故無，[三][宮]1606 損害恚，[元][明]656 要復有。

　凡：[三][宮]2034 十品一。

　犯：[三][宮]1435 可悔。

　方：[甲]2271 不定之，[三]2154 鳩摩羅，[三]2088 言贍部，[三][宮]

414 無數諸，[乙]2391 羯磨杵。

　非：[原]2339 餘依身。

　非：[甲]2266 戒謂，[甲]2274 此過云，[甲][乙]1822 七種有。

　分：[原]、立[甲]1887。

　分：[甲][乙]1822 依一施，[甲][乙]1822 依一施。

　否：[甲]2250 二解初。

　佛：[甲]2304 唯獨一，[三][宮]1488 形像身。

　符：[甲]1782 結實之。

　府：[宮]2123 也，[甲]2035 請慈雲，[乙]2376 官明據。

　復：[明]25 熏修大，[三]125 憂，[三]2104 何咎奏，[三]375 擯殺無，[三]375 説言行，[三][宮][石]1509 變化而，[三][聖]643 諸欲爾，[聖]1425 福田有。

　縛：[三][知]26。

　敢：[明]882 違越者。

　各：[乙]1723 稟教，[乙]1736 十義並。

　古：[甲]2274 説相違，[三][宮]2060 送終奚。

　骨：[甲]2299 定佛法。

　貴：[宋][宮]2103 大患莫，[宋][宮]2103 大患莫。

　果：[甲]1736 士夫用，[甲][乙]1822 間隔後，[明]1644 子多。

　好：[三][宮]1428 鬪諍事。

　何：[宮]721 河其，[宮]1912 生故，[甲]2309 三一釋，[甲]1863 無性別，[三]14。

後：[宮][聖]1421 樂，[三]1331 末世諸，[三][宮]1435 時憂婆，[宋][元]353 煩惱有。

化：[甲]2053 而雙照，[明]2030 緣。

懷：[三][宮]638 危害。

幻：[甲][乙]2309 成宗異。

或：[原]1856。

或：[甲]2207 惡之章，[甲]2266 説應言，[甲]2266 説唯新，[明]202 一人，[明]310 定名爲，[三][宮]1428 疑者佛，[三][宮]1435 是事難，[三][宮]1553 不，[元][明][石]1509 不。

即：[乙]1830 殊又以，[原][甲]1781 是於空。

即：[乙]2309 滿故云。

即：[甲]1723 殊如名，[甲]904 相自，[甲]2219 字義相，[甲]2270 指瑜伽，[甲]2366 五種位，[甲][乙]1822，[甲][乙]1822 五一辨，[甲][乙]2309 是大乘，[乙]1821 四智謂。

疾：[三][宮]683 病餘福，[三][宮]403 病者身。

假：[乙]2309 名無實。

肩：[宋][元]448 佛南無。

間：[甲][乙]2261 智者觀，[元][明]223 善男子。

見：[原]1851 分別天。

見：[明]278，[明]1571 諸色雖，[明]2060 衣冠者，[三]190 一佛，[三]25 膿血一，[三]99 衆生，[三]220 竟不可，[三]1340 迦，[三][宮]1435 床出男，[三][宮]2059 蜈蚣，[三][宮]222

無所有，[三][宮]278 不能了，[三][宮]279 住於無，[三][宮]721 蛟龍，[聖]1733 九種信，[元][明]2016 擔山雞。

角：[宋][元][宮]1565 朋法作。

教：[三]220 般若波。

皆：[原]、背[甲]2301 文證故。

皆：[甲][乙]1816 失念故。

戒：[元][明]1428。

界：[甲]2412，[三][宮]785 不復染，[三][宮]671 中，[三][宮]1552 中有四。

經：[甲][乙]1822 部難也。

久：[三][宮]271 善行多。

居：[三]99 上妙堂。

舉：[甲]1736 其二故。

具：[原]1744 三，[原]1744 三。

具：[甲]1813，[甲]1924 於淨用，[甲]1842 攝四若，[甲]2274 三相也，[甲]、〔有〕－[乙]2328 漏無漏，[甲][乙]2328 恒隨轉，[明][宮]1602 八分謂，[乙]1736 一百五，[乙]2263 前後變。

決：[三][宮]657 定法名，[三][宮]657 定種。

捥：[三]1579 力能所。

覺：[甲][乙]2215 性功德，[三]945 觸如來。

看：[三][宮]2122 耕田人。

可：[甲][乙]1822 轉得隨，[甲]2261 假立爲，[明]2 二天，[明]1549 瞻蔔花，[明]2103 寄於是，[三][宮]221 財物飲，[三][宮]1425 知男子，[三][聖]224 極亦不，[三][聖]1440 出

物以，[宋]2122 小福故，[乙]1723 前
後涅，[乙]1821 見，[元]1548 愛非有。

肯：[三][宮]481 合，[三][聖]172
應對，[聖]1421 人來者。

空：[甲][乙]2309 如幻緣，[甲]
1911 非有故。

苦：[明]374 因緣生，[聖]663 行
善者，[乙]2263。

賴：[聖]375 呪藥者。

了：[甲][乙]1822 過去道。

離：[三]1552。

里：[聖]1733 功力無。

力：[三]616 四種一。

立：[甲][乙]1822 餘五種，[甲]
1851。

憐：[三][宮]1458 愛。

兩：[甲][乙]1822 身根能，[三]
[宮]1546 說者盡。

令：[三][宮]2104 洛邑僧。

六：[三][宮]2102 方當抗。

滿：[三][宮]1435 五百人。

盲：[甲]1781 等者非。

妙：[元][明]99 心願樂。

名：[甲]1736 多法門，[甲]2266
等覺菩，[三][宮]2122 樹木一，[宋]
[宮]、名有[元][宮]425 餘度無。

明：[甲]2017 利他之，[三][宮]、
眼[聖]397 因緣唯，[原]1744 歸有幾，
[原][甲]1825 三別初，[原]1855 開四
重。

莫：[甲]2015。

乃：[甲]2296 上足，[宋]1545 得
道俱。

難：[三]1 時。

能：[甲][乙]1822 變礙而，[明]
443 持彼佛，[明]375 至心聽，[明]443
持彼佛，[三][宮][聖]765 於忿已，[三]
[宮]425 勸助是，[三][宮]443 持彼佛，
[三][宮]2122 至心聽，[三]186 堅固
此，[三]203 識者波，[三]1421 覩若
斯。

年：[三][宮]309 餘未會。

念：[明]220 一來不。

七：[甲]2266 句應立。

其：[宮]309 起滅思，[宮]271 異
亦悉，[宮]717 望生亦，[宮]815 諸樹
木，[甲][乙]1822 輕性火，[甲]1735 沒
中所，[甲]1736 文也復，[甲]2195 子
又，[明]293 衆，[明]2137 自性能，
[三]、有值眞值其眞[宮]2103 值眞纔，
[三][宮]345 船於時，[三][宮]398 幾，
[三][宮]403 心自在，[三][宮]640 人則
爲，[三][宮]1458 尊，[三][宮]1549 定
處云，[三][宮]1591 情數然，[三][宮]
1649 中間禪，[三][宮]2053 聖迹皆，
[三]125 所願由，[三]196 盲聾母，
[三]474 佛土有，[三]945 見現在，
[聖]221 宮殿舍，[宋][明][宮]、具[元]
1611 退轉爲，[宋][明][宮]2122 父母
者，[原]、[甲]1744 量齊虛。

臍：[甲]2400 入連於。

起：[甲]1736 想，[乙]2263 故。

前：[宮]2122 過去諸，[甲]2837
際生，[三][宮][聖][另]1563 二因義，
[三][宮]1442 說言，[乙]2157 五十八，
[原]2194 所翻即，[原]2270 記。

遣：[三][宮]1690 餘又如。

青：[明]1549 定意識，[三][宮]1459 毛者彼，[原]2247 等色也。

情：[三][宮]1545。

求：[甲]1280 一切財，[原]904 圓滿獲。

軀：[宮]2058 五百。

全：[三]2121 勝化樂。

然：[三][聖]1 佛於是。

染：[甲]1733 不著三。

人：[宮]659 惡口罵，[明]639 從王者，[三][宮]397 毀謗住，[三][宮]414 愍念汝，[三]375 心口異，[元][明][宮]374 心口異。

妊：[元][明][宮]614 子則死。

如：[明]380 少許鄙，[明]1568，[三][宮]606 賊拔刀，[三][宮]1648 雨於是，[三][宮]2122 大唐武，[三]20 罪人久，[三]212 一長者，[聖]200 毛髮悔，[乙]2309 此四法，[元][明]、－[宋][宮][聖]223 謂，[原]1829 下無明。

汝：[三]1435 惱他。

若：[甲]2266 爲非有，[甲]936 自，[甲]1775 惡蛇將，[甲]1775 意作意，[甲]1929 無量四，[明][敦][縮]450 諸有情，[明]220 善男子，[明]1647，[三][宮]468，[三][宮]1437 比丘尼，[三][宮][聖]223 憎有，[三][宮]1425 衆生一，[三][宮]1428，[三][宮]1488 人受持，[三][宮]1488 人說言，[三]1 比丘有，[三]192 言有後，[三]375 人掘地，[乙][丙]1172 能持此，[原][甲]1829 言相一。

三：[甲]1840 亦本亦。

色：[甲][乙]2263，[甲][乙]2263 處非，[三]1550，[乙]2263 境名有。

善：[三][宮]2049 解，[三]190 友常。

上：[甲]2035 崩獲免，[甲]2402 有作月，[聖]375 肉髻無。

少：[三]203 王聞是。

攝：[聖]1541 漏處攝。

身：[宮][聖]1425 行口行，[宮]385 誰造此，[宮]425 餘度無，[三][宮]414 常不淨，[三][宮]1558 樂支，[三][宮]606 歸命其，[三][宮]627 現者以，[三]152 想龍大。

生：[宮][聖]310 究竟能，[甲]1782 三疑一，[甲]2262 其果故，[甲]2266 識轉如，[甲]2371 諸法故，[三][宮]606 青蓮五，[三][宮]2122 而無窮，[三]125，[元][明][宮]551 子已有，[原]1821 審有如。

省：[聖]225 盡不達，[乙]1724 過不。

失：[甲][乙]1822 我，[三][宮]2060 緒嘉績。

十：[三][宮]2085 四大僧，[三][宮]2122 八醜來，[元]1488 是處。

食：[明]2076 拾，[宋][明]2122 修善法。

實：[原][甲]2266 俗中實，[原][乙]2219 性述記。

使：[三][宮]414 諸水陸，[宋][宮]397 惡又令。

始：[宋][宮]1509 始見雖。

世：[元][明]468 醫師明。

市：[元][明]1451 賣香童。

事：[三][宮]1462 三罪。

是：[宮][聖]397 名，[宮]1703 取疑，[甲]2425 諸惡，[甲]1698，[甲]1736 座矣疏，[甲]1792 父母生，[甲]1802 如來流，[甲]1829 自性及，[甲]2223 菩薩即，[明]310 苦故便，[明]1440，[明]1562 安住不，[明]1571 外道起，[三][宮]1452 犯者咸，[三][宮]1545 爲縁無，[三][宮]1562 學八道，[三][宮][聖][石]1509，[三][宮][石]1509 法諸佛，[三][宮]223 我，[三][宮]657 處世尊，[三][宮]1435 福德人，[三][宮]1459 水濕澈，[三][宮]1509 佛，[三][宮]1558，[三][宮]2033 有中陰，[三][宮]2123 怖異生，[三]374 肉眼我，[三]1545 因縁故，[聖][石]1509 法出法，[聖][石]1509 法得阿，[乙][丙]2810 積聚變，[乙]2263 化現者，[原]1844 本覺而。

勢：[三][宮]657 力能令。

首：[甲]2035 七百俱。

書：[三]153 不綜王。

樹：[乙][丁]2244 神名曰。

説：[甲][乙]1866 四諦此，[甲]1816 執我妄，[甲]1873 故與不，[三][宮]1571。

思：[甲][乙]1736 之疏又，[聖][另]1541 意觸思，[聖]1549 想。

死：[久]1488 故善男，[三]375 既已盡。

四：[甲]2362 義釋文。

隨：[三]397 所説法。

遂：[三][宮]2122 不。

孫：[甲]2274 微等如。

所：[宮]1521 愧時知，[宮]1545 爲縁隨，[甲][乙]1736 用故，[甲][乙]1822 端嚴是，[甲]1736 局者加，[甲]2901 怖，[明]205 貪求也，[明]656 斷滅一，[明]1544 謂見所，[明]1604 障礙偈，[明]1631 能遮，[三]682 厭倦一，[三][宮]304 迫窄，[三][宮]411 猜慮身，[三][宮]1631 能遮，[三][宮][聖][另]342 歸是謂，[三][宮][聖][知]1579 顧戀於，[三][宮][知]266 修軌迹，[三][宮]222 法界是，[三][宮]263 失而説，[三][宮]279 希求四，[三][宮]374 盡多所，[三][宮]585 依倚所，[三][宮]585 志願無，[三][宮]624 生無所，[三][宮]1581 恪惜云，[三]125 愛惜是，[三]154 所作不，[三]170 恐畏如，[三]212 憂當念，[三]410 闕失常，[三]627 患至，[三]2152 犯佛頂，[聖]222 處，[聖]125，[聖]222，[另]790 疑，[宋][宮]221 形便發，[宋][宮]656 難，[原]1818 爲事也。

天：[知]741 護有德。

添：[明]2076 冤。

聽：[聖]221 受者不。

同：[甲][乙]2249，[甲]1778 邪法乃，[甲]1785 不無是，[原]1863 漏可能。

外：[三][宮]721 眼耳鼻，[三][宮]2122 何物而，[聖]397 諸法亦。

唯：[甲]1821 一所，[三][宮]1545

攝自性，[三][宮]1588 心無外，[乙]
1821 八。

爲：[丙]1823 緣能起，[宮]、一
[聖]425 要是曰，[宮]221 爲無爲，[宮]
532 人無有，[宮]635 四精，[甲]1736
增上緣，[甲]2782 常存名，[甲][乙]
[丙][丁][戊]2187 四第一，[甲][乙]
1866 自語相，[甲]1289 情常，[甲]
1718 萬一度，[甲]1736 我身相，[甲]
1736 一遮那，[甲]1736 諸魔外，[甲]
1742 刹不可，[甲]1816 二，[甲]1851
捨義第，[甲]1861 能受者，[甲]1912
寒泉文，[甲]1922 觀行法，[甲]1922
悉能捨，[甲]2217 二初五，[甲]2217
二德一，[甲]2266 四句亦，[甲]2266
無尋無，[甲]2273 不定餘，[甲]2323
遮餘部，[甲]2434 唵，[甲]2434 地前
菩，[甲]2434 方，[甲]2434 根本所，
[甲]2434 所詮義，[甲]2434 一分故，
[甲]2434 諸法之，[甲]2775 此瑞，[甲]
2775 羅漢名，[甲]2782 能爲故，[甲]
2810 大三藏，[甲]2823 應尋引，[明]
374 惡煩惱，[三]2149 善神潛，[三]
[宮]263 一未曾，[三][宮][知]598 持
如來，[三][宮]294 夜天名，[三][宮]
309 幾，[三][宮]325，[三][宮]397 煩
惱所，[三][宮]585 實，[三][宮]754 師
子王，[三][宮]1599 三障一，[三][宮]
1646 過我今，[三][宮]2122 神理精，
[三]14 因，[三]23 著有想，[三]26 剃
除鬚，[三]99 因生出，[三]125 食，
[三]186 紫磨金，[三]201 慚愧若，[聖]
[另]1721 四一知，[聖]223 住處無，

[聖]606 三脫安，[聖]606 終始患，[聖]
675 諸比，[聖]1721 二初明，[石]1509
魔如是，[宋][元][宮]1585 究理且，[乙]
[丙]2778 給，[乙]897 法事先，[乙]
2261 異今燈，[乙]2362 覺義者，[乙]
2810 差別者，[元][明]204 大動，[原]
2362 取字麁，[原][甲]1825 三一總，
[原]1744 二，[原]1818 慧今辨，[原]
1818 五種一，[原]2337 純雜故。

違：[三][宮]2103 失且見。

偽：[三][宮]2122 尚書令。

未：[三][宮]294 無價。

畏：[宮]397 證無畏。

謂：[明]676 離繫菩，[三][宮][聖]
1579 愛味又，[石]1509 色受想，[乙]
2309 審察以。

文：[甲]2195 說華積。

聞：[三]402 此經一，[宋]125 所
聞不。

問：[三][宮]588。

我：[宮]664 功德得，[甲]1822，
[明]1442 安樂在。

無：[丙]2397 爲功，[宮]398 處，
[宮]1559 異應一，[宮]1572 方，[甲]
1829 力能彼，[甲]1834 漏如有，[甲]
2372 別故天，[甲][乙]1709 漏善若，
[甲][乙]2259，[甲][乙]2362 量也無，
[甲]1717 翻三和，[甲]1736 第二句，
[甲]1736 所局，[甲]1816，[甲]1841 故
辨闕，[甲]1841 故辨違，[甲]1851 四
二人，[甲]1863 漏作，[甲]1863 爲耶，
[甲]1881 自體但，[甲]1929 爲法名，
[甲]2223 所樂求，[甲]2266 不知無，

[甲]2266 失夫先，[甲]2266 相行如，[甲]2274 故有兩，[甲]2290 能所境，[甲]2299 實別爲，[甲]2339，[甲]2371 消，[明]2123 綺語若，[明][宮]310 爲，[明]125 智慧兼，[明]1546 漏行無，[明]1616 法空十，[三][宮]477 諸法，[三][宮]1488 作無無，[三][宮]1543 觀意更，[三][宮]1543 解脱心，[三][宮]1548 間地獄，[三][宮]1592 二，[三][宮]1808 慚者寡，[三]1 色想觀，[三]20 諸喜怒，[三]140 所減少，[三]212 漏，[三]220 異生乃，[三]375 常常見，[三]1435，[三]1435 漏心從，[三]1453 染苾芻，[三]1563 染心通，[三]2154 其名今，[聖]1541 漏斷，[聖][另][石]1509 若除鏡，[聖]1428 人持應，[另]1428 愛，[宋][宮]401 所躅除，[宋][元][宮]1631 者則無，[宋][元]751 憂慼我，[宋][元]1425 蟲，[乙]2261 退，[乙]2263 對以，[乙]2263 漏也或，[乙]2263 無，[乙]2296 開之與，[乙]2296 正因性，[乙]2317 見造色，[乙]2408 法，[元][明]1509 佛國衆，[元]325 異方便，[元]1579 缺所作，[原]1861，[原][甲]1825 破果有，[原]1840 異品瓶，[原]1851 無外無，[原]1851 性可得，[原]2202 其所以，[原]2339 漏餘十，[原]2339 有下法。

五：[宮]282 所思時。

勿：[原][甲]2196 失墜後。

夕：[另]1428 曼陀。

希：[宋]639 恰惜。

昔：[宮]2049 所見聞，[甲]1782 宿世之。

下：[三][宮]2122 安柏柱。

相：[三]682 體，[三]1597 外緣所，[原]、相[甲]2006 兼帶忽。

心：[丙]2396 之中分。

行：[宮]1435，[宮]1451 餘瓔珞，[甲]1731，[明][甲]997 瞋恚獲，[三][宮]221 布施不，[三][宮]1581 施者心，[三]26 盡滅如，[三]229 不可得，[聖]210 無作無，[聖]1582，[聖]1733 生受望，[元]1579 情，[元][明]1545 頂皆現，[元]446 善男子。

修：[明]220 資具若，[三][宮]656 何功德，[聖]268 性相，[宋][宮]322 以不我。

脩：[聖]211 道德正。

續：[中]223 疑悔難。

學：[三]201 善。

言：[宮]374 陰，[宮]2074 二因緣，[明]1482 瞿曇沙，[明]1562 謗，[明]1562 情言無，[三]125 衆生知，[三][宮]273 見佛言，[三][宮]1563 三明者，[三][宮]2059 別譯數，[聖]125 十一法，[宋]310 一切諸，[宋]1545 五三一，[宋][宮]273 見無住，[宋]1566 處有體，[宋]1585 大乘阿，[宋]1596 餘心者，[乙]2263。

耶：[甲]1842 唯正顯，[甲]2299 常故説，[乙]2309 是此二。

一：[宮]1545 不善根，[宮]2074 人來語，[甲]2299 質薩婆，[三][宮]1435 比丘於，[宋]2154 二十六，[乙]1736 師正。

以：[甲]1735 量耶故，[甲]1924 知諸法，[明]268 五百鐵，[三]1 何緣虛，[三]220 何因緣，[三][宮][另]1428 五事毀，[三][宮]425 無漏行，[三][宮]517 四，[三]152 治師去，[三]1339 十六鬲，[聖][另]1435 何事，[聖]397 正見得，[聖]1428 小事便，[石]1509 異因緣，[宋][宮]2122 指爪甲，[乙]1909 神力還。

矣：[元][明]790 非這。

亦：[甲]1735 三初明，[甲][乙][內][丁]2092 合死世，[三][宮]、能[聖]376 能殺人，[三]25 二岐道，[三]220 不見有，[聖]397 三種一，[聖]1552 説知，[元]1566 處有人。

異：[甲][乙]1822 部宗，[甲][乙]1822 四種如，[三][宮]478 異。

意：[甲]2195 四乘眞，[甲][乙]1822 識起即，[元][明]228。

因：[甲]2266 有滅此，[三]198 是身歸，[聖]1509 因。

淫：[元]2145 有無現。

應：[甲]1736 法者亦。

永：[元][明]99 離三有。

用：[宮]731 鐵椎相，[甲]1781，[甲][乙]1929 對治約，[甲]2250 七種從，[明]651 菩提及，[三][宮]、間[聖]284 人説佛，[三][宮]616 而能與，[三][宮]1571 體顛倒，[原]2262 因中故。

憂：[三][宮]1548 喜不苦，[乙]2259 根雖。

優：[甲]1781 劣也二。

由：[宮]1501 嬾墮懈，[甲]1735 滿業因，[甲]1736 客障覆，[甲]1847 第二義，[明]1595 別轉異，[明][宮]1551，[明]1547，[明]1563 一類，[乙]2092 能上。

油：[另]310 人使我。

友：[明]1488 之身是，[三][宮]665 諸誆人，[三][宮]1488 惡有，[原]2425 軍。

又：[宮]、－[甲]1912 入假菩，[宮]616 覺觀語，[宮][甲]1912 多惛惛，[宮]1435 比丘犯，[甲][乙]1822 漸命終，[甲][乙]1822 説若於，[甲][乙]1822 餘師説，[甲][乙]1822 執耳根，[甲][乙]2263 助，[甲]1705 云以五，[甲]1717 色下詮，[甲]1733 此十種，[甲]1735 二一，[甲]1830 彼本，[甲]2006 將此相，[甲]2075，[甲]2075 問法師，[甲]2075 云去也，[甲]2837，[明][宮]1435，[明]1435 二驅出，[明]1453 輒披五，[明]2088 引醫，[三]125 我不，[三][宮]、－[聖]1435 言云何，[三][宮]1570 憶念名，[三][宮][聖][另]1435 比，[三][宮][聖]754 諸衆生，[三][宮]285 復能行，[三][宮]585 行，[三][宮]606 便手無，[三][宮]606 時不念，[三][宮]616 名安隱，[三][宮]616 疑遮諸，[三][宮]630 不知法，[三][宮]810，[三][宮]1425 能布，[三][宮]1425 人者此，[三][宮]1435 比丘尼，[三][宮]1435 二比丘，[三][宮]1435 時大雷，[三][宮]1435 賊捉一，[三][宮]1463 一病比，[三][宮]1463 一看病，

[三][宮]1471 論語有，[三][宮]1521 清淨者，[三][宮]1558，[三][宮]1646，[三][宮]1646 汝，[三][宮]1646 捨此五，[三][宮]1646 所起作，[三][宮]1646 行者法，[三][宮]1646 一比丘，[三][宮]1646 一切，[三][宮]1646 遊諸國，[三][宮]1646 障解脫，[三][宮]2042 墮生老，[三][宮]2122 時睡眠，[三]23，[三]125 復內外，[三]125 復妄語，[三]125 能堪任，[三]125 我後時，[三]125 我無過，[三]125 諸天在，[三]200 初淺，[三]201 人，[三]1644 一小門，[三]1646 人說三，[三]2149 廣略，[三]下同 1646 坐禪人，[聖]、有一種人[石]1509 言六十，[聖]1425 言爲我，[聖]1579 於過去，[另]1435 比丘尼，[另]1721 三句一，[乙]1723 解，[乙]1821 謂未來，[乙]2263 助解知，[乙]2777 三，[元][明][宮]614 能聚衆，[原]、[甲]1744 言其，[原]1776 是知性，[原]1818 二前兩，[原]1839 亦，[原]1840 二此因，[原]1858 何物而，[原]2339 因。

右：[丙]2120 銀臺門，[甲]2128 作橋非，[甲]1112，[甲]2792 肩二脱，[三]、在[甲]901 二，[三][宮]513 族姓愍，[三][宮]2059 司奏曰，[三]1007 八臂，[三]2106 司，[聖]1425 司令，[聖]1425 司攝繫，[宋][元][宮]1425，[宋][元]2123 司菩薩，[元][明]627 坐菩薩。

於：[甲]2300 神我，[甲]2907 盡於虛，[三][宮]1539 因謂因，[三][宮]

[聖]1579 我某菩，[三][宮]300 一切處，[三][宮]398 諸法界，[三][宮]671 作業不，[三][宮]1428 諸重事，[三][宮]1551 香地，[三][宮]1602 勝劣或，[三][宮]2060 遺教而，[三]1603 去來，[宋][明]310 菩薩乘，[乙]2795，[元][明]1525 多資生。

餘：[甲][乙]1822 無漏皆，[甲]2266 餘梵行，[三][宮]1462 四千以。

雨：[原]961 甘露智。

與：[甲]2371 第八識，[三][宮][甲]901 如是等，[三][宮]749 一阿含，[三][宮]1585 念，[三][宮]1810 羯磨在。

育：[宮]669 一男，[乙]2092 一育熊，[元]1579 一於慚。

浴：[元]、627 八味水。

欲：[和]293 自性少，[聖]1428 與我者。

遇：[三][宮]2122 童子戲。

喻：[明][聖]663 諸天世。

緣：[三]1591 諸色然。

曰：[三][宮]1435，[三][宮]1435 是諸房。

約：[甲]1736。

月：[宮]839 之果又，[明]1299，[三][宮]2122 一日十，[聖]157 可畏獄。

云：[甲]2300 二滿慈，[甲][乙]2250 七八，[甲]2157 善馬有，[三][宮][石]1509 何，[乙]2263 何，[元][明]2016 何因有。

蘊：[甲]、有蘊[乙]2263 未心除。

[甲]2261，[甲]2266 意説此，[甲]2299
七珍之，[甲]2339，[甲][乙][丙]1098
何得如，[甲][乙][丙]1866 舍，[甲][乙]
1822 所施事，[甲][乙]2190 所謂，[甲]
[乙]2250 此言意，[甲][乙]2254 轉緩
也，[甲][乙]2259 何樂滅，[甲][乙]
2261 不立聖，[甲][乙]2328 何故爲，
[甲]1227 皆大振，[甲]1705 云王姓，
[甲]1709 同前解，[甲]1722 良由此，
[甲]1724 斯十妙，[甲]1724 四，[甲]
1724 無聞非，[甲]1742 在，[甲]1763
此就因，[甲]1763 何甚，[甲]1763 決
定有，[甲]1763 六譬前，[甲]1778 世
俗見，[甲]1778 爲不如，[甲]1781 法，
[甲]1782 滅盡有，[甲]1782 其木勁，
[甲]1782 求也此，[甲]1782 虛妄分，
[甲]1782 眞如，[甲]1813 總舉應，[甲]
1816 二一總，[甲]1816 四一菩，[甲]
1851 人迷事，[甲]1886 質繫於，[甲]
2128 矢字，[甲]2130 聞阿耶，[甲]
2195 何失，[甲]2195 異解脱，[甲]
2196 四諦決，[甲]2196 爲他廣，[甲]
2217 內外，[甲]2217 引菩薩，[甲]
2219 涅槃疏，[甲]2249 法後得，[甲]
2250 此類，[甲]2255 不應有，[甲]
2255 道生時，[甲]2261 故斯論，[甲]
2261 情身心，[甲]2261 捨心者，[甲]
2261 相違決，[甲]2261 一者五，[甲]
2261 於此二，[甲]2261 云範，[甲]
2261 衆生厭，[甲]2266 超越，[甲]
2266 處所有，[甲]2266 二三別，[甲]
2266 何須多，[甲]2266 能所以，[甲]
2266 是，[甲]2266 爲之義，[甲]2266

違宗過，[甲]2266 無記法，[甲]2266
無想天，[甲]2266 學三種，[甲]2266
一者緣，[甲]2266 有別法，[甲]2266
者舉所，[甲]2266 衆，[甲]2269 如何
可，[甲]2270 別名宗，[甲]2270 四不
成，[甲]2273 火宗二，[甲]2274，[甲]
2274 但簡共，[甲]2274 當相無，[甲]
2281，[甲]2281 云趣，[甲]2290 六趣
覺，[甲]2299 觸者對，[甲]2299 多不
識，[甲]2299 內外自，[甲]2300 所生
王，[甲]2328 法爾無，[甲]2339 三界
外，[甲]2339 一種三，[甲]2434 出，
[甲]2434 所依義，[明]1559 勝果爲，
[明]1562 去來經，[明]316 佛名蓮，
[明]1462 一羯磨，[明]1560 而不起，
[明]1565 平等相，[明]1566 陰起老，
[三]23 顏色遂，[三]1505 中，[三][宮]
310 謂，[三][宮][聖]1509 遍滿具，
[三][宮][聖]1579 名廣二，[三][宮]
374 隨順他，[三][宮]632，[三][宮]
637 無貪不，[三][宮]671，[三][宮]721
故唯一，[三][宮]730 釋迦文，[三]
[宮]785，[三][宮]1425 分數者，[三]
[宮]1439 僧二有，[三][宮]1464 忍意
於，[三][宮]1506 無量種，[三][宮]
1545 七，[三][宮]1546，[三][宮]1546
是決定，[三][宮]1547 何得見，[三]
[宮]1549 諸方便，[三][宮]1558 執受
諸，[三][宮]1562 亦如經，[三][宮]
1604，[三][宮]2102 厝，[三][宮]2121
此身欲，[三][宮]2121 國王有，[三]
[宮]2122 不須羯，[三][宮]2122 重或
有，[三][宮]2123 不須羯，[三]193 醉

象弊，[三]196 二賢從，[三]205 三百餘，[三]209 夫婦有，[三]211 國王有，[三]212 十，[三]221 佛爲是，[三]631 也大聖，[三]1552，[三]1559 幾無間，[三]2145 十萬偈，[聖]222 常亦不，[另]1721 獨處之，[石]1509 響應謂，[宋][宮]、一[元][明]702 如是善，[宋][宮]468 三，[宋][宮]1435 如是事，[宋][元]1558 執我等，[宋][元]1598 覺遍計，[宋]2061 矣，[乙]1709 道，[乙]1866 彼，[元][明]1331 他方怨，[原]1774 唱，[原]2339 然道基，[原]1780 世諦，[原]1863 無下顯，[原]2339 説，[原]2339 無體義。

眞：[宮]1451 多怨恐，[甲][乙][丙]1866 也又若，[甲]2312 理事或，[三]1571 非有俱。

之：[三][宮]403，[乙][丁]2244 子名宗。

支：[三]1058 法。

知：[甲]1103 宿命辯，[明]2076 聞去汝。

直：[甲]2266 差別能，[三][甲]1007 生，[乙][丙]2134 弗。

值：[三][宮]2122 新産牸。

執：[甲]2261 故今此，[三]220 有情乃，[三]721 銀華毘。

旨：[宮]657 出世間，[甲]1736 諫曰今，[甲]2195 表裏當，[甲]2250 耶爲曾。

至：[甲]2400 十方諸，[甲][乙]1822 三行頌，[甲]1733 或於一，[甲]1733 同果亦，[甲]1909 亦成病，[甲]

2087 瞿室餒，[三][宮]1428 若干王，[乙]1830 不害故，[原]2409 切要不。

智：[三]831 行欲斷。

中：[三][宮][聖]223 方便復，[三][宮]2122 風當須。

種：[三][宮]618 三種業，[聖]1788 餘今言。

衆：[宮]659 生，[甲][乙]1775 德也，[元][明]310 生。

諸：[甲]1851，[三][宮]374 衆生了，[三][宮]1425 比丘尼，[三][宮]1808 比丘來，[三][聖]375 沙，[三]100 穢惡物，[三]171 婆羅門，[三]201 輔相聰，[聖]1451 苾芻輩，[知]1785 衆生下。

主：[甲]1851 作用集。

住：[原]1776 是法。

著：[甲]2402 小輪次，[三]194 如是衣，[三][宮]1471 常，[三]125 妻息放，[三]945 但一虛，[乙]2408 歔次，[原]2004 甚死急。

貯：[三][甲][乙]2087。

子：[甲]2003 裋無禙，[乙]2309 名爲習。

自：[甲]1887 分次第，[甲]2006 挾妙了，[甲]2174 此間未，[甲]2261 性所斷，[甲]2274 悟云云，[明]1545，[明]2125，[三][宮]1558 獲益故，[聖]、目[宮]410 盲冥失，[宋][宮]1509 住若有，[元][明]247 性疑無，[元][明]1458 兩四句，[原]1840 性定非，[原]2339 外無他。

足：[三][宮]606 我愚渴。

罪：[三][宮]1458 輕重多。

尊：[宮]、界[聖]397 轉輪聖。

作：[甲]1705 國王入，[甲]2266 問若爾，[明]1549 一趣方，[三][宮]1435 何過故，[三][宮]2122 王出世，[三]1982 罪障今，[乙]1736 諸行。

諸：[乙][丙]2777 數也。

酉

卯：[甲]2039，[甲]2039 自卒本。

羌

羌：[宋][宮]2060 遂顯精。

羨：[宋][元]2112 咸有所。

牖：[宋]2110 武發疾。

莠

秀：[三][宮]1462 草木水。

牖

牖：[丁][戊]2187 賃展。

又

八：[別]397 法念處。

彼：[乙]2350 唯一人。

不：[甲]1799 許因根，[甲]2266 如車等，[甲]1816 依天親，[甲]1821 此餘有，[甲]1833 動地，[甲]2036 經九萬，[甲]2195 卽不離，[甲]2266 空耳雖，[甲]2266 以等流，[三][宮]286 以瞋慢，[宋]627 復講説，[乙]1821 名身等，[乙]2396 入龍，[元]2122 曰得。

叉：[宮]1804 通情非，[宮]1804 腰者匡，[宮]1805 打頭命，[宮][甲]1805 或，[宮][甲]1805 二衆共，[宮][甲]1805 腰五十，[宮]263 無所畏，[宮]866 於字上，[宮]901 以二頭，[宮]901 以薰陸，[宮]901 以左四，[宮]1464 十指至，[甲]1801 此翻勇，[甲]1804 摩那法，[甲]1805 須佛出，[甲]1930 住，[甲][乙]913，[甲]1123 陳忍願，[甲]1805 此云猩，[甲]1805 違犯一，[甲]1805 中此無，[甲]1805 坐戒妨，[甲]1828 迦羅尼，[甲]1928 方乃，[甲]2035 推逐尼，[甲]2266 謂半月，[明]165 彼宮中，[明]1153，[明]721 於鏡壁，[明]889 鈴有獨，[明]1254 屈二，[明]1421 應朝暮，[明]1425 復成就，[明]1428 生惡瘡，[明]1450 提婆達，[明]1462 象丈夫，[明]1509 以夜叉，[明]1636 租引囉，[明]2123 如多瞋，[三]2122 是閻浮，[三][宮]378 羅瞻無，[三][宮]1546 説曰得，[三]99 摩比丘，[三]154 手向十，[三]974 反十七，[三]2145 圖安公，[宋]1264 想七寶，[宋][元]2060 與邀禪，[宋][元]12 復，[宋][元]264 尼十三，[宋][元]1080 明珠一，[宋][元]1478 亘説謗，[宋][元]1562 何，[宋][元]2154 戒本二，[宋]264 見諸菩，[宋]744 念道士，[宋]2154 先是黃，[乙][丁]1141 作，[乙]2157 亦以遠，[元][宮]2059 篤屬門，[元][明]721 雨，[元]154，[元]400 若菩薩，[元]1435 問破僧，[原]2270 羅等會，[知]1579 有差別。

扠：[甲]1969 聲方念。

朝：[三]192 野之所。

出：[三][宮]2122 雜俗出。

此：[甲]1741 明，[宋][元]1 沙門
瞿，[乙]2390 四處。

次：[明]1622 邪見人。

大：[丁]2089 覺知，[宮]586 梵
天如，[甲][乙]1822，[甲]2299 師引
之，[明]312 祕密主，[三]1 豐薪草，
[乙]2250 師是師，[乙]2263 以，[元]
[明]322 士，[元][明]2103 修華蓋。

當：[元][明]995 以兩手。

冬：[三]、久[宮]2059 時天甚。

而：[甲]897 用茅草，[三]130 此
尊者。

乏：[元][明]658 少。

反：[甲]2128，[甲]2128 聲類迮，
[甲]2128 謂掃除，[甲]2244 瑟儞盃，
[三][宮]2122 生香眞。

非：[甲][乙]2259 處句兼。

分：[甲][乙]2263 明也。

夫：[甲]1778 言化道，[甲]2312
俱許者。

父：[宮]1462 有知識，[宮]2060
周臣柳，[宮]2122 闕主人，[甲]1912
得緣覺，[甲]1781 索彌勒，[甲]1813
犯，[三][宮]1421 問何故，[三][宮]
1509 亦愛敬，[三]99 王欲試，[三]186
書五十，[三]607 處自見。

復：[丙]2812 故，[宮]896 須得
諸，[甲]1268 說毘那，[甲]2285 次前
重，[三][宮]1435 問若比，[三][宮]
1435 有七種，[三]1 語言，[三]99 告
比丘，[三]2063 有僧要，[聖]1509 如

須帝，[聖]1579 有三，[乙]1266 以，
[乙]1909 爲從來，[原]1079 有人六。

各：[明]424 白佛言，[聖]1733 釋
此三，[元][明]318 心念言，[原]、亦
[聖]1818 開爲。

更：[宮]1912 有五法，[甲]2399
義釋三，[三][宮]625 於無量，[元]
901。

後：[宮][聖][知]1581 無量智，
[甲]2337 詣，[三][宮]1577 捨手足，
[三]209 不得出，[三]2103 對無兆。

或：[甲][乙][丙]1866 入一三，
[甲][乙]2219 作富特，[三][宮]、成
[甲]2053 言曼殊，[三][宮]1521 說，
[三]2153 四卷一。

及：[宮][甲]1912 以不二，[宮]
660 復菩薩，[甲]2036 令張天，[甲]
[乙][丙][丁]2089 餘樂相，[甲][乙]
867 諸菩薩，[甲]1781 他方太，[甲]
1912 四弘中，[甲]2120 修功，[明]
1545 同滅等，[明]1571 汝計我，[明]
[乙]1209 普悅，[明]165 有四種，[明]
220 正了達，[明]310 諸佛土，[明]312
見大目，[明]598 勅龍子，[明]658 諸
菩薩，[明]1462 以塗，[明]1596 修與
欲，[明]1642 復，[明]2059 曉經律，
[明]2060 化諦有，[三][宮]263，[三]
[宮]461 斷欺詐，[三][宮]606 喜啼，
[三][宮]1451 共議曰，[三][宮]1458 黃
朱青，[三][宮]1509 見曇無，[三][宮]
1521 行四法，[三][宮]2122 五，[三]
[甲][乙][丙]903 八方其，[三]553 如
故歡，[三]1007 以五香，[三]2060 見

三佛，[聖]227 見釋提，[宋]374 能令
其，[乙]2394 授眞言，[元][明]190 以
諸，[元][明]425 在人間，[元]2016 觀
彼色。

即：[三][宮][甲]901 作身印，[乙]
2390 引此龍。

交：[宮]2122 覩一物，[原]2408
入掌中。

界：[三]1525 欲界天。

今：[甲]2266 按對法，[三]2060
爲洛州。

經：[甲]2006 曰。

久：[宮]310 作是念，[宮]1521，
[宮]2040 以青衣，[甲]2052 乃訪得，
[甲]1115 時日不，[甲]2266 修集無，
[甲]2270 無礙其，[三][宮][聖]421 遠
復有，[三][宮]294 受心戒，[三][宮]
376 使一切，[三][宮]630 有願於，[三]
[宮]653 能清淨，[三][宮]1462 有覆
知，[三][宮]2104，[三][宮]2121，[三]
100 不修善，[三]201 作龜身，[三]291，
[宋]、人[宮]376 爲，[乙]2408 可修。

了：[三]639 達清淨。

貌：[宮]627 斯。

每：[三]、一[乙]2228 當，[甲]
1828 若諸衆，[甲]1828 有煩惱，[甲]
1832 彼在初，[甲]1851 若作戒，[甲]
[丙]、文[乙]2173，[甲][乙]2387 云半
大，[甲]1268 夜叉乾，[甲]1512 小，
[甲]1709 蓋與花，[甲]1709 下九字，
[甲]1731 言一質，[甲]1731 一句責，
[甲]1775 意異故，[甲]1830 立三分，
[甲]1851 無量記，[甲]2068 善神呪，

[甲]2068 誦法華，[甲]2087，[甲]2196
前示聞，[甲]2255 可論俱，[甲]2266
二乘，[甲]2266 之名，[甲]2299 次於
本，[甲]2299 有何誠，[甲]2792 應作
單，[明]2076 問言方，[明]1299 作功
德，[明]2085 北行二，[三]1598 於此
中，[三][宮]263 隨從取，[三][宮]285
等修行，[三][宮]309 自念吾，[三]
[宮]606 於，[三][宮]1509 三十六，
[三][宮]2059 便足，[三]21 言無限，
[三]23，[三]721 第二戒，[三]732 起
一，[三]1007 於諸天，[三]2110 曰石
賢，[聖]790 各曰，[聖]1723 不知喫，
[聖]383，[聖]613 觀此風，[聖]1421
著眼見，[聖]1471 誦，[聖]1471 衆僧
說，[聖]1509 不從散，[聖]1509 滅
諦，[聖]1509 聞佛重，[聖]1509 以於
此，[聖]1721 從義，[聖]1788 解煩，
[聖]2157 達吐谷，[另]1435 不如法，
[石]1509 於諸法，[宋]100 有無煩，
[宋][宮]703 言重，[宋][宮]635 若如
來，[宋][宮]656 知恩愛，[宋][聖]125
施行天，[宋]21 言亦不，[宋]125 使
値，[乙]1723 并授記，[乙][丁]2244
宿曜經，[乙]1866 佛性論，[乙]2087，
[乙]2391 頭幢西，[元]2061 出曼殊，
[元][明]1525 如受戒，[元][明]227 我
常以，[元][明]553 生與我，[元][明]
1105 復讀誦，[元][明]2016 欲廣其，
[元]212 爲羅刹，[元]1435 問頗有，
[元]1442 多屠殺，[元]1566 如佛言，
[元]1579 梵世間，[元]2016 如，[元]
2016 所言淨，[元]2122 佛母泥，[元]

2123 普曜經。

如：[三]125。

入：[宮]263 得王意，[宮]322 一切，[宮]1421 問今在，[宮]1476，[宮]1549 世尊言，[宮]1595 正教兩，[宮]1646 此義佛，[宮]1805 於村中，[甲]、入[乙]1816 論言多，[甲]1736 此下約，[甲]1736 玄又即，[甲]1816 菩提者，[甲]2299 小乘論，[明]1007 作梵天，[明]1509 衆生不，[明]1530 處境識，[三][宮]626 諸逆之，[三][宮]1451 澆水時，[三][宮]1462 第四禪，[三][宮]1462 夏方得，[三][宮]1562 此中，[三][宮]1646 後三善，[三][宮]2122 南羅浮，[三][宮]2122 重夢及，[三][聖]1425 見，[三]459 當來事，[三]721 彼天衆，[三]2103，[三]2122 歸誠觀，[聖]425 斯定者，[聖]2042 問尊者，[宋]12 樂親近，[宋][宮]222 復譬如，[宋][元]1421 問世尊，[宋]1558 世尊告，[宋]2122 集一切，[乙]1723 於諸法，[元][明]887 想金剛，[元][明]1563 相，[元][明]2016 楞伽經，[元][明]901 取紫檀，[元][明]1462，[元][明]1543 世尊言，[元][明]1578 諸極微，[元][明]1686 復於劫，[元][明]2016 楞伽經，[元]589 問如，[元]901，[元]1451 無，[元]1562 種芽等，[元]1602，[元]2104 召西京。

若：[宮][聖][另]1435 比丘見，[宮]1435 比丘往，[甲]1782 自無，[三]1435，[三]1435 比，[三]1435 比丘得，[三][宮]1435 比丘尼，[三][宮]1435 比丘見，[三][宮]2060 見單，[三][乙][丙]、－[甲]1202 取牛黃，[三]1564 有顛倒，[元][明]227 菩。

三：[宋][宮]、文[元][明]2121 不。

山：[三]209 現金色。

失：[甲]1778 若以事，[三]201 以王珠。

師：[甲]2006 云若人，[原]、－[原]1987 曰此不。

是：[明]2154 長房錄，[三]489 亦非內，[聖]375 亦不可，[乙]2263 總宗簡。

釋：[甲][乙]2261 云等，[甲][乙]2261 云唯除，[甲]1731 云二質，[甲]1735 前三，[甲]1785 爲二，[甲]2434 彼只依。

受：[元][明]761 顛倒受，[元]294 於一切。

天：[宮]2122 十輪經，[三][宮]2122 問如來，[乙]2408 印用之，[元][明]721 復常，[元][明]2016 台教多。

王：[甲]2039 獻帝永，[三][宮]2060 曰彼支。

爲：[元][明]1 問汝知。

文：[宮]2060 列六不，[宮]2060 誦法華，[宮]2060 下勅令，[甲]、但作細註 2250 慈恩彌，[甲]、人[乙]2391 疑云何，[甲]1709 科爲三，[甲]1789 顯不釋，[甲]1805 意今爲，[甲]1828，[甲]1828 爾耶又，[甲]1852 出一部，[甲]2128 作鐲皆，[甲]2195 不云聲，[甲]2217 同俱舍，[甲]2299 言辭雖，[甲][乙]1822 三輪相，[甲][乙]

1821 同此論，[甲][乙]1822 不是大，
[甲][乙]1822 即此忍，[甲][乙]1822
諸所有，[甲][乙]2223 廣大三，[甲]
[乙]2250 不標舉，[甲][乙]2390 云阿
囉，[甲][乙]2390 云此印，[甲][乙]
2397，[甲]952 以二頭，[甲]1239 於
中天，[甲]1709 復分三，[甲]1715 分
有二，[甲]1717 次文中，[甲]1717 二
初先，[甲]1717 二初引，[甲]1718 爲
四一，[甲]1721 二第一，[甲]1728 爲
四一，[甲]1733 云佛智，[甲]1733 中
三初，[甲]1735 地上證，[甲]1735 前
多顯，[甲]1736，[甲]1736 二先正，
[甲]1736 二一，[甲]1736 結云如，[甲]
1736 經云此，[甲]1736 重釋云，[甲]
1785 對四，[甲]1795，[甲]1795 二一
觀，[甲]1795 三一以，[甲]1804 云若
過，[甲]1805 下，[甲]1816 初發心，
[甲]1816 云聚有，[甲]1816 自性身，
[甲]1823 此作用，[甲]1828 初生有，
[甲]1828 初十七，[甲]1828 此中約，
[甲]1828 四倒如，[甲]1830 解相者，
[甲]1830 學無學，[甲]1863 問云爲，
[甲]1873 云初菩，[甲]1921 二，[甲]
1928 四初叙，[甲]2087 曰恒伽，[甲]
2128 穰亦亂，[甲]2128 音子千，[甲]
2128 作不成，[甲]2128 作攟同，[甲]
2128 作射干，[甲]2128 作述同，[甲]
2128 作飲同，[甲]2128 作谿同，[甲]
2195 述文理，[甲]2195 以分，[甲]
2195 於出家，[甲]2195 云以正，[甲]
2207 作牻同，[甲]2217 因果相，[甲]
2227 有多種，[甲]2239 分三初，[甲]

2244 句殑伽，[甲]2249 通就無，[甲]
2250，[甲]2250 云觀，[甲]2261 唯
識，[甲]2261 爲成，[甲]2261 有二
類，[甲]2266，[甲]2266 分字即，[甲]
2266 略纂第，[甲]2266 以上下，[甲]
2266 與信等，[甲]2266 云論云，[甲]
2266 云尋伺，[甲]2266 諸念聲，[甲]
2270 現比違，[甲]2271 彼九句，[甲]
2277 古德云，[甲]2281 本院私，[甲]
2299 上明異，[甲]2299 中別舉，[甲]
2300 二前偈，[甲]2391 云鉤召，[甲]
2392 云三部，[甲]2396 秀句云，[甲]
2396 云是經，[甲]2401 具緣品，[甲]
2782 三初問，[甲]2782 四一因，[甲]
但作細註 2207 五道，[明]1581 種性，
[明]2122 立開泰，[三][宮]1546 云何
通，[三][宮]378 羅蓮花，[三][宮]1462
言善義，[三][宮]1597 説緣名，[三]
[宮]2059，[三][宮]2060 以三科，[三]
212 遍三千，[聖][甲]1763 明雖復，
[宋][元]2153 出成道，[宋]1257 於四
角，[宋]2061 十卷方，[乙]2249 先，
[乙][丙]2777 二，[乙]1075 身著輕，
[乙]1736 三，[乙]1816，[乙]2192 云
轉身，[乙]2227 復花香，[乙]2249 實
分明，[乙]2250 云亦不，[乙]2254，
[乙]2261，[乙]2263 傍，[乙]2263 會，
[乙]2263 可知況，[乙]2263 如此，
[乙]2296 但明化，[乙]2391 實，[乙]
2391 云交抱，[乙]2397 廣，[乙]2408
別一，[乙]2408 誤讀，[乙]2408 一
一，[乙]2408 云不可，[乙]2408 云增
益，[元]2122 有光明，[原]、[甲]1744

為二前，[原]、[乙]1744 明地前，[原]2196 義，[原]1818 釋之一，[原]1851 言入佛，[原]1863 說得作，[原]1863 異第二，[原]2196 具總持，[原]2231 取野囉，[原]2264 一云何。

聞：[宋][元]、世間[明][宮]462 無道無。

無：[乙]2261 量云眞。

五：[原]2205 教約佛。

先：[三][甲]951 以左右。

消：[三][宮]2121 滅又生。

也：[甲]2217 南方智，[甲]2290 准之筆，[甲]2299 起信論。

以：[三][宮]2060 性，[三][宮]2104 說出家。

乂：[宋][元]2060 素王於，[宋][元]2061 爲碑頌，[宋][元]2061 云初日，[宋][元]2102 爲物表。

亦：[甲]1763 應，[甲]2274 准知也，[甲]2290 義云八，[甲]2322 通外，[甲][乙]2232 且約識，[甲][乙]1796 是斷壞，[甲][乙]1796 謂隨諸，[甲][乙]1866 斷一分，[甲][乙]1866 有百劫，[甲][乙]2219 言小兒，[甲][乙]2223 薩埵神，[甲][乙]2261 如是且，[甲][乙]2263，[甲][乙]2263 不轉又，[甲][乙]2263 出，[甲][乙]2263 可云言，[甲]1722 有三義，[甲]1724 如塔開，[甲]1742 如地界，[甲]1925 夢以眠，[甲]2082 不能起，[甲]2128 作偕同，[甲]2232 名，[甲]2236 就法中，[甲]2261 無夫今，[甲]2263 於一念，[甲]2266 不定者，[甲]2266 此疏中，

[甲]2266 解若擇，[甲]2266 解因明，[甲]2271 隨後出，[甲]2273 有猶預，[甲]2273 難古云，[甲]2285 入祕，[甲]2290 照寂俱，[甲]2298 解八不，[甲]2299 得是一，[甲]2305 許事識，[甲]2314 無記，[甲]2396 爲佛性，[甲]2399 不違若，[甲]2425 一一皆，[明]2076 無手世，[三][宮]721 如沙中，[三][宮]1546 說六，[乙]2263 分明也，[乙]2263 一刹那，[乙]1796 復空但，[乙]2263，[乙]2263 互不，[乙]2263 或除率，[乙]2263 爲順二，[乙]2328 就所，[原]1744 三一破，[原]1744 上來別，[原]1818 攝經三。

義：[甲]1828。

驛：[甲][乙]2286 姚者。

永：[宮]1421。

友：[三]820 斯大臣。

有：[博]262 知成熟，[宮]1646 亦不應，[甲][乙]1822，[甲][乙]1822 此作用，[甲][乙]1822 說此中，[甲][乙]1822 說界聲，[甲][乙]1822 說色界，[甲][乙]1822 執，[甲][乙]1822 作是釋，[甲]1717 三初五，[甲]1735 無即中，[甲]1736 二先結，[甲]1736 言無生，[甲]1821 汝若救，[甲]1863 斷善等，[甲]1912 於眞法，[甲]1929 解現在，[甲]1931 云，[甲]2075 大慈悲，[甲]2195，[甲]2195 可清淨，[甲]2195 說三乘，[甲]2296 勝義空，[甲]2782 分三一，[甲]2787 所，[甲]2823 二，[明]1545 此不淨，[明]1562 諸覺分，[明]2122 十誦律，[三][宮]1435

一比丘，[三][宮]266 聞棄除，[三]
[宮]285 所消滅，[三][宮]606 適墮
地，[三][宮]606 言我無，[三][宮]616
十六行，[三][宮]653 能了知，[三]
[宮]657 復見我，[三][宮]745 時牛
遲，[三][宮]1425 如破癰，[三][宮]
1435 比丘往，[三][宮]1435 復失盡，
[三][宮]1509 沙門二，[三][宮]1509
諸天以，[三][宮]1559 覆無記，[三]
[宮]1646 不離意，[三][宮]1646 長
老，[三][宮]1646 大，[三][宮]1646 得
自然，[三][宮]1646 六種經，[三][宮]
1646 論師言，[三][宮]1646 七淨中，
[三][宮]1646 人言但，[三][宮]1646
善修身，[三][宮]1646 隨世俗，[三]
[宮]1646 隨業，[三][宮]1646 無色
中，[三][宮]1646 以不殺，[三][宮]
2102 殺身以，[三][宮]2104 其功東，
[三][宮]2122 二驗出，[三]1 能自調，
[三]100 所說從，[三]125 時無息，
[三]184 踊於前，[三]1301 三十須，
[三]1568 一切不，[三]1646 瓶中，[三]
2122 食者即，[聖]189 默，[聖]1425
作是念，[聖][石]1509 人言爾，[聖]
125 復阿闍，[聖]125 復比，[聖]125
復十駱，[聖]790 無福，[聖]1721 三
第一，[石]1509，[石]1509 如八背，
[石]1509 眾生因，[宋][宮]564 尊者
舍，[宋][元][宮]1611 亦不同，[乙]
2810 殊若執，[乙][丙]2778 凡夫質，
[乙]1723 更重說，[乙]2782 若無，[乙]
2810 十二種，[元]1425 不見彼，[原]
1091 菩薩萬，[原]1818。

又：[宋]246 人艱止。

右：[甲]951 畫白衣，[甲][乙][丙]
1184 於圓輪，[三][宮]513 亦多集，
[三]2154 按仁壽，[三]2154 群錄中，
[聖]2157 內典錄，[元][甲]1092 輪索。

余：[原]1987 曰祖。

瑜：[甲]2317 伽八十。

與：[三]1435 應更與。

欲：[乙]1736 遣言及。

云：[甲]1736 準下文，[甲]2250
見彼土，[甲]2266 諸愚夫。

則：[甲]1041 結前印。

丈：[元]1191 此幢像。

者：[甲]1719。

正：[三][宮]1646 以了為。

之：[甲]2250 第七句，[甲]2250
解梵名，[甲]2263，[甲]2266 次下文，
[甲]2271 同，[三][宮]398 如來知，
[宋]2110 云。

支：[甲]1782 不樂告。

重：[甲]2263 尋云要。

呪：[甲]1268 其淨油。

著：[甲]1708 沙彌尼。

作：[甲][乙]1250 誦眞言。

右

本：[宋]167 行者爲。

布：[明]158 遠三匝，[原]、布[甲]
[乙]、右[甲]1796 列諸火。

此：[宋][元][宮]2122 二。

從：[三]2154 七知經。

大：[乙]2408 院者。

丁：[甲]2266 云能攝，[甲]2266

云五十。

二：[甲]952 中指頭。

方：[乙]2394 九執流。

各：[三][宮]271 遠無量。

古：[宮]2078 者，[宮]2109 精譜內，[甲]2039 如後句，[甲]2299 舊義般，[甲]2301 云當寺，[甲]2399 圖一兩，[甲]2402 平而短，[三]、有[宮]2104 帝王罕，[三]2154 錄，[宋][元]2153 錄云梵，[乙][丁]2244 老子，[元][明]2110 學盡善，[元][明]2110 學通人，[元]2154 群愚倣，[原]1872 唐賢首，[原]1890 師十重。

鈷：[甲]1065 之手。

華：[乙]2391 印帝釋。

惠：[乙]973。

口：[原]2408 云云亂。

苦：[甲]2250 出。

力：[乙]2391 頭慧云。

兩：[三][宮]1464 膝著地。

名：[甲]2207 邊爲，[甲]2250 南閻浮，[乙]2394 列。

內：[宮]2060 諸州聞。

剖：[三][乙]、部[甲]2087 髀中實。

前：[三][甲]1167 想除蓋。

若：[明]2063 肩手各，[明]2076 當真如，[明]2131 有所觀。

善：[三][宮]278 法足不。

上：[明]2149 十六，[宋][元]2155。

身：[三]939 手持金。

石：[宮]411 遶尊重，[宮]1421，[甲]2039，[甲]2128 也說文，[甲]2207 弼房蜜，[甲]2392 安地其，[明]2154 上二經，[三][宮]2059，[三][乙]866 若不能，[宋][元]1227 金剛部，[宋][元]1464 足趺破，[乙]2092 衛府府，[乙]2408 云云師，[乙]2408 座等尊，[元]2060 臨斜谷，[元][明]1537 旋沙土，[元]1581 旋以爲，[元]2061 飯齋施。

手：[乙]954 十指各，[元][明]、有[聖]425 掌是精。

碩：[宋]2087 四事供。

四：[元][明]387 面出大。

外：[甲]1269 曲左上。

西：[乙][丙]2003 邊是文。

跌：[甲]909 足真言。

相：[宋][元]1080 押左。

央：[乙]2157 崛魔羅。

一：[甲][乙]1220 肩白，[三][宮][敦]450 肩右膝。

有：[甲]1805 肩脫革，[甲]2266 差別若，[甲]2036 怪石，[甲]2266 共相法，[明]2154 此一切，[三][宮]869 旋列真，[三]2122 司奏珊，[宋][元][宮]2122 此一驗，[宋][元][宮]2122 二人出，[宋]2122 七驗出，[元]901 無名指。

又：[甲]1119 押，[甲]1122 膝著地，[甲]1260，[明]2154 經初，[明]2154 經初序，[三][甲]1227 於左畫，[三]2154 大周等，[宋][宮]488 旋。

在：[甲][乙]1069 掌中密，[甲][乙]2390 下白處，[明]2145 二經者，[三]193 畫度樹，[宋][元]2122 此一驗，[元]1464 脇著地，[元]2122，[原]2196 唯聞正。

紙：[甲]2266 云謂十。

自：[明]2153 四輩等。

左：[丙]2392 掌洗於，[宮]397 有黑子，[宮]901 手五指，[宮]901 肘頭在，[甲]、以右[丙]1056 手，[甲]、[乙]1204 手執縛，[甲]901 邊，[甲]954 光，[甲]1846 腳置左，[甲]2266，[甲]2266 此量應，[甲]2266 論云，[甲]2266 於中後，[甲]2266 云又依，[甲][乙][丙]2231 手執袈，[甲][乙][丁]2092 蕭衍素，[甲][乙]850，[甲][乙]894 手印印，[甲][乙]894 手中指，[甲][乙]901 邊安帝，[甲][乙]901 手側腕，[甲][乙]914，[甲][乙]981 肩次印，[甲][乙]1796，[甲][乙]2250，[甲][乙]2250 至第五，[甲][乙]2390 肩上糝，[甲][乙]2390 上安頂，[甲][乙]2392 空付風，[甲]857 旋及上，[甲]864 邊供養，[甲]893 邊置遜，[甲]893 置金剛，[甲]894 腳闊展，[甲]894 手大指，[甲]901 腳直，[甲]901 手三指，[甲]951 畫計里，[甲]951 手胸側，[甲]952 押，[甲]973 手持，[甲]974 邊向下，[甲]974 覆右仰，[甲]974 手爲金，[甲]1000 手持般，[甲]1007 跨上招，[甲]1031 手大拇，[甲]1065 乳上顯，[甲]1102 足，[甲]1103，[甲]1103 掌中，[甲]1103 作此印，[甲]1119 手，[甲]1122 噓，[甲]1174 持金剛，[甲]1227 跪，[甲]1229 手無名，[甲]1232 足本尊，[甲]1239 腳以左，[甲]1298 二手一，[甲]1728 手定，[甲]1806 角收拾，[甲]1969，[甲]2130 肩衣，[甲]2207 繞，[甲]2214 肩布心，[甲]2214 爲蓮華，[甲]2250，[甲]2250 亦，[甲]2250 云然三，[甲]2255 手安地，[甲]2266 第三羯，[甲]2266 論曰如，[甲]2266 七慢如，[甲]2266 識離蘊，[甲]2266 頌曰名，[甲]2266 謂大般，[甲]2266 瑜伽五，[甲]2266 曰論曰，[甲]2266 云，[甲]2266 云此中，[甲]2266 云雖言，[甲]2266 之文，[甲]2392 手執水，[甲]2396，[甲]2400 拳押左，[甲]2400 繞吽二，[甲]2400 三轉先，[甲]2400 右小指，[明][甲][乙][丙]948 手蓋光，[明][甲][乙]1260 手向，[明][甲]1175 轉辟除，[明][乙]1008 邊畫，[明][乙]1174 執光明，[明]125 手摩，[明]832 肩右膝，[明]870 邊月輪，[明]1086 怛囉，[明]1191 邊畫極，[明]1225，[明]2110 蒭大將，[明]2122 繞者經，[三][宮][甲][丙][丁]866 邊二手，[三][宮][甲][乙][丙][丁]866，[三][宮][甲]901 以二中，[三][宮][甲]901 中指拄，[三][宮][聖]1425 手，[三][宮][聖]1435 肩上徐，[三][宮]421 肩右膝，[三][宮]1435 手洗足，[三][宮]1507 迴視密，[三][宮]1546 手中以，[三][宮]2042 邊化作，[三][宮]2042 腳更復，[三][宮]2053 諸國商，[三][宮]2108 戎蒭議，[三][宮]2108 武蒭長，[三][宮]2108 驍蒭長，[三][宮]2122 脇倚脊，[三][宮]2122 右收錄，[三][宮]2122 足未至，[三][甲][丙]1075 頭指直，[三][甲]

[乙]901 手中指，[三][甲][乙]950 手持金，[三][甲][乙]1200 手上掌，[三][甲][乙]1202 邊畫執，[三][甲]901 手三指，[三][甲]951 南隔，[三][甲]951 手掌伸，[三][甲]1003，[三][甲]1101 手安，[三][甲]1227 視如立，[三][甲]1227 烏樞瑟，[三][乙]1092 手持寶，[三][乙]1092 眞言者，[三][乙]1200 手大指，[三]125 脚，[三]873 脇密語，[三]901 手屈臂，[三]901 手中，[三]1173 旋合掌，[三]1341 手捉彼，[三]2122 手擲置，[聖][甲][乙][丁]1199 垂一索，[聖]26 手摩，[聖]1425 手小，[聖]2157，[宋][宮]901 頭指向，[宋][元][宮]225 手著阿，[宋][元][宮]2108 奉宸衛，[乙]1092 膝上作，[乙]2157 孫權，[乙][丙]873 耳眞言，[乙]908 手無，[乙]921 旋解諸，[乙]2250，[乙]2390 方儀式，[乙]2390 手仰印，[乙]2390 手指握，[乙]2390 肘而安，[乙]2390 肘外想，[乙]2391 次左，[乙]2391 拳，[乙]2391 拳仰安，[乙]2391 小指名，[乙]2391 脇，[乙]2408 机，[乙]2408 空，[乙]2408 鼻右云，[乙]2408 手持，[元][明]626 持扇而，[元][明]1007 手把如，[原]946 邊，[原]2409 拳上，[原]2409 手作三，[原]851 緣覺衆，[原]923 手掌掩，[原]1179 應畫作，[原]1238 面赤黑，[原]1239 手，[原]1239 手其二，[原]2216 手仰掌。

幼

初：[三]2111 學或納。

功：[甲]1831 絕情分，[甲]2307 雖。

紉：[聖]、幻[知]1579 童等持。

幻：[宮]263 童國，[宮]660 法中不，[甲]、幼[甲]1782 正法者，[甲]1706 五道之，[甲]1847 兎依巾，[甲]2006 生子，[甲]2035 佛所生，[甲]2266，[甲]2266 等顯依，[明]1602 年所有，[明]475 一切治，[三][宮][甲][乙]2087 日王之，[三][聖]375 身誑身，[三]1301 有名稱，[三]2154 三昧經，[三]下同 2087 日崇敬，[聖]376，[聖]1458 僧伽器，[聖]425 童以三，[聖]790 勿付財，[聖]1442 稚男女，[聖]2157 而慕道，[聖]2157 至大唐，[宋]2061 齡聰慧，[宋][宮]292 少欲令，[宋]1300 者多死，[元][明]2154 童經或。

經：[三][宮]2053 少不預。

力：[三]2154 出家履。

劣：[宮]2121。

少：[三][宮]2060 出家進，[聖]211 未能綏。

幼：[甲]2131 則從父。

約：[甲]2299 借識破，[三][宮]2045 承來嚴。

佑

名：[甲]2120 至尊代。

祐：[乙][丙]2092 語人云。

佐：[三]489。

猫

鼬：[三]、鼬[聖]376 鼠，[三][宮]376 鼠猫狸。

狢

猫：[三][宮]720 狸鼷鼠。
猶：[宮]607。
狢：[明]264 狸鼷鼠，[宋]、猶[宮]263 狸鼷鼠，[宋][宮]、鼬[元]376 鼠銅鐵。
鼬：[宋]、[元][明][宮]、狢狸狢狸[博]262 狸鼷鼠，[元][明]721 兒豹熊。

囿

園：[宋]190 花。
圓：[甲]2053 摛光華，[乙]2173 一十二。

宥

寡：[三]210 言安徐。
寬：[三][宮]2045 當於爾。
冥：[甲]1828 鍠鍠焉。
有：[甲]2036。

祐

初：[三]2154 無功德，[宋]2149 錄失譯，[宋]2154 無經字。
福：[丙]2089 賢璟，[元][明]2060。
古：[三][宮]2034 錄云貧，[三]2149 錄加生，[乙]2157 錄似是。

怙：[三]193 身心俱，[三]2121 何爲悲。
祜：[明]2131 前身李，[宋]2102 律師，[乙]2087 又更，[元][明]2122 字叔子，[元]1007 服此藥，[知]598 發一善。
或：[三]2154 無經字，[乙]2157 無經字。
迦：[聖]、祐諦迦提[乙]、迦諦[乙]2157 禘婆蓋。
林：[明]2153 錄八紙。
擬：[乙]2254 法印第。
如：[宮]495 三界之。
神：[聖]125 而得其。
祐：[宋][元]2060 負阻繕，[元][明]2122 負阻。
祀：[三][宮]2103 也三曰，[三]2122 之有主。
務：[三][宮]2122 善嫉。
亦：[三]2154 云譬喻。
尤：[三][宮]790 快。
友：[宮]2121 福田無，[元][明]309 使成。
右：[明]2153 錄云雜。
佑：[明]1331 助辟除，[明]1503 利一切。
於：[宋][元]2059 其年九。
裕：[宮]2034 等四錄，[三][宮]2034 八部三，[三]2154 等四錄。
杖：[甲]2036 初詔住。
枯：[三][宮][聖]1451 而坐片。
徵：[宮]2034。
祚：[元][明][知]418 不可限。

疛

疣：[三]、瘠[宮]385 病八，[三]474，[三][宮]285。

宥：[宋][宮]419 譬如。

誘

謗：[宮]263 衆愚蔽，[宮]2123 我出耳，[三][宮]2122 誑剃頭，[聖]1421 弄比丘，[宋][元][宮]2121 誑其子。

恒：[宮]606 之向。

後：[甲]2261 故論無。

護：[聖][另]790 進。

勞：[三][聖]211 意。

説：[宮]2034 畢命弘。

秀：[聖]1723 正對權。

訓：[甲]1775 以善法。

引：[三][宮]2031 猶有。

喩：[三]2151 以符秦。

迁

近：[元][明]2122 其床前。

迊：[三]2122 其床前。

逆：[甲]2266 矣。

遷：[甲]2018 俱遍而，[明]2103 復何懷，[三][宮]2059 域其處。

述：[三][宮]2102 無以云。

塔：[三]2060 基三轉。

逐：[三][宮]1425 迴道應。

扜

扜：[三][宮]1458 毛爲褥。

紆

許：[甲]2299 彼境界。

妍：[乙]2087 或聞誼。

紓：[甲]2128 禹反考。

行：[甲]1918 迴歷別，[三][宮]1579 二聖之。

迂：[宮]675 尊儀飾，[甲]1718 迴名甚。

淤

深：[三]212 泥。

遊：[甲]1782 三界五。

瘀：[三][宮]2123 癰，[元][明]220，[原]2271 等想名。

汚：[明]721 泥，[三][宮][聖]351 泥而不，[三][宮]385，[三]186 泥生蓮，[三]186 泥水，[宋][宮]657 泥舍利。

於：[宮]633 泥昇不，[三][宮]271 濁水，[三][宮]376，[三][宮]1487 泥中生，[三][宮]1521 泥何能，[元]1577 泥不能。

瘀

淤：[三][宮]2045 泥身臥，[宋][元]220 想啄噉。

于

傲：[三][宮]2102。

半：[三]24 膝種種。

不：[三][宮]607 樂亦多。

大：[宮]507 六通四，[明]374 海一切。

帝：[三][宮]2059 時爲相。

爾：[明]665 時國主，[原]1856 乃成地，[知]414 世尊微。

二：[甲]1969 壁併書。

丰：[甲]1733。

肝：[元][明]643 心畏獄。

干：[宮]657 四萬阿，[甲]2128 反郭云，[甲][乙]2194 九反詩，[甲]2039 婢，[甲]2039 家距惠，[甲]2128 北郊，[甲]2128 簡反律，[甲]2128 名宋忠，[甲]2128 月反説，[甲]2266 會意別，[明]1301 根果主，[明]2060 天聽今，[明]2149 今雨時，[明]2149 閫國得，[三][宮]2060 我汝宜，[三][宮]2103 之剖殷，[三]33 輩各，[三]2145 而，[宋]、－[元][明]2110 踌，[宋]、千[元][明][宮]1462 世間光，[宋][元][宮]、千[明]2034 木蕃魏，[宋][元]2110 木後胤，[元]2122 深篋永。

廣：[三][宮]222 大慈得。

乎：[宮]565 綺語，[宮]815 惱患也，[宮]2058 地，[甲][乙]2194 文未會，[甲]1733 人等又，[甲]1733 同力無，[甲]1775 癡愛而，[甲]1775 大乘肇，[甲]1775 體空説，[甲]1775 無窮之，[甲]1775 業，[甲]1932，[甲]2290 三字，[甲]2395，[甲]2879 愚癡令，[明]460 心本清，[明]2060 唐初猶，[明]2149，[三]311 是時千，[三][宮]397 勝忍陀，[三][宮]263 道場，[三][宮]309 百，[三][宮]309 成佛除，[三][宮]309 大慈若，[三][宮]318 時佛即，[三][宮]598 法界不，[三][宮]638 終

始譬，[三][宮]742 心身口，[三][宮]1451 七返好，[三][宮]1579 有命如，[三][宮]2034，[三][宮]2034 長安宣，[三][宮]2034 建康時，[三][宮]2034 江左即，[三][宮]2034 洛，[三][宮]2034 壽終六，[三][宮]2034 鄴是爲，[三][宮]2059 此迦羅，[三][宮]2102 無始入，[三][宮]2103，[三][宮]2109 博尋子，[三][宮]2123 天宮，[三][聖]311 爾時悉，[三]76 身明人，[三]125 地佛以，[三]125 以食更，[三]152 今日會，[三]152 衆流以，[三]155 是時，[三]185 天地一，[三]202 三日諸，[三]202 時婆羅，[三]202 世尊當，[三]212 成佛未，[三]212 大道者，[三]212 大道中，[三]212 道惑者，[三]212 曠野之，[三]212 眼識遂，[三]212 淵宛轉，[三]212 罪是故，[三]291 四方四，[三]309 十地爲，[三]311 爾時諸，[三]1012 三昧遍，[三]1300 水神姓，[三]2103 非已行，[三]2125 晋代此，[三]2149 壽終六，[三]下同 1339，[聖][另]285 法典況，[聖]120 世在此，[聖]125 逮，[聖]125 逮縱廣，[聖]125 地上是，[聖]125 地我，[聖]125 淨地，[聖]125 膝今亦，[聖]125 眼不以，[聖]222 東方江，[聖]222 十住亦，[聖]222 世則，[聖]222 四禪行，[聖]222 衆冥無，[聖]224，[聖]231 逮洲縱，[聖]310 時菩薩，[聖]376 世亦常，[聖]613，[另]1721 四等盡，[宋]212 道，[宋][宮]569 山崗如，[宋][元]202 地徑到，

[宋][元]202 世有諸，[宋]125 厠受厄，[宋]212 地心意，[元][明]、子[宮]598 佛道，[元][明]212，[元][明]598 慈心不，[元][明]598 脱際，[元][明]下同 598 道明所，[知]384 百歳時，[知]384 海便無。

呼：[三][宮]2122 佛足長。

今：[宮]221 法盡中。

摩：[甲]2300 法輪。

年：[甲]2299 之間抄。

其：[甲][乙]1822 聽法聽，[甲]2395 中印土，[三][宮]309 神，[乙]2263 時遍覺，[乙]2391 後慈覺。

千：[宮]309 足下，[宮]322 家者爲，[宮]1421 萬代同，[宮]1998 我一星，[宮]2102 穢竊恃，[甲][乙]850 光焰，[甲]1735 時上首，[甲]1828 今據威，[甲]1911 六，[甲]2087 世，[明]1545 百歳我，[明][甲]1177 七日其，[明]585 空也，[明]2028 空中舉，[明]2103 多寶之，[明]2154 録長房，[三]154 瞋恨以，[三][宮]656 萬品，[三][宮]263 億土常，[三][宮]285 梵天所，[三][宮]324，[三][宮]606 車輪，[三][宮]2121 反報猶，[三][宮]2122 默塞生，[三]2087 遁諸胡，[聖]643 下，[宋][元]2061 尺先藏，[元]、於[明]456 面門身，[元][明][乙]970 多劫劫，[元][明]2145 斯，[元]2122，[原]1849 百萬大。

乾：[明][聖]1552 時捨者，[三][宮]309 樹皮正。

十：[宮]1421 三日我，[甲]2128

闐等諸，[甲]2339 地光預，[三][宮]、千[別]397 嚧摩陀，[三][宮]2102 拜事，[聖]2157 誦其蕭，[宋][宮]、千[元][明]2102 峙，[元][明]635 六，[元][明]2060 六宿比。

時：[三]196 彼婬女。

手：[宮]2122，[三][宮]627 掌，[聖]1443 地而去，[元]2061 時有異，[元]1598 今説名。

天：[明]703 王宮王，[聖]291 天下獨。

爲：[聖]210 轍。

無：[三][宮]285 名號因，[三]213 前及于，[聖]291 梵天然。

午：[宮]2122 時府君，[三][甲]1009 句反。

牙：[宮]2040，[宋]2060 深。

一：[明]263 恬。

以：[甲]2036 書以開。

亦：[宮]2103 明旦排。

污：[三][宮]831 是故菩，[三]831 菩薩摩，[宋][元][聖]211 陷。

於：[丙]2777 不足出，[宮]228 是彼長，[宮]424 世我時，[宮]2078 常數其，[甲]、千[乙]1799 三十四，[甲]1712 白首持，[甲]1727 七日説，[甲]1765 涅槃者，[甲]1799 大因力，[甲]1799 枯木鍾，[甲]1799 世間稱，[甲]1799 外迻互，[甲][丙][丁]、一[乙]1724 行十清，[甲]2214 皆是轉，[甲]2266 意相應，[甲]2299，[甲]2299 法因又，[甲]2339 彼三住，[三][宮][聖]1579 今，[三][宮]310，[三][宮]1421

裂以是，[三][宮]1462 出品，[三][宮]1548 相應是，[三]186 塗香熏，[三]631 濁適，[聖]223 故般若，[聖]1421 身復見，[聖]1509 厭世，[宋][明]220 及所，[宋]1579，[原]2339 道之異。

淤：[明]1690 泥，[三][宮]606 泥發如，[三][宮]1546，[三]278，[三]1341 泥中染，[聖]350 泥之中，[元][明]816 泥，[元][明]816 泥及諸，[元][明]1509，[元][明]1509 泥發心。

于：[明]125，[三]26。

於：[三]212 泥不能。

杅

杵：[三][宮]2122 面。

盂：[明]197 起其腹，[三][宮]1435 中食諸，[三]205 順巷行。

叛：[宋]、柈[元][明]152 女子是。

盂：[德]26 或說碗，[宮]529，[明]2122 水，[三]、皿[宮]1435 子，[三][宮][聖]1428 看左右，[三][宮]606 而不完，[三][宮]1435 彈多羅，[三][宮]1435 盆浸衣，[三][宮]1509 謗佛佛，[三][宮]2123 水并，[三]26 投水即，[三]101，[三]101 屠，[宋][元][宮]2121 謗佛地，[元][明]2121。

余

不：[三]2103 勸汝曹。

爾：[宮]263 黨奉行，[宮]2060 以貞，[宮]2102 以講業，[宋][元]2103 輕歲月。

號：[宮]263 得大利。

今：[三][宮][甲]2053 聞唐，[三][宮][另]1435 當云何。

金：[明]2076 峯淳，[明]2076 峯今日，[元][明]2102 日礴得。

奈：[三][宮]500 無慍心。

全：[原]、今[甲]2339 依彼經。

師：[原]1987 曰此水。

餘：[丁]2244，[甲]2837，[三]193 敢不從，[原]1308 每月漸，[原]1987 不別有。

予：[宮]2103 心之悄，[明]2149 此致因，[明]2122 小時聞，[三][宮]263，[三][宮]2103 幼好彫，[三][宮]2109 心所能，[宋][元][宮]2109 不得已。

育：[明]2102 王寺處。

樂：[原]1887 益於衆。

子：[三][宮]263。

盂

鉢：[三]、[宮]1442 器爲善，[三][宮]1425 中如，[宋][明][宮]683 水并。

杅：[宮]2085 盛酪以，[聖][另]1435 時估客，[宋][宮]1435 彈多羅。

釪：[聖]1462 袈裟往。

壺：[三][宮]1425 等不能。

猛：[乙]2092 城三日。

孟：[宋]2122 變作牛。

盆：[元][明][宮]374 如棄甘。

銅：[宮]1463 鐲。

杅：[宮]、[知]384 繫腹狀，[石]1509 比丘尼，[宋]212 著如來，[宋]

[宮]1435，[宋][宮]1435 瓶甕。

　釪：[宮]1463 小銅，[三][宮]1425 扇，[聖]1421 在手既。

曳

　更：[甲][乙]950 取時分，[甲][乙]1822 剎那有，[甲]1512 即，[甲]1804 覓施主，[甲]2128 灼反通，[三]2122 語一人，[三][宮]2122 浴聖僧，[宋]、史[元]269，[宋]721 間心，[宋]2122 復睡時，[元]、庾[明]594 多釋梵，[原]2039 六素家。

　吏：[宮]1451 之間乃。

　申：[宋]337 憂波離。

　史：[甲]2130 那世界，[原]1212 也二合。

　須：[聖]514 之間霍。

　藥：[明][甲]1177。

　曳：[明]1056 頃即夢，[宋][元][甲]1264 引三仡。

　庾：[明]594 多俱胝。

於

　阿：[三][宮]2122 誰長者。

　報：[三]1644 此生中。

　本：[甲][乙]894 尊法。

　彼：[甲][乙]2261 相所有，[甲]1828 女人，[明]846 天上，[三][宮]2104 斷常因，[三][宮]2122 閻浮樹，[三][聖]26 林中至，[三]125 惡業所，[聖]1579 此纏深，[原]1829 理者此。

　別：[三]2145 七品爲。

　不：[甲]2250 受循受，[三][宮]

1584 飲酒是，[三][宮]461 審諦又，[元]2102 容髮豈，[知]1581 如。

　察：[三][宮]263 衆生心。

　常：[三][聖]639 有自性。

　成：[甲][乙]1822 聲此中，[甲]2250 色無色。

　持：[宮]397 一字無，[宮]813 斯身形，[宮]848 滿月次，[甲][乙]950 耳印眞，[甲]1851 聲聞中，[三][宮]1525 果報，[三][宮][聖]1509 內外所，[三][宮]639 寂滅得，[三][宮]665 大地中，[三][宮]1470 淨地三，[三]374 第一樂，[三]848 三昧掌，[石]1509 罪不罪。

　出：[甲]、遍[乙]2396 法界利，[甲]2195，[甲][乙]1821 剎那中，[甲]1816 妙，[甲]1828 是勝義，[甲]1828 所緣諦，[甲]2214 此蓮華，[甲]2217 世，[甲]2261 體等者，[甲]2263 散心起，[甲]2263 勝解，[甲]2274 道理今，[甲]2281 有體闕，[甲]2299 勝進分，[乙]2249 尊者妙，[乙]2263 俱舍六，[乙]1821 二界疲，[乙]2249 今論餘，[乙]2249 有死，[乙]2261 師長及，[乙]2263 現身起，[原]2208 義不便，[原]2271 多，[原]2271 法自相。

　初：[宮]1425 毘舍離，[甲]1717 中爲三，[明]1648 初時所，[宋]190。

　處：[三][宮]1581 生死。

　此：[博]262 娑婆世，[宮]681，[宮]681 藏識爲，[宮]1562 一切但，[甲]2271 同，[甲][乙]867 一日之，[甲]1828，[甲]2266 四如實，[明]2076

季矣由，[三][宮]376 義者義，[三][宮]403 二乘以，[三][宮]271 妙法時，[三][宮]721 樹已手，[三][宮]1452 房內詬，[三][宮]1546 骨身識，[三][宮]1660 精進生，[三][宮]2103 肉眸俱，[三][甲]1313 餓鬼之，[三][聖]310 贍部洲，[三]156 半偈諸，[三]2088 西北行，[聖]222 法已在，[聖]1428 是龍王。

次：[乙]2394 彼南方。

從：[宮]1451 彼處親，[甲]2300 迦葉比，[三][宮][聖]1421 如法比，[三][宮]277 象鼻，[三]1331 是以後。

打：[三][宮]650 頭陀者。

大：[甲]1717 誓願，[三][宮]325 悔纏優，[三][宮]1488 憍慢是，[三]125 塚間爾。

得：[甲]1742 一切眾，[明]212 生死之，[三][宮]1520 阿耨多，[三][宮]1546 十，[三]1593 安樂佛，[宋][宮][聖]1509 色生見。

地：[三]200 樹下比。

等：[甲][乙]2328 地，[甲]1969 於是以，[甲]2266 三體上，[三]1341 甚深佛。

丁：[聖]211 地叉手。

度：[宮]2102 空。

斷：[甲]1830 六識中。

墮：[宮]407 善道猶，[明][甲]1216 輪迴數，[三]264 三惡道。

而：[甲]2837 體，[三][宮]2112 上漢或，[元][明]606 是，[元][明]2103 四海打。

爾：[三]99 時摩伽，[三]202 時沙彌。

法：[宮]657 佛法出，[明]997 佛所已。

方：[甲]2035 雙林道。

倣：[乙]2296 觀公今。

放：[甲]2266 出世間，[甲]1830 此如理，[明]1636 色心境，[明]1602 已除遣，[三][宮]1442 峻坂處，[三][宮]1611 無量功，[三][宮]1650 汝修福，[三][宮]2027 四，[三]24 其宮內，[三]549 稅，[三]848 彼光現，[聖]99 是羅婆，[聖]643 來世大，[聖]1451 繩上繫，[宋][元]、施[明]245 其前足，[宋]158 諸，[乙]1821 善有所，[元][明][甲]893，[元]75 殺今，[元]1443 十日內，[元]2122 色莫聽，[知]1579 善法無。

非：[三][宮]671 覺者。

扶：[乙]2381 一切。

佛：[甲]2255 道恚癡，[三][宮]263 樹下，[聖]292 時頌曰。

復：[三][宮]810 眾會即。

干：[甲]1717 時下，[甲]1717 陶自。

告：[三][宮]649 喜王菩。

各：[三][宮][石]1509 自身中。

根：[三][宮]271 彼岸。

功：[宮][甲]1912 德雲比。

共：[甲]1816 正行今。

苟：[甲]2036 有奇相。

故：[宮]1912 正修隨，[甲][乙]1736 彼一一，[甲][乙]1816，[甲]1733

論中名，[甲]1816 諸菩薩，[甲]2195 十方國，[甲]2250 過，[甲]2250 寺三和，[甲]2266 文義蘊，[甲]2299 佛滅後，[宋][元]1593 無上菩，[原]1744 前。

廣：[甲][乙][丁]2244 餘。

過：[三][宮]383 是，[三][宮]586 法性是。

恒：[三][宮]2122 河沙。

弘：[宮]2074 便驚覺，[原]2248 律。

乎：[甲]1736 玄旨者，[三][宮]、干[聖]1464 二天宮，[三][宮]2104 九萬榮，[三]76，[聖]211 地却，[宋]、于[元][明]152 此不得，[乙]2309 堆阜積，[原]1858 絕域故。

花：[宋]、于[明][乙]1092 華敷獻。

畫：[甲]2204 大般若。

壞：[甲]2217 諸法爲。

火：[三][宮][甲]901。

或：[甲][乙]1822 自在等，[乙]1822 自在等。

及：[甲]1174 畫像心。

極：[三]99 細不可。

檢：[甲][乙]2228 諸，[甲]2392 別本置。

將：[三][宮]1425 塚間。

戒：[乙]1822 因見此。

界：[聖][另]1541 意已識。

今：[三]264 此經中，[乙]2396 就。

矜：[三]657 所知見。

近：[三]187 善友除。

經：[乙]1736 少時父。

就：[甲]2266 中有二，[明]374，[三]375 大般涅。

居：[甲]2907 其中佛。

俱：[明]、是[甲]2087 即感悟。

覺：[三][宮]1606 不堅。

恐：[元][明]352 怖畏。

況：[甲]1969 彼清淨。

來：[甲]2271 無違之。

了：[宋][元][宮]1545 四無色。

類：[甲]2263 後念一。

離：[甲]2266 識，[元][明][宮]374 財物若。

立：[明]1656 彼更施，[三][宮]1584。

蓮：[三][宮]414 今日悉，[三]1339 華所以。

林：[宮]721 林樹山，[三][宮]2121 中但釋。

令：[宮]2042 一切人，[甲]2371 經藏寺，[明]410 彼一切，[三][宮]2103 人虛乏，[聖]1579 所得離，[乙]1736 一念中。

六：[三]99 法出苦。

論：[甲]2400 曰上妙，[元]1579 此事分。

律：[甲]1828 藏論不。

滿：[三]190 一切處。

僈：[甲][乙]2254 自相煩。

彌：[三]1596 成唯識。

民：[原]2897 俗法。

明：[甲]1828 離纏二。

能：[甲]2250 五蘊或，[三]220

爲汝説。

捻：[甲]1268 以用皆。

念：[三]100 爾時。

拍：[三][宮]、栢[聖]1462 比丘奪。

其：[宮]263 衆熱不，[宮]383 無量諸，[甲][乙]、出[丙]2286 悟解事，[甲][乙]1909 輕軟習，[甲]1841 法如是，[甲]2748 大樂欲，[三][宮]635 世尊師，[三][宮][聖]1579 有苦者，[三][宮]314 我，[三][宮]398 現在，[三][宮]700 父母，[三][宮]1506 枝，[三][宮]2103 一枝耳，[三]190 苦逼所，[三]201 兒陰亦，[三]375 義云何，[聖]586 十方，[元]945 中間。

起：[甲]2274 猶預三。

棄：[三]1579 捨謂行。

千：[三]201 風因風。

前：[甲]1816 法，[甲]1822 六中至，[甲]2337 第一智，[乙]2434 三不相。

強：[原]2196 本云隨。

切：[三]586 衆色是。

求：[宮]310 智遠離，[三][宮]585 一切法，[聖]225 道而不。

佉：[甲]2255。

取：[聖]223 聲聞辟。

去：[宮]309 八邪成，[明]416 無量無，[三]193 世常見。

詮：[甲]2266 法不得。

如：[宮]1591 夢中，[宮]687 是二親，[宮]2122 風意念，[甲]1736，[甲]1735 風行空，[甲]1736 此中能，

[甲]1736 法教之，[甲]2039 是庾信，[甲]2092 細縷亦，[明]69 此慶遇，[明]187，[明]81 是世尊，[明]125 後時觀，[明]310 此不可，[明]352 此而説，[明]598 聖慧無，[明]598 是總持，[明]749 馬身，[明]865 交合，[明]887 妙月曼，[明]995 當來世，[明]1507 是如來，[明]1522 是，[明]1522 五陰巢，[明]1539 見，[明]1579 此五衆，[明]1608 修多羅，[明]2122 健將，[三][宮]848 智火輪，[三][宮]1451 斯穢，[三][宮]2102 百家恢，[三][宮]2103 禍作殃，[三]24 是住時，[三]125 是羅雲，[三]205 是，[三]682 滿月殿，[聖]125 刀即時，[石]1668，[宋]2145 彼，[元][明]310 母腹中，[元][明]310 是悉無。

汝：[元][明]2016 意云何。

入：[甲]1929 父母所，[三]、持[宮]283 是，[三][宮]657 佛菩提，[三]212。

若：[甲]1775 弟子中，[明]276 佛在世，[三]1598 諸世間，[三][宮]414 此三千。

三：[三][宮]2123 於惡道。

僧：[聖]2157 伽藍者。

善：[宮]352 幻士能。

上：[甲]1736 前後出。

少：[聖]410 過去諸。

捨：[宮]1507，[甲][乙]1821 色，[甲][乙]1822 羯磨時，[甲]1851 智慧無，[甲]1863 有漏非，[甲]2261 尋，[甲]2299 前三部，[甲]2371 苦證菩，

[甲]2371 衆生妄，[明]310 欲境，[明]1552 無，[三][宮]278 不堅固，[三][宮]765 貪所以，[三][宮]1546 彼退頓，[三][宮]1548 一切衆，[三]1 覺觀便，[三]154 烏，[三]193 短逆暴，[乙]1204 順者以。

生：[甲]1823 我養王，[甲]1828 愛謂欲，[三]682 密嚴國，[三]1331 豪姓長，[另]410 生死隨。

昇：[乙]2397 無量。

勝：[聖]227 聲聞辟。

施：[宮]263 師，[宮]657 衆不分，[宮]901 佛菩薩，[宮]1546 諸飲食，[甲][乙]957 其福聚，[甲]897 三寶及，[甲]1735 念念能，[甲]1816 五無量，[甲]1832 設爲，[甲]2266 戒，[甲]2266 水有礙，[甲]2266 諸如來，[明]316 波羅蜜，[明][宮]1656 他亦如，[明]220 此作意，[明]1336 彼岸四，[明]1648 說功德，[三]2122 佛塔廟，[三][宮][聖]545 地，[三][宮]310 是八事，[三][宮]1545 十二處，[三][宮]1545 他受財，[三][宮]1559 他，[三][宮]1604 善根故，[三]186 萬民，[三]209 初時雖，[三]2042 身，[聖]99 此諸無，[聖]26 三中之，[聖]26 行令不，[聖]125 是比丘，[聖]190 知足隨，[聖]953 他及調，[聖]1579 正法中，[另]310 大慈悲，[宋]99 世間善，[宋]1451 我少年，[元][明]310 六億阿，[元]374 彼土出，[原]1205 月初飲，[原]2339 權故於。

拾：[乙]2261 五十帙。

時：[三][宮]2060 寺東北，[三]1161 虛空中。

實：[三]1521。

世：[宮]425 世月，[甲]1896 下問諮。

是：[宮]659 一人慈，[甲][乙]1929 堪，[三][宮][聖]376 誰不來，[三][宮]482 正業中，[三][宮]721 一切業，[三]375 無常苦。

釋：[原]1764 中有二。

樹：[三]2122。

誰：[宋]2121 是善安。

說：[甲]1828，[明]816 是所説，[三][宮]1610 眞如中。

隨：[甲]1828 無根處。

所：[宮]425，[宮]1597 第一緣，[別]397 高下發，[明]1544 色無色，[三][宮]263 不至往，[三][宮]606 習得，[三]125 樂之中，[三]1340 行若是，[聖]190 彼時亦，[聖]288 晝日時，[宋]1170 尸陀林，[元][明]1451 經行所，[元]901 佛會中。

他：[甲]2270 了宗果。

貪：[三]375 愛何憂。

提：[甲]2087 是學徒。

推：[宮]310 論量佛。

脫：[三][宮]588 一切是。

王：[宮]639 法王。

徃：[聖]225 往佛受。

往：[甲][乙]2394 西方晝，[三][宮]402 過去無，[三][宮]1428 波羅奈。

爲：[宮]1912 成入假，[甲]1579 一切若，[甲]2036，[甲]2290 加行道，

[甲]1736 一，[甲]1775 國故，[甲]1924 覺，[甲]2036 敬不以，[明]〔異〕220 夢中所，[明]606 賈人心，[明][甲]1177 菩提，[明]293 一切世，[明]317 色者，[明]322 廟，[明]994 此陀羅，[明]1450 乞求者，[明]1596 彼時名，[明]2016 十波羅，[三][宮]1428 水，[三][宮]1581 一切眾，[三]945 循，[聖]663 我生大，[乙]2263 彼依他，[乙]1736 定性，[元][明]209 石蜜，[原]2194 七支者。

未：[原]1858 未兆道。

謂：[甲][乙]1821 滿，[甲]1733 淨眼者，[三]220 無我中。

文：[甲]1736 中又二。

聞：[三][宮]585 經典勸，[三][宮]650，[聖][甲]1723 大義曾。

我：[甲][乙]2192 遍知已，[明]1450 阿，[三][宮]323 我當精，[三][宮]397 人眾生，[三]1093 有心呪。

無：[宮]648 無佛諸，[甲]1736 乖，[三][宮]、－[聖]481 所生。

物：[三][宮]2040 不牢固。

相：[敦]1960 修慧中，[宮]1598 中不，[甲][乙]1822 婆沙等，[甲]2081 彼學四，[甲]2337 因計因，[甲]2362 初靜，[甲]2775 此土當，[三][宮]1519 聲聞道，[三][宮]1563 所緣是，[三]682 法中，[三]682 相無所，[三]2110 府鎖械，[聖]1509 天人中，[聖]158 此劫行，[宋]1579 諸色中，[乙]2249，[乙]2261 識若以。

向：[三]、－[宮]2121 東門既，

[三][宮]1464 拘薩。

心：[三][宮]671 自體相，[三][宮]228 無所，[三]1336 所願若。

新：[甲]2271 羅。

刑：[三]186 獄。

行：[明]220 深般若，[三][宮][聖]625 菩提最，[三][宮]374，[三][宮]1458 六夜中，[三][聖]375 惠施勤，[三]291 得自在，[元][明]423 念死彼。

形：[三]1003 八輻間。

性：[宮][聖]1602 常想是。

虛：[三][宮]616 空，[三][宮]657 空中，[三][宮]657 空中合，[三]397 空無我。

旋：[乙]2391 方壇外。

言：[三][宮]1581 此，[乙]1736 鐵圍山。

叝：[甲]2128 疋聲叝。

一：[甲]1735 捨，[甲]1786 三觀為，[三][宮]310 天子如。

依：[甲][乙]1822 聖者，[甲]893，[甲]2263 遍計所，[甲]2266 因於果，[甲]2428 大日金，[甲]2782 何法說，[明]2016 此心是，[明]2104 弘福道，[三]220 世俗假，[三][宮]1579 如是，[三][宮]376 法不依，[三][宮]1558 五地，[三]201 解脫，[三]203 三寶受，[三]682 此壞，[三]1532 彼我虛，[聖][甲]1733 四無礙，[石][高]1668 十四僧，[元]7 盡。

移：[甲][乙]2393 東門外。

已：[甲]2204 前所難。

以：[宮]1598 似文，[宮]310 其善惡，[甲]1729 一代而，[甲][乙]2397 如來以，[甲]1315 右手心，[甲]1763 此矣，[明]220 布施波，[明]337 水精王，[明][乙]1092 山林含，[明]100 彼時，[明]305 一羊車，[明]312 法寶藏，[明]312 佛上而，[明]329 財寶不，[明]372 千世界，[明]653 今日悉，[明]660 俗諦法，[明]985 晨朝清，[明]999 月八日，[明]1501，[明]1545 脛骨以，[明]1579 沙門婆，[明]2016 境界淨，[三][宮]2053 今日反，[三][宮]2122 此處起，[三]220 一切無，[三]660 一，[三]1339 五法常，[三]1358 一華若，[聖]1426 異。

亦：[甲]1961 爾動念。

益：[聖]278 世間。

因：[三][宮]1425 是。

引：[甲][乙]2263 令趣境，[甲]2313 眞智次。

應：[三][宮]585 平等順，[三][宮]1458 此安居。

由：[甲][乙]2317 無色界，[甲]2266 四尋，[三]1559 已生處。

猶：[宮]414 是，[甲][乙]2259 應，[甲]2219 眞言觀，[甲]2223 業又以，[甲]2281 其中稍，[甲]2312 此四分，[甲]2339 相自在，[甲]2410 南山，[原]、猶[甲]2304 有故至。

遊：[宮]721 住，[三][宮][聖][另]285 行在衆，[聖]291 無想覺。

友：[三][宮]2104 其人左。

有：[宮]374 漏是故，[和]293 三有中，[甲][乙]1032 明鏡自，[甲][乙]1736 中有一，[甲]1848 綸緒何，[明]682 大海因，[三]194 出家之，[三][宮]1545 一切有，[三][宮][聖]425 重財不，[三][宮]1545 異名義，[三][宮]2122 其内有，[三]1560 相續，[三]1562 此位境，[聖]1 七法，[聖]1552 境界轉，[乙]1069 爾時爲，[乙]1736 名乃説，[元][明][宮]374 異時有。

又：[三]1 其池中。

淤：[石]1509 溺相與。

于：[高]1668 彼處故，[高]1668 三字如，[高]1668 行者所，[宮]263 佛道場，[宮]263 某處悉，[宮]374 法輪善，[宮]481 慣鬧習，[宮]2008 南廊，[宮]2040 胞胎，[甲]1886 本源則，[甲]2035 黃檗得，[甲]897 上，[甲]1698 何不盡，[甲]1717，[甲]1717 時高麗，[甲]1736 側室正，[甲]1736 動靜者，[甲]1792 克誠，[甲]1795 梵本方，[甲]1795 外鍠字，[甲]2006 仰山遂，[甲]2017 法體答，[甲]2035，[甲]2035 朝堂民，[甲]2035 成道行，[甲]2035 等，[甲]2035 後亦由，[甲]2035 江匯，[甲]2035 蘭臺石，[甲]2035 岐陽舊，[甲]2035 上竺一，[甲]2035 太，[甲]2035 土中光，[甲]2035 位初上，[甲]2035 譯經院，[甲]2035 御書殿，[甲]2087 蔡愔訪，[甲]2087 此城中，[甲]2128 寶搜神，[明]842 外煩，[明]2016 先吾行，[明]2060 會昌寺，[明]2060 暮齒精，[明][甲]下同 989 未來世，[明][甲]下同 989 一切諸，[明][聖]278 世

智慧，[明][乙]1092 閑靜處，[明][乙]
1092 持戒，[明][乙]1092 此法極，
[明][乙]1092 佛前或，[明][乙]1092
念佛作，[明][乙]1092 虛空，[明][乙]
1092 諸作法，[明][乙]1092 作法處，
[明][乙]下同 1092 十五日，[明][乙]
下同 1092 世間百，[明][乙]下同 1092
閑靜處，[明][乙]下同 1092 閑靜泉，
[明][乙]下同 1092 像持斯，[明][乙]
下同 1092 一切天，[明][乙]下同 1092
園苑中，[明][乙]下同 1092 正見以，
[明][乙]下同 1092 座上置，[明]5，[明]
12 其城内，[明]12 色心喜，[明]52 夜
分中，[明]99 世有，[明]152，[明]186
竹帛，[明]278 世時有，[明]293 世我
常，[明]321 過，[明]397，[明]403 十
方及，[明]585，[明]585 斯三十，[明]
598 空脫門，[明]721 此間夜，[明]721
魔之境，[明]721 人，[明]721 人中多，
[明]721 我，[明]843，[明]934 當來濁，
[明]1092 鈴即搖，[明]1092 世間沙，
[明]1092 億劫讚，[明]1096 飲食生，
[明]1118 實智輪，[明]1128 口中放，
[明]1128 往昔過，[明]1372 此增慧，
[明]1421，[明]1432 長老邊，[明]1432
佛法中，[明]1435 界外作，[明]1450
百代其，[明]2041 來世六，[明]2059
山中著，[明]2060 別集，[明]2060 山
舍春，[明]2060 聖哲，[明]2060 時，
[明]2060 寺内有，[明]2060 寺衢衣，
[明]2060 延興寺，[明]2060 終南龍，
[明]2076 本山，[明]2076 本山至，[明]
2076 地僧却，[明]2076 海内自，[明]

2087，[明]2087 諸國多，[明]2088 此
七日，[明]2088 大盤石，[明]2088 國
西北，[明]2088 解夏日，[明]2088 齋
日天，[明]2103 豺犬野，[明]2103 捃
拾百，[明]2103 其日殿，[明]2103 千
里每，[明]2103 時臨財，[明]2103 世，
[明]2103 是分官，[明]2103 眾僧食，
[明]2104 佛今天，[明]2104 王庭不，
[明]2104 襄陽故，[明]2112 甘泉，[明]
2121 邪，[明]2122 柏林，[明]2122 蔣
州大，[明]2122 臨洮，[明]2122 日嚴
寺，[明]2122 御座之，[明]2145 路傍
仍，[明]2154 東都上，[明]2154 焚屍
之，[明]2154 于填，[明]下同 400 異
處求，[明]下同 682 法恭敬，[明]下
同 721，[明]下同 721 第四阿，[明]下
同 372 佛，[明]下同 372 無邊劫，[明]
下同 400 彼善變，[明]下同 400 東方
散，[明]下同 400 佛印，[明]下同 400
今日等，[明]下同 400 其日月，[明]
下同 400 如來應，[明]下同 400 身謂，
[明]下同 400 我無所，[明]下同 400
無邊劫，[明]下同 400 諸法中，[明]
下同 682 阿賴耶，[明]下同 682 念中
及，[明]下同 721，[明]下同 721 愛染
之，[明]下同 721 白法正，[明]下同
721 彼，[明]下同 721 彼壁中，[明]下
同 721 彼池中，[明]下同 721 彼處彼，
[明]下同 721 彼處若，[明]下同 721
彼畫女，[明]下同 721 彼可愛，[明]
下同 721 彼三十，[明]下同 721 彼山
上，[明]下同 721 諸曲如，[明]下同
721 處處遍，[明]下同 721 此佛塔，

[聖]627 彼人受，[聖]643 梵天見，[另]1721 外故云，[石][高]1668，[石][高]1668 第十地，[石][高]1668 無性馬，[石]下同、[高]1668 恒刹舉，[宋][元]、子[明]192 諸地神，[宋][元]2061 開元寺，[宋][元]2061 七辰食，[宋][元]2061 寺中，[宋][元][宮]318 十方，[宋][元][宮]328 三千億，[宋][元][宮]2060 殞所，[宋][元][宮]2104 前，[宋][元]842 神通大，[宋][元]1301 虛空，[宋][元]2061，[宋][元]2061 寶函隋，[宋][元]2061 澧陽次，[宋]2061 院門威，[乙]2296 七地二，[乙][丙]2092 設會一，[乙]897 其本法，[原]1858 有。

污：[三][宮]1459 青草上。

逾：[三]375 千日。

餘：[宮][甲]1912 十乃至，[甲]1736 善例，[明]212 飲食從，[明]278 諸縛，[明]893 節日加，[明]1509 諸法中，[明]2123 九月此，[三][宮][聖]1442 諸類乃。

宇：[宋][元][宮]2104 儲。

與：[宮][久]397 我懺悔，[甲]1736 盲等所，[甲][乙]2237 八十，[甲]867 一切願，[甲]1735 樂，[甲]1736 象有怨，[甲]1736 義異轉，[甲]1922 惡業，[甲]2036 刑政何，[甲]2263 不還，[明]997 自夫妻，[明]1563 怖畏有，[明]60 此法律，[明]99 沙門由，[明]191 工夫中，[明]191 往昔無，[明]220 此中莫，[明]220 諸有情，[明]397 本，[明]598 聖平等，[明]624 三世其，[明]657 佛法信，[明]721 王

得，[明]721 一切時，[明]820 眾生佛，[明]893 茅草，[明]1058 生生常，[明]1242 我時陪，[明]1428 善法損，[明]1428 子多所，[明]1443 無染心，[明]1451 我，[明]1453 第三重，[明]1458 此界上，[明]1458 二處物，[明]1458 四，[明]1475，[明]1522 可染中，[明]1536 此類及，[明]1539 諸法現，[明]1546 身口業，[明]1568 彼法，[宋][元]1006 下劣賤，[宋][元][宮]2040 無量諸，[元]125 聞者於。

欲：[甲]1735，[明]1546 欲愛得，[明]121 自不高，[宋]228 是法中。

豫：[明]313 某處立。

緣：[原]1840 三世。

約：[甲][乙]2263 一具果，[乙]2296 分段生。

暈：[甲]2402 陀花色。

云：[明]843 何而生。

在：[丙]982，[甲][乙][丙]1056 苦海伏，[甲][乙]1822 有情，[甲][知]1785 靈山已，[甲]1775 身也，[甲]1830 母胎中，[甲]2312 六識，[明]125 少地爾，[三][宮]、－[聖]1428 夢中語，[三][宮]292，[三][宮]402，[三][宮]721，[三][宮]721 惡處叫，[三][宮]721 五地彼，[三][宮]729 大富家，[三][宮]1428 僧中語，[三][宮]1428 中說戒，[三][宮]2034 洛陽趙，[三][宮]2060 蕃，[三][甲]1123 頂後無，[三][聖]190 樹下端，[三][聖]375 拘尸，[三]171 地豈復，[三]209 惡處如，[三]1485 普光堂，[三]2112 西域

釋，[三]2154 此，[聖][另]1435 此行爲，[宋][宮]1509 聲聞辟，[宋][元]、扺[明]310 中行住，[乙][丙]873 輕霧中。

讚：[明]1636 讚何有。

造：[甲]1847 業有三。

張：[原]2339 大教網。

杖：[宮]、枚[甲]2044 賢者至。

昭：[三]2102 穆不。

者：[乙]1821 離欲。

眞：[聖]1595 眞如。

正：[明]660。

證：[明][甲]1216 圓寂，[明]1579 靜定末。

之：[甲]1735 中四，[三][宮]2059 九方亦，[三][宮]2060 熏勃得，[三]374 大海然，[三]2125 百，[原]1803 兩。

枝：[三]1257 此樹上。

知：[明]2076，[元]99 色無知。

執：[甲]1816 經持說。

止：[三][宮]657 法以無，[三][宮]657 世利故，[三][宮]657 他舍利，[三][宮]657 諸邪見。

指：[宮]901 掌中二，[甲]1030 頭上如，[甲]1960 彼華開。

至：[宮]635 寶英如，[甲][乙]2263 燈會釋，[甲][乙]2263 二定例，[甲][乙]2263 理門論，[甲][乙]2263 潤生例，[甲]2195 靈山所，[甲]2263 本質者，[甲]2263 經於百，[甲]2263 通別類，[三][宮]2122 長安造，[乙]2263 比量者，[乙]2263 大慧菩，[乙]2263

不捨觸，[乙]2263 地際畡。

治：[西]665 淨室安。

置：[三][宮][久]1486 火中。

中：[甲]1735 市肆等，[三]125 善法。

終：[甲]2266 具三根，[甲]2266 至涅槃，[三]1096 不違，[聖][另]790 人而欲。

種：[甲]2362 少。

諸：[宮]485 施彼岸，[和]293 有爲，[甲]1909 無量不，[明]2122 塚間請，[三][宮]221 死地所，[三][宮]263 陰，[三][宮]397 法界是，[三][宮]397 日月令，[三][宮]397 種種戲，[三][宮]397 衆生，[三][宮]589 禪定無，[三][宮]664 疾疫壽，[三][宮]801 凡夫，[三]1 諍，[三]157 佛所受，[三]397 惡忽務，[三]682 地，[石]1668 諸衆生，[元][明][宮]374 惡口，[元][明][宮]374 外道，[元][明]2122 恐怖安，[元]200 法也汝，[知]598 惡見都。

住：[三][宮]1451 閑林中，[三][宮]2060 安州大，[三]189。

著：[敦]1957 後宮繫，[元]228 一切相。

轉：[元][明][宮]374 菩。

捉：[三][宮]2122 東北角。

子：[宮]1911 妙覺智，[甲]2035 西南隅，[三]、于[宮]263 衆生，[三]100 綺語，[三][宮][知]266 正見此，[三]152 茲乎取。

自：[另]1721 德果今。

總：[三][宮]2060 持，[三]1340

發心念，[石]1509 色爲是。

族：[甲][丁]1222 中金剛。

作：[宮]1509 聲聞中，[宮]1435 是中若，[甲]2270 根本量，[甲][丙]973 壇外四，[甲]997 佛擁護，[甲]1228 禁五路，[甲]1929 此世未，[甲]2270 此義者，[明]2121 諸功德，[三]24 是處修，[三][宮]1648 聲相令，[三][宮][聖]227 機關木，[三][宮][聖]2042，[三][宮]278 一切無，[三][宮]669，[三][宮]1546 是念從，[三][宮]1546 是説汝，[三][宮]2102 私，[三][宮]2121 兩業有，[三][宮]2123 佛所説，[三]245 九阿，[三]1012 名稱，[三]1125 心上右，[聖][另]1543 此梵，[聖]1509，[聖]1509 須陀洹，[聖]1552 彼知友，[乙]973 道場，[元][明]1006 仙人中。

祚：[元][明]2122 其名曰。

座：[三][宮]1425 竹簞。

諸：[乙]2782 言説言。

禹

昺：[三][宮]2102 頓首和。

過：[三]2106 中忽聞。

隅：[聖]2157 中遂卒，[宋][元][宮]2066 報知行，[宋][元]2125 中日昳，[宋][元]2151 路逢。

竽

芉：[宋][元][宮]、甘[明]221 蔗叢林。

竿：[甲]2128 蔗古寒。

舁

卑：[三][宮]1443 此三爲。

舉：[甲]2068 粥將來，[三][宮]、輿[聖]1451 床大衆，[三]7 如來棺，[聖]1425 石蜜瓶。

以：[三]198 出於舍。

輿：[宮]374，[宮]374 我床往，[三][宮]、舉[聖][另]1459，[三][宮]、舉[聖]1428 去至自，[三][宮]1428 至浴室，[三][宮][聖][另]1442 至屍林，[三][宮][聖][另]1453 佛言應，[三][宮][聖]1421 之王言，[三][宮][聖]1428 還諸居，[三][宮][聖]1451 彼，[三][宮]1421 還著，[三][宮]1428 往溫室，[三][宮]1451 出時吐，[三][宮]1451 王置內，[三][宮]1464 還家呼，[三][宮]1464 往當隨，[三][宮]1545 我行經，[三][宮]2060 而就僧，[三][聖]190 而將行，[三][聖]375，[三]6 床又復，[三]187 從迦毘，[三]2103 之皆道，[聖]1421 之即受，[聖]1428 來至僧，[聖]1442 出，[聖]1442 出房外，[聖]1458 應在頭，[另]1451 六櫃，[宋][元][宮]、輿[明][聖][另]1453 病人將。

與：[三][宮][聖]1462 八金甕，[聖]1442 出房外，[聖]1458 去若人。

轝：[三][宮][另]1428 若頭戴，[三][宮]2122 行噭，[三][聖]190 行復以，[三]193 致往，[三]202 去其人，[聖]190 而行大，[宋]152 擔建旒。

俞

爾：[甲]2087 誠哉是，[宋]2087

乎乃擊。

前：[明]2103 騎騁逕。

偂：[甲]1805 蘭。

由：[明][聖]221 旬，[三][宮]309
旬里內。

逾：[三]198 曰遠可。

瑜：[宋][元][宮]、踰[明]1505 旬
熱銅。

窬：[三]2103 致使淨。

喩：[宮][甲]1805 體壞永，[宮]
[甲]1805 下，[三]2040，[宋][元][宮]、
逾[明]1505 旬住受。

娛

妓：[三][宮]2122 樂不可。

悟：[宮]384 樂。

愪：[宋][宮]2103 性建憍。

誤：[甲]2266 如上已，[明]330 焉
知後，[聖]225 計之無。

嬉：[三]99。

喜：[三][宮]721 受，[三][宮]721
受樂如，[三]168，[三]202 自樂臨，
[聖]643 自樂時。

怡：[三][宮]2103 神於。

娷：[甲][乙]1822。

恣：[甲]1708 經八萬。

萸

藪：[三]1336 肥奢奢，[三]1339
大，[三]下同 1339 從地獄。

釪

盂：[三][宮]2103。

盂：[三][宮]1435 口中出，[三]
[宮]2048 在吾坐。

魚

虫：[宮]2121 鼈。

急：[甲]2196。

迦：[原]1201 哩二合。

兼：[宋][明]2122 集普州，[宋]
2145 貫名第。

留：[元][明]1092 昭。

龍：[明]1441 因緣廣。

魯：[甲]2244 形龍。

枚：[三][宮]790 王覺魚。

冥：[甲]2130 王亦云，[乙]2390
十五羅。

莫：[甲]、冥[丙]938 枳反部。

鳥：[三][宮]1428 獵師作。

牛：[明]1545 師子。

氣：[元][明]2103 操龜之。

蘇：[聖]1427 八肉。

漁：[甲]1811 獵網等，[明]221 獵
家屠，[明]1450 師兒深，[明]1458 人，
[三][宮]403 獵，[三][宮]2059 山之神，
[三][宮]2059 師施一，[三][宮]2104 山
忽聞，[三]212 獵執羅，[三]263 獵弋
射，[三]2145 山梵聲，[元][明][宮]271
捕逼，[元][明]2103 陽太，[元][明]
2122 山振思，[元][明]2122 山之梵，
[元][明]2123 山之梵，[元]2122 山忽
聞。

隅

偶：[甲]2196 何以封，[甲]2266

無違理，[三][宮]2060 別行所，[三]2149 也恨叙。

陽：[聖]2157。

喎：[宮]2103 未識正。

禺：[甲]2073 中遂卒，[明]1443 中時欲，[三][宮]1453，[三][宮]2122 中忽聞。

嵎：[宮]222 上下亦，[宮]263，[宮]263 境域，[三][宮]2122 有一汪，[三][宮][聖]278 雜莊嚴，[三][宮]606 上下其，[宋][宮]278 者演說，[宋][宮][聖]627 無有斷，[宋][宮]222 上下，[宋][元][宮]288 上下亦。

餘：[甲]1969 尚有隙。

揄

揚：[聖]1721 揚乃。

榆：[甲]2130 多譯曰，[明][甲][乙]901 毘，[明][乙]1277 囉迦，[三]1336 脾大，[三]1341 闍，[三]1341 伽，[三]2122 怛。

諭：[原]2196 揚故此。

嵎

隅：[三][宮]288 來，[三][宮]2121 有一，[三]291 及四天。

逾

弔：[三][宮]2102 於滇表。

迭：[甲][乙]1929。

漸：[宋][甲][乙]2087 寒霜雪。

途：[三][宮]2060 前稔文，[三]1982 深金繩。

移：[三][宮]2122 年僅成。

於：[三]、逾於[宮]2122。

餘：[明]、愈[甲]1211 劫焰。

踰：[明][和]293 五十力，[三][宮][甲][乙]2087 千，[三][宮]279 於心境，[三][宮]2060 深信篤，[三]200 於彼，[聖]515 急，[知]1785。

喻：[三]152 自深藏，[宋][元][宮]、踰[明]310 世智悉。

愈：[宮]2060 氷霜言，[三][宮]1421 更不，[三][宮]1673 氷結，[三][宮]2059 堅，[三][宮]2060 此，[三][宮]2060 增故難，[三][宮]2121 篤船去，[三][宮]2121 自重割，[三][宮]2122 勤雖，[三][宮]2123 急身，[三]192 更沈，[三]1348 伽羅醢，[三]2145 固魔去，[聖]1509 遠故以。

腴

油：[聖][另]310 澤或有。

腧：[三][宮]下同 620 生熟二。

諛：[明]2131 調苟順。

渝

淚：[三]76 喜曰吾。

偷：[元]2110 永夜清。

銜：[三]2110 伏比畜。

俞：[甲][丙]2087 乎斯言，[三][宮]下同 283 迦三昧。

榆：[三][宮]2102 陰與素。

喻：[三]76 經，[三]2149 經一。

諭：[三]2151 經一卷。

愉

輸：[乙]2218 婆迦羅。

揄：[明]2060 誘悟議。

渝：[宋][宮]619 隱此。

踰：[三][宮]562 悅佛告。

瑜

阿：[甲]2266 伽但云。

論：[甲]1828 若違瑜。

隃：[三][宮]2103 山之威。

偸：[三][宮]278 羅國有。

琊：[明]2154 伽論本。

瑀：[三]154 投陀漚。

渝：[三][甲][乙][丙]954 二合娜，[三]2145 子厥名。

榆：[三][宮]2034 元佛入。

踰：[甲]1122 伽定便，[甲]2261 闍國有，[三][宮]300 繕那量，[三][宮]1459 繕那苾，[三][宮]下同 300 繕，[宋][元]1185 伽相應，[元][明]665，[元][明]下同 1453 膳那者。

庾：[三]2034 伽三。

喩：[甲]2217 祇順因，[甲]2181，[甲]2261 伽學徒，[甲]2266 伽對法，[甲]2266 伽五十，[甲]2270 同類異，[明][乙]994 引誐此，[明]293 令安繫，[三]246 誐跛哩，[聖]1733 伽六決，[乙]1723 伽三十。

准：[原]2162 祇經一。

榆

輸：[甲][乙]901 二十一。

愈

傴：[明]1336 岐三摩。

揄：[三][宮]607 百八愛，[宋][元]1336 闍咩伊，[宋]1341。

虞

虎：[明]1170 盧虞。

盧：[甲]1008 引者，[宋][宮]310 泥去毘。

爐：[三][宮]419 中。

虛：[宋][元]2061 受有登。

蘆：[甲][乙][丁]2244，[甲][乙][丁]2244 里曳囊。

愚

闇：[聖]211 不及未。

暴：[三]、一[宮][甲]2087 惡有。

不：[聖]210 偕。

惡：[宋][元]328 不恚不。

恩：[宋]193 癡發菩。

爾：[明]1450。

過：[甲]1816 斷已成，[甲]1851 中第二，[三]1 耶吾三。

黑：[甲]2195 暗。

患：[宮]263，[三]201 目凡夫。

恚：[三]123 癡貪慳。

慧：[原]、惠[甲][乙]1724 法二眼。

或：[宮]2123 戀昏庸。

惑：[甲]2219 著起瞋，[三]1 癡冥無，[宋]125 之中汝。

今：[甲]2219 按。

盡：[甲]2262 昧數數。

冥：[宮]263，[明][宮]263 亦，

[三][宮]263 則爲明。

牛：[元][石]1509 不可教。

膿：[聖]99 癡凡夫。

貧：[元][明]362 得。

忍：[丁]2244 經第一。

如：[元][明]598 用自然。

思：[甲]2128 我心如，[甲]2434 不測過。

頑：[聖]211 鈍方。

畏：[三][宮]671 於有無。

野：[三]209 老人言。

異：[聖]231 癡等集。

魚：[三][宮]1656 法則不。

隅：[甲]2128 也淮南。

虞：[宮]294 人恐怖。

愚：[原]1819 哉後之。

遇：[宮]329 法夫見，[宮]664 作諸惡，[宮]784，[甲]2157 中抄出，[甲][乙]1821 人貪，[甲]2217 法，[甲]2300 迷者就，[甲]2434，[甲]2792 癡多者，[甲]2837 淺識所，[明]1594 第一緣，[三][宮][聖]310 者應當，[三][宮]403 冥脫是，[三][宮]1421 忿亦如，[三][聖]1562 業果感，[三]154 不慎路，[三]2063 者駭，[聖][另]790 難怯弱，[聖][另]1552，[聖]210 闇得見，[聖]210 生死長，[乙]2404 懷怖畏，[元][明]589 無所，[原]2426 而何考。

漁

漢：[宮]721 人之屬。

須：[乙][丁]2244 都能。

魚：[博]262 捕諸惡，[明]293 人像爲，[三]99 師，[三][宮]721 獵人常，[三][宮]2102 食百性，[三][宮]2122 捕諸，[三][聖]99 捕者，[三]152 獵國者，[三]152 人以網，[聖]375 捕㮈陀，[宋][元]184。

窳

實：[三][宮]2122 難可值。

喻：[甲]2217 文等者。

餘

彼：[甲]1736 佛滅，[甲]2274 音響所，[三][宮]1550 俱生生，[乙]1736 品類若。

別：[甲]1736 即體上。

餅：[宮]1483 果手得。

不：[宮]1421 事復有。

部：[甲][乙]2250 師如上。

殘：[三][宮][聖]376 不應斷，[乙]1736 又覩王。

長：[三][宮]1458 法宜可。

除：[丙]、除[乙]1833 未來現，[宮]1542，[宮]322，[宮]1613 六，[甲]1733，[甲]1806 智，[甲]2266 文義，[甲][乙]1822 境世第，[甲][乙]2194 如，[甲][乙]2259 其尋唯，[甲]893 依次第，[甲]950 一應自，[甲]1735 諸下明，[甲]1816 無餘及，[甲]1816 應，[甲]1821 蘊故作，[甲]1830 影外別，[甲]2261 位不然，[甲]2262 之五塵，[甲]2266 意，[甲]2434 諸菩薩，[明]1545，[明]1542，[明]1545 煩惱滅，[明]1546 復，[明]1585 障證，[三][宮]

1546 覺支道，[三][宮]1546 正見不，[三][宮][聖]1542 有爲等，[三][宮][聖]1552 闇非無，[三][宮][聖]1562 亦依天，[三][宮]310 緣相應，[三][宮]721 不，[三][宮]813 毒蟲，[三][宮]1537 煩惱故，[三][宮]1540 大煩惱，[三][宮]1541 無漏緣，[三][宮]1541 欲界一，[三][宮]1542 無量所，[三][宮]1546 數法行，[三][宮]1546 無慚無，[三][宮]1546 緣中愚，[三][宮]1547 欲界結，[三][宮]1548 心是名，[三][宮]1563 離繫亦，[三][聖]189 今生有，[三]32 身惡行，[三]660 寶山香，[三]1333 一切宿，[三]1648 結此謂，[三]2122 事云云，[聖]1548 智是名，[聖]279 衆生說，[聖]1562 斷證解，[聖]1579 未斷法，[宋]1443 類異非，[宋][元]1428 人我等，[宋]1579 煩惱簡，[宋]1631 者亦如，[乙]1816 本唯言，[乙]1821 色喜樂，[乙]1822 風可解，[元][明]614 過去現，[元][明]1579 定不轉，[元]1808 緣准上，[原]1776 佛世尊，[原]1818 五種驚，[原]2266 六，[原]2271 聲以外。

儲：[三]1 積衣服。

此：[宮]1809 房不堅，[三][宮]1543 惡趣今。

大：[三][宮]1581 苦事悉。

得：[三]148 步徑。

第：[乙]2263 九生。

牒：[甲]1816 論説四。

惡：[三][宮]2060 念或洗。

餓：[三][宮]1546 鬼亦知，[三][宮]1546 鬼欲欺。

爾：[甲]1110 三方准，[甲]2266 故成能，[甲]2266 故言齊，[甲]2266 者若説。

二：[明]312，[明]316，[明]896，[明]1542，[明]24，[明]125，[明]312，[明]316，[明]398，[明]672，[明]681，[明]882，[明]1340，[明]1542，[明]1579，[明]1597，[明]1598，[明]1636，[聖][另]1442，[聖]643。

飯：[宮]1435 比丘言，[甲]893 所有護，[三][宮]1463 者隨意，[三][宮]1470 請比，[三]185 食甚多，[三]190 食與，[聖][另]1435 福此德。

更：[三][宮]2040 無能。

果：[甲]2262 云云。

後：[甲]1733 六離綺。

許：[甲]1839 宗如言，[三][宮]2060 卷即菩。

會：[甲]1863 通徒設，[甲][乙]1822 五因已。

際：[宮]1547 始入不，[三][宮]2085 重問遊，[三][宮]2122 精勤彌。

降：[知]598 於三垢。

解：[甲]2337 義准，[甲][乙]2309 幾法門，[甲]1709，[甲]1839，[甲]2337 釋乘名，[明][宮]559 是者不，[聖]1579 不同分。

今：[甲][乙]1822 文易了，[甲]1835 爲釋此，[甲]2266 九，[甲]2266 心心所，[原]2248 記意鈔。

金：[甲]1512 涅槃善。

盡：[甲][乙]2219。

經：[甲]2195 經教之，[甲]2250 部説至。

舉：[甲][乙]2259 異生二。

郡：[三][宮]2041 國聚落。

來：[明][甲][乙][內]948 經中廣。

量：[金]1666 世界供。

領：[三]1605 功德何。

令：[甲][乙]2385 指相對，[甲]2195 薰在內。

流：[甲][乙]1822 伴故然。

六：[元][明]2145 年而什。

録：[三]2154 並見在，[聖]2157 非無差，[聖]2157 笈多録。

亂：[甲]1736 入則亂。

論：[甲]2183 歟，[甲]2266 定妄傳，[甲]2266 心者謂，[元]1559 師説若。

羅：[三]1 酥摩皆。

慢：[乙]2249 若謂我。

奈：[甲]2425 方各各。

能：[甲]2266 四句有，[甲]2339 同是一，[三]220 隨喜迴，[三][宮]1558 共受用，[宋][宮]419 於是，[宋][宮]702 人，[元][明]310 隨喜亦。

女：[聖]211 人。

前：[乙]1822 文可。

遣：[三][宮]268 是故師。

請：[聖]1436 比丘邊。

全：[甲][乙]1822 戒不復，[甲][乙]1822 有八種，[甲][乙]2263 邊見一，[甲][乙]2263 不能生，[甲]2223 置外壇，[甲]2266 處不見，[甲]2266 句可知，[甲]2266 文，[甲]2266 有支

一，[乙]2261 九號故。

饒：[甲][乙]867 益，[甲][乙]2227 及有樹，[三]1521 因緣而，[三][別]397 潤所。

人：[三]2059 妙辯不，[宋][元]、有[明]1451 處即小。

如：[明]1648 如初廣，[三][宮]286 不久行，[三][宮]1436 法治是，[三]157 華非謂，[元]1425 人失沙。

三：[甲][乙]2263 性也，[明]1636，[明]882，[明]1536，[明]1542。

殺：[三][宮]1484 一切衆。

上：[甲]2274 四。

賒：[宋][元]847。

神：[原]、辰[甲]1068 者水火。

勝：[三][宮]1563 無越此。

十：[明]316。

食：[宮]821 欲心不，[三][乙]1092 箇反。

使：[石]1509 事但問。

事：[三]1559 由此三。

是：[宋][元]1548 法是。

釋：[甲][乙]1821 證法唯。

四：[明]882，[明]1636。

飼：[丁]1146。

雖：[甲][乙]1822，[甲][乙]1822 謂前説。

隨：[三][宮]1542 心不。

他：[明]2087 仙廬足。

貪：[甲]2371 心皆與。

饕：[元][明]、[宮]399 多欲，[元][明]152 盜竊婬。

條：[原]2410 天台。

同：[三]1545。

塗：[三][聖]1441 用火在。

外：[甲][乙]1822 多果因，[三][知]418 道勿。

惟：[明]220 菩薩是，[明]2122 有佛口，[三][宮]2108 何可觀。

爲：[甲]1736 妄語是。

謂：[甲]1823 貪等四。

文：[甲]1735 並可知。

五：[三][宮]1545，[三]2149 部一千。

戲：[宮]721 方善人。

下：[三]1337。

徐：[明]1562 而起此，[元][明]1432 行者不。

叙：[另]1509 心數法。

耶：[三]152 是非羅。

業：[知]1581 根利鈍。

異：[三]1427 處。

因：[元][明]1550 非善因。

飲：[宮][聖][另]1443 食細末，[三][宮]1442 食不作，[另]1442 食時諸。

飲：[宮]1428 比丘佛，[宮]2123 藥治不，[甲]901 食柴炭，[三][宮]1462，[三][宮]1525 食及婬，[三][石]2125 食及以，[三]1579 如是等，[宋]1562。

有：[三][宮]1545 是處問。

余：[三]2122 令言之，[三]2154 未見本。

於：[甲]1736 三一諦，[明]85 苾芻所，[明]640 賢者，[明]1602 隨眠

無，[明]220 隨一富，[明]658 世間亦，[明]1442 沙門命，[明]1459 生死內，[三]2053 三尺人，[元][明]1546 未立名。

俞：[甲]2044 物盡是。

逾：[甲][丁]2092 半。

愚：[明]614 人是無。

與：[三]192 造化者，[三][宮]2122 等無事，[聖]1763 常名也。

語：[明]1435 比丘犯。

欲：[三][宮]635 天顏含。

緣：[甲][乙]1822 心俱，[聖]1541 者是緣，[另]1541 是。

再：[甲]2223 時則無。

障：[原]1858 翳經曰。

證：[三][宮]310 處無暗。

治：[甲]1828 煩惱三。

中：[宮]1631 處別有。

諸：[宮]225 邪復然，[宮]656 禪有限，[宮]1435 比丘説，[甲]1873 會不在，[明]682 心法等，[明][宮]468 卑族貧，[明]1562 契經言，[三][宮][聖]下同 1436 比丘邊，[三][宮]263 利誼，[三][宮]656 衆生無，[三][宮]1428 比丘尼，[三][宮]1429 比丘指，[三][宮]1429 比丘作，[三][宮]1435 比丘説，[三][宮]1509 天須菩，[三][聖]157 山林如，[聖]1435 人意故。

宗：[甲]2250 慢等文，[甲]2250 洲説或。

左：[聖]1425 道往截。

作：[甲]1709 之細障。

諛

譏：[宮]1464 然焉上。

論：[聖]125 諛之人。

偷：[聖]1，[聖]1 諛道果，[聖]1 諛能如，[知]418 諛。

論：[宮][聖]425，[宮][聖]425 諛不欺，[宮][聖]425 諛是，[宮][聖]425 諛者離，[宮]224 諛常行，[宮]342 諛多，[宮]374，[宮]374 諛姦偽，[宮]374 諛邪命，[宮]403 諛故號，[宮]403 其心質，[宮]425 諛犯禁，[宮]425 諛積功，[宮]810 諛邪念，[聖]292 諛不思，[聖]26 諛，[聖]26 諛欺誑，[聖]26 諛清淨，[聖]26 諛無，[聖]26 諛無欺，[聖]225 諛貢高，[聖]225 諛乎便，[聖]292 諛性行，[聖]292 諛又心，[聖]627，[聖]1547 諛無幻，[聖下同]292 諛進清，[宋][宮][聖]310 諛二曰，[宋][宮][聖]425 諛，[宋][宮][聖]425 諛意，[宋][宮]263 諛不墮，[宋][宮]282 諛菩薩，[宋][宮]309 諛憒亂，[宋][宮]310 諛懷抱，[宋][宮]329 諛眾生，[宋][宮]403 諛如本，[宋][宮]403 諛施不，[宋][宮]403 諛者令，[宋][元][宮]221 諛時釋，[宋][元][宮]310 諛志性，[宋][元][宮]395 諛，[宋]22 諛所爲，[宋]157 諛以嫉，[宋]309 諛人令，[宋]310 諛著糞，[宋]360 媚嫉賢，[宋]361 諛淳爲，[宋]361 媚巧辭，[宋]375 諛説如，[知]598 諛，[知]418 諛不得，[知]418 諛悉當，[知]418 諛心清，[知]598 諛憒亂，[知]741 諛無有。

踰

踏：[三][宮]2121 上而過。

倫：[三]186。

年：[三][宮]2121 二百歲。

如：[宮]309 此者唯。

殊：[三][宮]392 彼矣阿。

輸：[甲]2035 七十以，[甲]2036 於繼嗣。

踏：[三][宮]1546 被陀踏，[元][明]2028 踰悔無。

鍮：[三][宮]468 跛耶莎。

綸：[另]1721。

唯：[聖]199 此。

有：[明]606 弟子中。

逾：[三]、喻[聖]643 前光百，[三]、愈[宮]374 增以病，[三][宮]292 建立衆，[三][宮]606 日光奉，[三][宮]2122 城出，[三]185 栴檀，[三]187 於帝釋，[三]187 於日月，[三]187 於我今，[三]187 者，[三]188 屋出城，[三]206 數年其，[三]375 珂雪如，[元][明]945 分暫得。

渝：[宮][聖]1443 初無染。

愉：[三]199。

瑜：[明]1388 引鉢，[三][宮]1632 伽外道，[三]2066 繕那也，[三]2149 闍第九，[宋][元][宮]1579 繕那，[乙]1796 伽。

窬：[明]1462 牆壁是，[元][明]386 牆壁盜。

餘：[明]1563 繕那。

喻：[宮]657 火金明，[宮]721 十倍或，[甲]、原本傍註曰此云持雙頂有兩積故 2232 健達羅，[甲]2035，[甲]1735 淨如來，[甲]2255 彼大地，[甲]2266 闍國聲，[明]1 我父教，[明]2154 倫以，[三][宮]263 獲妙寶，[三][宮]263 日月，[三][宮]294 闍禰莎，[三][宮]378 日月諸，[三][宮]429 虛空獨，[三][宮]434 虛空，[三][宮]461 不等無，[三][宮]606 人譬如，[三][宮]606 于五江，[三][宮]765 糞坑，[三][宮]1465 故受種，[三][宮]2121 於日月，[三]76 衆聖梵，[三]152 二儀爾，[三]152 二儀終，[三]152 海沙，[三]193 衆生，[三]201 過於日，[三]202 倍日月，[三]210 毀從是，[三]1107 二合摩，[三]1301 超斯仁，[三]1339 於汝救，[三]2145 陀衞經，[三]2149 千祀散，[聖]200 日月，[聖]125 闍江水，[聖]189 闍那內，[聖]288 者爲具，[聖]425 日月是，[聖]643 魔后百，[聖]643 一切白，[聖]1522 五百處，[聖]1579 繕那或，[宋][宮]、逾[元][明]310 釋梵佛，[宋][宮]598 梵天，[宋][宮]721 日光不，[宋][元][宮]1545 繕那量，[宋][元][宮]606 卿者所，[宋]192 世表，[宋]266 於彼阿，[元][明][宮]2102 金剛心，[元][明]882 二合引，[元][明]2060 者皆委，[知]266 者，[知]418 旬是時，[知]741 日光。

愈：[明]784 敬佛因，[三]5 爲哽噎，[元][明]461 吾答曰，[原]1851。

踵：[原]、跕[原]2126 於師此。

璵

與：[明]2145 廷尉桓。

輿

轂：[三][宮]374 輪軸輻。

舉：[宮]2060 以致之，[三]、[宮]2123，[三][宮]2058 之遊諸，[三][宮]1464 車馬於，[三][宮]2040 之，[三][宮]2041 之重爱，[三][宮]2122 出外門，[三][宮]2123 床送佛，[三]193 佛置寶，[三]2122，[三]2122 高十六，[聖][另]1428，[聖]1425 武劾次，[聖]1428，[聖]2157 幢四輿，[聖]2157 屍坐送，[另]1428 上枕無，[另]1435 人民奴，[宋][宮]2122，[宋][元][宮]2041 之室家，[元][明][甲]901 此器出。

具：[宮][甲]1912 須修行。

輿：[甲]2266 師以此，[宋][宮]2108 頌於英，[宋]2110 顯仁藏，[元]2103。

昇：[明]、舉[宮]1646 我我先，[明]2076 而至遂，[三]24 置四衢，[三][宮]2060 至本寺，[三][宮]1443 篅便烈，[三][宮]1451，[三][宮]1459 屍人柴，[三][宮]2060 來塔所，[三][宮]2060 屍置，[三][宮]2060 詣豐所，[三]1 舉身置，[三]125 我到彼，[三]1424 到彼令，[元][明]2121 出其尸，[元][明]2121 其屍置，[元][明]2121 取歸家，[元][明]2121 之來到。

與：[宮]1435 出驅人，[宮]2108 人之頌，[宮]2112 地，[甲]2036 親爲其，[甲]2087 地苑十，[甲]2125 鞍畜

不，[三][宮]455，[三][宮]790 載遍行，[三][宮]1421 施僧諸，[三][宮]2104 諸佛像，[三][宮]2122 迎陟面，[三][宮]2122 中夜寒，[三]1631 瓶衣蕃，[三]2088 也割身，[聖]99 經紀運，[聖]1421 象馬乃，[聖]1435 車不應，[聖]1442 行苾芻，[聖]1670 爲車耶，[另]1435 衣囊及，[宋][宮]2060 前立聽，[宋][宮]2060 人也器，[宋][宮]2060 人也祖，[宋][宮]2122 行飛入，[元][明][宮]2059 夫高尚。

譽：[聖]210。

歟

次：[甲]2281 准，[乙]2404 對。

故：[甲]2245 先舉之，[甲]2404 更問。

乎：[甲][乙]2288，[甲]2217 問仁王，[甲]2354 答唯以。

見：[甲][乙]2263 付之梵。

力：[乙]2404 未詳更。

然：[宋]2122。

頭：[乙]2391 指背付。

心：[甲][乙]2263。

耶：[甲]、哉[乙]2263，[甲][乙]2263 外道，[甲][乙]2288 答文處，[甲][乙]2309，[甲]2195，[甲]2263，[甲]2263 答不許，[甲]2263 答或云，[甲]2263 但菩薩，[甲]2263 相應，[乙]2263 答，[乙]2263 答本疏，[乙]2263 鹿苑證。

也：[甲]、耶[乙]2249，[甲]2217 故知不，[甲]2271 案彼宗，[甲][乙]2263，[甲][乙]2263 定經，[甲][乙]2263 且依前，[甲][乙]2263 又付違，[甲][乙]2288 已上依，[甲]2195，[甲]2195 而玄贊，[甲]2217 或可合，[甲]2217 例如論，[甲]2249，[甲]2254 以上，[甲]2263，[甲]2263 次亦得，[甲]2263 但至俱，[甲]2263 翻譯三，[甲]2263 其所以，[甲]2271 可尋之，[甲]2281 又依不，[甲]2299 婦人官，[甲]2358 一云一，[乙]、歟或又觀音等雖大悲菩薩非闡提薩埵歟傍遣疑難何有所違二十四字[乙]2263 玄贊所，[乙]、歟有云聞般若經未證果者必可發心已證果人前佛之時發菩提心者般若經中聞入二乘聖道者於無上菩提無進取之說始行初修漸悟菩薩退菩提心取小果也大品經文談此類也善勇猛說論未證果也八十一字[乙]2263，[乙]2263，[乙]2263 此事閑，[乙]2263 但至慧，[乙]2263 故，[乙]2263 可見周，[乙]2263 若爾者，[乙]2263 演祕釋，[乙]2263 依之，[乙]2263 已上，[乙]2263 正，[乙]2408 故不，[乙]2408 故中，[乙]2408 皆依，[乙]2408 若爾者，[乙]2408 若自重，[乙]2408 三部明，[乙]2408 又有文，[乙]2408 又紙錢，[乙]2408 又尊勝，[原]1744 亦，[原]2248 一義云，[原]2408。

矣：[甲]2217 又依。

與：[甲]2119 夫皮紙，[明]2076 云恁麼，[明]2102 今祖述，[三][宮]1507 願世尊，[宋][宮]2108。

欲：[原]2339 定彼不。

云：[甲]2195 答釋尊。

哉：[甲]2249，[乙]2263 答。

者：[甲][乙]2263 等無間，[甲]2263 彼經。

之：[甲]2415 仰云如。

者：[乙]2263 但設初。

髃

隅：[三][宮][聖]1451 亦兩雙。

鯑

餘：[甲]1804 如瞻病。

鶋

鴿：[甲][乙][丙][丁]1222 二合引。

予

即：[甲]2006 以是觀，[甲]2068 面見。

今：[三]、子[宮]、乎[聖]、予于提夾註[聖]586。

矛：[甲]1793 前年得，[甲]1805 不犯中，[甲]2128 次皆聲。

吾：[聖]627 所不及。

于：[三][宮]2102 於天表。

余：[甲]1928 意者舊。

子：[宮]2078 書云曷，[宮]263 等安處，[甲]1805，[甲]1969 同在三，[甲]2128 和女周，[宋]、兮[元][明]1343 彌吟，[元][明]2103，[元]2061 和汝塤。

宇

定：[宋][元][宮]、室[明]2104 內獲舍。

多：[宮]1546 者然彼。

宁：[三][宮]310 披圖令，[元][明]681。

室：[三][宮]2053 以次，[三][宮]2060 堂塔前，[三]203 盡壞惡，[元][明][石]1509 其用乃。

守：[另]1458 大小便，[元][明]2122 真。

寺：[三][宮]2034 毀廢經。

印：[甲]2087 初引正。

于：[三]2122 其後天。

寅：[明][宮]2104 爲之。

寓：[聖]2157 廣濟含。

宅：[宮]263 若干重，[三][宮]263 晝夜悉，[三]196 寒暑易，[聖]211 如刋利。

字：[宮]2053 探幽洞，[宮]2060，[甲]1736，[甲]2035，[甲][乙][丙]1210 則息病，[甲]1795，[甲]2128 反，[甲]2131 疏地種，[三][宮]2059 兆祚休，[聖]2157 文儉鎮，[聖]2157 文氏傳，[宋][元]2145 廬岳江，[乙]2408，[乙]2408 也故，[元][明][宮]2103，[元]2034 汎志慧。

羽

翅：[甲]2412 一度扇。

朋：[三][宮][聖]397 舍羅系。

手：[甲][乙]867 內相叉，[甲]908

合掌屈，[宋][明][乙]921 捧珠鬘。

尾：[元][明][甲]1181 一兩内。

習：[元]2122。

相：[明]1225 准前合。

翔：[三][宮]1548 如頭羅，[宋][元][宮]1548，[宋][元][宮]1548 如頭羅。

翼：[甲]2001 翔游鳥，[三]、明[甲]2087 從入，[元][明][聖]99 從車萬，[元][明]99 從狂象。

縷：[三]、月[宮]2103 翠鬣肅。

洲：[甲]2270 者此前。

雨

丙：[聖]1509 法寶。

而：[甲]2266 如是名，[明]293 諸供具，[三][宮]563 散佛上，[三][宮]263 講説，[三][宮]397 散，[三][宮]1435 風尚無，[三][宮]2121 扇微風，[三]192 淚橫流，[三]1300 流溢牆，[三]2103 散便溢，[聖]953，[聖][另]1442 浴衣學，[聖]225 蜜香之，[聖]639 諸天妙，[另]285 道地若，[另]1428 不漬當，[乙]1723 滋其類，[元][明]628 眾蓮華，[元]945，[原]、取[甲]2337 於涅槃。

風：[三][甲]、雲[乙]1200 雨行者。

甘：[三][宮]278 普流澤。

寒：[甲][乙]1822，[三]2063 暑。

護：[宋][明]1162。

降：[甲]1735 莊嚴故。

皆：[三]361 大開闢。

臘：[三]1579 最第一，[聖]1427 畜弟子。

雷：[三]157 音自在，[三]1082 電怨家。

兩：[宮]309 世神珠，[宮]310 好眞珠，[宮]721，[宮]721 聲河次，[宮]721 鐵刀劈，[宮]1425 衣無罪，[宮]2121，[甲]1813 金等下，[甲]2249 方止立，[甲][乙]1724 等如實，[甲]974 將此，[甲]1512 爾，[甲]1709 法俱時，[甲]1721 國無荒，[甲]1724 喻令識，[甲]1733，[甲]1763 廂易見，[甲]1805 分容乖，[甲]1828 劍，[甲]2073 紙酬錢，[甲]2128 比上二，[甲]2128 器也史，[甲]2255 時者一，[甲]2266 紀談云，[甲]2266 生成一，[甲]2817 其七寶，[明]228 眾天華，[明]1509 水，[明]201 淚沾我，[明]721 熱利刀，[明]1336 法雨能，[明]2121 落河澍，[明]2122 金銀，[明]2123 華亦放，[三][宮]415 足，[三][宮]1562 眾外道，[三][宮]721 山壓亦，[三][宮]1421 處，[三][宮]1464 被不，[三][宮]1579 眾外道，[三][宮]1602 種外道，[三][宮]1602 眾外道，[三][宮]1648 和上闍，[三][宮]1808 安居若，[三][聖]183 星現國，[三]198 出淨誰，[三]198 眾人，[三]721 刀一切，[三]984 頗求尼，[三]1808 安居若，[聖][另]1453 衣人白，[聖]1452 略宣法，[聖]1646 蟻子運，[宋][宮]620，[宋][元][宮]1670，[宋][元][宮]2103 曜合德，[宋][元][宮]2122 晦冥，[宋][元]756 注河

流，[宋][元]1433 衣處分，[宋][元]2121，[宋][元]2122 淚驚，[宋]292 演電，[宋]375 於優婆，[宋]1644 淛如樓，[宋]1644 最放光，[宋]2121 澤不時，[宋]2122 華亦放，[乙]1816 位，[元][明]956 花鬘，[元][明]1464 舍賴半，[元]1451 夫人給，[原]2196 德牒云，[原]2196 時不同，[原]1756 權實。

露：[明]261 需然洪，[明]2122 墮其身。

滿：[明][宮]1545 四月中，[三][聖]268，[元][明]2122 水寺中。

南：[明]173 種種珍。

內：[聖]278 甘露法。

霜：[聖]310 雹壞諸。

水：[甲]1744 大地大，[明][乙]994 灌頂獲。

土：[甲]2068。

西：[甲]2307 智光。

夏：[三][宮]1458 安居十。

向：[三][宮]585 閻浮提。

雪：[三]125 交流畫。

以：[明]125 不時。

與：[三][宮]656 不死法。

語：[明]1435 氣何。

雲：[甲]2309 種種成，[三][宮]285 地住聖，[三]152 住其舟，[三]2154 藏八卷，[乙]1723 七日住，[原]2004 頌云結。

殞：[宋]、隕[元][明][宮]、絹[聖]639 淚爾。

自：[甲]1786 淚請佛。

俁

俁：[宋][元]1092。

俁：[宋][元]1092 抳底三，[宋][元]1092 瑟詫罽，[宋][元]1092 呬呼以，[宋][元]1092 藥。

禹

虫：[宮]2104 漫行章。

禽：[明]212 翅剎利，[三]212 翅剎利。

屬：[甲]2250 切下以。

偊：[明]2122 步執持。

庾

波：[宋]220。

度：[丙]1184 馱，[甲]2135 馱。

庚：[甲]2128 朱反字，[甲]2128 朱反下，[三]451，[宋][元]1056 二合疙。

庫：[三]2087 闍月迦，[聖]2060 晉宋等。

瘦：[三]201 黑因飲。

廋：[明]2102 文秉也，[乙]2192 灑此云，[乙]2397 多劫積。

由：[乙]1816。

臾：[丙]1184 多百千，[三][宮][甲][乙][丙][丁]848 闍以捨，[宋][元]11191。

踰：[明]316 繕那又。

喩：[甲]、喩引[丙]1209 嚩日囉。

寅

宇：[宮]2103 尚開，[明]2103 之中理，[明]2060 內知名，[三]、寓[明]

2103 外沐深，[三]、寓内内外[明]2122 内分崩，[三][宮]2060 穿鑿時，[三][宮]2103 垂範導，[三][宮]2103 淳風遐，[三][宮]2103 可仰而，[三][宮]2103 天分十，[三][宮]2103 中，[乙]2296 勝寶感。

寓：[明]2154 重興，[三][宮]2103 兹所説，[三][宮]2112 考之史，[三][宮]2122 都無驚，[元][明]2122 部，[元]2122 以離寒。

字：[三]2060 大業之。

瑀

璃：[甲]2035 不生於，[三]2145。

與

奧：[甲]2339 決擇分。

白：[宮]1464，[甲]1709 諸天戰，[甲]2250 婆沙説，[甲]2250 衣俱欲。

畢：[甲][乙]2263 妄所執。

補：[甲]2207 之天之。

出：[三][宮][聖]397 白石蜜。

此：[三][甲]951 法門，[三]1562 義。

從：[明]1435 欲已。

待：[甲]1041 真言後。

當：[甲]1830 別。

得：[甲]1813 非理斷，[明]1450 何賞其，[三][宮]、－[聖]1435 自，[三][宮]493，[三][甲]1332 長壽欲。

德：[宮]2121。

典：[和]261 捺囉二，[甲]、典[乙]1816 理相應，[甲]1763 不生，[三]

[宮]1463 雜藏相，[聖]2157 可得見。

而：[丙]2286 釋論相，[甲]2290 下手罪，[甲][乙]1821 多俱起，[甲][乙]2254 無始來，[甲][乙]2263 爲遠勝，[甲][乙]2263 異熟中，[甲]1080 諸願滿，[甲]1733 羅，[甲]1863 一闡，[甲]2217 得究竟，[甲]2261 就本緣，[甲]2262 自邀責，[甲]2296 觀智作，[甲]2305 起二種，[乙]2249 界退還，[乙]2263 彼，[乙]2296 因袪輕，[原][甲]1851 是緣起，[原][甲]1851 説相依，[原]1818 曲示也，[原]1851 別，[原]1960 證實佛。

兒：[三]171 所。

非：[三][宮]633 空等無。

夫：[明]1428 之令食。

丏：[三][宮]2103 數片肉。

各：[三]1602。

共：[甲]、與[甲]1781 癡愛，[甲]1775 天，[甲]2261 光明一，[甲]2266 依主何，[甲]2339 無表，[三][宮][乙]895，[三][宮]1442，[三][宮]1458 近圓女，[三][宮]1464，[三][宮]2040 阿難結，[三]1440 一女人。

垢：[原]2130 無。

故：[甲]1709 此能。

盥：[三]205 手已還。

還：[三][宮][聖]1428 比，[三][宮]1428 彼某甲。

號：[明][宮]671 真實隨。

護：[明][甲]1175。

歡：[甲]2366 若諍成。

獲：[元]895 衆生樂。

及：[宮]374，[甲]2323 機乃有，[甲]1736 與昏沈，[甲]2274，[明]1551 無愧必，[三][宮]656 非人及，[三][聖]172，[三]5 國中高，[三]203 夫人尋，[三]375 提婆達，[三]375 緣覺聲，[宋][元][宮]2121 畫師相，[宋]374 提婆達。

即：[甲]1733 第六識。

卽：[甲]2261 五。

集：[甲][乙]1822 問證後。

冀：[明]1450 菩薩相。

見：[三][宮]2122 憐。

將：[三][宮]1451 諸婇女，[聖]200。

今：[甲][乙]1822 第三同。

舉：[甲]1733。

舉：[甲]1719 佛教所，[甲]1736 正發業，[甲]1833 後顯前，[甲]2266 因能熏，[三]24 高十六，[三][宮]、與手[聖]1421 勑，[三][宮][聖]1428 作不見，[三][宮]1425，[三][宮]1425 作舉羯，[三][宮]1428，[三][宮]1428 我作不，[三][宮]1428 罪時舍，[三][宮]1650 意無理，[三]1 臥時國，[三]118 云何王，[三]193 身炎皆，[三]198 大將俱，[聖][另]1453，[聖]2157 簡取通，[宋]125 高梯往。

具：[三]1435 作。

覺：[宮]224，[三][宮]1546 慧所見，[聖]1425 見，[宋][宮]656，[乙]2190 一如平。

立：[甲]2274 能。

兩：[甲]2392 火院爲。

量：[三]99 等誰能。

令：[甲][乙]1822 非常行。

馬：[甲]893 諸，[聖]2157 眾僧告。

妙：[原]1757。

名：[乙]1821 行。

乃：[三][宮]1435 作羯磨。

恁：[甲]2006 麼田地。

能：[甲]2006 總同參。

捧：[原]、捧[甲]2006 羹爾欲。

其：[甲]、其[乙]1821 後起皆，[明]1593 染污一，[元][明]627 壽命不。

乞：[宮]2112 夫邪巫，[甲][乙][丙]1073，[甲]1781 乳正值，[三]171 怨家，[三]212 人驅馬。

訖：[宮]2112 儒書所。

前：[甲]1924 實見諸。

取：[甲][乙]1821 謂不斷。

人：[宮]1425 醫藥不，[宮]1483 人還乃。

如：[甲]、原本冠註曰私記第一、四十七云、第六二十二云、出過語言道者、從此已下皆是轉釋阿字門、覺本不生即是佛、佛自證之法非思量分別之所能及、兼不可傳授與人、智度謂之言語盡竟不行處文盡竟者即不可得義、離義、出過義、皆字義、心行等者是字義、第六云、諸過得解脫者、一切妄想分別名之爲過即是生滅斷當去來一異等種種戲論、不知諸法實相故、悉皆可破可轉、若了諸法本不生際、即於如是一切過失皆得解

脱、是故金剛之身遠離百非也、文
2219 六。

汝：[宮]397 我説欲，[宮]402 妙
法相。

若：[三][宮]1428 人教死。

僧：[聖]1421 一二三。

上：[丙]2231 乾闥婆，[宮]1808
看病與，[原][甲]1851 盡諸佛。

舍：[另]1435 食四。

身：[三]1546 老時作。

施：[宮]374 一切衆，[三][宮][聖]
1425 之，[三][宮]1464 之時富，[三]
[宮]2121 汝寶。

使：[三][宮]1428 非親里。

始：[三][宮]2059 同學十。

世：[聖]294 界悉皆。

是：[甲]2814 本覺非，[元][明]
400 虛空等。

授：[甲]2263，[聖]157 我授阿。

數：[三][宮]1646 法皆從。

司：[三]2106 直王忻。

寺：[甲][乙]2174 先來本，[原]
2409 翻流行。

送：[三][宮]1425 供養時。

隨：[三][宮]2103 梵音而。

遂：[三][宮]1458 立名字。

土：[甲]1782 淨者牒。

外：[聖]1427 食波夜。

爲：[丙][丁]869 弟子受，[宮]
1912 衆生眞，[甲]1736 果俱或，[甲]
[乙]2261 佛同坐，[甲]1731 前異也，
[甲]1736 菩薩摩，[甲]1785 記答法，
[甲]2217 面故何，[甲]2263 愛爲緣，

[甲]2266 放逸與，[甲]2266 下界識，
[甲]2748 壽量爲，[明]1096 同伴用，
[明]1458 欲者若，[明]2154 數二種，
[三][宮]1428，[三][宮]223 盲者
作，[三][宮]453 説法微，[三][宮]1425
婆羅門，[三][宮]1425 諸比丘，[三]
[宮]1428 授，[三][宮]1428 他授，[三]
[宮]1435 非親里，[三][宮]1435 汝分
知，[三][宮]1463 出世作，[三][宮]
1809 作憶念，[三][宮]2034 晉世竺，
[三][宮]2103 利，[三][聖]200 立字，
[三]157 一切衆，[三]1331 一切人，
[聖]1818 衆生説，[另]1435 作飯，[宋]
[明]1129 妻日給，[乙]1723 而去，[乙]
1736 我語佛，[乙]1822 有爲相，[乙]
1823 思爲道，[乙]2385 拳極相，[原]
2339 彼隨。

位：[乙][丙]2092 廣陵王。

我：[宮]1425 我迎食。

無：[宮]279 智慧相，[甲]1735 事
相似，[甲]2204 諸法自，[甲]2250 慧
雜住，[甲]2261 五識身，[甲]2266 見
分三，[甲]2266 思同法，[明]318 有，
[明]2131 上相違，[三]220 鼻，[三][宮]
1443 衣就乞，[三][宮]1545 見集所，
[三][宮]1650 爾直乎，[三][宮]2122 不
足爲，[聖]210 瞻聚計，[聖]2157 唐
智通，[乙]2777 我如我，[乙]2777 願。

五：[乙]1723 記中上。

劾：[聖]1426 如來。

寫：[甲]1512 法。

興：[宮][聖]606 苦樂離，[宮]330
樂反，[宮]585 法，[宮]1425 遮輕呵，

[宮]1549 一色聲，[甲]1763 一念，[甲]1805 並施大，[甲]2000 刀斧同，[甲]2130 大軍也，[甲][乙]1709 惡風雨，[甲]893 嬈或病，[甲]1708，[甲]1723 第一即，[甲]1733 施心悲，[甲]1763，[甲]1763 癡之用，[甲]1763 明理具，[甲]1763 問先以，[甲]1782 讚歎，[甲]1816 相者報，[甲]1828 言論作，[甲]1830 智名利，[甲]2001 得，[甲]2035 錢即腰，[甲]2068 能在迹，[甲]2089 嶺及播，[甲]2130 也，[甲]2207，[甲]2266 起也義，[甲]2339 同義，[明]660 終無限，[明]1450 供養未，[明]1450 決，[明]1546 四種兵，[三][宮]288 俱者而，[三][宮]310 大慈悲，[三][宮]618 餘共起，[三][宮]1482 起盜心，[三][宮][甲][乙]901 瞋色爲，[三][宮][聖][另]310 神力爲，[三][宮][聖]288 恭敬，[三][宮][聖]292，[三][宮][聖]292 解脫宿，[三][宮][知]266 名曰無，[三][宮]222，[三][宮]263 聲聞乘，[三][宮]263 無益言，[三][宮]266 口，[三][宮]269 大眾莫，[三][宮]278 世間，[三][宮]288 告諸菩，[三][宮]292 若干崇，[三][宮]309 繫著我，[三][宮]309 智緣便，[三][宮]310 發最勝，[三][宮]330 想，[三][宮]401 一切想，[三][宮]403，[三][宮]425 勸至解，[三][宮]635 大明執，[三][宮]635 佛而博，[三][宮]656 二見心，[三][宮]672 靜論，[三][宮]816 如來無，[三][宮]848 電俱皆，[三][宮]1428 四部兵，[三][宮]1442 供養時，[三][宮]1543 心迴不，[三][宮]1549 由行所，[三][宮]1549 緣如前，[三][宮]1551 思異事，[三][宮]1552 四智牟，[三][宮]1559 熱性火，[三][宮]1563 慢有異，[三][宮]2060 善而住，[三][宮]2060 斯教哉，[三][宮]2104 斯教哉，[三][宮]2121 佛曰論，[三][宮]2121 五神通，[三][宮]2122 四兵往，[三][宮]2123 福救，[三][宮]2123 丈夫行，[三][宮]2123 正法紹，[三][聖]125 結使魔，[三][聖]125 所滅之，[三][聖]125 想有所，[三][聖]199 果曾無，[三]26 喻比例，[三]154 于危，[三]156 利師漿，[三]158 顯蓮花，[三]186 四部兵，[三]199 心歡喜，[三]212 塵勞懷，[三]212 此國雖，[三]212 共，[三]221 罪福是，[三]291 佛亦不，[三]322 者，[三]460 六十二，[三]682，[三]810 彼女，[三]873 種種衣，[三]2059 亦沈審，[三]2110 撰明眞，[三]2145 脫經一，[三]2152 侯陸象，[三]2154 婆羅門，[聖]99 兵甲時，[聖]1763 四句以，[聖]1859 喻寄謂，[聖][甲]1763 慈欲與，[聖]222 八，[聖]222 洹，[聖]222 我色斯，[聖]285 邪業而，[聖]291 緣覺乘，[聖]425，[聖]425 其別去，[聖]425 世法而，[聖]425 眾共約，[聖]639 眾和顏，[聖]1562，[聖]1763 後說之，[聖]1763 兩問一，[石]1509 語四十，[宋][宮]266 五陰同，[宋][宮]309 心不相，[宋][宮]2122 張魯相，[宋][宮]2123 上名，[宋][元][宮]2103 須彌等，[宋][元][宮]2121 塵，[宋]17 怠惰士，[宋]1185 心規者，

[宋]1301 下賤俱，[宋]1694 穢離德，[宋]2060 於此乎，[宋]2125 餘三姓，[宋]2153 脫經一，[乙]1796 三十，[乙]2157 父子因，[元][宮]315 色有像，[元][明]278 童女功，[元][明]329 怨惡，[元][明]401 發布施，[元][明]721 衰惱，[元]865 佛菩提，[原]2196 最後惑，[原]1230 怒，[原]2196 智慧散，[知]26 衰法若，[知]1581 正道。

修：[三][宮]1579 勝劣黑。

虛：[宋]1661 空相應。

學：[宮]226 摩訶薩，[三][宮]768 不厭乃，[三][宮]1428 授具足，[三]631 便言已，[聖]26 與等，[聖]225 乎釋言，[聖]410 一切聲，[聖]1458 非親尼，[宋][元][宮]2122 他。

牙：[聖]643 齗腭和。

焉：[三][宮]2121 柴草焉，[元]、焉[明]2154 此相應，[原]2211 夫。

言：[甲]2255 外道六。

已：[聖]1421 時跋難。

以：[甲]1805 商賈爲，[甲]1828 有此妨，[甲]1782 安樂現，[甲]1786 果例云，[明]310，[明]1301 金俱比，[三]375 解脫非，[三][宮][別]397 不善無，[三][宮]268 現在想，[三][宮]638 法永違，[三][宮]1425 三衣鉢，[三][宮]1509 無數百，[三][聖]125 四部之，[三][聖]210 爲怨，[聖]225 菩薩在，[石]1509 毒如，[乙]1736 大乘而，[元][明]99 不，[元][明]99 不佛告，[元][明]99 不尊者，[原][甲]1825 因果故。

亦：[乙]1821 生喜差。

異：[宮]637 十方於，[明]1669 俱離，[明]2145 曇無蘭，[三][宮]1549 不善異，[三]310。

因：[三][宮]671 緣從此，[三]193 願後成。

應：[三][宮]1443 隨處偷。

由：[原]1851 前解脫。

有：[甲]1736 智故此，[甲]1828，[甲]2250 識爲因，[甲]2250 雜集及，[甲]2792 七若有，[明]1440 比丘得，[明]278 六十女，[三]1569 有合故，[三][宮]223 諸餘深，[三][宮]532 莖及與，[三][宮]1470 徒，[原]1840。

于：[宮]397 授阿耨，[明]721 同住如，[明]2087 二國處。

於：[甲]1735 阿難海，[甲]1786 義無妨，[甲]1729 化佛説，[甲]1735 往修皆，[甲]1736 上二經，[甲]1751 定合故，[甲]2035 聖人之，[甲]2263 第七是，[甲]2305 金藏中，[明]220 樂想作，[明]375 文殊師，[明][甲]1177，[明]99，[明]201 瞋忿愁，[明]201 俯仰顧，[明]220 一已於，[明]220 諸法性，[明]657 七萬八，[明]765 坐臥若，[明]847 破戒邪，[明]885 妙吉祥，[明]893 三種事，[明]896，[明]1425 敗房柱，[明]1432 某甲受，[明]1433 比丘，[明]1552 開，[明]1562 涅槃爲，[明]1593 一切衆，[明]1602，[明]1602 二，[明]1604 正持十，[明]1648 白功德，[明]1648 地性，[明]2122 六欲天，[明]2123，[三]191 我食，[三][宮]1428 婦

女前，[三]1426 女人，[三]2122 卿有所，[聖]663 諸善以，[宋][元][乙]2087 六寸深，[元][明]658 一切及，[元][乙][丙][丁]865 我掌中，[原]、於[甲]2006 汝汝當。

舁：[甲]2067 屍置石。

餘：[甲]2266 五度皆，[三]643 獄中如，[三]2121 獄中如。

輿：[甲][乙]2092，[甲]2068 還至，[三]24 鬪戰爾，[三][宮]2059 廷尉桓，[三][宮]2121 衣囊取，[三][聖]1579 染汚心，[三]2088 地圖云，[聖]189，[原]2126 付資。

歟：[甲]2217，[三][宮]2112，[三][宮]2122 對，[三]2102 聖人不，[宋][宮]2108 夫尸祿，[元][明]2102 之音。

予：[甲][丁]2092，[甲][丁]2092 奪臧否，[元][明]2102 聖各。

與

無[原][甲]2250 不滿皆。

語：[宮]1437，[明]1463 三藏，[明]1536 諸鬼衆，[明]768 虫共，[明]1425 受不使，[明]1425 水食守，[明]1425 應，[明]2122 人語千，[三]194 等，[宋][元][宮]2040 御者言，[原]、語[甲]2006 大惠謂。

聿：[宋][宮]2102 龍。

欲：[知]1441 欲清淨。

喻：[甲]2879 如盲人。

預：[聖][另]310。

豫：[甲]1718，[三][宮][聖]1428 汝事彼。

譽：[三]196 佛其德，[三]1011 遊。

樂：[三][聖]211 念此猛。

云：[甲]2250 此論并。

者：[三][宮][聖][另]1431，[乙]2309 此親緣。

之：[宮]2123 吾必告，[甲][乙]1822 名論，[甲]2195 釋之具。

支：[甲]2274 也云。

知：[甲][乙]1822 我慢別。

中：[三]2149 書一首。

諸：[宮]635，[三][宮]342 官屬所。

住：[三][宮]1421 如。

著：[甲]1103 淨土作。

捉：[宮]1435 木弓張。

子：[甲]1724 記何故，[甲]2269 已，[乙]1821 前種異。

自：[甲]2250 識俱行。

罪：[三]1462 若不與。

尊：[乙]2192 捨其悲。

傴

俯：[三][宮]2122。

僂：[三][宮]2123。

膢：[三][宮]2122。

漚：[三][宮]1487 波他那。

歐：[聖]1475 臥不得。

迂：[三][宮]721 身而不。

語

白：[別]397 無盡意。

謗：[聖]1434 乃至沙，[乙]、乙本冠註曰謗諸本誤作語依經改下皆同 2376 蘦捶打。

寶：[宮]721 彼人法。

彼：[甲]、彼語[丙]1076 與悉地。

諂：[三]201 不虛善。

唱：[三]200 已時信。

瞋：[三][宮]1548 嫉妬。

詞：[明]1539 善。

辭：[三]1485 辯樂，[三]1485 辯樂説。

答：[三][宮][聖]1463 言汝欲，[三][宮]1435 言須即。

道：[三][宮]1425。

地：[三][宮]721 屏處説。

等：[另]1428 彼言。

諦：[甲]2219 法也如，[明]997 義持無，[乙]1816 即後不，[乙]2434 歸。

讀：[宋]2061 梵本沙。

惡：[甲]2787 一偸蘭。

法：[三][宮]292 時無央，[三][宮]2121 言可爭。

放：[甲]1718 之。

付：[元][明][宮]376 惡子女。

復：[聖]1421 言我有。

告：[三][流]360 阿難其，[三]360 彌勒其，[三][宮]1421 知後有，[三][宮]221 須菩提，[三][宮]232 文殊師，[三][宮]345 阿，[三][宮]630 善明一，[三][宮]1425 阿難汝，[三][宮]1425 比丘止，[三][宮]1425 門，[三][宮]1428 清淨餘，[三][宮]1428 諸比丘，[三][宮]1435 阿難語，[三][宮]2121 沙彌曰，[三][宮]2121 舍利弗，[三][聖]125 汝寧呑，[三]23 比丘天，[三]125 迦葉曰，[三]360 阿難其，[三]360 阿難時，[三]362 阿逸菩，[三]474 彌勒菩，[三]1331 天帝釋，[宋][宮]313 舍利弗，[元][明]475 利弗我。

誥：[甲]1816 也，[甲]2035 李維出，[甲]2274 亦如所，[三]2110 劉氏賣，[元]、告[明]200，[元][明]2026 難説經。

故：[甲]1848 云法執。

漢：[甲]2218 對明。

呵：[三][宮][聖]223 時，[三]1463 言長老。

訶：[宮]1466。

話：[宮]327 已當不，[甲]2367，[甲]2395 經已告，[明]2076 雲居錫，[明]1450 即時身，[明]2076，[明]2076 問云適，[明]2076 又作麼，[明]2076 作兩橛，[三][宮]397 是，[三][宮]327，[三][宮]376，[三][宮]2029 但説世，[三]310 無休息，[聖]1421 説乃至，[元][明]327 言，[原]、話[甲]2006。

喚：[宮]1435，[三]1441 居士居。

偈：[甲]2300 已與母，[聖]383 已與母。

教：[三][宮]1435 我二歲，[三][宮]2121 諸衆生，[宋][甲]1077 人皆。

詰：[丁]1830，[宮]2112，[明]1636 世俗睡，[三][宮]2121 之曰象，[三][宮][聖]566，[三][宮]1507，[三]198 於同學，[三]2026 難，[三]2059 之會得，[聖]627 聞則懷，[宋][元][宮]、誥[明]2034 意，[宋][元]220 舍利子，[乙]2396 難故答，[原]1776 之畢竟。

經：[宮]426。

句：[三][宮]1425 説者如。

口：[甲]1736 下辨餘，[甲]2219 意悉皆。

理：[明]220 無一實，[三]2110 未涉於。

力：[明]1442 諸毒自，[三][宮]1442 諸毒自。

令：[三][宮]1428 餘比。

路：[宋][元][宮]397 了了覩，[乙]1723。

論：[宮]895 者皆是，[甲][乙]、語論[丙]1202 三世，[甲]1922 無盡雖，[甲]2400 曰，[明]1450 不從其，[三][宮]1536 言唱詞，[三][宮][聖]278 聰辯修，[三][宮]1443 汝當收，[三][宮]2053 法師令，[三][宮]2102 亦異聖，[三]4 何等諸，[三]99 時焰摩，[三]100 已即乘，[三]1341 者不護，[三]1559 所立人，[三]2149，[宋][元]、言[明]190 我，[宋][元]1425 言尊者，[乙]1736 第二彼，[乙]2261 之，[乙]2263 但言第。

略：[甲]1828 辨二論。

謀：[甲]1030 必，[三][宮][石]1509 議常不。

擬：[元][明]1421 或示處。

念：[明]1450 已佛告，[元][明]125 唯。

女：[明]1428。

品：[宋]1536 者彼有。

請：[三][宮]1428 尊者般，[三][宮]1545 天女皆，[三][宮]1425 比丘

言，[三][宮]1451 我造無，[聖]397，[聖]397 諸眾生，[聖]476 妙吉祥，[宋][元][宮]2121 諸，[原]、請[乙]1796 諸受我。

去：[元][明]、路[乙]2087 婆羅門。

詮：[甲]2270 者。

如：[明]375 自惟年。

善：[三][宮]457 不可不。

舌：[石]1509。

聲：[宮]1425 大聲入，[三][宮]397 如響不，[三][宮]1581 化身者。

詩：[甲]2128 也周易。

時：[聖]222 時。

示：[三][宮]1425 眾皆言。

誰：[宮]342 若欲出，[宮]1425 婦人言。

說：[甲][丁]、頂[乙][丙]、丁本冠註曰說字不審 2190 種子無，[甲]2261 如支。

説：[宮][另]1428 大姊彼，[宮]1545 表或先，[宮]1581 攝受增，[宮]1810，[甲]1861 彼宜聞，[甲][乙]2223 妙，[甲]1731 何者如，[甲]1736 如契經，[甲]1924 無義然，[甲]2274 不許六，[甲]2414 皆是眞，[明]286 甚可喜，[明]1331 梵天，[明]1381 已歡喜，[明]1631 言有自，[三]、[宮]2043 言，[三]245 一切眾，[三]1341 已佛告，[三]1433 自忩再，[三][宮]721，[三][宮]1435 便先，[三][宮]1545 滅已自，[三][宮]1581 法數是，[三][宮]1631 言有過，[三][宮][聖]1536 雜穢

語，[三][宮][聖]397 菩薩摩，[三][宮][聖]1429 言此比，[三][宮][聖]1509 不知者，[三][宮][聖]1544 若言不，[三][宮][聖]1552 者不善，[三][宮][聖]1602 知時如，[三][宮][另]1442，[三][宮]231 亦離思，[三][宮]272，[三][宮]273 心心於，[三][宮]339 得無垢，[三][宮]397 之言乃，[三][宮]616 十四者，[三][宮]657 而，[三][宮]657 見諸菩，[三][宮]657 皆如不，[三][宮]657 令，[三][宮]665 已生大，[三][宮]671 何等爲，[三][宮]721 已愛心，[三][宮]1421 汝會不，[三][宮]1425，[三][宮]1425 如，[三][宮]1425 若被舉，[三][宮]1428，[三][宮]1428 何以故，[三][宮]1428 爲説何，[三][宮]1428 爲最上，[三][宮]1428 我知佛，[三][宮]1428 言汝俱，[三][宮]1435 答難，[三][宮]1442 已共生，[三][宮]1443 乃至學，[三][宮]1443 已更發，[三][宮]1451 耶答言，[三][宮]1451 已就盤，[三][宮]1458 令彼聽，[三][宮]1509 所言柔，[三][宮]1543 云何佛，[三][宮]1546 亦如，[三][宮]1547 是謂，[三][宮]1548 口教若，[三][宮]1549 昔日時，[三][宮]1581 自性，[三][宮]1599 共相難，[三][宮]1808 言自責，[三][宮]1810 受作如，[三][宮]1810 自恣作，[三][乙]1092 呪願天，[三]26，[三]26 諸賢我，[三]99 我今當，[三]125 設瞿曇，[三]125 我今齋，[三]125 我能誦，[三]153 即作，[三]156 已心大，[三]539 母語

王，[三]1331 無有異，[三]1631 言有自，[聖]224 衆人聞，[聖][另]1458 時亦皆，[聖]397 願説呪，[聖]1425，[聖]1428 不，[聖]1428 即差一，[聖]1428 言大德，[聖]1451 時皆共，[聖]1509 阿難一，[聖]1581，[另]1428 捨戒捨，[另]1467 犯衆學，[宋]1545 彼欲界，[乙]2296 當知是，[乙]2778 既通定，[元][明][宮]461 而無，[元][明]310，[元][明]310 大王亦，[元][明]807 無有異，[元][明]1425 但信我，[元][明]1425 言汝食，[元][明]1425 諸比丘，[元][明]1582 觀是惡，[原]2001 會不。

訟：[三][宮]1470 不得從。

誦：[丙][丁]865 已。

談：[甲]1922，[甲]2266 此語名，[三]2063 笑尋常。

爲：[三][宮]2122 汝作力。

謂：[宮][聖]627 諸正士，[甲][乙]1822 有三謂，[甲]1781 我，[甲]1823 名思已，[甲]2068 王言此，[甲]2299 二十，[三]、諸[宮]624 其聞者，[三][宮]848 令住於，[三][宮]1521 不然，[三][宮]2121 弊魔且，[三]1 言共取，[三]1 諸末羅，[聖]、一[另]1541 觸謂意，[聖][甲]1733 辯智，[聖]476 舍利子，[聖]790 耶從意，[聖]1509 人皆信，[聖]1788 阿難言，[乙]2404 言説法，[元]1435 阿難將，[知]598 變。

問：[三][宮][聖]1428 言汝不，[三][宮]720 觸言汝，[三][宮]1421 婦，[三][宮]1425 汝經利，[三]125 汝

如是，[三]203，[宋]374 言汝大。

吾：[原]1987 常用。

五：[丙]2218 密瑜伽。

悟：[宮]398 自護，[宮]2060 莫通是，[甲]、語也[丙]2396 今宗意，[甲]2266，[甲]2266 證依待，[甲][乙]2218，[甲]1512 真，[甲]2053 灌，[甲]2291 意密本，[三]1524 深遠微，[宋][元][宮]、晤[明]2122 言相對，[元]2016 相逐永，[元][明]309 法忍辱，[元]2122，[原]855 次普賢，[原]2349 受者令。

晤：[三]、悟[宮]2060 若無人，[三][宮]2060 高大。

戲：[三][宮]2121 笑相。

向：[三][宮][聖]1425 大愛。

行：[乙]1775 隨彼所，[元][明]2108 君子樞。

須：[三][宮]、説[另]1428 是時有。

徐：[原]920 而來下。

言：[宮]566 天女言，[甲][乙][丙]1184 大讚，[甲][乙]1929 應云菩，[甲][乙]2070 何可疑，[甲]957，[甲]1736，[甲]1736 具圓滿，[甲]1775 舍利弗，[甲]1873 正説中，[甲]1929 調伏而，[明]、心[宮]2121，[明]1450 莫妄語，[明][宮]279 綺語兩，[明][甲][乙]1086，[明][乙]1086 應爲蓮，[明]1421 以實而，[明]1450 業成熟，[明]2122 加彼衆，[三]26 常正念，[三]192 而教勅，[三][宮][聖][另]1428 諸比丘，[三][宮][聖]223 衆生汝，[三][宮]

[聖]272 淨命對，[三][宮][聖]1429 我從佛，[三][宮][聖]1436 爲供養，[三][宮][聖]1548 飲酒放，[三][宮][知]1581 意常行，[三][宮]224 善哉善，[三][宮]374 猶未審，[三][宮]537，[三][宮]638 也，[三][宮]723，[三][宮]1421 如何度，[三][宮]1425，[三][宮]1425 長老莫，[三][宮]1425 五百阿，[三][宮]1425 已，[三][宮]1425 諸長老，[三][宮]1425 諸居士，[三][宮]1435 諸比丘，[三][宮]1464 我欲有，[三][宮]1509 不作是，[三][宮]1546 有義無，[三][宮]1646 先答謂，[三][宮]1650 常思實，[三][宮]1809 云我比，[三][宮]2059 默動靜，[三][宮]2121 者，[三][宮]2123 各一語，[三][宮]2123 誑我，[三][宮]2123 乃可入，[三][甲]1124 滅一切，[三][聖]190 處所精，[三][聖]375 者彼亦，[三]51，[三]100，[三]116 者人，[三]185 竟爲壽，[三]203 求暫相，[三]375 皆歸第，[三]848 發菩提，[三]1124 曰，[三]1342 亦無衆，[三]1543 十九萬，[聖]190 已合掌，[聖]211 不知無，[聖]224 柔，[聖]1425 比丘何，[聖]1427 者波夜，[聖]1435 因緣，[聖]1582 雖無，[宋]374 者彼亦，[乙]859 三，[乙]957，[乙]1211 印加持，[元][明]221 須菩提，[元][明]374 大臣白，[知]598 彼則何。

業：[宮]1545 表或先，[甲]2250 二語表，[明]310 者。

儀：[三]20 沙門不。

詣：[宮]1425 我當爲，[明]1421

言大師，[三][宮]1435 言汝知，[三]
[宮]2123 盲母盲，[三][聖]99 我言大，
[聖]1 勝者，[聖]178 兩道人，[元][明]
2122 須達坐。

意：[三]1509 欲以驗，[聖]1427
同見欲。

義：[明]1517 次第，[三]125 如
來乃。

譯：[宋][宮]、驛[元][明]2059 盡
敬以。

議：[宋]1509 釋提。

音：[甲][乙]2778 輕。

誘：[三][聖]1421。

與：[甲]1735 之相次，[甲]1969
其優劣，[明]209 之言汝，[明]721 伊
羅婆，[明]1421 汝籌量，[明]1428 比
丘尼，[明]2060 同瘂即，[明]2122 魔
王指，[三][宮]1435 餘比丘，[三][宮]
1435 餘比丘，[三]1435 阿難今。

御：[三][宮]1681 丈夫天，[宋]
[明]2122 遠人來。

曰：[三]125 夫人曰。

云：[甲]1792 佛陀。

讚：[宮]2122 言微妙，[甲][乙]
2390 漢翻竝，[三][宮]1509 薩陀波，
[三][宮]2042 已即還，[三][聖]157 轉
輪王，[聖]1509 者兩舌。

噴：[聖]200 已即於。

詔：[甲]1805 以，[三][宮]2121
臣下乘。

者：[三][宮][聖]423 是善知，
[三][聖]1426 波夜提。

證：[宮]310 無漏而，[甲]1828 分

證自，[甲]2261 方得證，[明][宮]1647
言道修，[三][宮]675 法依相，[聖]
613 時，[宋]20 譖入人，[乙]2263 耶
答寶，[元][明]2122 已即從。

之：[宮][另]1428 彼語言。

呪：[三][乙]呼[甲]866 時從一。

諸：[宮]、語諸[石]1509 佛不應，
[宮]660 七於暴，[宮]221 人言有，
[宮]222 尊者須，[宮]288 而清淨，
[宮]1509 魔見菩，[宮]1546 知故妄，
[宮]1602 因依處，[甲]、論[乙]2250
音訛故，[甲]2223，[甲]1718 八萬皆，
[甲]1731 是亦須，[甲]1828 五根五，
[甲]2266 菩薩爲，[甲]2298 言傷佛，
[明][甲]997 業智爲，[明][甲]1177 一
切諸，[明]1430 彼比丘，[明]1441 比
丘言，[明]1536 若默若，[三]1435 安
居，[三][宮]1463 五，[三][宮]1649 如
是，[三][宮]278 言音，[三][宮]401
法，[三][宮]411 意麁重，[三][宮]461
弟子以，[三][宮]482 業皆是，[三]
[宮]522 臣下言，[三][宮]637 菩薩
故，[三][宮]653 義若不，[三][宮]888
悉地，[三][宮]1425 本生方，[三][宮]
1425 經本生，[三][宮]1428 人未作，
[三][宮]1435 有一住，[三][宮]1462
大德，[三][宮]1545 表業答，[三][宮]
1545 句中應，[三][宮]1562 取隨眠，
[三][宮]1577 大地一，[三][宮]2122
方便爲，[三][宮]2122 外道及，[三]
[乙]1092 論於，[三]23 忉利諸，[三]
154 比丘當，[三]156 伴懼畏，[三]
159 觀三者，[三]220 惡業謗，[三]

220 惡業故，[三]1546 外道言，[三]2122 外臣莫，[聖]1421 聽書授，[聖][另]1435 比丘言，[聖]125 比丘言，[聖]223 須菩提，[聖]310 那羅延，[聖]397 佛語，[聖]790 蝦蟇，[聖]953 欺，[聖]1421 我先親，[聖]1428 所往處，[聖]1428 我捨佛，[聖]1435，[聖]1435 三者不，[聖]1440 居士婦，[聖]1463 汝自看，[聖]1509 須菩提，[聖]1509 者得，[聖]1509 自不分，[聖]1763 有二種，[另]1435，[另]1435 估客，[宋][宮]2121 弟子取，[宋][元]、誥[明][宮]2104 祭酒曰，[宋][元][宮]761 言樂説，[宋][元][宮]1425 作是事，[宋][元][宮]1464 相向惡，[宋][元][宮]2122 温云家，[宋][元]2061 言皆成，[宋]156 國王及，[宋]1428 主還自，[乙][丙]873 密教金，[乙]1796 業作用，[元]220 是，[元]2102 福則有。

資：[三]1344 而無。

誥：[丙]1277 問種種，[甲]1778 決何爲，[三]2063 姑姑即。

總：[甲]1783 總總於。

諸：[乙]2263 聲分位。

窳

瀬：[三] 200 惰子難。

熟：[三][宮]2122 名之爲。

夒

慶：[甲]1796 儜引功。

虞：[三]1392 嚕一百。

玉

碧：[乙][丙][戊][己]2092 垂輝摹。

出：[甲]、生[乙]1821 怨王出。

精：[甲]1781 宜善識。

木：[三][宮]2103 鏤漆圖。

溺：[宋][宮]、弱[元][明]2103 之淵剖。

且：[宋][元]2061 瑩。

土：[三][宮]2102 何爲不，[原]2196。

王：[宮]397 女有四，[宮]721 車碟，[宮]1522 女寶所，[宮]1546 女以爲，[宮]2034 耶經一，[宮]2053，[宮]2060 法師，[宮]2103 燭調年，[宮]2108 宇之中，[宮]2122 粟其眞，[宮]2123 門化廣，[甲]2035 動若浮，[甲]2128 等路各，[甲]2128 於雞反，[甲]2128 作瑱佗，[甲]1721 女主藏，[甲]1754 以爲映，[甲]1813 害釋，[甲]1841 珠是長，[甲]2035 界蘇鄰，[甲]2035 泉藏殿，[甲]2036 以噎而，[甲]2084 記起任，[甲]2119 毫之位，[甲]2128 爾聲字，[甲]2128 睿，[甲]2128 廷聲也，[甲]2128 退也説，[甲]2128 也字書，[甲]2128 曰貨布，[甲]2128 宗聲，[甲]2128 作璽説，[甲]2129 篇金花，[明]2103 籙云仙，[明]1 女寶居，[明]759 及僮僕，[明]1236 呬也嗶，[明]1257 呬也二，[明]1669，[明]2076 曰鳴後，[明]2121 女寶老，[明]2122 殿一視，[明]2154 耶經一，[三][宮]279 一切菩，[三][宮]664 爲諸衆，

[三][宮]1462 女端正，[三][宮]2034 門因居，[三][宮]2034 門於涼，[三][宮]2060 氏昆季，[三][宮]2103 宮靈寶，[三][宮]2122 女在虛，[三][宮]2122 任，[三]152 體國事，[三]263 女香童，[三]744 女園樹，[三]2149 門，[三]2151 門即於，[三]2154 石斯濫，[聖]278 女寶汝，[聖]125，[聖]425 女就爲，[聖]639 女昇於，[聖]643 女寶若，[聖]1509 女寶於，[聖]2157，[聖]2157 華宮弘，[聖]2157 鏡之重，[聖]2157 像前見，[石]1509 女一名，[宋]212 女營從，[宋]764 女寶主，[宋][宮]2102 而非玉，[宋][宮]2060 也來請，[宋][宮]2103 璞出上，[宋][宮]2122 女來以，[宋][明][宮]2122 女不孕，[宋][元]2061 之，[宋][元][宮]1462 女娛樂，[宋][元]263 女采女，[宋][元]2155 耶女經，[宋]1 女寶默，[宋]164 矴下捉，[宋]1499 門而遐，[宋]1509 貝珊瑚，[宋]1670 繒，[宋]2060 泉山寺，[宋]2103 京山七，[宋]2122 烏垂輝，[宋]2122 亦有青，[宋]2123，[宋]2145 何須慢，[宋]2145 像記第，[元][宮]2121 女共迎，[元][明]25 女股內，[元][明]26 女寶第，[元][明]2034 耶經一，[元][明]2103 壘誠感，[元][明]2110 池拜道，[元]39 女寶居，[元]186 女皆坐，[元]186 女妻六，[元]2034 矣其法，[元]2060 贈諸，[元]2122 鏡垂拱，[元]2122 問於識，[元]2122 沼瓊池，[原][甲]2199 京二利，[原]920 雨花遍，[原]1293 相

也二。

　五：[甲]2035，[甲]2036 室豈易，[明]2122 文現秦。

　下：[甲]2129 篇沒也，[甲]2129 篇助也。

　曜：[元][明]2059 遠叡聯。

　浴：[宮]2121 池華果。

　至：[宮]2059 像並皆。

　主：[宋][元]2149 書往返。

　子：[三]2149。

芋

　菜：[三][宮]1462 不得一。

　等：[甲]2128 曷反孔。

　竿：[元]2034 經一卷。

　稈：[明]2149 經，[明]2149 經六紙，[三]2154 經同本，[三]2154 經一卷，[乙]2157 經一卷，[原]1776 經等或。

　蒟：[明]2034 蒻噉覺，[元][明]2110 蒻，[元][明]2149 蒻噉之。

　芽：[元][明]1459 等應知。

聿

　華：[明]2103 皆採穫。

　律：[三][甲]989 反嚕躓。

　韋：[甲]2131 名殊殷。

郁

　懊：[三]2088 人物昌。

　都：[元][明]1336 羅伽莎。

　即：[宋]2149 伽經或。

　噢：[元][明]274 咿流淚。

鄓：[元]2060 波。

嘟：[元][明]2121 噎王。

育

畜：[三][宮]1435 長大不，[三]212 子心。

肓：[甲]2128 反前苂。

扃：[三][宮]2060 或摧裂。

所：[宮]310 慈養乃。

音：[甲]2128 反鄭注，[甲]2128 字云養。

有：[宮]1546 多婆提，[甲]2128 數十事，[三][宮]703 我身，[宋][宮][石]1509 成敗皆，[宋]203 我今欲，[乙][丙]2092 兮風煙。

旨：[丙]2089 契圓空。

昱

晃：[三][宮]425 道德，[三]193，[三]193 如日。

理：[三][宮]1648 作意者。

曜：[三][宮]425 照於。

育：[三]2063 學修觀。

煜：[明]434 甚可，[三][宮]434 甚巍，[三][宮]2122 二十。

彧

或：[甲]2035 法師，[元][明]2154 太始年，[元]2061 曰寶翔。

峪

谷：[宮]721 蠡林衆，[甲]2879 堤，[三][宮]1464 側時比，[三][宮]

1464 時目捷，[元][明][聖]292 又於道。

塔：[甲]2879 半治道。

浴

吹：[乙]2879 却穢惡。

谷：[三]731 滿。

活：[宋][元]1451。

流：[敦][燉]262 池經行。

洛：[宮]2034 文一卷，[宮]2058 浴，[宋][宮]1442 竟住在，[宋][元]1428 如婬女，[宋]1092 著淨衣，[宋]1331 洗病者，[元]2061 諮法弟。

落：[宋][元]2110 日之波。

沒：[三][宮]1425 爾時波。

沫：[乙]1069 觀自在。

沐：[三][宮]516 香油塗，[三][宮]2059 將就下，[三]1 王身以，[三]187 於菩薩，[三]2112 經以對，[宋][元][宮]2122 自爲。

趨：[三]2087 鼓奏。

濕：[明]1648 屑内外。

水：[三][宮]1425。

俗：[宮]374 此四河，[明]1459 學處，[明]1648 無水是，[三][宮]1462 衣或一，[三][宮]1595 清淨世，[三]220 尚動王，[宋][宮]2059 文等跋，[乙]1723 尼連河，[乙]2878 池衆罪，[元][明]848 亦名梵，[元]1451 衣王曰。

洗：[三][宮]1425 入水仰，[三][宮]1425 著衣紐，[三][宮]1435 竟作是，[三][甲][乙]950，[三][甲]903 三

時，[三]6 身已乃，[三]24 其尾者。

欲：[甲]923 聖衆雙，[明]1299 作求子，[三][宮]1648 屑置於，[聖]1426 除餘時。

獄：[明]749 室是地。

沼：[宋][宮]1674 天女金。

之：[甲]2087 者宿。

治：[另]1459 室時令，[宋]188 形王與。

資：[三][宮]1421 具設過。

域

城：[宮]2034 志在相，[宮][知]598 如是之，[宮]674 與大，[宮]1435 多尼六，[宮]2041 之都名，[宮]2102 之內肆，[宮]2103 千邦高，[宮]2112 未，[宮]2122 宋武之，[甲]、或[甲]1782 故問菩，[甲]1723 化土衆，[甲][乙]2426，[甲][乙]1796 布定方，[甲][乙]2250，[甲][乙]2426 非明分，[甲]850 諸尊方，[甲]1718 釋齊三，[甲]1735 土風城，[甲]1737 居人宅，[甲]1796 令與內，[甲]1912 法王所，[甲]2053 締祥維，[甲]2053 羲皇，[甲]2053 遐遠音，[甲]2053 蕭條無，[甲]2087 學人遠，[甲]2087 載罹寒，[甲]2087 中之大，[甲]2157 因緣經，[甲]2261 詞韻不，[甲]2261 記其意，[甲]2261 記十，[甲]2261 物傳華，[甲]2266 北有，[甲]2290 五重問，[甲]2425 影休，[甲]2426 非明，[三][宮][聖]292 大邦諸，[三][宮]288 亦如是，[三][宮]381 大，[三][宮]674 與大比，[三][宮]1595

邊際不，[三][宮]2045 入石室，[三][宮]2085 人山川，[三]291 大邦悉，[三]2060 四天王，[聖]2157 賢聖抄，[聖][另]285 大國所，[聖][另]1721 國是，[聖]120 郭丘聚，[聖]125 園中，[聖]170 之中有，[聖]190 飛金輪，[聖]294 示以，[聖]627 而，[聖]627 皇帝轉，[聖]627 主轉輪，[聖]1435 多提舍，[聖]1458 外名曰，[聖]2034 沙門僧，[聖]2157 躬傳祕，[聖]2157 記第十，[聖]2157 宗師當，[另]1453 內結作，[另]1721 為門故，[宋][宮][聖]2034 述經同，[宋][宮]2045 分受刑，[宋][宮]2060 象入靜，[宋][元][宮]2040 及，[宋][元][宮]2122 者矣以，[宋]125 所遊行，[乙][丁]2244 縱廣高，[乙]1775 而去到，[乙]2394 令與內，[元][明]193，[元][明]481 大邦如，[知]384 令治奢。

誠：[三]2103 者矣乃，[元]2122 而論矣。

此：[三][宮]398 人必生。

方：[三][宮]2034 邊俗類。

或：[三]642 天子語，[元]2154 經文同。

惑：[三][宮]2060 心寧盡。

舊：[聖]1425 醫所作，[聖]1435 言入浴。

滅：[聖]291 衆流自。

泯：[甲]2339。

婆：[丙]2087 以其先。

齊：[甲]2339 令。

刹：[三]2103 若乃乘。

拭：[三][宮]2103 外縁潛。

役：[宋]、城[元][明][宮]1579 事財事，[元][明]2102 使不得。

城：[甲]2266 宣，[甲]2396。

唡

唒：[聖]514。

郁：[宋][元]、那[明]、噢[宮]507 咿哽。

念

喻：[宋][元]、諭[明][乙]1092 供養。

愈：[明]2122 雖和鵲，[三][宮]2122 告弟子。

豫：[元][明]、念[聖]190 迭相娛。

欲

愛：[三][宮]1435 不隨瞋，[三][宮]1435 行隨瞋，[三][宮]1579，[三]100，[三]196 則無患。

倍：[三]210 數是。

被：[甲][乙]1822 殺時其。

彼：[三]603 得往是，[宋][元]1425 食餅不，[元][明][宮]614 染生故，[元][明]1597 說斷及。

必：[甲]、加[乙]1821 斷第六。

便：[三]192 超世表。

不：[甲]1860 存猶取，[甲]1239 作大怒，[聖]272 聞說大。

步：[三]、出[聖]125 入。

觸：[宋][宮]1509 天六情。

垂：[聖]1851 入滅盡。

次：[宮]1542 界一切，[宮]1425 與人者，[甲][乙]1821 第，[甲][乙]1822 七生若，[甲]893 依部類，[甲]912 求大悉，[甲]1805 第也雖，[甲]1816 者，[甲]2404 出此，[明]210 離一切，[明]1421 看餘房，[三][宮]1515 顯示於，[三][宮]1566 答如論，[三][宮]414 成菩提，[三][宮]670 何故名，[三][宮]1558 辯緣起，[三][宮]1559 化生爲，[三][宮]2121 行乞食，[三]201 詣楞伽，[乙]2394 照明，[元][明]633 觀善逝，[元]190 算知斤，[元]1545 有而住。

答：[乙]1821 界中色。

大：[三]385 歡喜，[宋]2121 作何等。

但：[三][宮]657 求最勝。

得：[三]2110 措意於。

動：[三]185 念悉見。

度：[三]、摩[宮]222 計數。

斷：[甲][乙]1821 滅心。

頓：[甲]2311 以種種。

惡：[三][宮]、俗[知]741 是汝重。

而：[三][宮]1428。

發：[三][宮]497 除汝飢。

法：[宮]223 界色界，[三]212 是謂梵，[元][明][甲]901 依前法。

飯：[三]6 取器。

蜂：[三]534 墜。

復：[宮]1425 須時得，[明]397 具神通，[明]402，[三][宮]1558 貪體，[元][明]847 入大海。

敢：[甲]1775 違親耳。

告：[甲]1775 俱還生。

歌：[甲]1512。

故：[宮]224，[宮]785 具三明，[宮]837，[宮]1509，[宮]1545 色界繫，[宮]1605 未離上，[甲][乙]1822 顯，[甲]1724 廣之者，[甲]1828 雖翻障，[甲]1829 不說三，[甲]1829 尸羅攝，[甲]1834 苦諸仙，[甲]1920 作斯論，[甲]1932 示衆生，[甲]2261 學八結，[甲]2266 界得色，[甲]2394 作世間，[甲]2399 備二門，[明]310 將金鈴，[明]269 欲，[明]1550 界，[明]1562 貪隨眠，[三]、法[宮]485，[三][宮]、欲令故今[石]1509 令，[三][宮][聖]、一[石]1509 以眼見，[三][宮]397 令，[三][宮]1425 罷道忽，[三][宮]1425 說契經，[三][宮]1432 分亡者，[三][宮]1522 趣涅槃，[三][宮]1545 令疑者，[三][宮]1550 及滅盡，[三][宮]1558 離空非，[三][宮]1646 成如是，[三][宮]1647 說處處，[三][宮]2121，[三][宮]2123 使，[三][聖]1440 聞法故，[三]211，[三]212 從三趣，[三]397 無增無，[三]1340 行刑，[三]1582 作未得，[三]1646 和合猶，[三]1810 遠行應，[聖]190 成就，[聖]211 無著缺，[聖]421 一切不，[聖]1428 出青，[聖]1509，[聖]1562 或瞋或，[宋][元][宮]221 得無所，[宋]225 所聞者，[宋]1427 求清淨，[宋]1563 邪行若，[乙]1822 簡異中，[元]、欲故[明]1579，[元]1602 者謂欲，[元][明]329 何不明，[元][明]658，[原]2248 斥之。

觀：[知]794 因縁身。

後：[乙]2249，[元][明]212 拔其根。

護：[甲][乙]、欲[甲]1246 死若得。

歡：[甲]2036 覺舉兵，[宋][元]376 樂出家。

會：[甲][乙]1822 成立有。

或：[甲]2266，[明]1191 建曼拏。

嫉：[三]201。

既：[甲]2266 不善串。

將：[三]2087 自斷舌，[聖]476 問其疾。

教：[甲]1816 化。

結：[聖]125 故悲泣。

界：[甲][乙]1821 耶者此，[甲]1828 受彼報，[明]1539 界繫無。

敬：[宮]1428 心佛言，[甲]1816 遠生死，[甲]1828 田後對，[明]767 令度脫，[三][宮]1435 禮來比，[三][宮]2103 行善法，[宋][宮][石]1509，[乙]2087 耳龍遂。

競：[三][宮]534 與。

具：[乙]、歡[甲]1816 信法之。

客：[聖]397 煩惱之。

尷：[聖]268 者。

勞：[三][宮]381 魔不得，[宋][宮]398 之所繫。

類：[三]193 爲是事。

離：[宮]223 樂是名，[宋]374 出家即。

勵：[三][宮]2122 尋。

臨：[三][宮]2123 命。

恪：[三][宮]309 充備道。

漏：[宮]1545 漏等中。

路：[宋][宮]1505 所牽也。

彌：[三][宮]2122 網人皆。

能：[甲]1260 成就此，[明]1129 爲妻忻，[三][宮][聖]397 觀察入，[三][宮]397 壞煩惱，[三][宮]1509 度諸衆，[三][聖]643，[三]26 往語郁，[聖]1425 作賊者。

怒：[三][宮]221 癡亦不，[三]643 因。

破：[宮]485 無分別，[甲]2266 爲損，[聖][石]1509。

奇：[甲][乙]1822 位無。

勤：[甲]1920 修四三。

情：[聖]211 不惟無。

求：[三]、是[宮]2123 出家者，[宋][宮][石]1509 渡是不。

却：[甲]1911 皮肉諦，[明][甲]994 結般若。

染：[三]、深[宮]721 之水在。

容：[明]1442 令彼食。

若：[宮]656 修菩薩，[甲]1705 入初地，[甲]2897 結婚親，[三]1591 令入我，[三][宮]616 得道上，[三][宮]657 置頭，[三]1440 入嶮道。

色：[甲][乙]1822 染第九，[甲]2266 界繫五，[三][宮][聖]1539 界貪異，[三][宮]1543 界行彼，[三][宮]1579 界，[三][宮]2122。

聲：[甲][乙]1822 界無。

師：[元][明]790 多弟子。

食：[甲][乙]2250 方，[聖][另]790

去王驚，[乙]1821 因名渴。

使：[三]125 支其形。

始：[三]1548 生非，[三][宮]1443 言歸近。

世：[元][明]657 自在今。

似：[另]310 以輪王。

事：[三][宮]1425 時王舍。

是：[乙]1822 貪等流。

釋：[甲]1816 令衆。

受：[三][宮]534 聞六師。

順：[三][聖]125 無有疑。

說：[甲]1736，[明]1428 而起去，[三][聖]99 斷欲愛，[三]389 利益皆，[三]1529 利益皆。

俗：[甲]2266 界修惑，[甲]2266 人起貪，[三][宮]635 信者彼，[三][宮]632，[三][聖]1 我尋，[三][聖]771 事是爲，[聖]2157 出家。

素：[三]171。

雖：[甲]2300 示一途，[三][宮]2122 使有常。

所：[聖]1 以廣益，[宋]157 欲無瞋，[宋]220 得無上。

態：[宋]418 常自謹。

貪：[甲][乙]1822 瞋。

歎：[甲][乙]1736 應生之，[甲][乙]1816 信佛語，[甲]1512 釋下半，[甲]2215 能依智，[甲]2219 云何表，[乙]1978 應念至。

聽：[三]1340 聞阿難。

往：[明]200 至我所。

妄：[三][宮]401 加。

微：[宮]2060 使肝膽。

惟：[三][宮]1509 給施而。

爲：[宮][聖]278 著，[甲][乙]1736 迷倒若，[明]224 學習入，[明]332 還自欺，[三][宮]、令[聖]1421 令彼失，[三][宮]397 壞我法，[三][宮][聖]754 供我也，[三]211 救火見，[元][明]658 利益天。

未：[三][宮]2122 出舉腳，[三][宮]2122 行婬未。

無：[甲]1839 至此無。

欺：[三]2103 報之誠。

洗：[三]1440 有一比。

咸：[甲]1921 令。

顯：[甲][乙]2254 非親聞。

笑：[三][宮]567。

心：[三]152 二。

欣：[丙]2396 趣菩提，[元][明]99 未來色，[元][明]220 樂，[知]1579 樂。

行：[原]2196 微者妙。

性：[三][宮]278 心好樂。

修：[元][明]220 三摩地。

須：[甲]1839 成立何。

言：[甲]1782 至所起。

嬈：[三]211 瞋恚世。

一：[甲]1736 字亦是。

疑：[甲]1512 度之令。

已：[甲][乙]1822 知等即，[三]1012 捨。

以：[宮]1509 取小乘，[明]2102 減江，[三][宮]2059 昭張，[宋][宮]221 與經受。

刈：[元][明]186 令永盡。

亦：[宮]636 斷絕時，[明]1450 修學隨。

姝：[宋][宮]、洙[元][明]1435 有。

異：[乙]1821 界故。

淫：[聖]125 怒。

婬：[三][宮][聖]1428 耶無畏，[三][宮]1425 瞋恚愚，[三][宮]1509 多瞋多，[三]185 二離瞋，[三]196 行嗜欲。

飮：[明]1440，[三][宮]721 食故則。

飮：[丙]1202 食時先，[宮]421 食，[甲]1201 食時以，[甲]2244 森勿天，[明]141 好於父，[三][宮]1425 食者便，[三][宮]2123 食常念，[宋]1191 界人天，[元]622 海枯十，[元]1545 邪行故，[原]1771 食，[原]2248 水失當。

應：[三]1 執。

永：[甲]1733 度，[乙]1822 捨故名。

用：[三]100 利于彼，[三]168 傷絕我，[三]193 相怖死，[三]642 餘香共，[石]1509 見般若。

有：[三]157 何教，[元][明]99 現在色，[元][明]362 犯此諸。

於：[甲]2274 貪等諸，[明]159 修習觀，[明]2043 富貴不，[三]201 淤泥，[宋][元]25 向於波。

餘：[三][宮][聖]1562 說義難。

育：[聖]2157 王作小。

浴：[三][宮]1424 衣彼若，[元][明]375 洗汝可。

獄：[明]1552 聖亦成。

慾：[宮]1451 以自歡，[宮]1451 之心是，[宮]1655 念，[宮]1799 妄言行，[宮]1799 猶如毒，[宮]2042 爲智者，[甲]1003 箭清淨，[甲]1003 猶如蓮，[甲]1178，[甲]1335 修於梵，[甲]2412 莊嚴世，[明]2122 二者飮，[明]2042 況沙門，[明]2042 之道無，[明]2043 變心便，[三]279 生不淨，[三][宮]2060 已有成，[三][宮][聖]223 瞋恚睡，[三][宮]721 樂取衆，[三][宮]721 之音俱，[三][宮]1579 耽著受，[三][宮]2034 經一卷，[三][宮]2042 穢即時，[三][宮]2042 現外賢，[三][宮]2060 希言擇，[三][宮]2102 而入，[三][宮]2102 之物皆，[三][宮]2103，[三][宮]2103 而方滯，[三][宮]2103 峻宇彫，[三][宮]2103 攘非已，[三][宮]2104 海三界，[三][宮]2122 海，[三][宮]2123，[三]158 心，[三]643 想八萬，[三]1300 月離觜，[三]2103 殊塗一，[三]2122 崇德往，[三]2145 經一卷，[聖]190，[聖]190 瞋恚等，[聖]190 出家時，[聖]190 樂共相，[聖]190 之處，[聖]190 之事最，[聖]190 種種所，[聖]2157，[宋][元]、欲貪[聖]190 癡瞋恚，[宋][元]190，[宋][元][宮]2040 心不顧，[宋][元][宮]2040 有附近，[宋][元][宮]721 火焚燒，[宋][元][宮]1451 盛報其，[宋][元][宮]2040 過患不，[宋][元][宮]2103 崇德往，[宋][元][宮]2122 故惡道，[宋][元][聖]190 之事而，[宋][元][聖]190 癡重病，[宋][元][聖]190 驚畏之，[宋][元][聖]190 豈得還，[宋][元][聖]190 所以者，[宋][元][聖]190 樂若能，[宋][元]190，[宋][元]190 瞋恚所，[宋][元]190 癡瞋恚，[宋][元]190 等火焚，[宋][元]190 法染人，[宋][元]190 復不證，[宋][元]190 故生大，[宋][元]190 懷妊時，[宋][元]190 皆悉願，[宋][元]190 界天宮，[宋][元]190 染心厭，[宋][元]190 鑠得於，[宋][元]190 悉圓備，[宋][元]190 心繮逼，[宋][元]190 心及不，[宋][元]190 有漏等，[宋][元]190 樂奪樂，[宋][元]190 樂具足，[宋][元]2061 葷血過，[宋][元]下同 1300 愚癡月，[宋]2122 懸一鈴，[乙]966 界自在，[元][明]190 功德，[知]598 之音聲。

願：[甲]1958 疾成自，[甲]2362，[三][宮]2103 追露，[三]1331，[三]2087 求生天，[乙]2263，[原]1816 思念欲。

樂：[甲][乙][丙]1866 大事爲，[甲]1775 也夫用，[三][宮][聖]385 永盡無，[三][宮]2040 自娛今，[三]1 以自娛，[三]125 五樂而。

造：[宮]、在[聖][另]1428 作何器。

則：[甲][乙]1822 不能觀，[乙]1822 無色界。

之：[三]143。

知：[三][宮]790 報。

著：[三]201 劇熾火。

濁：[三][宮]435 若西。

資：[三][宮]666 供十方。

自：[三][宮]294 長養菩。

恣：[三][宮]504 於世間。

罪：[宮][聖]350 所覆聞。

作：[三]848 懈怠無。

勤：[甲]2263 顯觸自。

湆

焚：[明][乙][丙]870 香菩薩。

馭

馳：[原]2039 刺殺送。

馬：[宮]2123 成勒爲。

御：[三][宮]2122 故經云，[三][宮]2122 者自來，[三][聖]120 者言汝，[三]2040 大千明，[元][明]294 隨時能。

禦：[三][宮]2122 虎立興。

遇

邊：[甲]2195 彼爲方。

此：[宋]211 愚夫不。

惡：[三]46 講。

遏：[甲]2266 患身心。

逢：[甲]1733 違不改。

過：[丁]2244 此山，[宮]384 安樂處，[宮]501 分衞人，[宮]510 佛遙見，[宮]847 善知識，[宮]1464 而便出，[宮]2034 對經，[宮]2060 時不得，[宮]2121 出頭復，[甲]、愚[乙]1724，[甲]2290 緣參差，[甲][乙]2317 此三以，[甲][乙]1816 說佛無，[甲][乙]1833 如疏斷，[甲]970 大惡病，[甲]974 雨多水，[甲]1579 善友性，[甲]1709 失故如，[甲]1709 又觀無，[甲]1782 諸苦，[甲]1816 供養多，[甲]1816 或，[甲]1816 燃燈，[甲]1816 爲，[甲]1821 緣復捨，[甲]1830，[甲]1983，[甲]1988，[甲]2073，[甲]2084 命頭尾，[甲]2223 到父舍，[甲]2261 恒，[甲]2266 惡友方，[甲]2266 花香，[甲]2817 世無喻，[明]2145 尼乾子，[三]99 問所疑，[三]201 彼外道，[三][宮]1563 未得正，[三][宮]1579 此退失，[三][宮]2121，[三][宮]2121 一水水，[三][宮]2122 之爲其，[三][宮][聖]288 其方便，[三][宮][聖]310 於三界，[三][宮]288 時逮此，[三][宮]309 諸解脫，[三][宮]501 樹下臥，[三][宮]606 其所知，[三][宮]630 爲是德，[三][宮]721 以此因，[三][宮]1421 節，[三][宮]1421 值擲屎，[三][宮]1425 於一，[三][宮]1442 至井，[三][宮]1465 一村落，[三][宮]1505，[三][宮]1509 惡險道，[三][宮]1523 彼已說，[三][宮]2040 還本國，[三][宮]2045 聖恒沙，[三][宮]2103 寒而水，[三][宮]2123 到乞食，[三][聖]99 如風飄，[三]100 於大暴，[三]189 相識別，[三]205 與相見，[三]1191 冤，[三]2121 如前經，[聖][另]1442 大師承，[聖]1 患篤重，[聖]125 及一切，[聖]953 此曼，[聖]1421，[聖]1464 時時乃，[宋]202 疾命終，[宋][元][宮]317 父母而，[宋][元][宮]419 常興空，[宋][元][宮]448，[宋]

[元]2085 寒風暴，[宋]212 良友憑，[宋]618 非其，[宋]2122 沙門長，[戊][己]2089 於弟子，[元][明][聖][另]790，[元][明]309 所以然，[原]1308，[原]1780，[原]2339 分別無。

會：[三]203 見於佛。

接：[三][宮]2034 甚厚道，[三]2059 勅於正。

具：[明]1653 挈經。

來：[三][宮]270 還家而。

邁：[宮]310 我今奉。

乃：[明]、遇流布本作適 360 生王家。

偶：[甲]1728 得一石，[甲]2044 市得一，[甲]2244 得一，[明]2060 觀名作，[三]202 船重沈，[元][明]1442 爾聞之。

時：[甲]1736。

適：[三][宮]2121 會又須，[乙]2087。

隨：[甲]2907 我不違。

遂：[宮]2060 力謂弟，[甲]1733 冷成水。

退：[甲]2195 緣亦。

謂：[三][宮]433 佛若有。

遙：[三][聖]125 聞須拔。

因：[三]375 師僧白。

應：[三]1340 說法摩。

娛：[宮]606 火飛。

愚：[甲]、適[乙]2087，[甲][乙][丙][丁][戊]2187 亦無出，[甲][乙]2328，[甲]2400 迷不知，[明]375 得金寶，[三][宮]1680 輕賤人，[三][宮]618 形起婬，[三][宮]2102 嶮背真，[三][宮]2108 之隆故，[三]192 情豈達，[三]1340 苦，[三]2103 空聖其，[聖]1451 時果報，[聖]2157 銜愧罔，[乙]2296 法故未，[乙]2408 花何現，[原]1957 怨賊拔，[知]1579 見。

運：[甲]2266 業不能。

遭：[宮]385 如來說，[宮]754 聖化如，[甲]1823 飢饉既，[三][宮]、速[聖]376 值波，[三][宮]398 此典親，[三][宮]435 恐懼。

值：[三][宮]2104 大聖法，[三]161 我困，[三]375 二正法，[元][明][宮]374 浮孔。

喻

八：[甲]1735 通顯無。

對：[原]1841，[原]1840 所成故。

法：[甲]2801 讚修因。

角：[甲][乙]2263 獨覺必，[甲]2263 者麟，[乙]2263 獨覺三。

句：[甲]1775 取其妄。

況：[乙]2263。

例：[甲]1822 釋也。

論：[甲]1816 文義俱，[宋]2147 經一卷。

譬：[宮]263 如郡國，[甲][乙]1821 以顯二，[甲][乙]1822 泥釋頌，[甲]1763 也除三，[甲]1913 頓理，[甲]1913 何頓，[三]212 智者以，[三]375 彼則有，[三][宮][久]1486 勿殺勿，[三][聖]375 魔，[三]375，[三]375 得涅槃，[三]375 如燈滅，[三]375 如月

蝕，[三]375 身口七，[三]唯[宮]397
如大海，[另]1509 答曰諸，[乙]1736
如。

品：[甲][乙]2263 耶加，[甲]2273
虛空上，[原]1840 無常性。

瓶：[甲]2270 等異如。

前：[宮]1546 定斷，[甲]1795 反
合應。

融：[甲]1735 斯四句。

如：[甲]1736，[聖]1509 我因此。

山：[三][宮]288 旬亦現。

屬：[甲][乙]1822 也論。

唯：[宮]1425 此亦然，[甲]1969
不來不，[三][宮]1594，[原]、唯[聖]
1818 明大乘。

顯：[甲]2218 文仍有。

像：[甲]1789 凡。

異：[明]2110 曰注。

因：[甲]2274 違後宗。

由：[甲]1863 種子此，[甲]2270
無，[三][宮]1589 各各譬。

俞：[甲]1709 校量言，[明]1048
焰阿曩，[明]2151 集十卷，[三][宮]
[聖]626 達薩恝，[三]23，[三]1331，
[聖]284 阿闍，[宋]2122 比丘亦。

逾：[甲]2218 廣喻，[三]、俞[宮]
433 旬頒宣，[三][宮]433 日光致，[三]
[宮]736 於江海，[三]23。

瑜：[甲]957 迦者從，[甲]2266，
[甲]2266 伽顯，[甲]2266 師是經，
[甲]2266 餘皆非，[明]1056 引銘，
[乙][丙]2381 伽論云，[乙]2218 法印
等。

踰：[宮][聖]2042 蓮花目，[宮]
[聖]225 三界群，[宮]387 千日，[甲]
1816 教觀，[甲]2108，[明]21 一切
虛，[明]810 時佛歎，[明]1116 百千
日，[三][宮]425 喜悅喜，[三][宮][聖]
425 者是曰，[三][宮]263 我者時，
[三][宮]288，[三][宮]288 於諸天，
[三][宮]425 月，[三][宮]433 梵天棄，
[三][宮]456 於日四，[三][宮]477 日
月德，[三][宮]598 梵聲，[三][宮]618
金剛金，[三][宮]638 於彼佛，[三]
[宮]721 火燒亦，[三][宮]2102 下縱
不，[三][宮]2121 志明意，[三][甲]
[乙]1092 於三，[三]152 子孝希，[三]
186 我者願，[三]186 栴檀，[三]193
金剛，[三]193 天帝，[三]201 如白鶴，
[三]2145 名相寂，[聖]26 法此中，
[聖]288 虛空而，[宋][元][宮]1464，
[宋][元]2102 萬變呼，[乙][丙]1098
繕那外，[元][明]5 聞物，[元][明]598
梵天猶，[元][明]810 吾之神。

與：[宋]1339 我二人。

愈：[甲]2187 急強率，[元]2122
遣不去。

豫：[明]310 諸天眾。

諭：[宮]1507 諸天及，[甲]1080
與所求，[甲]1735 成百以，[甲]1909
此中劇，[甲]1914 云其疾，[甲]1929，
[甲]1929 也，[明]316 應當了，[明]
2121 軟語問，[明]316 彼虛，[明]721
地，[明]721 色，[明]1464 調達勿，
[明]2087，[明]2087 即以神，[明]2087
龍王謝，[明]2087 其志不，[三]202 父

母我，[三]211 不入其，[三]375 乃，[三]2108 一代大，[宋][宮][聖]310 不動如，[宋]262 而諸子，[宋]375 善男子，[乙]2186，[元][明]1465 經云我，[元][明]1615 國界於，[元][明]2102 也何以，[知]418 提比丘。

云：[乙]2296 眾生迷。

之：[甲]1828 所能及。

御

本：[原]2371 相。

法：[三][宮]221 者非懈。

伏：[三][宮]278 地饒益。

服：[三][宮]263 己身之。

衡：[三][宮]2103 應眞朌。

怯：[三][宮]1548 弱法七。

卿：[聖]2157 史中丞。

袪：[宋][宮]2103 魑魅者。

却：[宮]1421 露地布。

師：[元][明]2026 涅槃快。

術：[三][宮][聖]1421 乘調象，[元][明]1013 妙句。

説：[宮]263 法。

天：[三]1547 人師調。

衞：[三][宮]278 諸敵難。

銜：[聖]2157 而。

卸：[三][宮]2122 車以馬。

仰：[甲]2270 物如月，[三]310 人爲，[聖]1579 眾善友，[聖]425 第一義，[聖]1425 世諸沙。

耶：[三][宮]381 答曰如。

抑：[三][宮]606 馳車於。

議：[宋]、識[元][明]2149 於後

心。

印：[聖]222。

馭：[聖]190 車欲出。

遇：[明]213 暴逸象。

禦：[甲]1782 眾惡故，[甲]2255 寒又復，[明]192 強敵，[三]2063 意欲得，[三][宮]2102 之方皆，[三][宮]1521 魔賊如，[三][宮]2102，[三][宮]2103 寇書述，[三][宮]2122，[三][甲]951 心田修，[三]194 示現供，[三]374 陣能壞，[三]375 陣能壞，[宋][宮]2122 而去前，[宋]157 於自眷，[元][明][乙]1092 一切除，[元][明]153 此敵王，[元][明]1509 寒暑，[元][明]2060 寇止如，[原]2271 敵也排。

曰：[乙]2408 葉衣記。

在：[甲]2314 而。

征：[三][宮]2059 虜者舉。

止：[原]1812 三惑使。

住：[聖]627 諸法。

焴

昱：[三]155 照曜天。

煜：[明]2122 於諸天。

寓

同：[三][宮]、－[聖]1470 一處住。

隅：[三]193 盧窟魔。

宇：[三][宮]2102 上德表，[三]2103 舟車所。

寓：[丙]2120，[宮]2060 重隆三，[宮]2102 内編戶，[三][宮]2060 求訪

道，[三][宮]2060 盛弘，[三][宮]2103 道含弘，[宋][元][宮]2122 內。

裕

格：[明]2145 義迂之，[元][明]2110 於六幽。

俗：[甲]2128 反俗字。

祐：[三]2154 等諸錄，[三][宮]2060。

揄：[三][宮]2102 揚之善。

愈

參：[宮]374 願諸衆。

差：[三]375 其人至。

瘥：[宋]、差[元][明]1333，[元][明]220 醜者得。

瘳：[三]152 王喜問，[三]152 矣若其。

會：[甲]1775 毒爲藥。

念：[宋]2145 滯而惑。

偸：[甲]1813 亦重盜。

愈：[宋]、殊[元][明]152 不樂焉。

逾：[宮]2080 遠，[宮]2060 還，[甲]1973 鸞於是，[明]2131 遠矣三，[三]、踰[聖]100 增其疾，[三][宮]、踰[聖]1509 更熾盡，[三][宮]1509 至雖有，[三][宮]262，[三][宮]1509 重如患，[三][宮]1581 更覆藏，[三][宮]2102，[三][宮]2108 於商，[三][宮]2123 掩，[三][甲]901 伽訶，[三]2106 隆晝在，[三]2110 切居生，[聖]1595 廣莫不，[乙][丙]2092。

踰：[三][宮]796 進，[三][宮]2102 昧，[三][宮]2103 鮮白世，[聖]2157 猛厲。

與：[三]99 不得無。

悆：[三][宮]2122，[三]2122 閉室靜。

喩：[宮]310 唯有，[甲][乙]2328，[元][明]、俞[宮]812 用是。

豫：[甲][乙]2087 蒙。

癒：[三]152 傷爲生。

治：[三]374 種種重。

轉：[三]375 增以病。

煜

昱：[三][宮]263 爐怪未，[三][宮]288 以金沙，[三][宮]425，[三]193 如雲電。

煜：[三][宮]2123 照人初。

預

頂：[明]220 流果或，[明]865 諸佛談，[明]1545 知般涅，[明]2103 朝，[明]2103 入寶樓，[元]45 備二主。

顧：[甲]2367 防他立，[原]1744 修善法。

規：[三][宮]1425 度好地。

類：[甲][乙]2087 崇重佛。

領：[原]、[甲]1744 納故稱。

流：[甲][乙]1822 舊名入。

勝：[聖]1549 復次有。

誦：[甲]2192 總記之。

題：[甲]1722 前立名。

務：[甲]2787 妨修長，[宋][宮]

2066 合其秀，[乙]2092 參次於。

須：[甲]2266 故不生，[甲]2017 因實果。

以：[三][宮]2103 身事而。

影：[甲]2322 像相分。

豫：[宮]、譽[聖][另]790 羞慚吃，[宮]526 知其母，[宮][聖][另]342 不見有，[宮][聖]318 願成佛，[宮]374 知當行，[宮]588 為已得，[宮]1421 辦供俱，[甲]、象[乙]1866 疑惑如，[甲]1717 行，[甲]2281 六句一，[甲]1003 能發淨，[甲]2266 此中何，[甲]2266 疑，[三][宮][聖]1425 分處須，[三][宮][聖]1428 設，[三][宮]263 以棄沈，[三][宮]269 思想，[三][宮]310 之樂是，[三][宮]334，[三][宮]343 治國何，[三][宮]344 治佛國，[三][宮]345 不為放，[三][宮]656 是謂族，[三][宮]721，[三][宮]1421 汝事，[三][宮]2060 因卒于，[三]34 如來大，[三]375 愛念，[三]375 見譏嫌，[三]1427 汝事但，[聖][另]310 子生死，[聖]211 慮莫知，[聖]1421 入床下，[聖]2034 宮寺，[聖]下同 481，[宋][宮]810 數離，[宋][明]374 作是念，[乙]1796 備之又。

譽：[宋]374。

緣：[三]2146 被茲土。

願：[甲]1834 覓時婿。

蜮

域：[甲]2087 之墟。

毓

敏：[宮]2034 是爲明，[三][宮]2104 三。

獄

畜：[明]278 與畜生。

地：[三][宮]2122 萬苦競。

餓：[宮]606 鬼恐怖。

故：[宮]383。

潃：[三]193 燒治與。

海：[三][宮]723。

刺：[三]2104 圍身或。

破：[三][宮]2122。

獸：[三]1486 形有百。

鐵：[宮][久]1486 卒以刀。

業：[明]1340 畜生餓。

欲：[甲]2266 而受生。

獄：[原]2425 大象中。

瘉

愈：[三][宮]2060 欲繼前。

緎

緎：[甲]2129 羔裘之。

慾

落：[聖]425 想慕菩。

彌：[三][宮]2122 網人皆。

稍：[明][聖]190 心勿捨。

欲：[宮]1692 行，[宮]2122 王既，[甲]1178 却我慢，[甲]2128 有無明，[明]1129 若有所，[明][聖]190 恚惱必，[明][聖]190 常能，[明][聖]190 功德如，[明][聖]190 海建大，[明][聖]

190 令其染，[明][聖]190 莫爲貪，[明][聖]190 泥復已，[明][聖]190 汝等不，[明]190 愛結，[明]190 瞋癡猶，[明]190 寂滅涅，[明]190 界種種，[明]190 事報盡，[明]190 唯樂法，[明]190 心斷瞋，[明]711 瞋恚無，[明]722 生虛証，[明]1051 樂亦能，[明]1450 之事，[明]1497 佛説是，[明]2041，[明]2041 捨家，[明]2103，[明]2103 城隍充，[明]2103 而歸於，[明]2103 將世何，[明]2103 蔬食僧，[明]2103 習虛靜，[明]2103 於始心，[明]2108 蟫姿茹，[明]2122 至太清，[三]190 瞋恚癡，[三]190 會歸無，[三][宮]327 諸，[三][宮]721 泥不能，[三][宮]790 怒癡習，[三][宮]1425 想比丘，[三][宮]2122 中如猪，[三][宮][聖]223 瞋，[三][宮]310 樂，[三][宮]323 篤信守，[三][宮]345 態無，[三][宮]410 而謗如，[三][宮]414，[三][宮]488 瞋恚不，[三][宮]766 超五趣，[三][宮]1462 樂汝出，[三][宮]1618 色二界，[三][宮]1662 者心自，[三][宮]2060 斯途衆，[三][宮]2060 惟誦，[三][宮]2060 息杜希，[三][宮]2060 周勤，[三][宮]2103 海三界，[三][宮]2103 軍掌握，[三][宮]2103 明者恕，[三][宮]2103 天狼戾，[三][宮]2103 優在符，[三][宮]2104 崇德往，[三][宮]2122，[三][宮]2122 二色界，[三][宮]2122 發口之，[三][宮]2122 過者此，[三][宮]2122 火燒於，[三][宮]2122 火所燒，[三][宮]2122 少

於分，[三][宮]2122 盛故，[三][宮]2122 同人何，[三][宮]2122 想語彼，[三][宮]2122 心證阿，[三][宮]2122 一人言，[三][宮]2122 轉增遂，[三][宮]下同 721 垢等，[三][甲][宋]、慾之至趣十五字宋元明甲四本俱作三偈 1003 等調世，[三][甲][乙]950 童眞於，[三][甲]955 樂隨意，[三][聖][另]310 佛見法，[三][聖]190 採摘，[三][聖]190 若其廣，[三][聖]190 所有功，[三][聖]190 應當速，[三][聖]190 娛樂逍，[三][聖]190 樂歡娛，[三][聖]190 之具令，[三][聖]190 之樂，[三]154 心不能，[三]190 邊見諸，[三]190 而縛，[三]190 棄捨一，[三]190 心若有，[三]205 莫視不，[三]264 爲是等，[三]299 樂，[三]890 樂心如，[三]945 若行若，[三]1003 金剛瑜，[三]1003 無戲，[三]1301 恩愛于，[三]2103 人心所，[三]2104 闓耳目，[三]2108 軍掌握，[三]2112 海以沈，[三]2122 將入於，[三]2122 捨嚴城，[三]2154 遊心內，[聖]190，[聖]190 之樂我，[宋][明]1129 彼即歡，[宋][元]722 樂，[宋][元][宮]、意[明]1507 自恣戀，[宋][元][宮]2122 皆悉，[乙]867 心。

豫

頂：[宮]481 印印是。

曠：[三]374 我當於。

矛：[元][明]1 薩鞞那。

寧：[三][宮]2121 黎民無。

務：[明]210 造處往，[三][宮][甲]

2053 極莊嚴，[三][宮]1548 眠臥懈，[三]2145 清白明，[宋][元][聖]291 説之何。

兮：[三]1。

喜：[三]184。

暇：[三][宮]2042 清淨能。

象：[甲]2128 也考聲。

像：[宮][甲]2053 平生何，[宮]1425 比丘，[宮]2060，[甲]2036，[三][宮]288 而供養，[聖]1425，[元][明]1421 之王言。

也：[明]2103 焉若乃。

與：[三][宮]396 衆會三。

念：[三][宮]2060 建初寺。

愈：[三][宮]2060。

預：[博]262，[宮]531 知不蘭，[宮]534 知我作，[宮]583 作禮而，[宮]613 受佛現，[宮]790 知災，[宮]1442 辦赴常，[宮]1442 觀察聖，[甲][乙]2263 因而，[甲][乙]2394 知有五，[甲]1727 大王欲，[甲]2036 齊滅，[甲]2036 爲帝國，[甲]2125 備之病，[甲]2281 不生決，[明]541 知去來，[三]152 議乎僉，[三][宮][博]262 斯，[三][宮]398 見不復，[三][宮]398 知其犯，[三][宮]1507 防於未，[三][宮]1521 記是人，[三][宮]1606 流果補，[三][宮]2103 赤丸尚，[三]26 留一座，[三]152 流俗，[三]152 世業嫁，[三]152 自歸之，[三]310 何故其，[三]311 己事代，[三]362 作，[三]398 知如來，[三]2145 親承之，[三]2145 聞斯道，[聖]210 慮勿以，[另]1721 欣得記，[宋][宮]310 遍身，[宋][元][宮]310，[宋][元]26 已住果，[宋]186 天加，[宋]310 聲，[乙]913 恐，[乙]1821 於四念，[元][明][宮]614 我事若，[元][明]2121 流俗夜，[知]418 計念便，[知]418 知豫。

蕷

預：[宋][元]2061 湯者即。

閾

城：[聖]210。

閼

遏：[甲]1000 伽香水，[甲]1175 伽，[三][宮]1464 絕我德。

闕：[元][明][甲]893 於本尊。

諭

會：[聖]100 説欲是。

論：[甲]2036 旨遣之，[甲]1805 利吒堅，[三][宮]1629 曰如是，[三][甲]951 以國王。

諜：[三][宮]831 諂，[三]212 諂以眞，[宋][明]374 諂説如，[元][明]335 諂。

踰：[三][宮]2102 之以必。

喩：[宮]279 而顯示，[宮]279 所不能，[宮][聖]278，[宮][聖]278 此人難，[宮][聖]278 法輪雲，[宮][聖]278 汝今諦，[宮][聖]278 所不及，[宮][聖]278 所不能，[宮][聖]278 爲我分，[宮][聖]278 義名不，[宮][聖]278 之，[宮][聖]278 莊嚴陀，[宮][聖]下同

278 不可説，[宮]278 令其歡，[宮]
279，[宮]279 説直説，[宮]279 亦不
能，[宮]279 之門大，[宮]2103，[和]
293 廣爲演，[和]293 説不能，[甲]
1786 云百代，[甲]1928 如此，[甲]
1775 生曰，[甲]1775 師子吼，[甲]
1775 醫王也，[甲]1781 有疾，[甲]
1921 此，[甲]1921 欲發，[甲]1928 迷
顯正，[甲]2119 亡身殉，[明][和]293，
[明][和]293 汝應諦，[明]261 彼人無，
[明]293 分優波，[三]279 無相違，
[三][宮]279 持一切，[三][宮]279 持
以供，[三][宮]279 汝應思，[三][宮]
279 上妙色，[三][宮]279 所不能，
[三][宮]279 演説妙，[三][宮]279 字
相應，[三][宮][聖]278，[三][宮][聖]
278 不可窮，[三][宮][聖]278 非論，
[三][宮][聖]279 皆令歡，[三][宮][聖]
278 不可思，[三][宮][聖]278 屈辱遠，
[三][宮][聖]278 受持一，[三][宮][聖]
279 無能及，[三][宮][聖]279 以佛威，
[三][宮][聖]1579 國界於，[三][宮]
[聖]1579 又，[三][宮]278 如幻無，[三]
[宮]279 而爲演，[三][宮]279 分優波，
[三][宮]279 佛子此，[三][宮]279 論
議亦，[三][宮]279 能生信，[三][宮]
279 菩薩摩，[三][宮]279 如是，[三]
[宮]279 使安緊，[三][宮]279 論，[三]
[宮]310 而告言，[三][宮]1509 遣群
象，[三][宮]1545 曰善哉，[三][宮]
1579 具足頒，[三][宮]2102 也想不，
[三][和]293 分優，[三][甲]1102 唅四
薩，[三]375 不加其，[三]1340 并誠

之，[三]1374 告言善，[聖][宮]278，
[宋][元][宮]2060 以無常，[宋]310 無，
[乙]1909 恒使修，[原][甲]1775 故肇
曰。

愈：[甲]1775 明也不。

豫：[宋]、喻[元][明]99 云何善。

譽：[三][宮][聖]566。

燉

炮：[三]468 字出化。

禦

衞：[三][宮]、御[聖]397。

馭：[乙]1736 風雲陪。

御：[甲]2087 惡龍，[三][宮]374
圖讖，[三][宮]2102 末不以，[三]153，
[聖]2157 使特，[宋][宮]2060 或與語，
[宋]153 之令其，[元][明]2060 縑續
布，[元][明]2104 心。

樂：[宮]2122。

鴿

鴿：[聖]190 以是因。

欲：[甲]2129 不渡濟。

鞏

舉：[宮]2122 床一脚。

輦：[甲]2129 非。

譽

奉：[聖]210。

舉：[宮]323，[宮]2060 之美，
[甲]1721 初謂因，[甲]1238 惡言，
[三][宮]324 四曰見，[三][宮]411 輕

毀於，[三][宮]1579 毀他，[三]212 其名德，[三]1301 己第一，[三]1341 最上，[三]1533 三界衆，[聖]639 輕毀他，[聖]1509 故與，[聖]1509 檀波羅，[另]790 一制貪，[石]1509 阿鞞跋，[宋][元]1464 佛法及，[宋]99 後世生，[宋]211 清，[乙]2795 窺覓名，[知]1441 讚歎。

攣：[三][宮]2060 及痼疾。

歎：[三][宮]1425 晨朝著，[三]1331 是清信。

輿：[三][宮][聖]379 衆寶間。

與：[聖]99 障他施。

喻：[三][宮]322 之兩以，[三][宮]701 斯由洗，[三]201。

訾：[三][宮]1428 不移動。

鬻

鬻：[甲]2128 香鬻。

粥：[甲]2087 賣，[三][宮]1464 即以胡。

煮：[三][宮][聖]278 治衆生。

欝

爵：[三][宮]1462 支國來。

柯：[元][明][宮]425 茂瓔珞。

蔚：[三][聖]375 茂清淨，[三]202 花，[三]375 枝，[宋][明]374 茂清淨，[元][明][乙]1092 反數幡。

優：[宮]1435，[三][宮]1435 多羅僧。

熨：[三]220 熱皆得。

之：[宮]1428 禪國還。

冤

冕：[三]2154 同弱齡。

怨：[三][宮][聖]1428 家。

寃

恐：[乙]1909 訴無所。

冕：[甲]2035 請鬻度，[三][宮]2123 客事襲。

惋：[三][宮]681 逼迫受。

惌：[元][明][宮]480 懊惱。

怨：[甲]2014 親何表，[甲]1742 親佛福，[明]191 敵四洲，[明]1051 惡禁法，[明][宮]1545 故名爲，[明]1128 家興兵，[明]2122 魂志，[明]2122 無衣自，[三]220 伏諸外，[三][宮]588 家，[三][宮]1562 其理顯，[三][宮]2121 自，[三][宮][久]397 敵盜賊，[三][宮][別]397 家令其，[三][宮][別]397 則是一，[三][宮][聖][另]1458 令生信，[三][宮][聖]334 家如善，[三][宮][聖]1462 哭泣向，[三][宮][另]1428 於衆，[三][宮][知]598 樂於飲，[三][宮]323 家惡子，[三][宮]443 仇如來，[三][宮]612 家合爲，[三][宮]721 家如以，[三][宮]779 親不念，[三][宮]1451 讎皆止，[三][宮]1458 讐者至，[三][宮]1463 家法限，[三][宮]1545 敵，[三][宮]1563 敵親友，[三][聖]172 敵惡人，[三]1 家壽命，[三]20 仇相從，[三]198 佛聞諸，[三]203 家不息，[三]220 敵我當，[三]220 賊由我，[三]1005 敵不饒，[乙]1125 是人等，[元][明]310 家

伺求，[元][明][宮]310 家何以，[元]
[明][宮]1545 家而共，[元][明][宮]
310 家猶如。

淵

別：[丁]2244。

弘：[三][宮]2122 深廣療。

洪：[宋][元][宮]1546 博。

回：[三][宮]2103 幾人也。

兼：[宮][甲]2053 深焉。

間：[三][宮]656。

潤：[三][宮]606。

瀾：[宮]657 深八萬。

溟：[三]125 不覩正。

沂：[三][甲]951 及泉側，[三][甲]
951 沙潭之。

洴：[三][宮]2122。

泉：[甲]、眾[乙]2261 於海瀋。

潤：[甲]1891 澤聚龍，[別]397
流故照。

深：[三]125，[三]125 流夫行，
[三]196，[三]2110 兮似萬。

網：[宋][元][宮]2045 魚後施。

困：[三]1585 海。

園：[三][宮]2122。

源：[三][宮]2122。

眾：[宮]2103 模崇賾。

怨

冤：[三][宮]379 而大號。

怨：[三][宮]2103 於厚地。

蜎

蝡：[宮]1487。

蠉：[宮]742 蚑蚑行，[明]151 飛
蠕動，[聖]361 飛蠕動。

鳶

烏：[三]212 以貪掣。

元

本：[甲][乙]2263 各別了，[甲]
[乙]2263 我見，[甲]1733 來是多，
[甲]2223 法爾焉，[乙]1736 不有芥，
[原]2410 者最初。

出：[甲]1802 傳聞之。

從：[三]、無[宮]2122 本以。

二：[三]2151 年歲次，[宋][元]
2153 年，[乙]2408 年六月，[元][明]
2059 年正月，[原]2358 年歸朝。

方：[宮]425。

夫：[宮]2121 聖唯願。

光：[三]2149 元年疊，[三]2151
元年歲，[三]2153 元年疊，[聖]627
枯竭眾，[乙][丙]2092 二年二。

後：[甲][乙]2263 魏菩提，[甲]
2263 魏菩提，[三][宮]2058 魏，[聖]
310 魏三藏。

无：[內]、元[內]2120 盈法師，
[宋]、源[元][明]811 所趣。

跡：[三]152 處在異。

見：[三][宮]425 是曰精。

九：[宮]2034 夫人言，[甲]2036，
[甲]2036 年三月，[三][宮]2060 年，
[聖]2157 年於廬，[乙]2408 年，[元]
2110 資始坤，[元]2154 年二月。

久：[乙]2408 年中，[乙]2408 年

中決。

康：[三]2060 人稟懷。

亢：[甲]2039 旱田蔬，[宋][元][宮]2121 康矣臣。

立：[三]2034 元年佛。

六：[明]2076 年六月，[明]2076 年五月，[聖]2034 年。

民：[三][宮]2104 文多不。

明：[三]2063 三年卒。

年：[三][宮]2034 佛。

七：[三]2154 康元年。

其：[三]、無[宮]292 首三界，[三][宮]1507 首又復，[三]2105 戒品遂。

豈：[甲]2195 來對。

氣：[三][宮]2103 爲天人，[宋][元][宮]2103 爲天人，[宋]2110。

然：[甲]1918 佛出世。

三：[三]2034 年出年，[三]2146 年出時。

始：[宮]1912 祖即是。

庶：[三][宮]345 示現安，[三][宮]627 使趣佛。

死：[甲]2084 來未久。

文：[宮]2112 始內傳，[三][宮]2103 始傳云。

吾：[三][宮]379 從所來。

無：[丙]2164 讚堯寶，[宮]2123 本，[宮][聖]292 亦無能，[宮][聖]425 意和面，[宮]292 首皆得，[宮]309 吉師子，[宮]425 分別合，[宮]425 行極，[宮]425 學于聖，[宮]606 從欲而，[宮]2034 壽年中，[宮]2060 檀

越，[宮]2121 吉樹下，[宮]2122 休，[甲]、－[甲]1782 非實女，[甲]1717，[甲][乙]1833 者第七，[甲][乙]2194 來即空，[甲][乙]2194 通位位，[甲]1805 意所存，[甲]1832 來不起，[甲]1832 沒二阿，[甲]1886 始不知，[甲]2167 膺詩集，[甲]2195 不在中，[甲]2255 三達智，[甲]2266 無有漏，[甲]2269 利他中，[甲]2290 無性故，[甲]2297 有無漏，[甲]2299 品去佛，[甲]2339 處所，[三]、莞[宮]2060 席矣貞，[三]2149 出在舊，[三][宮]1458 爲結契，[三][宮][聖]222，[三][宮]278 或名，[三][宮]285，[三][宮]285 本轉上，[三][宮]425 是曰智，[三][宮]425 有意念，[三][宮]565 本無諸，[三][宮]606 何，[三][宮]810 本其如，[三][宮]839 一相可，[三][宮]1442 心擬過，[三][宮]1452 心奉餘，[三][宮]1463 提漿六，[三][宮]1579 明行愛，[三][宮]1591 亦不說，[三][宮]1611 轉變，[三][宮]2102 受命地，[三][宮]2102 無影聲，[三][宮]2112 思，[三][宮]2121 福，[三]152 惡不如，[三]152 禍息矣，[三]152 豈但汝，[三]2110，[三]2110 始或號，[三]2125 爲世尊，[三]2145 禮諮，[三]2149 試論教，[三]2149 延請佛，[聖]481 以是道，[聖]1443 心擬過，[聖]1451 非線所，[聖]2157 士張蓮，[宋]、原[元][明]125 是故最，[宋][宮]、義[元][明]425 心，[宋][宮][聖]425 在所，[宋][宮]425 化使入，[宋][宮]2045 本與吾，

[宋][元]234 不達本，[宋]152 酷將欲，[乙]2194 祖即是，[元]2016 空因相，[元][宮]425 宣布，[元][明][宮]357 無實不，[知]384 尊。

五：[乙]2157 年癸卯。

先：[丙]2087 功而爲，[甲]1804 非攝慮，[三]190 在林於，[元][明]2060 席而讓，[原]2196 首此初。

心：[原]1776 元難盡。

也：[宮]2112 正月十。

永：[三]2063 徽二年，[三]2063 徽元年。

尤：[明]2125 不別行，[三][宮]2103，[三]152 惡寧，[三]152 惡庶望，[三]192 惡無過。

有：[三][宮]263。

于：[三]152 妃，[三]152 妃迷在，[三]152 聖惟願，[宋]152。

原：[宮][聖][另]342 首答曰，[甲]1973 是大京，[甲]2879 或是定，[明]1443 由汝等，[三]、無[聖]125 本，[三]125 比丘當，[三][宮]、了[聖]425，[三][宮]、無[知]266 於色無，[三][宮]425 是曰一，[三][宮]285 應當解，[三][宮]683，[三]125 本亦復，[宋]、源[元][明]211 勞心極，[宋][宮][聖]、源[元][明]754 而起先，[宋][明][宮]、源[元]425，[元][宮][聖]425 是曰布，[元][宮]425 信勤精。

圓：[甲]1736 夢者乃。

源：[明]2076 十方虛，[明]318，[明]656 成道，[三][宮]309 護彼衆，[三][宮]329，[三][宮]477 因坐佛，

[三][宮]481 本末剖，[三][宮]481 不久受，[三][宮]2045 知趣所，[三][宮]2060 由是因，[三]125 者生餓，[三]192 宗祚隆，[元][明]、無[宮]425 了無處，[元][明]152 願釋衆，[元][明]425 皆。

云：[明]2151 三年歲。

允：[三][宮]2059 舉之，[三][宮]2060 請即日，[乙]2157 正雲之。

之：[三][宮]2034 二年蕭。

园

圓：[明]2087 方爲圓。

沅

沈：[宋][宮]2103 兮霄明。

垣

恒：[甲]2130 伽譯曰，[原]1780 言二。

桓：[三][宮]263，[三]2154 水，[元][明][知]598 師願稽。

牆：[三][宮][另]281 圍表上，[原]2410 也在。

坦：[原]1992 蕩蕩勿。

園：[聖]271 牆以爲。

爰

笈：[乙]1736 摩此云。

曲：[三][宮]1579 降殊恩。

是：[甲][乙]2263 以今本。

受：[宮]263 發，[宮]2060 於墓所，[甲][乙][丙]2163 則周遊，[甲]1204，[甲]2089 有制曰，[甲]2425 一

水誠，[原]1756 佛名焉。

爲：[甲]2274 異喻此。

悉：[甲]1834 至異道。

羲：[明]2102 皇之前。

援：[明]2102 録書表。

茲：[甲]2339。

袁

表：[宮]1593 敬德履，[甲]2129 反下於，[三][宮]2109 疊允撰，[聖]2157 豹。

爰：[三][宮]2103 集若吞。

遠：[甲]2129 反爾雅。

衆：[元]2061 州陽岐。

原

本：[甲]2219。

察：[三][甲]2125 夫有待。

緪：[三][宮]741 意不復。

腸：[三][宮]553 還復本。

厚：[宮]2102 弟子蕭，[甲]2401，[乙]2426 始要終，[原]2410 三寸廣。

康：[甲][乙][丙][丁]2092 聞此遂。

流：[宋][宮]、源[元][明]810 石神天。

免：[宮]2112 事已彰。

石：[宋][宮]2103 菽。

炭：[三][宮]2053 八埏鼎。

無：[甲]2223 初如，[三][宮][聖]606 能解其，[聖]125，[聖]125 如來說，[宋][宮][聖]、源[元][明]425 所由皆。

延：[乙]2087 穀稼雖。

應：[原]1863 有。

元：[宮]425 而燒盡，[甲]1718 始要終，[甲]2779 清淨磨，[三][宮]2123 不受人，[三][聖]125 不墮三，[三][聖]125 與其説，[三][聖]125 原今入，[三]1 首教勅，[三]125 本我無，[三]152 福太子，[三]154 首，[三]2125 斯制意，[聖]125 捨得全，[聖]211 恕，[宋][元]194 本便作，[宋][元]194 求其方，[宋][元]194 無，[宋][元]194 指授善。

源：[丙]2777 便不出，[高]1668 故名究，[宮][聖][另]1459 灌衆澤，[宮]309 立大乘，[宮]324 皆使巧，[宮]585 枯竭然，[宮]627 群萌所，[宮]1558 火雖剎，[宮]2108 夫正法，[甲]1733 故，[甲]1733 故云於，[甲]1763 亦不下，[甲]2119 頗問權，[甲][丙]2778 又以小，[甲][乙][丙]2778，[甲][知]1785 由一念，[甲]1709 冥合不，[甲]1733 底三安，[甲]1733 底三明，[甲]1744 必應作，[甲]1744 又法從，[甲]1911 心原，[甲]1969 要術示，[甲]2211 法爾圓，[甲]2290 生，[甲]2300 也，[甲]2396 頓覺，[明]278 底，[明]294 種性及，[明]2016，[明]2016 底無理，[明]2016 開寶藏，[明]2076 去便禮，[明]2076 去也師，[明]2076 神會之，[明]2103，[明]2131 古德云，[明]2131 極底行，[明]2145 斯乃始，[三]1342 名字相，[三]1529 故大，[三][宮]、[聖]627 其諸菩，[三][宮]

820 盡生死，[三][宮][聖][另]342 如
應説，[三][宮][聖]383，[三][宮][聖]
627 二識練，[三][宮][聖]627 則，[三]
[宮]221 空諸可，[三][宮]225 明度之，
[三][宮]263 根本，[三][宮]278 底若
漸，[三][宮]278 底無有，[三][宮]278
底遠離，[三][宮]309 皆無，[三][宮]
433 所從來，[三][宮]459 亦無所，
[三][宮]507 察其始，[三][宮]534 吉
凶，[三][宮]534 溢流，[三][宮]585 名
諸，[三][宮]622 三乘趣，[三][宮]623
發意已，[三][宮]656 況復斯，[三][宮]
720 發大弘，[三][宮]741，[三][宮]820
因對而，[三][宮]1421 庶無大，[三]
[宮]1478 一切絕，[三][宮]1506 草墮
中，[三][宮]1547 或曰謂，[三][宮]
1549 彼，[三][宮]1549 不善善，[三]
[宮]1549 云何色，[三][宮]2045，[三]
[宮]2060 盡大乘，[三][宮]2060 鏡行
路，[三][宮]2103，[三][宮]2103 出於
老，[三][宮]2103 杜絕飄，[三][宮]
2108 恍兮，[三][宮]2121 本汝心，
[三][宮]2121 國無巨，[三][宮]2121
者入定，[三][宮]2122 乃至四，[三]
[宮]2122 行菩，[三][宮]2123 受質
二，[三][宮]下同 225，[三][宮]下同
225 何等爲，[三][宮]下同 1484 品中
廣，[三][宮]下同 2045 思惟玄，[三]
[聖]627 所在世，[三]1，[三]5 自今
之，[三]125，[三]125 本，[三]125 然
後乃，[三]125 爲像何，[三]125 易，
[三]134 梵行已，[三]149 時彼，[三]
152，[三]152 當以拯，[三]152 調達

亦，[三]152 佛歎曰，[三]152 矣自
覺，[三]152 者爾往，[三]153 云何
可，[三]154 樹神喜，[三]154 諸根，
[三]184 而歸其，[三]184 故自勉，
[三]193，[三]193 恩愛欲，[三]193 由，
[三]196 生死因，[三]210，[三]212 本
當知，[三]212 不種當，[三]212 七，
[三]212 婬怒癡，[三]246 普，[三]
291，[三]291 又大，[三]291 於如來，
[三]291 諸所，[三]292，[三]309 而爲
説，[三]374 隨其所，[三]583，[三]
1339，[三]2103 無往不，[三]2122 每
至肇，[三]2145，[三]2145 漸，[三]
2145 隨喜，[三]2145 也故以，[三]
2145 用能闡，[三]2145 臧否之，[三]
2146 本一譯，[三]2154 合四十，[三]
下同 291 者如是，[三]下同 292 與善
師，[三]下同 810 名曰本，[聖]627 於
茲佛，[聖]下同 292 亦別生，[宋][元]
[宮]1549 本知六，[宋][元][宮]2108
夫指樹，[宋][元]194 現如是，[宋]
152 始自本，[乙]1709 功德母，[乙]
1796 底亦，[元][明]278 底修習，[元]
[明]309 本斯二，[元][明]309 受寵，
[元][明]2060 不殄至，[元][明][宮]
310 曉，[元][明][宮]310 以心平，[元]
[明][聖]278 底，[元][明]156 底兼，
[元][明]210，[元][明]211 已斷，[元]
[明]212 首能斷，[元][明]212 斯在心，
[元][明]222 欲知有，[元][明]263，
[元][明]263 方便度，[元][明]263 化
諸不，[元][明]263 或有佛，[元][明]
263 興修仁，[元][明]263 於時法，

[元][明]274 爲，[元][明]278 底成就，[元][明]278 底滅除，[元][明]278 底無，[元][明]278 底智者，[元][明]278 底衆寶，[元][明]278 一切皆，[元][明]309 本不處，[元][明]309 本生苦，[元][明]309 苦從身，[元][明]309 若復意，[元][明]309 是謂最，[元][明]309 無有處，[元][明]309 由苦枝，[元][明]375 雖知乳，[元][明]384 本，[元][明]425 是非瑕，[元][明]425 是曰，[元][明]425 是曰持，[元][明]425 速棄衆，[元][明]589，[元][明]589 所歸，[元][明]656 令知道，[元][明]656 是謂菩，[元][明]839 主所，[元][明]下同 656，[元][明]下同 656 或有菩，[元][明]下同 656 十二牽。

愿：[宋][宮]、顧[元][明]2104 誓弘佛。

願：[明]589 等生死，[三][宮]2122 赦其咎。

蚖

毒：[聖]663 蛇其性。

蝮：[三]1331 蛇毒。

虺：[宮]732 利，[明]2123 蛇含毒，[三][宮]607 自恐身，[三][宮]616 毒螫三，[三][宮]813 毒害之，[三][聖]99 蛇，[元][明][宮]425 懷毒甚。

虺：[聖]613 蛇其身。

蛇：[三]、虺[宮]2123 中來語，[聖]425，[石]1509。

蚘：[三]2121 蟲此諸。

員

負：[甲]2167 門一卷，[三][宮]721 黑。

圓：[甲]2186 果名非，[甲]1735 位故名，[甲]1828 果大菩，[三][宮]2102 速倏，[三][宮]2103 滿九十，[三][宮]2103 丘南郊，[三]2102 極理，[三]2110 方至於，[三]2145 符譬如，[乙]2296 故二欲，[元][明]125 鼓聲，[元][明]1331 木之上，[原]2196 之始自。

貟：[乙]、貞[丙]2163 限以三。

援

拔：[甲]1973 既聞妙，[三]1579 者或被。

搆：[三][宮]2060 時榮幸。

後：[原]1899 不立周。

護：[原]1861 內城故。

緩：[明]2131 神契曰。

攀：[三][宮]2121 棗。

授：[甲][乙]1796 之類當，[甲]2035 韓氏歐，[甲]2128 也人所，[三][宮]2102 假首，[三][宮]2102 聖帝，[聖]1421 牛，[聖]2157 引群籍，[宋][宮]419 奉受梵，[宋]203 琴而彈。

嗳：[三][宮]2102 之左史。

搜：[宋]2110。

梭：[宮]234 雪生死。

校：[三][宮]2103 有道。

荀：[甲]2036 此其同。

猨：[甲]2217 也云云。

猴

猴:[三][宮]2122 無制鎖。

猿:[宮]374 猴擲樹,[明]643 猴,[三]1043 走遊戲。

園

闍:[三][聖]26 那梵。

處:[聖]1425 未離者。

固:[明]2063 寺法全。

國:[宮][聖]380 迦羅迦,[宮]816 出入迦,[宮]1462 中沙彌,[宮]2034 寺出或,[宮]2104 及洛,[甲]1786 善集,[甲]2087 威,[明]156 比丘尼,[明]1428 中住時,[明]1435 有好果,[三]、林[宮][聖]1435 中住,[三]22 與比,[三][宮]815 名曰普,[三][宮]1464 受貧鄙,[三][宮]2041 先營精,[三][宮][聖]272 中爲諸,[三][宮][聖]1463 是名去,[三][宮]405 城邑一,[三][宮]637 一切住,[三][宮]1428 中時迦,[三][宮]1428 中者我,[三][宮]1462 摩訶提,[三][宮]1464 爾時尊,[三][宮]2103,[三][宮]2123 中迴翔,[三][聖]100 第一林,[三][聖]125 我今可,[三]26 與大比,[三]26 在墙村,[三]157 復當令,[三]201 中城邑,[三]205,[三]212 無害遙,[三]2063 寺在枳,[聖][另]1442 勿由,[聖]100 終不能,[聖]225 中止宿,[聖]271 中說是,[聖]272 中說此,[聖]310 中共相,[聖]1456 勿燒營,[聖]1464 時迦留,[另]310 中說此,[另]1442 主見已,[另]1451 中有遊,[宋][宮]、圓

[元][明]2060 法,[宋][宮]414 在城東,[宋][元][宮]1425 民應舉,[宋]212 路側行,[宋]690,[宋]2122 館中於,[乙]1772 中下作。

花:[甲][乙]1866 中以衆。

蘭:[甲]2196 陀精舍。

林:[甲]1733。

陵:[三][宮]2104 中陳茲。

圈:[三][宮]1546 中閉衆。

鬮:[宮]1451 賣其衣。

舍:[三][宮]2122 而云在。

團:[宮]2059 中東南,[甲]2299 迴。

圍:[宮]1451 樹而去,[宮]2060 鑿石刻,[甲]1781 遶發意,[甲]1796 遶者納,[明]154 與,[明]1299 取盜賊,[三][宮]292 基乃起,[三][宮]1451,[三]2122,[原]1771 七由旬。

違:[三][宮]2103。

囿:[三]24 池沼具。

垣:[明]452 中,[三][宮]278 牆,[三][宮]1428 上若籬。

圓:[甲]、甲本傍註曰十字南本無 2183 成寺錄,[三]1003 樂與智,[聖]1537 爾時世,[元]28 生樹經。

薗:[聖][石]1509 四,[聖]1522 觀花果,[另]1509 林如是,[石][高]1668 之,[石]1509 觀七,[石]1509 田使人,[石]1509 有薗,[石]1509 中受種,[石]1509 中西門,[宋][元]309 觀看宿。

苑:[三][宮][另]1451 少年苾,[乙][丙]2092 之遊陳。

圓

別：[三]38 滿妙好。

充：[甲]2371 滿故内。

而：[甲][乙]1929 入涅槃。

附：[甲][乙]2391。

負：[三]1534 非邪如。

國：[甲]2037 號大齊，[甲]2290 融自在，[三][宮]2121 近遠及，[宋]、因[元][明][宮]1647 滿説名，[原]1205 菓子也。

洪：[甲]1782 滿端直。

圝：[甲]1936 極之理。

回：[甲]2415 三土。

迴：[聖]278 形。

慧：[甲]1735。

教：[甲]1705 中道正，[甲]1717 迭至觀。

量：[甲]951 二肘深。

滿：[甲]1733 趣果於，[乙]1816 珍饒樂，[乙]2228 月不壞。

面：[明]、明註日圓疑面誤 721。

明：[甲]1733 法身即。

目：[甲]2299。

内：[甲][乙]2219 諸乘耳。

融：[原]2339 即成法，[原]2339 攝門云。

竪：[原]1223 二空安。

通：[乙]2397 於此六。

同：[甲]2204 故爲了，[甲][乙][丙]1866 耶爲前，[甲][乙]1866 教中三，[甲][乙]2396，[甲]1735 融具德，[甲]2217 三藏拙，[甲]2339 教，[三][宮]1647 無餘與，[三]945 造入阿，

[原]2248 多謂緣，[原]2339 教攝此，[原]2339 自體意。

圖：[甲]2036，[甲]2128 物形也，[甲]2339 圓内之，[甲]2412 形，[明]1530 滿不退，[三][宮]2034 像經一，[三][宮]2060 爲心約，[三][宮]2122，[三][宮]2123 音故字，[三][聖]361 規安，[三]362 規安定，[乙]2391 合首安。

團：[宮]2121 明好時，[甲]893 食一明，[三][宮]1425 草若摶，[聖]1509 好相一，[宋][元][宮]、團一作圓[明]2103 影幡，[宋]1 寒温和，[乙]2192 皓皓外。

丸：[三]956 如。

微：[三][宮]1625 性曾無。

圍：[宮]307 明陀羅，[甲][乙][丙]973 繞於蓮，[三]1 四寶莊，[三]24 即是鐵，[三]643 光一一，[乙]2394 中左持。

聞：[甲]1782，[原]1744 經但用。

相：[原]2408 挂。

懸：[甲]1918 融無明。

一：[宮]1799 脱圓銷，[甲]1929 教詮無。

因：[宮]2060 奄便物，[甲]2412 海也，[甲]1782 滿不住，[甲]1782 説法此，[甲]1782 准凡准，[甲]1851 極以是，[甲]1887 教一乘，[甲]2299 滿體性，[甲]2335 滿果遍。

用：[甲][乙]2394 線法當。

員：[宮]309 科限之，[宮]520 淨好遠，[宮]578 輪形塗，[宮]731 能不

死，[宮]796 瓶則體，[宮]2034 通貧
道，[甲]1718，[甲]2878 四，[三][宮]
2059 丘而不，[三]2110 丘南郊，[聖]
341，[聖]341 坐向佛，[聖]1462 或方
或，[聖]1552 高下，[聖]1721 又治衆，
[宋][宮]328 自副以，[宋][元][宮]2059
戶帝王，[宋]1331。

園：[宮]279 滿行陀，[宮]279 咸
放光，[甲]2128 生樹也，[三]220 林
舍宅，[三][宮]1545，[三][宮]2053 數
里若，[三][宮]1552 天眼淨，[元][明]、
園[聖]1563 生樹是。

緣：[宮]2122 何能隨，[甲]2311
果滿蓋，[甲]1719 覺則初，[甲]1735
後入果，[甲]2017 智而萬，[甲]2218
善住，[明]1560 故建立。

院：[原]973。

月：[原]2339 彼。

眞：[甲][乙]2186 智明了，[聖]
613 光。

直：[甲]1811 六不退。

周：[乙]1821 方可兼。

珠：[原]2408。

自：[甲]2290 起行得。

周：[甲]2266 備如論。

猿

猴：[宋][元]1045 及諸惡。

獼：[明]1450 猴。

猨：[敦]1957 猴馳，[甲]1921 鳥
狗樂，[明][甲]1988 罷跳意，[三][宮]
1646 猴緣樹，[三][宮]1690，[三]721

猴初始，[聖]1723 作玉篇。

源

便：[原]2339 是一。

禪：[甲]1828 支如文。

經：[甲][乙][丙]973 久流生，
[原]2339 垢十二。

肝：[甲]2263 底重可。

洹：[甲]2244 長流，[宋][宮]2122
派樞要。

際：[聖]1421 念已化。

家：[甲]2036 據大梁。

教：[原]2339 迹後化。

京：[三]2153 譯出長。

莖：[三]186 於斯界。

覺：[甲][乙]2434 乃至具。

涼：[三]2103 變凱。

涼：[宮]2104 乃流楊。

深：[甲]、－[乙]2263 存其旨，
[甲][乙]2250 得論意，[甲]1735 先問，
[甲]2217 底者釋，[甲]2266 底故説，
[乙]2263 守慈氏，[乙]2263 依本論，
[原]2208 何看他，[原]2339 得。

無：[宋]125，[知]266。

元：[甲]1736，[甲]1799 證上乘，
[三][宮][聖]481 令一切，[三][宮]309
菩薩行，[三][宮]309 隨其所，[三]186
在佛樹，[三]263 採致金，[宋][元]、
原[明]194，[乙]957。

原：[宮][金]1666 故非究，[宮]
[聖]278，[宮][聖]278 底令一，[宮]
[聖]278 底攝取，[宮][聖]425 猶如
種，[宮][聖]1421，[宮]292 悉能究，

[宮]309 本，[甲][乙]2397 即會一，[甲]1733，[甲]1733 五同佛，[甲]1736 六地云，[甲]1736 陸地不，[甲]1775 夫高由，[甲]1775 其所由，[甲]2006 一自它，[甲]2223 底譬如，[甲]2748 求之，[別]397 善爲衆，[明]2016 城邑聚，[明]316 由不如，[明]682 底從座，[明]682 窮頼耶，[明]1428 即名出，[明]2016 見性不，[明]2016 萬善之，[明]2060 多舊迹，[明]2076 和尚，[明]2076 山光處，[明]2087 泛濫梵，[明]2087 起云從，[明]2104 眞謬李，[明]2123 鬱爾，[明]2151 經謂遺，[三]398 靜然此，[三]2110 其人倫，[三][宮][甲]2053 西北流，[三][宮][聖][另]285 六，[三][宮][聖]285，[三][宮][聖]310 不著，[三][宮][聖]376 其水不，[三][宮][聖]1421 即名出，[三][宮][聖]1421 說是語，[三][宮]285 十曰其，[三][宮]397 龍居之，[三][宮]398 所起云，[三][宮]401 修于慈，[三][宮]460 行于五，[三][宮]579，[三][宮]1421 故於此，[三][宮]1421 即到僧，[三][宮]1421 無餘，[三][宮]1428 時耶輸，[三][宮]2102 其所以，[三][宮]2104 濟俗亦，[三][聖]125 極爲甚，[三][聖]125，[三]6，[三]46，[三]100 者一切，[三]125 更不復，[三]125 是謂第，[三]167 拯濟未，[三]186，[三]186 乃名曰，[三]213 是謂名，[三]398 是寶曜，[三]398 所更苦，[三]1549 彼能滅，[三]2111 乎，[三]2112 乎，[三]2112

顯靈寶，[三]2145 終研極，[聖][另]285 心念愍，[聖]99，[聖]199 則典，[聖]278 底無所，[聖]291 大海淵，[聖]291 流水亦，[聖]381 川流江，[聖]383 本無明，[聖]475 無得發，[聖]1421 故爲汝，[聖]1440 欲是衆，[宋][宮][知]598 吾等龍，[宋][宮]263 皆不復，[宋][宮]309 本皆由，[宋][宮]309 而開化，[宋][宮]309 各爲，[宋][宮]309 是謂菩，[宋][宮]425 是曰智，[宋][宮]460 則能消，[宋][宮]810 而奉行，[宋][宮]815 無有異，[宋][宮]下同 656 遠離度，[宋][聖]125，[宋][元]1，[宋]212 晝夜下，[宋]263 皆，[宋]2154 且依此，[乙][丙]2092 士康爲，[乙]2092 子恭黃，[乙]2092 子恭鎭，[乙]2381 行菩薩，[元][明]220 夫控歸，[原][甲]1851 即發具，[原]1796 也又淨，[知]266，[知]266 不可得。

緣：[甲]1735 成。

願：[聖][甲]1733 底於中。

蟓

喙：[元][明]2060 若有愛。

螺：[宮]1462 色髮。

緣：[宮]1462。

緣

愛：[甲]2250 色行識。

報：[三][宮]410。

邊：[元][明]656 無數盡。

變：[乙]1736 境故亦。

部：[宋][元][宮]2123。

綵：[甲]2219 莊嚴積，[聖]1552 衆多思，[乙]966 生四句。

纒：[三][宮]672 覆，[三]682 生諸妄。

處：[甲]1816 成就隨，[甲]1816 示有高，[三]1562，[三][宮]618，[三][宮]1546 二繫在，[聖][另]1543 説一，[元][明][石]1509 但顛。

觸：[明]1541 色起眼。

船：[三][宮]384 善權。

橡：[甲][乙][丙]1866 也若是，[宋]1092 内緣。

得：[甲]2266，[甲]2266 變易生，[原]1840。

德：[甲]2266 故一生。

裸：[三][宮]1425 若乞衣。

獨：[和]293，[甲][乙]1822 有頂四，[甲][乙]1866 覺等於，[三]220 覺世間，[三][宮]1595 覺菩薩，[三][宮]1595 覺所得，[聖]1595 覺身得。

斷：[宮]1545 相應縛，[宮]1542 故隨，[三][宮]1539 是名體，[三]1545 隨眠隨。

發：[三][宮]1562 起定義，[三]1579 大菩提。

非：[甲]2313 闇昧微，[乙]1821 苦集，[乙]1821 七而生。

分：[甲]2263 相。

復：[原]1863 説爲緣。

縛：[宮]670 計著如，[宮]1912 生彼經，[甲]2266 名縛即，[三][宮]1550 於境，[三]2145 非緣，[聖]2157 善通

物，[原]1832 時在過，[原]2254 法離繫，[原]1851 一切外。

該：[甲]1813 攝既如，[原]2337 六位。

根：[宋][元]1646 色生眼。

故：[丙]1832 如，[甲][乙]1822 見道唯，[甲]1841 名體何，[三][宮]2042 知佛在，[三]374 獨稱諸。

觀：[甲]2371 境或第，[甲]1705。

何：[原]2006 潦倒帶。

後：[三][宮]616 觀衆生，[宋][宮]、緣後[聖][石]1509 一世二。

緩：[宮]2074 發梵音。

機：[乙]2263 萬差作。

極：[宋][宮]、拯[元][明]322 塗炭之。

家：[原]2262 答。

假：[甲]2300 中。

絞：[三][甲]901 於髻。

結：[甲][乙]1822 故爲愛，[甲][乙]2259 釋其所，[三]1546，[三][宮]1545 非遍行，[三][宮]1545 生者，[三][宮]2123 我知。

睫：[元][明]2016 智者如。

解：[甲]、[乙]2297 末，[甲]1841 彼義不，[甲]2339 故海東，[乙]1822 蘊各有。

經：[甲][乙]1822 一境竝，[三][宮][聖]350 法本盡，[三][宮]2102 制以所，[三][宮]2121 與維陀，[三][宮]2122 數步墮，[三][宮]勅 1421 中説與，[三]100 種種經，[三]2149 論同，[三]2154 一卷，[聖]225 起有菩，[聖]

1425 重至重，[聖]1562，[宋][元][宮]1521 水者婆，[宋][元][宮]1545 此世間，[元][明]2154 出第七。

境：[原]2319 簡擇法。

遷：[乙]、據[丙]2227 字。

捐：[三][宮]1546 棄居家。

絕：[宮]1591 色等有。

類：[明][宮]1610 俗。

離：[元][明]1530 故不可。

量：[原]1840 名爲現。

流：[甲]1705 經刃不，[甲]2006 不變，[宋]、流而[元][明]2103 同往仰。

漏：[明]1552 故二因。

菉：[甲]1733 豆而食。

淥：[宋][宮]2103 林黑。

錄：[甲]2119，[甲]2792 心在鼻。

錄：[甲]2266 文演祕。

羅：[宋]1443 處同前。

律：[三][宮][聖][另]1443 中具説。

綠：[丙]2120 畫羅文，[宮]1545 飢饉，[甲]2128 紵兜羅，[甲][乙]2194 爲根相，[甲]1010 行輪，[甲]1828 等乃至，[明]2154，[明]1428 瞋恚不，[明]1547 隨轉心，[明]2131 畢力迦，[明]2131 苔，[原]、綠[甲]1782。

綠：[明]2103 雖謝流，[三]2145 序集。

蒙：[甲]1962 十方佛，[三][宮]398 得度。

滅：[甲]2255 其計無，[聖][另]1548 滅法行。

魔：[三][宮]427 著。

納：[甲]1736，[知]1579。

起：[甲]2266 四起貪，[三][宮]1618 此，[石]1509 故不説。

情：[三]682。

求：[甲]1736 其事更。

然：[甲]1848 此兩重，[甲]1828 故意識，[三][宮]720 以。

染：[甲]2814 動而言，[甲]2814 顯現似。

如：[三][宮]2122 彼乳味。

涉：[宮]1546 行先有。

身：[三][宮]2122。

生：[甲]2371 生即無。

勝：[甲][乙]1822 餘法故，[甲][乙]2263 之斷任，[甲]1512 福德業，[甲]1816 執故，[三][宮]1562 而得生，[三][宮]1647 虛空及，[聖]310 三界照，[乙]1816 故眞諦。

師：[甲]1828 緣分別，[甲]2075 答。

識：[甲]2266 之所。

事：[甲]1736 造修事。

説：[甲][乙]1822 行相，[甲][乙]1822 滅四，[甲]1920 現形廣，[甲]2266 文今謂，[三][宮]671 破壞緣，[原]、説[甲]1782 妙法令。

淞：[宋][元]、沿[明]1 樹彼居。

隨：[三][宮]1545 差別亦。

孫：[甲]2339 外。

田：[甲][乙]1736 有歸依。

統：[甲]1813 收塵，[原]1851 攝斯無。

爲：[甲][乙]2263 依食，[宋]190 爲求道。

我：[甲]1735 救攝於。

無：[甲]1736 扣而應，[三][宮]671 因無生。

戲：[三][宮]1543 緣識欲。

線：[甲]2214 寶，[明]165 自天而，[明]1425 是憍舍。

像：[甲]1763 有佛説，[甲]1731 説大小，[甲]1781 之外不，[甲]1863 因種子，[甲]2266 名想第，[甲]2290 異由形，[甲]2299 修，[甲]2299 修者即，[甲]2305 名爲，[乙]1866，[原][乙]1796 意心。

心：[甲]1842 名言非，[甲]1847 緣外境，[乙]2218 生。

星：[三][宮]1552。

性：[甲]1873 不成性，[三]682 莊嚴其。

修：[明]1544 不斷者。

續：[甲]2255 故不斷，[甲]2255 轉者輪，[甲]2371 起即一，[三][宮]278 諸行生，[三][宮]1558 彼勝思，[乙]1822 彼勝思。

懸：[元][明]2122 樹墜死。

熏：[明]2016 者且如。

言：[甲]1727 二如是，[明][甲]1988 而慮忘，[明]1459 斯起謂。

沿：[三]156 牆入語，[宋]26 樹我今，[元][明]383 路往詣。

業：[聖]663 生大憂。

依：[甲][乙]1822 名思慧，[甲][乙]1822 者從境，[甲][乙]2263 之頌

如，[甲]1816 謂，[甲]1828 求求三，[甲]1828 體故由，[甲]2249 滅諦加，[甲]2266 心有十，[三][宮]672 妄心，[乙]1822 簡外，[乙]2249 故爲緣，[乙]2263 心別體，[原]2264 境何。

疑：[三][宮]481 不求外。

儀：[甲]2259 法性應。

以：[三][宮]744 是福報，[聖]1452 白佛佛。

亦：[甲]2266 情生也。

義：[三][宮]618 衆緣合，[三][宮]671 和合不。

議：[甲]2250 十二處。

因：[宮]2008 亦是過，[甲][乙]2263 論之唯，[甲]2255 緣章，[甲]2339 故致一，[別]397 八方便，[三][宮]484 故九十，[三][宮]585 而感欣，[三][宮]606 獲此行，[三][宮]633，[三][宮]657 故微笑，[三][宮]1581 起是處，[三][宮]2122，[三]203 生此天。

陰：[甲]1911 合，[三][宮]1548 如是比。

由：[三][宮]701 供養衆，[三]125 欲本致，[三]202 得此於。

有：[三][宮]2122 像法故，[原]2263 所以。

餘：[甲][乙]2309 聞虛，[三][宮]1546 法亦速。

豫：[甲]2266 不起。

圓：[甲]1698 故爲還，[甲]1736 成之體，[甲]1799 覺不成，[甲]2017 覺聲聞，[甲]2730 果滿成，[明]2016

成無實，[明][乙]908 覺厭離，[元]2016 覺聲聞。

怨：[乙]2250 等事慈。

掾：[甲]2266 豆子采。

約：[宮][甲]1805 輒往令，[甲][乙]2219 行者釋，[原]、統[甲]1851 攝諸智。

樂：[原]2270 既於言。

證：[原]2317 不爾唯。

支：[宮]1458 同上。

知：[甲]1834 他心云，[原]2262 相應受。

指：[宮]2060 極旨多。

終：[宮]2122 人，[甲]2039 之地立，[三][宮]1591 亦不能，[三]331 歸破壞，[三]1672，[宋]1579 彼境生，[宋]2110 謝，[元][明]399 不能及，[原]2339 如第十。

種：[三][宮]1488 一者從，[三]193 行受緣。

諸：[三][宮]2034 錄二三。

住：[甲][知]1785 他根。

轉：[宮]1552 觸彼相。

莊：[三]192 飾。

總：[甲]2266 名諸識，[原]、約[甲]1851 攝一依。

縱：[甲]1826 破也謂，[甲]2266 起謂十。

緣

變：[甲]2263 心，[乙]2263 並。

得：[乙]2263 自相境。

獨：[乙]2263 覺異生。

解：[乙]2263 異界極。

取：[乙]2263 五塵。

證：[甲][乙]2263 生空。

蘭

蘭：[甲]1268 若隱處。

圓：[三]200 中見此，[聖]200 中有一。

轅

轅：[甲]2128 也鄭注。

遠

比：[元][明]2104 方佛法，[元][明]2105 方佛法。

遍：[甲]、達[乙]2879 告諸法。

表：[三][宮]1545 所遠故。

達：[宮]657 如是因，[宮]2122 二僧令，[甲]1805 邪黨或，[甲]1778 於小乘，[甲]1781 因果達，[甲]1786 若定喻，[甲]2035 公留之，[甲]2087 洒于轅，[甲]2183，[甲]2262 加行心，[甲]2290 翔功等，[明][甲][乙]1225 囉，[明]201，[明]2060 何能自，[三][宮][聖]380 於佛法，[三][宮]381 塵，[三][宮]719 憂喜等，[三][宮]741，[三][宮]2060 儕倫雖，[三][宮]2060 者素有，[三][宮]2121 有名佛，[三][宮]2122 理願見，[三][聖]26 雨勢，[三]184 世之少，[三]196 研精通，[三]196 於眾智，[三]210 清潔是，[三]2106 本名黃，[三]2154，[聖]1459 或隔障，[聖]1733 前二門，[聖]2157

盡九會，[聖]2157 可與談，[另]1442，[宋][元][宮]2059，[宋][元]2061 幹與三，[宋]374 求三歸，[宋]2060 則不思，[宋]2149 年故附，[乙]1705 也達通，[元][宮]2053 正法凝，[元][明]196 國王臣，[元][明]585 無際斯，[原]、[甲]1744 衆行以，[原]、原本冠註曰遠公書中未見當若指義章十一末六十四右乎 2317 公云此，[原]1828 故略不，[原]2395 階佛境。

逮：[甲]1723 離疥癬，[三][宮]398 神足是，[三][宮]585 求道亦，[三]193 清淨，[三]1011。

當：[宮]896 離地水。

道：[宮]847，[三][宮]1559 偈曰捨。

遞：[三]1341 相繫縛。

法：[宋]1598。

方：[明]2122 響歸乃。

逢：[元][明]2060 賊掠。

過：[三][宮]1593 離菩薩。

還：[宮]664 至餘處，[甲]2084 得所失，[明]288 離譬如，[明]374，[三][宮]607 屏語病，[三]202 問，[三]2060 到廣陵，[乙]2259 立命根，[乙]2408 水側，[元]1451 離世間，[元][明]424 離諸過，[元][明]1598 離於五，[元][明]1646 故如郁。

後：[宋][元]2112 從淺階。

極：[三][宮]2048 至二日。

迹：[甲][乙][丙]2396，[甲]1816 期攝受，[乙]2173 公。

跡：[甲]1925 觀時無。

建：[甲]2870 立像，[原]2339 立色心。

近：[宮]463 當般涅，[甲][乙][丙]1866 及所被，[三]2029 罵詈之。

進：[宋][元]1521 離如此。

久：[明]2076 矣爾方。

絶：[三]2154 之處常。

來：[三]201 去，[聖][知]1581 於如來。

朗：[明]2060 樹。

離：[明]99 塵離垢，[三][宮][聖]1509 一切法，[元][明][宮]374 衆惡如。

連：[宮]2066 近道俗，[甲]2073 屬飈旋，[元]1435 去便起。

迷：[三][宮]397 種種惑，[三][宮]2060 涉等眞，[另]1721 言此四。

妙：[甲]2036 難得而。

難：[三][宮]263 精進無。

棄：[三][宮]224，[三]193 如何便。

遶：[甲]1983 金臺百，[三][乙]1092 擁護壽，[聖]1733 在蓮華，[聖]1509 去益法。

善：[元][明]1 逝爲最。

捨：[三][宮]、捨遠[別]397 離惡道，[三][宮]1581 離行於，[三]375 離衆生。

是：[甲]2195 及十方。

述：[宮]2060 識也私。

速：[宮]1523 離益故，[甲]2036 居山凡，[甲]1723 自遷流，[明]120 去勿復，[明]1435 去我思，[三]193 建志，[三][宮]268 離如是，[三][宮]285 移而迴，[三][宮]397 散若彼，[三][宮]1435 出去是，[三][宮]1435 去是事，[三][宮]1437 滅去莫，[三][甲]1228 奉名字，[三][聖]643 去作是，[三]198，[三]2122 尋師而，[聖][另]790 別不忘，[聖]157 念三十，[聖]1788 離殺生，[西]665 去世尊，[元][明]1982 長菩提。

遂：[甲]1816 離，[甲]1816 離此顯，[甲]1816 離諸煩，[甲]1816 離自大，[乙]2296 令外，[原][甲][乙]2263 令蒙。

達：[三][宮]813，[三][宮]2058 機明內。

通：[甲]、通[乙]1822 同。

違：[甲]1828 梵語一，[甲]1830 望疎言，[甲]2266 資等，[甲]1816 離亦應，[甲]1833 教又此，[甲]1833 汝一切，[甲]1833 失一日，[甲]1924 近三世，[甲]2036 雖自韜，[甲]2270 此文知，[甲]2270 故舉異，[甲]2281 因與違，[甲]2339 逆一時，[甲]2339 問，[明]、達[宮]2122 業爲佛，[三][宮][聖][知]1579 離諸佛，[三][宮]1435，[三][宮]1647 故愛別，[三]375 離於人，[三]1646 亦名爲，[聖]2157 離父母，[乙]2249 論出，[原]2196。

遐：[甲][乙]1821 處他人。

心：[甲]1816 道故即。

續：[明]2152 聞于闐。

延：[甲][乙]1736 公大小。

顗：[甲]2068 師序三。

迎：[甲]2392。

永：[宮]1604 芥城雖。

遊：[明]491 願禮天，[三][聖]200 行教化。

袁：[聖][甲]1723 反玉篇。

原：[甲]1896 之趣也。

緣：[甲]1863 因者因。

願：[三][宮]564 離女身。

造：[甲]2073 非一藹，[甲][乙]1833 諸識，[宋][明][聖]99 離衆難。

遮：[甲]1821 離故近。

終：[明]1537 離殺生。

逐：[甲]1816 離於我，[甲]1828 立前唯。

走：[三][宮]649 離。

兓

死：[甲]2129 央皆形。

宛：[三]156 轉辟地。

婉：[宋]宛[元][明]156 轉。

苑

麄：[甲]2298 各異義。

犯：[元][明]、旱[宮]848 反娜。

國：[三][宮]2122 初轉僧。

花：[甲][乙]2207 注，[甲]2261 本意其，[甲]2261 第一唯，[甲]2261 分四，[甲]2261 云龍猛，[甲]2261 者指，[甲]2261 轉四諦，[甲]2266 料簡末，[明]1451 園中竟，[聖]1563 四邊有，[聖]310 種種池，[聖]2157 京兆人，[另]1442 園置三，[元]24 縱廣一。

華：[宮]310 而圍，[甲]1782 攝

持諸，[三]2149 經合，[宋][元][宮]306
中皆有。

籯：[三][宮]598 府無盡。

宛：[三][宮]2034 川，[另]1721 說
三乘，[元][明]2109 國兵，[原]2248 上
也爾。

菀：[三]411 轉四諦，[宋]190。

隱：[三]2059 山每一，[三]2059
山釋曇。

園：[甲]2362，[甲]1821 也王夢，
[三][宮]2034 中爲阿。

薗：[乙]1822 遊戲。

遠：[甲]1736 公云前。

怨：[宋][聖]花[元]、華[明]99 實。

怨

長：[宋]1058 人而自。

讐：[三]161 耳長生。

慈：[元][明]99 行忍辱。

德：[明]1648 與喜滿。

懟：[三][宮][聖]1462 恨不受。

惡：[元][明]721 已而善，[知]741
家常欺。

惡：[宮]1544 是人說，[宮]313 仇
舍利，[宮]1562 名恨有，[宮]2042 非
法增，[甲]1863 障瑜伽，[甲]2814 業
等故，[明]1522 道，[明]1450 執縛復，
[三][宮][聖]397 令我等，[三][宮]263
聲，[三][宮]414 更生隣，[三][宮]784
必，[三][宮]1488 想復當，[三][宮]
1509 業成就，[三][宮]1548 內三，[三]
[宮]1548 嫌常伺，[三][宮]1602 言，
[三][宮]1646 賊亦應，[三][宮]2121 已

施，[三][乙]1092 難鬼神，[三]192 賊
劫珍，[三]198 言如是，[三]201 得財
賄，[三]201 者，[三]203 譬如仙，[三]
212 世稱，[三]2153 呪經一，[聖]158
心不濁，[聖]545 家想莫，[聖]756，
[聖]1562 害高，[另]1428 害能作，[石]
1509 賊皆可，[宋][宮]1509 賊如是，
[乙]2296 眞宗憎，[原]1089，[知]598
以佛道。

恩：[甲]2263 愛違順，[三][宮]
656 者終不。

發：[三][宮]2123 惡。

忿：[甲]2266 要託本，[三][宮]
2121 蔽。

忽：[明]1690 敵香氣。

患：[宋]211。

結：[明]99 恨女人。

眷：[聖]125 屬。

恐：[宮]263 怖事，[宮]1503 更
增，[三]193 惡變怪，[三][宮][聖]1579
爲損或，[三][宮]274 毛豎，[三][宮]
630 厄故而，[三][宮]820，[三][宮]1435
賊故莫，[三][宮]1548 五無間，[三]
[宮]1548 亦如是，[三][宮]2123 輒，
[三][乙]1092 怖一切，[三]193 敵熾
盛，[三]198 捐睡臥，[三]198 死我可，
[三]1237 等悉爲，[三]1582 害善法，
[聖]790 王行，[聖]1488 親中其，[宋]
[宮]224 是爲菩，[宋]125 者是，[乙]
1238 等悉，[元][明][宮]1605 多住散，
[元][明]158 心淨心，[元][明]443 牢
如來，[原]1268 怖處取。

寬：[三]186。

戀：[三][宮]2103 慕。

留：[甲][乙]1709 事欲清。

冕：[宋]375 賊若入。

怒：[宮]310 害心五，[宮]2103 敵心歡，[甲]2082 曰若實，[甲]2217，[三][宮]721 害，[三][宮]2122 莫不切，[聖]210 癡爲種，[宋][明][宮]2122 伽王欲。

忍：[甲]2386 讐獲甚。

施：[和]293 親所都。

思：[宮]1546 害故無。

死：[甲]1828 想九斷，[甲][乙]1816 亦復隨，[甲]2792 對恨情，[明]1299 徵納庸，[三]153 何異我，[聖]790 神怒天。

悋：[明]、愁[宮]2103 書謗橋，[三]2060。

相：[甲]893 於是。

冤：[甲]964 家欲相，[明]1604，[三][宮]2043 家不得，[三][宮]435 賊或遭，[三][宮]721 家破壞，[宋][元]、惡[宮]1579 敵四善，[宋]375 親中其，[元][明]262，[元][明]262 賊有一。

冤：[甲]997 敵難傾，[甲][乙]903，[甲]997 敵佛，[甲]997 敵侵擾，[甲]997 敵入一，[甲]1735 害忍忍，[甲]1795，[甲]1799 故根塵，[明][和]293 敵而欲，[明][甲][乙]1260 人名於，[明][甲]997 敵及憂，[明]279，[明]279 或名能，[明]279 爲積集，[明]279 憎會苦，[明]279 制諸外，[明]293 敵無能，[明]722 家固來，[明]870 敵由金，[明]2122 皇天早，[明]2122 家而能，[三][宮]397 當以諂，[三][宮]397 家想是，[三][宮]589 恨乃當，[三][宮]721 家或爲，[三][宮]1443 家虎狼，[三][宮]1508 家來作，[三][宮]2043 家三有，[三][宮]2043 家亦生，[三][宮]2122 魂志，[三][甲]1039 家惡人，[三][乙]1069 敵不能，[三]155 家今乃，[三]220 於親於，[三]279 神能悟，[三]1667，[宋]375 若能驅，[宋]375 是故菩，[宋]1103 家門底，[乙]1909 家對主，[元][明][乙]1092。

仗：[三][宮]2122 驅。

院

臂：[宮]、壁[甲][乙]901 三重。

邊：[甲][丙]973 各二肘。

部：[原]2408 可見。

道：[三][宮]2060 修竹干。

附：[甲]2037 百姓蟲。

宮：[原]1960 故知內。

浣：[甲][乙][丙]2134，[明]1299 波斯名。

精：[元][明]2060 舍常擬。

流：[甲]2371 云寂光，[甲]2371 相承只。

面：[甲]2068 見一行。

山：[宋][元]2061 全豁傳。

說：[甲]2392 云合掌，[甲]2401 印中有，[甲]2408 今此，[聖]2157 之名所，[乙]2263 傳也。

陀：[甲]2299 天生及。

宛：[三]24 縱廣正。

筵：[明]2076 如何提。

垣：[三][宮]1425。

援：[宮][聖]1425 若有者，[宮][聖]1425 僧，[宮]1425 閉門比，[宮]1425 內住比，[宮]1425 僧院，[宮]1425 外除，[宋][宮]1425 中不得，[宋][宮]1425 僧，[宋][元][宮]、園[明]2085。

垸：[甲][乙]1796 內遍布。

衆：[三][宮]、－[甲]2053 不法師。

垸

垓：[乙]2391 當頂若。

院：[甲][乙]2394 內遍。

掾

椽：[宮]2122，[宋][元]2061 曾祖仲。

隊：[三][宮]2122 正具見。

拯：[甲]2160。

柵：[明][甲]1177 臥棘名。

媛

授：[三][宮]2122 始爾別。

煖：[甲]1799 縱恣。

援：[三]152。

瑗

竣：[三][宮]2059 女法。

愿

愨：[甲]2163 雖然國。

原：[三]202 恕如是。

願

比：[甲]1828 從初發。

朝：[甲]2075 聞道。

垂：[甲]952。

惷：[明][宮]263 恒處曠。

賜：[宮]901 之。

當：[三][宮][聖]586 生其。

道：[三][宮]285 不捨十。

得：[乙]2249 盡智時。

德：[甲]1733 方名究。

顚：[甲]2035 歸安養，[三]984 鬼部多，[三]1336 涅呵羅。

頂：[乙][丙]2089 謁鑑眞。

定：[乙]2263 三念四。

頓：[甲]2299 解云云，[乙]2194。

佛：[甲]1733，[甲]1733 食三念。

顧：[甲]1782 待不經，[甲]1782 有情有，[甲]1851 念疾捨，[三][宮]1451 此王身，[三][聖]125 世尊然，[元][明][宮]310 意樂。

觀：[甲]2168 讚一卷，[原]、[甲]1744 唯知染。

規：[宮]656 皆能成。

恒：[甲]1909 與和上。

歡：[三][宮]483 樂其有。

見：[原]2404 罪云云。

頸：[明]1225 攝受此。

敬：[宋]1087 故自他。

廻：[三][宮]397 向菩提。

就：[元][明]1453 哀愍故。

覺：[甲]1909 父母親。

賴：[宮]1493。

類：[宮]278 安我勝，[宮]2040，[甲]、領[甲]2195 八十萬，[甲]1816 及色形，[明][甲]1177 我當奉，[三]193 普同淨，[三]263，[三]1005 皆自下，[宋]1545 智邊際，[原]1212 不同。

力：[甲]2386 度彈之，[三][宮]657 流布王。

領：[甲]2196 諸鬼神，[知]1579 戀住有。

令：[元][明][聖][石]、－[宮]1509。

露：[甲]1225 已全，[甲]1227 懺悔次。

滿：[宮]2121 足問餓，[明]293 月王第。

明：[三]292 如。

念：[聖]225 無識無，[聖]663 求如是。

情：[三][宮]374 然後勸。

求：[宮]268 令，[甲][乙]2228 二黑，[聖]754 不果所。

然：[三][宮]635。

忍：[甲][丙]1056 度。

若：[聖]190，[聖]375 諸衆生。

勝：[宋][宮][知]598 救諸人。

逝：[甲]2907 我當讚。

誓：[三]187 願住那，[乙]1909 不以苦。

屬：[乙]1796 爲幢，[乙]1796 諸佛不。

順：[甲]1735 修，[明]220 解脫門，[三][宮]421 成就所，[宋]、願也細註[明][丙][丁]866 伽，[宋]847 讚

歎如，[元][明]664 覺了遠。

説：[宮]481 弘恩仁，[聖]190 既受食。

死：[甲]2196 彼知者。

儻：[三]177 以相惠。

頭：[元][明]309 施與其。

惟：[三][宮]2104 天慈曲。

爲：[甲]1816 辨指。

暇：[三][宮]2053 停。

顯：[甲]1709 諸衆生，[甲]1813 自獨絶，[甲]1839 此難立，[甲]1839 有非有，[甲]1924 力用故，[甲]2217 無我無，[甲]2299 念，[乙]、頓[乙]2164，[元][明]、心[聖]278 亦復棄，[原]1764 示人等。

獻：[乙]1797 供養也。

相：[三]375 時是名，[三]1552，[宋][元]、觀[明][宮]374 時是名。

想：[宋]186 無獲無。

行：[聖][甲]1733 願次一。

形：[甲]2195 者可非。

修：[三][宮]1550，[三][宮]278 行音聲。

須：[丁]1831，[甲]2775 自我口，[別]397 故是苦，[三][宮]1428 爲，[三]1348 者一切。

言：[和]293 和尚，[三][聖]643 若諸天，[三]157 願取如，[聖]125，[元][明]381 爲分別。

顏：[原]2196 容。

顏：[宋][宮]1451 耶令我。

眼：[甲]854。

耶：[三]158。

業：[三]44 以合成。

一：[明]1336 十方菩。

亦：[聖]227 聽我。

意：[甲]974 增福富。

因：[甲]1204 也即菩。

印：[甲]2167 讚一本。

有：[明]1336 流布施，[三][宮] 848 除疑究。

欲：[甲]2410，[甲]1782 一切事，[甲]2219 乃至所，[甲]2349 護聖法，[甲]2792 受，[三]2121 得鴿不，[三][宮]622 有所問，[三][宮]2060 撮，[三][宮]2104 博，[三]286 樂難性，[元][明]228 至閣。

圓：[乙]1736 本在於。

怨：[明]1680 無邊際。

愿：[乙][內]2092 仕宦爲，[乙]2092 會寺中，[乙]2092 生。

月：[元][明]158 樂。

樂：[三][宮]638 聲聞緣。

則：[乙]1202 則多人。

責：[宋][宮]397 如爾法。

之：[宋][元]1229。

智：[聖]1788 最爲第。

轉：[聖]354 天童子。

日

案：[聖][甲]1763 彼賣藥。

白：[丁]2244，[宮]2122 卿婦已，[宮]263 各且明，[宮]310 今族姓，[宮]461 尊者舍，[宮]627 大王自，[甲]2035 我化大，[甲]1912 王有一，[甲]2035 此水藏，[甲]2035 末代修，[甲]

2261 若爾昨，[明]220 如是世，[明]199 我是人，[明]288 如是等，[明]318 覿佛光，[明]385，[明]643 光，[明]1547 須涅多，[明]1644 禽，[明]2151 不須多，[明]2154 晋言未，[三][宮]、曰如是白是名[另]1435 如是白，[三][宮][聖]425 蓮華王，[三][宮][另]1451 何故諸，[三][宮]278 大王當，[三][宮]1458 諸大，[三][宮]1464 目犍連，[三][宮]1648 一切入，[三][宮]2122 玉年七，[三][聖]172 如是太，[三][乙]1092 大悲者，[三]26 曰長息，[三]76 梵志信，[三]205 佛，[三]212 比丘與，[三]541 日今已，[三]1451 鄔波馱，[三]2087 王命神，[三]2106 和上不，[聖]125 復因世，[聖]201 法師願，[宋]、一[乙]2087，[宋][宮]541 沙，[宋][元]1543 除上爾，[宋]1 我不問，[宋]212 我等是，[宋]627 如，[宋]1451 佛未聽，[宋]1452 大德大，[宋]2145 佛言依，[乙]2087 佛世尊，[乙]2087 有雌鹿，[元]1545 彼不應，[元][明][宮]627 當何陳，[元][明]5 佛以何，[元][明]598 廣宣此，[元][明]731 佛道不，[元][明]1507，[元][明]1547 大王願，[元][明]2060 兌是金，[元]125，[元]125 我，[元]657，[元]1340 賢天於，[元]1442 汝不須，[元]1462 云何得，[元]1463 大家見，[元]1569 如，[元]1595 善教有，[元]1649 向道，[元]2122 有實顯，[原][甲][乙]2219 羊乃至，[原]1310。

百：[甲][乙]2309 論耶答，[甲]2266 由斯便，[明][宮]1547 千以百，

[三]157 功德如。

暴：[三][宮]2122 風從上。

邊：[甲]2250 爾時世。

別：[明]2123 味四能。

唱：[三][宮]2121 善來比。

答：[甲]1828 分別無，[甲]1736 不方口，[三]26。

等：[聖]200。

獨：[甲][乙]2263 覺無。

佛：[三]186，[知]598。

丐：[三]198 乃得食。

甘：[三]199 珍異供。

亘：[甲]、目[乙]2396 於我。

何：[明]2121 緣得斯。

洹：[明]2131 如嚴佛，[明]152，[明]263，[明]2145 微言永，[三]184 一無失，[三][宮]2121 後法向，[三][宮]2027 處一心，[三][宮]2059 後二，[三]5 去懈怠，[三]6 後當如，[三]6 時佛捨，[三]145 欲先滅，[三]221 後法欲，[三]361，[三]632 後人當，[元][明]292 愍傷衆，[知]418 後比丘。

甲：[甲]2290 卜著謂。

臼：[甲]2128 音舊經。

句：[三][宮][別]397。

口：[甲][乙]2390 可覈云，[甲]1816，[甲]1828 離四過，[甲]2128 一名恠，[甲]2392 以二無，[三][宮]2122 中大鬪。

名：[甲]2250 如是說，[明]191 斛飯王，[明]2076 東院從，[明]2131 結鬘舍，[三]156 娑婆其，[三][宮]310 馬寶四，[三][宮]263 善意三，[三][宮]425 祠祀施，[三][宮]425 多堅上，[三][宮]425 忻樂智，[三][宮]425 訓戒意，[三][宮]425 智光神，[三][宮]657 大智，[三][宮]1551，[三][宮]1646 現報無，[三]196 拘律陀，[三]375 摩耶迦，[三]2063 法綵臨，[知]598 目前此，[知]598 清淨四。

目：[甲]1795，[甲]1709 有爲總，[甲]1840 之爲觀，[甲]2128 牟眞此，[甲]2196 地如言，[甲]2269 生起密，[甲]2426 於我亦，[三]374，[三][宮]2104 道玄不，[三][宮]285，[三][宮]374，[三][宮]421 多伽，[三][宮]425 建立在，[三]397 多伽時，[三]2106，[宋]196，[乙]2087 經筒亦，[乙]2296 報身於，[元][明][宮]374 多伽闍，[原]1851 如如如。

泥：[三][宮]623。

且：[甲]1828 於一種，[甲]1912 此舉蟲。

曲：[甲]1804 鉤刮舌。

人：[三][宮]1442 大軍來。

日：[宮]425 遠聞無，[宮]1464 羅部最，[宮]2034 經一卷，[宮]2103 清淨曌，[宮]2121 劫，[宮]2121 遣一比，[宮]2122 中有神，[宮]2123，[甲]1763 因果之，[甲][乙]1736 盡當來，[甲][乙]1821 至邊際，[甲]1719 能生能，[甲]1736 是波那，[甲]1763 孤滅解，[甲]1763 界經者，[甲]1763 捨身捨，[甲]1771 超今謂，[甲]1771 光淨光，[甲]1918 若論戒，[甲]2039 春夏，[甲]2039 官奏曰，[甲]2039 往看有，

[甲]2128 音莫報，[甲]2129 光也又，[甲]2157 善惡，[甲]2244 百錢，[甲]2261 佛記揵，[甲]2396 羅二合，[明]、目[丙]1214 計數二，[明]157 樂佛三，[明]187 轉其佛，[明]636 精摩尼，[明]2016 既雙云，[明]26 炎，[明]225 教人盡，[明]1110 翳迦惹，[明]1507 羅云不，[明]2103，[明]2122 夕，[明]2125，[明]2146 經一卷，[明]2153 在王舍，[三]、自[宮]1579，[三]196 隆世尊，[三]2153 經一卷，[三][宮]426 月集遊，[三][宮][聖]627 明者與，[三][宮][另]1442，[三][宮][知]741 父母，[三][宮]370 光明若，[三][宮]509 前作華，[三][宮]721 輪山一，[三][宮]831 發菩提，[三][宮]1435 時欲過，[三][宮]1442 來詣佛，[三][宮]1451 苾蒭尼，[三][宮]1464 向如來，[三][宮]1509 能差菩，[三][宮]1545 名爲金，[三][宮]1559 水地相，[三][宮]1579，[三][宮]2103，[三][宮]2121 得道向，[三][宮]2122，[三][宮]2122 在冥道，[三][宮]2122 周天有，[三][甲][乙]901 天子蓮，[三][甲][乙]915 囉二合，[三][聖]125 號悉達，[三][聖]125 是時諸，[三][乙][丙][丁]865，[三]125 三時白，[三]158，[三]158 出現於，[三]198 汝邪諦，[三]198 聞諸釋，[三]361 也無量，[三]461 生焉如，[三]657，[三]1335 阿樓，[三]1505 自也問，[三]2121 梵志各，[三]2122 可作精，[三]2122 乃告彼，[三]2146 在王舍，[三]2149 僧悉稱，[聖]272 妙稱如，[聖]221 除

八名，[聖]1763 歸，[宋]、自[元][明][宮]628 心亦如，[宋][宮]831 月得自，[宋][宮]2122，[宋][宮]2122 取經函，[宋][聖]158 月忍彼，[宋][元]2061 提餅簹，[宋][元][宮]628 光明有，[宋][元][宮]1462 食已竟，[宋][元][宮]2060 往亡我，[宋][元][宮]2102 爲可不，[宋][元]425 上首神，[宋][元]2061 自，[宋]152 供養道，[宋]425 月氏上，[乙]2192 稱勝鬘，[元][宮]455 八萬四，[元][宮]2122 生則重，[元][明]1509 何以，[元][明]2121，[原]1819 有人聞，[原]2362 已勘成，[知]418 兜。

若：[甲]2269 人已至。

三：[宮][甲]1805 善惡未。

山：[甲]2036 衞士不。

識：[明]1547 此間發。

是：[甲]2263 菩，[三][宮]357 淨淨者，[聖]1509。

四：[丙]2190 品雖，[宮]1602 若諸行，[宮]1646 學人實，[甲]1736 智寶薄，[甲]2266 微細煩，[甲][乙]2192 佛月是，[甲]1736 此論次，[甲]1793 其德多，[甲]1828 法受如，[甲]1828 後有，[甲]1828 即爲四，[甲]1828 解第四，[甲]1828 章復以，[甲]2196 隨一增，[甲]2266 此所言，[甲]2266 諦至説，[甲]2400 曼荼羅，[甲]2400 親近各，[明]2016 見分是，[三][宮]1647 此苦在，[三]1546 爲斷生，[乙]2263 名，[元]220 由般若，[原]2292 家計天，[原]2339 小乘教。

天：[宋]、夫[元][明][宮]、佛言

夫[知]741 空無所。

田：[宋]1546 以有種，[宋]2121 沙門哀。

同：[甲]2195 也，[甲]2244，[聖]、曰[聖]1733 異生即。

王：[三][宮]627 寧有諸，[三][宮]754 敬奉重，[三][宮]1464 大王欲，[三][宮]2121 千鹿盡，[三]186 諸臣欲，[三]196 至時持，[宋][元]云[明]152 悔哉遂。

爲：[宮]2122 中品法，[甲]1736 妬忌色，[甲]2362 忍辱牛，[明]201 羅閣，[三][宮]1451，[三][宮]397 明星縱，[三][宮]425 忍辱以，[三][宮]425 智慧是，[三][宮]657 娑婆是，[三]125 裂裟時，[三]212，[三]374，[三]375 寂靜永，[三]375 屋宅譬，[聖]606 琴，[宋][明][宮]425 智慧是。

謂：[甲][乙]2250 兩論長，[三][宮]403 菩薩合，[三][宮]425 禪定何，[三][宮]810 爲崇是，[三][宮]1545 我等不，[元][明]2059 聖道人。

問：[三][宮]309 云何於，[三][宮]2122 是卿之，[三]2121 何以睡。

無：[宋][元]2147 一卷者。

香：[三][宮]2122 起。

焉：[甲]2036 敢。

言：[丙]2777 樂常信，[高]1668，[宮][聖]397，[宮][聖]566，[宮][石]1558，[宮]279，[宮]657，[宮]722，[宮]2008，[甲]1736 吾不相，[甲][乙]1822 我，[甲][乙][丙]1866 無盡者，[甲][乙]2309，[甲]867，[甲]1361 復

有異，[甲]1708 第二月，[甲]1709 仁王真，[甲]1736 欲須汝，[甲]1775 用心如，[甲]1782 世俗故，[甲]1823 後後者，[甲]1929，[明]220 唯然世，[明]672，[明]997，[明]99，[明]201，[明]293，[明]720 汝，[明]1301 有志其，[明]1335，[明]1425 是誰答，[明]1428 實爾，[明]1450，[明]1450 我爲無，[明]1538，[明]2123 生得此，[明]2123 須食之，[明]2131 善來廣，[三]、一[宮]2031，[三]、一[宮]2121，[三]99，[三]100，[三]418，[三]1018，[三][宮]、一[聖]271，[三][宮]310，[三][宮]310 如，[三][宮]310 若見如，[三]379，[三][宮]478，[三][宮]681，[三][宮]1443 大德我，[三][宮]1451 且食雞，[三][宮]1464 我是龍，[三][宮]1545，[三][宮]1545 此不應，[三][宮]1545 我寧於，[三][宮]1546 是不貪，[三][宮]1558，[三][宮]1562，[三][宮]1566，[三][宮]1578 梵志此，[三][宮][德]1562，[三][宮][聖]1451 得波逸，[三][宮][聖][另]310，[三][宮][聖][另]1443，[三][宮][聖]586 趣於虛，[三][宮][聖]586 若於諸，[三][宮][聖]1425 汝可持，[三][宮][聖]1463 不得，[三][宮][聖]1464 善即嫁，[三][宮][另]1442 欲戰告，[三][宮][另]1509 我聞此，[三][宮][石]1509 我等初，[三][宮]231 善男子，[三][宮]266，[三][宮]278 汝觀見，[三][宮]338 唯大，[三][宮]342 善，[三][宮]397，[三][宮]411，[三][宮]414，[三][宮]415，[三][宮]416，

[三][宮]477，[三][宮]588，[三][宮]588 知諸法，[三][宮]589 假使計，[三][宮]606 甚難甚，[三][宮]618，[三][宮]633，[三][宮]639，[三][宮]640，[三][宮]656 欲言識，[三][宮]657，[三][宮]657 欲聽世，[三][宮]665，[三][宮]666，[三][宮]670，[三][宮]672，[三][宮]742，[三][宮]754 夫人修，[三][宮]809 如來身，[三][宮]1428 實爾世，[三][宮]1435，[三][宮]1435 某，[三][宮]1435 汝等所，[三][宮]1435 我，[三][宮]1435 自信自，[三][宮]1442，[三][宮]1442 不食問，[三][宮]1442 何有是，[三][宮]1442 善好告，[三][宮]1442 賢首世，[三][宮]1443 皆出乞，[三][宮]1443 我得僧，[三][宮]1451 此非電，[三][宮]1451 善哉我，[三][宮]1451 聖者，[三][宮]1464，[三][宮]1507 但入無，[三][宮]1509 我年既，[三][宮]1522，[三][宮]1530，[三][宮]1546 非一切，[三][宮]1546 我我有，[三][宮]1546 以不能，[三][宮]1559，[三][宮]1562，[三][宮]1563，[三][宮]1566，[三][宮]1571，[三][宮]1598，[三][宮]2121 此山南，[三][宮]2121 但罵卿，[三][宮]2121 汝前世，[三][宮]2121 汝死，[三][宮]2121 善來比，[三][宮]2121 是王言，[三][宮]2121 我持佛，[三][宮]2121 欲生身，[三][宮]2121 欲聽説，[三][宮]2121 昨夜失，[三][宮]2122，[三][宮]2122 三寸中，[三][宮]2122 小忍先，[三][宮]2123，[三][宮]2123 汝前世，[三][宮]2123 實是

大，[三][甲][乙]2087，[三][聖]100，[三][聖]190，[三][聖]26 亦可，[三][聖]99，[三][聖]100，[三][聖]125 敷座已，[三][聖]200 聽汝所，[三][聖]211 沙門已，[三][聖]643 若有衆，[三][乙]1092，[三]1 善哉善，[三]1 無也，[三]60 唯世，[三]64，[三]99，[三]100，[三]125，[三]125 彼玉女，[三]125 不也世，[三]125 此名，[三]125 當云何，[三]125 頗共言，[三]125 如是如，[三]125 我今正，[三]125 欲學，[三]134，[三]152 大家甚，[三]152 汝當隨，[三]153 願王問，[三]154，[三]156 不審，[三]156 唯以斷，[三]161，[三]161 我，[三]163 人之血，[三]184，[三]186，[三]187 非日光，[三]189 父王遣，[三]191，[三]198，[三]200 汝今若，[三]200 汝可，[三]200 我求無，[三]202 此事易，[三]202 此是銀，[三]202 非也是，[三]203，[三]203 婦女初，[三]211 澡，[三]267，[三]279，[三]374 我今受，[三]375 我家作，[三]375 我今受，[三]402，[三]410，[三]418，[三]636，[三]1011，[三]1050，[三]1644 府君我，[聖]99，[聖]125 有何因，[聖]200 當與恒，[聖]200 今者世，[聖]200 汝今所，[聖]200 善來比，[聖]200 須得赤，[聖]211 此，[聖]211 佛之神，[聖]211 汝爲道，[聖]371 甚多不，[聖]1421 不急不，[聖]1428 善哉善，[聖]1428 是我女，[聖]1443 仁等頗，[聖]1464 一是人，[另]1428 實爾爾，[另]1451 此物屬，[石][高]1668 唯亂餘，

[石][高]1668 或兼上，[石]1668，[宋]
[宮][聖]1563，[宋][元][宮]279，[宋]
[元][宮]1451，[宋][元][宮]1562，[宋]
[元][宮]1566，[宋][元]626 光明王，
[元][宮]279，[元][明][聖]183，[元]
[明]197 設欲行，[元][明]377 雖知汝，
[元][明]624 德王明，[元][明]2121 若
我至，[原]1858 三無爲，[知]598 唯
須菩，[知]741 我無所。

眼：[三]186 正視三。

也：[甲]2266 文正理。

已：[乙]2408 爾也，[元]1563 有
別實。

以：[三]、－[宮]2060 英不樂。

亦：[三][宮]1562 有云何。

因：[甲]1973 晋社群，[甲]1775
美，[明]2016 是也注，[三][宮][石]
1558 體非凝，[三][宮]342，[三][宮]
637 大法，[三][宮]1547 謂欲令，[三]
[宮]1547 旃遮女，[三][宮]1647 無爲
外，[三][宮]2102 會今法，[另]1543
痛痛相，[原]1763 緣所成。

印：[甲][乙][丙]、原本冠註曰曰
下當有眞言文乎 973，[三][宮]244 而
作請，[三]1069 如常拳。

用：[三]2122 不。

由：[宮]2060 榮華賄，[甲]1847
通諸法，[甲]2266 謂身身，[甲]2269
下更明，[三][宮][聖]1451 汝鄔波，
[乙]2263 長短亦，[元]1558 諸有安。

幼：[宮]1451 捨命極。

語：[三][宮]2122 婦汝當。

欲：[甲]1828 愛發惡。

月：[明][宮]2034 嘉平嘗，[三]
[宮]285 解脫，[原]2196 法神通。

越：[明]26 法即於，[明]26 極大
富，[明]1488 人亦所，[明][宮]2121 來
至此，[明][聖]376 西拘耶，[明][聖]
385 兒生，[明][知]384 土拘耶，[明]
1 品第，[明]1 其土正，[明]199，[明]
202 其土安，[明]291 域具足，[明]
309 有形衆，[明]376 爲上解，[明]397
爵單，[明]1435，[明]1488，[明]1488
唯有四，[明]1509 不可種，[明]1509
弗婆提，[明]1509 人雖，[明]2121 兒
生墮，[明]2121 有自然，[三]152 土
吾獲，[三][宮][聖]423 二十五，[三]
[宮]816 見佛與，[三][宮]1435 有自
然，[三][宮]1464 取自然，[三][宮]
1546 所以者，[三][宮]1552 後四，
[三][宮]1646 沙彌説，[三][宮]2121
地青，[三][宮]2123 兒生墮，[三][宮]
下同 385 壽命千，[三][聖]125 乞食
而，[三]1 弗于逮，[三]1 河多日，[三]
23 者復多，[三]125 乞食，[三]125 縱
廣四，[三]196，[三]291 雨微妙，[三]
397 土如無，[三]1332 有黄色，[三]
1564 無，[三]2123 一人之，[聖]125
人自然。

云：[宮]1998 師，[宮]2008，[宮]
2008 風動一，[甲]1736 謂緣安，[甲]
1763 此下竟，[甲]1969 應當發，[甲]
2128 淪沉也，[甲]2129 箏長六，[甲]
2266 復有，[甲]2266 由無分，[甲]
2266 諸經論，[甲]2300 若如莊，[甲]

2300 外曰有，[甲]2323 何云爲，[甲]2323 有漏大，[甲][乙]1821 如是説，[甲][乙]2219 墝埆不，[甲][乙][丙]2089 迦葉佛，[甲][乙]1821 彼，[甲][乙]1821 應作是，[甲][乙]1822 此釋違，[甲][乙]1822 愚謂異，[甲][乙]2207 金剛般，[甲][乙]2215 因緣所，[甲][乙]2219 先，[甲][乙]2223 祕密神，[甲][乙]2227 今此一，[甲][乙]2227 塗香，[甲][乙]2228，[甲][乙]2250，[甲][乙]2250 或同婆，[甲][乙]2250 四洲日，[甲][乙]2259 人執上，[甲][乙]2328 一向行，[甲][乙]2390 彼無所，[甲][乙]2391 印相從，[甲][乙]2391 於一切，[甲]1304 我今宣，[甲]1719 膳者具，[甲]1735 乾坤倒，[甲]1782，[甲]1782 凡夫如，[甲]1782 六入無，[甲]1782 心大如，[甲]1782 自性法，[甲]1805 因明名，[甲]1821，[甲]1821 殺麁，[甲]1823 已上論，[甲]1912 黃昏閉，[甲]1931 若人讀，[甲]2087 汝從何，[甲]2087 伊，[甲]2128 該咸備，[甲]2128 匱竭也，[甲]2128 謫責也，[甲]2129 蚍蜉大，[甲]2129 讓食不，[甲]2129 水中可，[甲]2129 逸過也，[甲]2195 下，[甲]2196 內無又，[甲]2214 今説三，[甲]2219，[甲]2219 無境界，[甲]2223 堅牢以，[甲]2243 山神部，[甲]2244 別名也，[甲]2244 佛告阿，[甲]2244 子之師，[甲]2250 黃門爾，[甲]2250 前説者，[甲]2250 然今，[甲]2250 一日一，[甲]2255 論云等，[甲]2261 名遍計，[甲]2261

如末尼，[甲]2261 蘊處界，[甲]2266，[甲]2266 此聲聞，[甲]2266 答諸菩，[甲]2266 景基意，[甲]2266 具軌持，[甲]2266 論曰大，[甲]2266 慢類等，[甲]2266 生，[甲]2266 事薩婆，[甲]2266 是，[甲]2266 未必然，[甲]2266 謂於此，[甲]2266 謂欲界，[甲]2266 現觀者，[甲]2266 言薩迦，[甲]2269 即，[甲]2269 似，[甲]2274 此別，[甲]2274 疏，[甲]2274 問彼意，[甲]2274 乍似唯，[甲]2284 此文對，[甲]2284 如是，[甲]2289 五祕，[甲]2289 一論有，[甲]2299 非異非，[甲]2299 菩薩藏，[甲]2299 泉涌義，[甲]2299 如十八，[甲]2299 若離第，[甲]2299 若無所，[甲]2299 重罪微，[甲]2300，[甲]2301 二論，[甲]2323 獨頭意，[甲]2323 如大地，[甲]2323 一能作，[甲]2323 有説五，[甲]2339 問此，[甲]2362 就正宗，[甲]2392 先於四，[甲]2396 五大者，[甲]2434 此明等，[甲]2434 世尊非，[甲]2777 慈氏阿，[甲]2837 菩提之，[明]2076，[明]2076 如是如，[明]2122 譬如天，[三]、言[宮]2123，[三][宮][甲]2053 自古，[三][宮]1506 何不捨，[三][宮]1810，[三][宮]2059 有一人，[三][宮]2085 從漢地，[三][宮]2104 生知，[三][宮]2104 續鳧截，[三][宮]2122 釋時有，[三][宮]2123 直心是，[三]26 我今懷，[三]2060 此乃俗，[三]2125 戒住我，[三]2154 所著，[另]1721 彼國鬪，[甲]2219 若佛，[乙]1823，[乙][丙]2092 王有二，[乙][丁]

2244 冬官爲，[乙]1736 阿羅，[乙]1736 夫無用，[乙]1796 除蓋，[乙]2087 迦旃延，[乙]2192 有五百，[乙]2223，[乙]2223 出生已，[乙]2223 以金剛，[乙]2223 以自劍，[乙]2223 自一切，[乙]2227 若諸眞，[乙]2227 意有正，[乙]2259 其論，[乙]2259 謂嗔不，[乙]2259 謂所有，[乙]2263 攝，[乙]2370 惡趣名，[乙]2408〇曳醯，[乙]2408 軍茶，[乙]2425，[乙]2425 謂無相，[乙]2426 謂，[乙]2777 省己過，[乙]2777 有益時。

召：[甲]1987 稅闍。

折：[内]973 囉二，[乙]2223 羅盎俱。

者：[甲]1735 菩薩大，[明]1450 我今何，[明]2122 頓首拜，[三][宮]657 成心是，[知]741 世間病。

之：[宮]2112 僕，[甲]2837 達磨，[三][宮]2121。

住：[明]2076 此何爲。

自：[甲]2035 兜率來，[甲]2400 觀自，[明]316 後，[明]193 大，[三]、日[宮]2122 解綏縛，[三][宮]381 其正見，[三][宮]1505 貪自欲，[三][宮]1558 殺生乃，[三][宮]2122 不覺異，[三][宮]2122 此後容，[三]158 瓔珞，[乙]2218 心實相。

約

被：[乙]2362 漸悟機。

別：[聖]1818 義不同。

博：[明]2087。

初：[甲]2259 地未知，[甲]2261 通諸識，[甲]1816 難處決，[甲]1816 前多生，[甲]2249 一對付，[乙]1821 喻難如，[乙]2309 無數劫，[乙]2381 此圓乘，[原]1851 斷修下，[原]1890 菩提心，[原][甲]1851 宗之中，[原]1818 相不同，[原]2231 釋訖。

傳：[原]2262 斷者方。

從：[甲][乙]1822 多分説。

旦：[甲]2081 法性身。

得：[甲][乙]1929 二十五，[甲]1828 緣彼生，[甲]1839 也名言，[甲]1929 隨情辨，[甲]2255 顯現今，[乙]1830 一一功。

的：[甲][乙]2362 凡夫二，[甲]1912 漸漸中，[甲]2128 也大況，[甲]2255 住處外，[甲]2837 次中，[三]2154 經中子。

頓：[甲]1805 即約通。

非：[乙]1736。

紛：[甲]2339 此義中，[乙]2218 修。

付：[乙]2249，[乙]2263 手作此。

綱：[明]220 分明莊。

歸：[甲]2410 依，[原][乙]2263 種子。

幻：[甲]1287 斤兩而，[甲]1828 惑能，[甲]1828 性境界，[甲]2195 化所作，[甲]2434 有爲俗，[三][宮]1656 實義皆，[聖]1763 假名衆，[聖]2157 其文理，[乙]2215 虛誑迷，[原]1776 妄相之。

會：[甲]1736 五法界。

將：[乙][丁]1830 此行相。

教：[宮]1435 勅不捨，[三][宮]1435 勅不捨，[三][宮]1435 勅得如。

皆：[甲][乙]1736 對根今。

結：[宋][元]1595 眞俗皆。

潔：[宋][宮]、絜[元][明]2103 長。

解：[甲]1733 所受唯，[甲]2270 一分兩。

經：[宮]2122 一四天，[甲]1778 營道之。

炯：[宋][元][宮]2103 梁陳皇。

就：[甲][乙][丙]1866 用，[甲]1846 已起説，[甲]2196 遍計非。

據：[甲][乙]1866 別教言。

論：[甲]2299 遮斷。

明：[甲]1705 因位辨。

納：[甲][乙][丙]2092 河内人，[甲]2266 世開，[三][宮]2103 承入東，[元][明]2060 法師以。

紐：[甲][乙]1900 處撲以，[甲][乙]2390。

偏：[甲]2266 地滿心。

其：[甲]1735 義甚善。

前：[甲]1735 四喻音。

却：[三][聖]125 亦復不。

仍：[甲]1841 言顯意。

若：[甲]1735 所觀化。

歎：[甲]1733 佛大用。

爲：[甲]2313 方，[甲]1736 外内心，[甲]1829 法分位，[甲]1921 三界有，[甲]2250 五蘊法，[甲]2269 譬明

本，[乙]1724 方便能，[乙]2408 根本印。

位：[原]1829 作用立。

謂：[甲]1736 類異則。

問：[甲]1920 觀初自。

物：[甲]1851 人分定，[明]、拘[乙]、遏[乙]1092 一。

細：[甲]2339 迴心二，[甲][乙]1821 行相故，[原]2339 實麁假。

依：[甲]1736 等起立，[甲]2195 眞理，[甲]2337 無礙法。

以：[甲]1717 前來四，[甲]1736 生死涅。

亦：[甲]2305 應言隨，[乙]1821 爲境名，[乙]2261 無色。

把：[三]6 損修。

引：[甲]1728 事三，[甲]1728 證者晉。

幼：[三]2122 騰。

於：[甲][乙]2263 理說一，[甲][乙]2263 三，[甲]2263 同不同，[乙]1821 有心位，[乙]2263 三受可。

緣：[甲][乙][知]1785 明生法，[甲][乙]2250 無，[甲]1709 力轉令，[甲]1735，[甲]1828 諸蘊説，[甲]2266 大致爲，[原]1829 過未生。

緣：[甲][乙]2263 妄境故。

曰：[甲]1736 三大釋。

終：[宋][元]2103。

准：[甲][乙]2250 般若燈。

總：[甲]1851 之唯一。

縱：[聖]225 淨天遍。

㺜

膔：[宋][元]2110 藻續。

月

初：[宮]1435 事有五。

丹：[丁]2244 玄鼻純。

甘：[甲]923 露水灌。

光：[宮]425 炎光，[三]193 明。

即：[三][宮]2123 乘伊羅。

几：[甲]2128 二從一。

見：[三]25 宮殿於。

面：[甲]1736 鏡像以。

明：[甲]2394 修法百，[明][聖]663 充滿虛，[三][宮]638，[三][宮]1509 爲一切，[三]2153 經一部，[乙]2394 神次〇，[元][明]664 充滿虛，[元][明]2060 等章華。

目：[宮]397 善相之，[三][宮]、子曰愛月[聖]425 神足弟，[三][宮]424 吉祥尊，[聖]425 懷來以，[聖]425 首藏威，[宋]、日[宮]624 者衆星，[宋][宮]、自[元][明]425 號悅豫。

乃：[原]1851 從於所。

年：[宮]2103。

片：[甲]2128 從戶甫。

七：[甲][乙]2194 六月九。

秋：[三]375 下諸種。

日：[宮]310 天龍摩，[宮]310 無氛翳，[宮]901 之光念，[宮]1425 熱不得，[宮]2122 轉，[甲]1735 誰能執，[甲]1736 隱時無，[甲]2035 而，[甲]2128 從又從，[甲]2196 相，[甲][乙]1822 白半第，[甲][乙][丁]、月日

[丙]2092，[甲][乙]1204 輪袈裟，[甲][乙]1822 生，[甲][乙]2394 天，[甲]952 日畫者，[甲]957 輪內踴，[甲]957 中輪臍，[甲]1067 精珠，[甲]1227 夜尾曬，[甲]1304 若本生，[甲]1735 下資澄，[甲]1775 黑月也，[甲]2035 道，[甲]2035 視此爲，[甲]2068 餘時大，[甲]2070 內十度，[甲]2128 從六郭，[甲]2128 分明皎，[甲]2128 固常晨，[甲]2130 羅耶者，[甲]2250 一日行，[甲]2391 輪月，[甲]2391 輪自身，[明][宮]1452 此謂古，[明]1299 用之無，[明]1450 生應與，[明]1560，[明]2034 八日灌，[明]2106 而歸粗，[明]2123 奉佛法，[三]192 光胄到，[三][宮][聖]278 照除世，[三][宮]285 盛燿，[三][宮]414 中，[三][宮]598 盛明，[三][宮]660 輪其量，[三][宮]1425 滿者應，[三][宮]1509 月一周，[三][宮]2060 而度自，[三][宮]2104 內勒鴻，[三][宮]2121 餘，[三][宮]2122 暗如月，[三][宮]2122 之間肉，[三][宮]2123 慧明經，[三]196 已上比，[三]210 月滋甚，[三]220 時歲數，[三]302 燈菩，[三]418 八關齋，[三]682 種姓，[三]955 月，[三]1011 可以除，[三]1458 過此，[三]2034 齋戒以，[三]2060 禪默衣，[三]2063 備辦德，[三]2063 聞當得，[三]2088 法集，[三]2121 月巡，[聖]639 時中，[聖]663 清淨滿，[聖]2157 僧加或，[石]1509 月四者，[宋][元][宮]446 光佛南，[宋][元]2154 藏分經，[宋]847 廣種收，[宋]2040，

[宋]2085 爲母，[乙]1705 光下文，[乙]895 不停或，[乙]2218 文教時，[乙]2391 阿閦鞞，[乙]2391 天東二，[元][明]883 清旦常，[元][明]440 摩尼光，[元][明]721 若闇冥，[元][明]887 光清淨，[元][明]887 曼拏羅，[元][明]1242 風輪想，[元][明]2059 日供養，[元][明]2122，[元]125 廣所照，[元]190 王言大，[元]1432 出界外，[原]、白[甲]1203 十五晨，[原]957 輪面，[原]1819 若稱，[原]2301 道行，[原]2339 時，[原]2412 輪也不。

肉：[甲]2128 經本有。

善：[三]474 蓋等聞。

身：[宮]272 明朗，[甲]904，[甲]2323 邊一。

歲：[三][宮]1428 得。

同：[甲]850 内節相，[甲]2217 房此空，[甲]2401 時分神。

卍：[三][甲]1024 字形蓮。

無：[甲]2274 而復懷。

心：[甲][乙]1201 中右足。

行：[甲]2176 觀世音。

一：[三][宮]1488 月之中。

因：[三][宮]1435 生食月，[三]2109 李。

用：[甲]1828 則無同，[甲]2191 名羯磨，[甲]2266 義既自，[三]23 爲千光，[宋][宮]2103 性高良，[乙]2394，[元][明]1300 二月一，[知]2082。

有：[三][宮]2121，[聖][另]310，[乙]922 產厄願，[元]25。

羽：[乙]2391 輪或云。

曰：[宋][元][宮]447。

擇：[宋]1605 半擇迦。

者：[元][明]278 如是見。

支：[甲]1821 有千名。

周：[甲]1120。

助：[三]25。

自：[三][宮][聖]285 致究暢。

字：[甲][乙]2192 輪所駕。

戍

戍：[甲]2129 聲也戍。

刖

聝：[明]374 劓，[三][宮]2060 謂遣塵，[元][明]1341 耳斷頭。

割：[三]100 侵毀形。

兀：[宋][宮]2122 其手足。

刑：[三]375 劓耳鼻，[乙]2087 其。

削：[三][宮][聖]2042 何以看。

斬：[宮]2040 其手足。

肘：[聖]190 手足肘，[元]1644 手。

岳

兵：[甲]917 會善寺，[聖]2157 養志經。

缶：[甲]2128 反顧野。

岡：[乙]2263 之傳如。

各：[甲]1733。

鷲：[三]2149 於是牽，[三]2154 於是。

立：[元][明][宮]2103 之貌無。

嶺：[宮]2122 固彼金。

丘：[甲]1831 疊貨五，[甲]2183 惠思述。

山：[甲]1891 教網張。

玉：[三][宮]2109 四望之。

竺：[明]2131 引此部，[原]1819 反。

悦

闡：[三][宮]2102 夫以。

怪：[乙]2376 加句也。

光：[聖]446 佛南無。

悦：[明][宮]598 如捉空。

恍：[宮]619 自見己。

快：[甲]871 樂廣度，[三][宮]2049 王以三，[聖]125 樂之義。

愧：[甲]1782 爲衣服，[三]201 復說偈。

平：[三][宮]2122 嫌於顏。

如：[三]2059 恒日。

銳：[三][宮]1490 滅暗冥，[三]2154 衆經尤。

始：[乙]2397 發心具。

說：[内]2381 云誦陀，[宮]1604 而規害，[宮]398 無所起，[宮]489 意將非，[宮]1421 欲樂復，[甲][乙]1822 身心，[甲]2035 即詔天，[明]213 人意，[明]1558 意生儒，[三][宮]1537 意喜性，[三][宮]2122 法席將，[原]、勘[原]1724 品安，[原]、說[甲]1782 彼爲外。

隨：[甲]1736 自他故。

所：[甲][乙]2223 樂故云。

惔：[宮]425 然無不。

娧：[元][明][乙]1092 如自在。

脫：[宮][聖]224 棄定於，[宮]309，[元][明]292 門禪定。

玩：[三]210 習過罪。

㤉：[宮]2122 暫時悲。

喜：[和]293 十千眷，[明]318 踊躍即，[三]、[宮]657，[三][宮]263，[三][宮]268 出和柔，[三][宮]657，[三][宮]1421 即白佛，[三][宮]1425 而去去，[三][宮]2122 者前身，[三][聖]26 告曰，[三][聖]311 我等今，[三]26 心彼受，[三]125 是故，[三]125 心，[聖]663 快樂是，[聖]26 衆寶瓔，[聖]200 即還，[石]1509 聞三善。

欣：[三][宮]425 豫。

怡：[宮]2121 如得甘，[三]2045 和顏悦。

懌：[三]375 悲。

憶：[明]1450 意之語。

閱：[三]196 頭檀王。

閱：[明]2121 祇聞舍，[三][宮]419 祇竹園。

樂：[石]1509。

云：[甲]2128 淵反莊。

越

超：[宮]263，[宮]263 爾所國，[宮]657 三界菩，[甲]1857 太清萬，[甲][乙]867 過十地，[甲][乙]2223 度也，[甲]1709 如第二，[甲]1922 過，[甲]2006 祖，[甲]2035 沙漠彌，[甲]2223 化城以，[甲]2312 思議道，[明][宮]2060 之挴虎，[三][宮]263 彼，[三]

[宮]398 魔徑路，[三][宮]638 虛空雙，[三][宮]1646 百步是，[三][宮]2108 化，[三]154 三界設，[三]186 梵天聞，[三]212 過世法，[三]1549 諸愛患，[聖]222，[聖]99 莫重前，[聖]291 天所珍，[宋][元][宮]、起[明]345 千劫生。

登：[乙]2192 住法雲。

對：[甲]1828 治後保。

發：[甲]2266 入唯能。

赴：[甲]2218 下多饒，[三][宮]266 一切義。

過：[甲][乙]2397 心地非，[明]660 一切虛。

後：[甲]1828 就第八。

將：[聖][另]1458 過亦得。

蘭：[三]196 王。

滅：[明]190 度彼岸。

逆：[乙]2394。

起：[宮]279 念故如，[宮]279 普熏一，[宮]583 失耶，[宮]1536 車，[宮]1543 次取證，[甲]1727 之慧愛，[甲][乙]1822 第四生，[甲][乙]1822 九根雖，[甲]952 意事故，[甲]1709 二乘此，[甲]1821 期心故，[甲]2214 三昧耶，[甲]2281 父母量，[明][宮]1648 喜者，[三][宮][聖]225 敗人，[三][宮]421 不捨，[三][宮]440 勝莎羅，[三][宮]813 成就，[三][宮]1543 次取證，[三][宮]1545 故若，[三][宮]1545 期心不，[三][宮]1548 度欲得，[三][宮]1549 第四禪，[三][宮]1571 隨順空，[三][宮]1648，[三][宮]1648 復，[三]

[宮]1648 以空，[三][宮]2034 長安既，[三][聖]1 一切色，[三]212 奔趣，[三]633 不，[三]721 所作實，[聖]1579 行相又，[聖]953 我，[聖]1425 比尼，[聖]1425 毘尼罪，[聖]1425 學法狂，[聖]1462 等法，[聖]2042 王言願，[另]1435 比丘狂，[宋]1336 此界，[乙]2249 得他所，[元][明]2122 度入戶，[原]1744，[原]1763 制戒因，[知]1579 五種怖。

遣：[三][宮]1605 失可作。

趣：[宮][甲]1912 依於教，[宮]1579 受異熟，[甲][乙]867，[甲]1828 滅，[甲]1828 受於八，[甲]2195 經文以，[明][宮]239 取，[明]403 惡趣恐，[三][宮]1421 聚落食，[三][宮][聖][知]1579，[三][宮]294 度生死，[三][宮]1563 故名離，[三]1562 有頂二，[聖]1451 法罪時，[聖]1563 路而行，[宋][元][宮]2121 北流者，[宋]186 蘩，[乙]1736 寂義言，[元][宮]1579 學所攝，[元][明]309 次諸地。

日：[宮]2112 分之，[石]1509 日中是，[宋]810 虛空。

跳：[三][宮]1453 坑不在。

衛：[三][宮]2040 城往詣。

我：[甲]2262 彼四今。

吳：[宮]2060 州大禹。

異：[三][宮]434 却八十。

於：[三][宮]2122 深煩惱。

欲：[明]887 祕密三，[明]1545 界地方。

曰：[宮]2122 一人之，[宮]2122 人福一，[明][宮][聖]1549 不得成，[三][宮][聖]1435 狂病受，[三][宮][聖]1549 成就問，[三][宮]313 天下人，[聖]1440 住彼若，[聖][石]1509 人唯以，[聖]178 天，[聖]1549 日沒若，[宋][宮]2122 王可到，[宋][元][宮]1483，[宋][元][宮]2121 人壽命。

粵：[三][宮]2087 自降生。

鉞：[三]1154 斧又作，[宋][元][甲][乙][丙]1075 斧羂，[原]1212 斧羂索。

栽：[宋]2034 問菩薩。

衆：[明]278 生死山。

粵

奧：[三][宮]411 閣訶洛。

奧：[宮]2059 盛夫法，[宋][明][宮]2122 盛但法。

曰：[三][宮]2053 余庸。

楽

藥：[明]722 彼等有。

鉞

錢：[聖]190 種種器。

趣：[聖]、越[甲]953 斧金剛。

越：[甲][乙][丙]1184，[甲]1268 斧又。

閲

越：[明][明]125 城迦蘭，[明]125 城迦蘭，[明]125 城中有。

閲

闍：[三][甲]1333 伽無遮。

開：[甲]1840 釋示紀。

銳：[三]2059 意内典。

聞：[三][宮]2102 覿於今。

閑：[甲]1932 諸教大。

悅：[甲]2196 祇城於，[三][聖]172 頭檀是。

越：[甲]1969 數百祿。

樂

愛：[三][宮]1545 略廣者，[聖]643，[乙]2228 即得云，[元][明]99 無厭，[元][明]375。

安：[乙]2254 根名數。

般：[聖]375 槃言去。

保：[三]220。

報：[三][宮]721，[三]245 亦講。

邊：[甲]1921 直入中。

不：[甲][乙]1822 現欲樂。

柴：[甲]2250 亦云非。

常：[元][明]375 寂靜勤。

乘：[甲]1816 無爲而，[甲]2250 亦云非，[甲]2261 名爲小，[甲]2396 法樂分，[甲]2397 經云法，[明]293，[三][宮]288 是，[三]890 無邊蓮，[聖]1721，[乙]2782，[元][明]2121 人皆從。

導：[元][明]425，[元][明]425 如來所。

道：[三][宮]2122 而行布，[乙]2249 即有分。

德：[聖]1509 還復，[石]1509。

等：[甲]2217 也文此，[甲]2255
以但化，[甲]2339 化究竟，[甲]2412
虛空三，[明]2131 以要言，[乙]2249，
[乙]2263 也第十，[原]1782 賛曰下。

諦：[三]1982 事難思。

定：[聖]397 來護持。

佛：[宮]278。

孚：[宋]、愛[元][明]984 見住畢。

富：[三][宮]1425 是耶若。

貴：[三][宮]721 常愛諸，[三][宮]
2123 家財寶，[石]1509。

國：[三][宮]606 搏掩之。

過：[三]1648 地以成。

好：[三]186 德耳於。

互：[甲]2412 智是也，[甲]2412
智自性。

患：[宮]616 復次欲。

慧：[三][宮]749。

疾：[三]159 欲證得。

集：[甲]2157 金剛不，[三][宮]
657 四禪具，[聖]1763 一。

幾：[宮]1810，[甲]1828 有色無，
[元][明]1632 遠離如，[元]675 辛苦
味。

伎：[甲]1782。

教：[三]624 於空閑。

淨：[三]277 波羅蜜。

具：[聖]1579 好合徒。

苦：[宮]374 無樂有，[甲]1828 速
苦遲，[三][宮]1562 故，[三][宮]2122
出家者，[三]125 復以何，[三]125 後，
[宋][宮]1509 非，[元][明]721 如是愛，
[元][明]1548。

賴：[甲]1708 者舉勝。

梨：[元]2122 隨意而。

禮：[三]2110 無恭復。

利：[宮][石]1509。

欒：[宮]2103 門日用。

洛：[甲][乙][丁]2092。

落：[宋]1694 也處榮。

妙：[甲]1736 果所修，[原][甲]
[乙]2219 金剛五。

慕：[三]44 於生亦，[三]186 諸
愛欲。

難：[明]1553 易知隨。

惱：[三][宮]721。

能：[聖]99 餘境界，[聖]397 聽
法。

念：[聖]210。

平：[乙]2261 力。

其：[三]721 命速疾。

求：[甲]2313 還令動。

然：[甲]2266 愚癡故。

染：[乙]2254 定。

揉：[甲]2266 住同一。

善：[甲]2266 得上定，[明]397 心
即說，[三]23 處剎利。

捨：[三][宮]1545。

身：[乙]2782 不利眾。

深：[三][宮]657 佛法菩。

聲：[三][宮]721 之地遊，[三]
[甲]989 摩尼王，[三]100 可以娛。

施：[聖]221。

食：[三][宮]754 顏色憔。

示：[甲]2218 義也，[甲]1778 若
非，[甲]1863 施等瑜，[甲]2084，[甲]

2195 光等次，[甲]2261 有異，[甲]2274 法非，[甲]2299，[三][宮]2121 宿習得，[宋][元]2121 宿習得，[乙]1723 四能示，[乙]1723 所歸故，[原][甲]1851 道善惡，[原]1851 九名爲，[原]2248 靜欲須，[原]2340 人名不。

受：[甲]1839 弟子訖，[原]2339 大法樂。

屬：[甲]1839 前文，[甲]2255 見倒與，[甲]2337 得證智，[甲]2337 位見位，[甲]2337 現。

爽：[明]1509 可樂。

説：[聖]271，[宋]1331 復得聞。

所：[三]159 淨故此。

同：[甲]1733 聞下。

陀：[三][宮]1546。

爲：[三]1332 説有四。

未：[甲]1816 觀所取，[三][聖]99，[原]、未[甲]1828 觸謂觸。

味：[原]2410 非禪。

穩：[三][宮]482 之事，[原]1782 住不贊。

無：[甲]1782 想故名。

悟：[三]158 於。

息：[聖]953 則得善，[原]2416 倒惑迷。

喜：[甲][乙]2223 故云欲，[甲]1911 覺已追，[三][宮]310，[三][宮]1547 白色國，[三][宮]1646 懈怠行，[三][宮]313 作是名，[三][宮]397 之，[三][宮]414 亦復如，[三][宮]443 主如來，[三][宮]624 三其明，[三][宮]1509 而入如，[三][宮]1546 增不苦，

[三][宮]2043 不起貪，[三][宮]2123 飲食七，[三][聖]361 次如上，[三]1 故名，[三]24 諸，[三]133 爾時摩，[三]152 交集普，[三]184 必如阿，[三]186 想心不，[三]190 漸至彼，[三]190 時善覺，[石]1509 須菩提，[宋]157 世。

欣：[三]5 無日不。

信：[明][宮]1589。

行：[甲]2250 而行也，[宋]158 者於彼。

學：[明]433 閑居常，[元][明]639 戒善防。

顏：[宋]、額[聖]125 天威神。

養：[甲][乙]1978 土。

薬：[宮]721 愛樹彼。

藥：[宮]279 滅身心，[宮]657 菩薩，[宮]1428 故爲，[宮]1428 醫言此，[宮]2060 競至，[甲][乙]1204 是衆生，[甲]1802 門此即，[甲]1828 石名，[甲]2128 器中筩，[甲]2301 護法，[明][聖]278，[明]220 不修正，[明]721 境界如，[明]1187 識根本，[明]1521 歌頌稱，[明]1522 行住處，[明]1579 妙色所，[明]2042 譬如栴，[三][宮]244 金剛，[三][宮]443 如來南，[三][宮][聖]649 令無熱，[三][宮]231 不見等，[三][宮]285 通入無，[三][宮]292，[三][宮]425 力善音，[三][宮]882，[三][宮]2122，[三]157 如是等，[三]198，[三]1646 則不復，[三]2103 與人不，[聖]190 最上，[聖]272 貪欲之，[聖]1582 於空閑，[聖]2157 瓔珞莊，[宋][宮]2040 乃至一，[宋][元]2122 好殺生，

[乙]2190，[元][明]310 不捨甲，[元][明][宮]614 苦，[元][明][聖]190。

業：[甲]、樂[甲]1782 贊曰此，[甲]1735 受生壞，[甲][乙]1821 因故名，[甲][乙]1821 至行，[甲]1512 等受不，[甲]1782 隨眠，[甲]1782 所生起，[甲]1863 三十六，[三][宮]285，[三][宮]425，[三][宮]2059 禪法專，[三][聖]190，[三]99，[聖][另]285 所用安，[宋]476 安立八，[乙]2408 也此。

一：[甲]2128 器名也。

以：[三]185 富。

益：[甲]1983 苦衆生，[甲][乙]2393 一切是，[甲]997 一切衆，[甲]1733 功德謂，[甲]1823 一，[甲]2311 夫生死，[甲]2434 故云云，[三]220 有，[乙]1796 安樂修，[乙]2231 衆生事。

意：[甲]2381，[乙]2396 說其中，[原]1890。

義：[甲]2255 說爲本。

蔭：[宋]423 何處得。

飲：[三][宮]721 目視則。

隱：[宮]374 一切憍，[甲]1718 是證轉，[甲]2907 處饒益，[三][宮]657 道能至，[三][宮]657 心便謂，[乙]922 次志心。

隱：[三][宮][聖]411 衆病除，[三][宮]278 諸菩薩，[三][宮]1425 世尊制，[三][宮]1425 所患即，[三][宮]1521 處故持，[三][宮]1521 入於三，[三][聖]100 趣涅槃，[三]26 無衆苦，

[三]156，[三]1982 恒不破，[聖]613 無驚怖，[石]1509 得生人，[元][明]397 衆生喜。

應：[三][宮]721。

又：[三][宮]2122 能度脫。

愚：[三][宮]274 癡門。

欲：[宮]613 拔此樹，[三][宮]606 亦如是，[三][宮]721 癡所盲，[三][宮]721 以放逸，[三][宮]1431 學戒者，[三][宮]1435 往爲護，[三]125 自娛樂，[知]384 以善香。

緣：[甲]2281 之性，[三][宮]1462 受。

願：[三][宮]425 堅強以。

岳：[明]2060 陽王於，[三][宮]2060 陽殿下。

悅：[三][宮]1421 又問何，[三][宮]2121 爲食壽。

在：[明]671 境界諸。

執：[三][宮]411 著邪見。

中：[三][宮]2122 并。

種：[三][宮]721。

衆：[宮]1577 中。

住：[聖]157 是。

著：[甲]1280 者以。

宗：[甲]2036 非宗廟，[甲]2273 名似宗。

足：[甲]1828 乃至或。

嶽

墾：[甲]2006 用。

磔：[元][明]816 不平譬。

徵：[宮]2108 國容盛。

憐
　樂：[三][宮]607 不至誠。

躍
　歡：[三][宮]2102 不及拤。
　懼：[元][明]2121 躄。
　猛：[明][宮]263 不懷怯。
　誦：[甲][乙]2391 菩薩三。
　曜：[明]579 而，[明]2034 靈鷲於，[聖]425。
　耀：[甲]2211。
　涌：[三][宮]426 立空中。
　踊：[宮]2040 稱言善，[三][宮]2027 出龍宮，[三][宮]2029，[三][宮]2121 即從坐，[三]22 繞佛三，[三]100 匝，[三]184 即與大，[三]196 宿行所，[三]263 何故佛，[聖]224，[聖]284 歡喜各，[宋][元][宮]334 受行佛，[乙]2087 墮。
　踴：[三][宮]2122。

爚
　淪：[三]2103 繭爛蛾。

繪
　礿：[甲]1792 祭勝於。
　籥：[宮]2102。

籥
　篇：[甲]2129。
　鑰：[三][宮]2123 出内取，[元][明]2060 外屏名。

籫
　籱：[甲]2128 音于。

櫻：[宋][元][宮]901 上絡之。

暈
　軍：[丙][丁]866 陀花色。
　異：[甲]2073 光朗照。

煴
　溫：[明]210 煖識捨，[三][宮]1548 三，[三]125 無常變，[三]155 煖地獄，[三]212 亦知息。

氲
　靅：[三]2063 流煙咸。

贇
　斌：[宮]2034 武帝子。

云
　按：[甲]2207 鵠古篤。
　案：[甲]2217 聲聞。
　般：[甲]2299 若覺起。
　本：[三]2149 無母字，[原]1863 既。
　崩：[三]2060。
　畢：[甲]、一[乙]2263 彼能，[甲]、畢云[乙]2263 此，[甲]、了[乙]2263 一現，[甲][乙]2263 依無色，[甲]2195 持力有，[乙]2249 述俱舍，[乙]2263 若毘婆，[乙]2263 因中説。
　便：[明]2076 是道。
　別：[甲][乙]2263 若爾無。
　不：[丙]2397 五智但，[三][宮]1559 何爲偈。
　車：[甲]2128 韜猶藏。

臣：[三][宮]2103 反并令。

稱：[三][宮]786 大。

出：[甲][乙]2219 二解一，[甲][乙]2381 梁代東，[甲]2196，[甲]2266，[甲]2266 體門意，[甲]2339 正義云，[乙]2249 離初靜，[原]1696 都不聞，[原]2248 羯磨也。

初：[乙]2263 先不發。

此：[甲]2087 中有如，[甲]2219 殊勝願，[原]2196 義云一。

次：[甲]1795 云見勝。

大：[宮]2122 見阿難。

道：[甲]1782 能生一。

得：[乙]2249 盡。

等：[甲][乙]2250 皆爲五。

豆：[甲]1227 毒。

斷：[甲]1816 乃至有。

多：[甲]1863 何名引。

而：[甲][乙]2263 楞伽經，[甲][乙]2263 親迷也。

耳：[三][宮]2122 右一。

爾：[甲]2087。

二：[甲][乙]2263 事全以，[甲]1805 若取開，[甲]2035 摩醯首，[甲]2266 在色天，[甲]2289 無爲法，[三][宮]2122 女，[元]2016 唯識無，[原]1776 相對亦。

法：[甲]1103 一日三，[甲]2261 而說。

翻：[甲]2207 爲勝，[明]2131 好賢西。

凡：[甲]2255 但望。

犯：[乙]2381 十。

方：[甲]1736 怨親中，[甲]2299 大土者，[三][宮]1451 正命，[三][宮]2122 此巖石，[聖]1818 勝智又，[宋][元][宮]、右[明]2103，[元]2016 由此眞。

分：[乙][丁]2244。

服：[宋][元]2154。

各：[甲]2290。

給：[甲]2371 謂一付。

公：[甲]1965 説言，[甲]1736 天皇氏，[甲]2270，[甲]2276，[明]2110 全身，[明]2154 見晉世，[明]2154 諸僞經，[乙]2376 私債負，[原][甲]2199 託予覓，[原]2339 若天台，[原]2411 所。

共：[甲][乙]1822 以是無。

古：[甲]2395 人不難。

故：[甲]1813 殺生報，[甲]2217 次下文，[甲]2261 故不言，[甲]2266 唯有觀，[甲]2266 詳曰果，[甲]2290 等也今，[甲]2337 合爲一，[乙]1736 若取，[原]1780 名實方，[原]2339 知是在。

合：[原]1828 明福智。

睒：[甲]1718 洗足脚。

乎：[甲]、言[乙]1724，[原]1890 答聖者。

會：[甲]2195 起已遊，[聖]、之[甲]1733 修習於，[乙]2263 耶。

即：[甲]2128 土骨反，[甲]2196 取之沼，[明]1080 閻羅，[元]1579 何謂即。

檢：[甲][乙]2390 疏文阿。

見：[甲]2371 覺法淨。

今：[甲]2410 大日如，[乙]2261 除加行。

經：[甲]1816 何以故，[甲]2394 不載者，[甲]2396 如實知，[乙]2263 三界外。

可：[甲][乙]2263 得之故，[甲]2273 勤勇發，[甲]2274 謂若是，[甲]2299 無境也。

了：[甲][乙]1822 此，[甲][乙]1822 離因而，[甲][乙]1822 至彼纏，[甲]2195 將謂更，[甲]2195 准此與，[乙]2263 或十。

類：[乙]2263。

立：[宮]2108 仁善之，[甲]2270 諸所作，[甲]2274 一，[甲][乙]2328 性，[甲][乙]2328 眞性也，[甲]2192 又也初，[甲]2196 總云釋，[甲]2204 三佛竪，[甲]2253 戒禁等，[甲]2261，[甲]2261 已下，[甲]2263 不成，[甲]2263 不時解，[甲]2263 隨惑，[甲]2263 種子生，[甲]2263 總即別，[甲]2273 我是無，[甲]2274 相違，[甲]2305，[甲]2404 法應化，[三][宮]1550 枝，[三][宮]1591 色業非，[三][宮]1591 於識現，[三][宮]1595 何製立，[三][宮]2104 道生萬，[聖]1547 不善，[聖]1562 何相似，[乙]1821 初念生，[乙]1832 一音教，[乙]2249 半超名，[乙]2249 第一遍，[乙]2263 聲，[乙]2263 極成，[乙]2296 有何，[原]1239 差，[原]2395 不定。

今：[三][宮]2121。

六：[宮]1523 何不順，[宮]1545 何謂，[宮]1546 何立內，[宮]2121 巓，[宮]2122 不得著，[宮]2122 分一日，[宮]2122 佛在世，[甲]、六云[乙]1816 一，[甲][乙]2092 碑至太，[甲][乙]2261 門分，[甲]1512 三世轉，[甲]1709 即問寶，[甲]1733 離欲深，[甲]1736 何從前，[甲]1830 三種皆，[甲]1839 句可然，[甲]1863 或本有，[甲]2128 德一曰，[甲]2266 十六十，[甲]2269 自誓難，[甲]2299○劣是，[甲]2299 摩，[甲]2397 波浪是，[甲]2400 以一切，[三][宮]2122 欲目色，[三][聖]1441 語索，[聖][另]1548 何七識，[聖]1723 別所在，[聖]1723 從喻，[乙]2263 皆喻，[乙]2396，[元]2016 識神無。

論：[原][乙]、文[原][乙]2259 意不同。

名：[甲]1924 相順若，[甲][乙]1822 無明染，[甲][乙]2244 小山有，[甲][乙]2250 阿耨今，[甲][乙]2261 帶數釋，[甲]1736 俱儷多，[甲]1736 爲染淨，[甲]1736 行爲助，[甲]1924 無眞性，[甲]2075 妄滅妄，[甲]2157 大乘悲，[甲]2157 大明度，[甲]2157 地藏菩，[甲]2157 伽耶頂，[甲]2219 虛空生，[甲]2261 國摩揭，[甲]2261 因緣有，[甲]2274 偏句也，[甲]2301 制多山，[甲]2397 實，[明][乙]996 心亦云，[明]2040 三名阿，[明]2122 難足直，[明]2122 摩，[明]2131 補涅洛，[明]2131 異體由，[明]2149 舍利

弗，[明]2154 國王薩，[明]2154 無量清，[三]2154 大乘，[三][宮]2034，[三][宮]2034 聞城十，[三][宮]2034 虛空藏，[三][宮]2034 一切施，[三][宮]2034 呪虫齒，[三][宮]2121 有不同，[三]1341 普光阿，[三]2034 淨行優，[三]2149 金，[三]2149 菩薩本，[三]2149 異出十，[三]2150 阿難問，[三]2153 長者，[三]2153 生，[三]2153 十方現，[三]2153 諸德福，[三]2154 伽耶頂，[三]2154 伽耶山，[三]2154 功德施，[三]2154 金剛三，[三]2154 彌勒本，[三]2154 菩薩地，[三]2154 呪願經，[三]2154 諸德福，[聖]2157，[聖]2157 眞，[宋][元][宮]2034 優多羅，[宋][元]2154 本業經，[宋][元]2154 魔王入，[宋][元]2154 制經四，[宋][元]2155 長者懊，[宋][元]2155 摩訶比，[乙]1736 毘盧，[乙]2254 數論以，[乙]2263 相違因，[乙]2778 知足五，[元][明]2153 寶女，[原]1744 心上煩。

乃：[明]2076 呵呵遠。

難：[甲][乙]1821 若無學，[甲][乙]1822。

篇：[甲][乙]2207 決斷也。

瓶：[原]2271 體所作。

普：[甲]2193 救苦。

七：[元][明][宮]2103 鑄江海。

其：[甲]2371 時源信，[三][宮]2122 天下智。

取：[甲][乙]2263 心王耶。

去：[宮][甲]1912 又更一，[宮]1912 來寄而，[宮]1912 王是福，[宮]2121，[宮]2122 大人不，[宮]2122 於華園，[宮]2123 人有善，[甲][乙]2309 一切言，[甲]1724，[甲]1733 直，[甲]1735 性名積，[甲]1736 本來無，[甲]1736 有邊即，[甲]1782 花贊曰，[甲]1828 前問遠，[甲]1834 汝是仙，[甲]1912 答也既，[甲]2035 明涅槃，[甲]2207 直來，[甲]2266 極微無，[甲]2339 執著一，[明][宮][甲]1985 昨奉慈，[明]1549 何觀世，[明]1562 何內聚，[明]1571 何汝等，[明]1586 何頌曰，[明]1636 佛言慈，[明]2103 何一種，[明]2145 修妒路，[三][宮]425 所著故，[三][宮]2034，[三]2122 慧寶死，[宋]208 若爲毒，[宋]152 吾覩彼，[宋]2154 出深功，[乙]1201 速被著，[乙]1736 等者等，[元]、以[明]1435 何使諸，[元]2061 造塔僧，[元][明]2016 此有四，[元][明]100 何損，[元][明]1523 何說遍，[元][明]1644 此女人，[元][明]1648 何世尊，[元][明]2060 寺家設，[元][明]2121 原，[元]156 下，[元]1522 上地增，[元]1582 何當能，[元]1591 若有餘，[元]2061，[元]2122 過去迦，[元]2122 下賤非。

全：[甲][乙]2261 説十發。

曰：[聖]585 諸法空，[宋]2043 何復生，[原]1851 人説法。

如：[甲][乙]1822 何知如，[甲]1805，[甲]2195 何釋此，[甲]2271 何彼門，[甲]2274 何，[甲]2274 何答陳，

[甲]2299 何非有，[甲]2366 何，[明]2076 何長慶，[三][宮]1536 何答若，[三][宮]433 何寧能，[三][宮]1547 何答曰，[三][宮]2043 何不陷，[三][宮]2123 何漱口，[三]375 何悖怙，[宋][宮]2043 何教我，[宋][宮]2043 何起愛，[乙]1822 何問經。

若：[宮]1562 何建立。

三：[甲]2412 時此云，[甲]1782 惡道名，[甲]2157 十八地，[甲]2255 界制立，[甲]2266 然經説，[甲]2266 世第一，[甲]2266 世俗名，[乙][丁]2244 身一自，[乙]1736 若有修，[乙]1821 或，[乙]2219 爾時金，[乙]2336 愚法，[乙]2391 受此所。

色：[原]1842 定是離。

上：[甲]2396 金剛降，[乙]1816 受用方。

生：[丙]2381 殺發菩。

十：[宮]2040 魔王不。

識：[乙]2261 何世。

始：[三][宮]2109 於。

士：[聖]1441 何比丘。

示：[宮][甲]1912 妙境三，[宮][甲]1804 於他涅，[宮][甲]1805 別犯彼，[宮]487 爾，[宮]2059 神異至，[甲]997 勢力不，[甲]1735 沒名將，[甲]1736 果過患，[甲]1736 甚深無，[甲]1736 諸法相，[甲]2261 三無增，[明]1605 何引發，[元][明]2016 知一切，[原]1818 染淨諸。

似：[甲]2217 寂然界。

是：[甲]2305 是眞妄。

釋：[乙]2263 今正，[乙]2263 了外人。

述：[乙]2263 非種性，[乙]2263 今令一。

說：[甲]2263 開示悟，[乙]2263 也二者。

説：[甲][乙]1751 三十二，[甲]1792 目連路，[甲]1929 即色是，[甲]1929 如獐在，[乙]2810 若法生，[原]1863 如尊者。

四：[甲]2266 有邊等。

頌：[甲]1735 成正覺，[原]、頌[甲]2006 賴耶白。

同：[宮]2025 亡僧津。

土：[甲]2130 麻亦用，[甲]2195 莊嚴此，[甲]2255 復得爲，[甲]2395 諸經咸，[三][宮]2034，[乙]2296 遺跡極，[原]1696 名之爲，[原]1776 令，[原]2196 何答大。

亡：[三][宮]2041，[聖][另]1458 前後結，[宋][宮]618 昧庶旨，[宋][明]2145 是安公，[乙][丙]2777。

王：[甲]1709 理，[三]2034。

爲：[甲]1736 眞念，[甲]1828 體但就，[甲]2183 十二卷，[甲]2250 字身一，[明]994 寶體淨，[聖][另]285 何答曰，[另]1721 得記便，[乙]1736 微牛毛。

未：[甲]2250 顯示諸。

謂：[甲][乙]2250 之闕孫，[甲]1789 斷彼八，[甲]1789 預流初，[甲]1912，[甲]1929 若見隣，[甲]2250 之詮言，[甲]2261 此上二，[甲]2266 不

相應，[甲]2266 有云不，[乙]2263 熏
念是。

文：[宮]2111 文殊是，[宮]下同
2112 天尊居，[甲]1828 初云問，[甲]
2128 濊，[甲]2277 若准前，[甲][乙]
1724 何得自，[甲]1717 借下成，[甲]
1736，[甲]2195 爾時世，[甲]2195 復
更思，[甲]2195 末後同，[甲]2288 非
建立。

聞：[宮]1912 無圓說，[三]2110。

問：[甲]1921 顛倒，[三][宮]1471
即默十，[三]220。

無：[宮][石]1558 何頌曰，[甲]
1828，[甲]1709 有皆不，[甲]2266 第
七應，[甲]2266 恚思惟，[甲]2299 量
人發，[甲]2305 根塵非，[原]1776 色
爲色。

五：[甲]1805 中，[甲][乙]2263 難
要集，[甲]2266 現法涅。

昔：[原]、昔[聖]1818 不應言。

悉：[甲]1778 毒氣云。

下：[甲]2266 疏下破。

心：[甲]1782 住眞空，[三][宮]
671 何生無。

玄：[宮]2041 懿師摩，[甲]1828
義以無，[甲]1828 云或作，[三]2059
約豈加，[聖]2157 譯寶，[乙]2296 論，
[原]2339 隨自意。

言：[丁]2244 皆至是，[丁]2244
圓滿，[宮]221 何菩薩，[宮]1424 某
甲聽，[宮]2008 吾之所，[宮]2042 我
得羅，[宮]2122 閉城也，[甲]1718 汝，
[甲]1821 思已爲，[甲]2219 法者謂，

[甲]2250 般茶迦，[甲]2262 初我俱，
[甲]2271 耶進云，[甲]2274 可云一，
[甲]2299 破，[甲][乙]1822 善逝意，
[甲][乙][丙]1866 若衆生，[甲][乙]
1816 凡夫修，[甲][乙]1821，[甲][乙]
1821 必生，[甲][乙]1821 並非，[甲]
[乙]1821 不思而，[甲][乙]1821 九也
以，[甲][乙]1821 勝論舊，[甲][乙]
1821 所言防，[甲][乙]1821 通，[甲]
[乙]1821 亦，[甲][乙]1821 欲界化，
[甲][乙]1822，[甲][乙]1822 除此無，
[甲][乙]1822 此，[甲][乙]1822 觀自
身，[甲][乙]1822 幾有身，[甲][乙]
1822 末那此，[甲][乙]1822 如魚食，
[甲][乙]1822 捨體即，[甲][乙]1822 釋
迦如，[甲][乙]1822 已知等，[甲][乙]
1822 應言爾，[甲][乙]1822 有一分，
[甲][乙]1866 阿羅漢，[甲][乙]1866
此是入，[甲][乙]1866 牛車不，[甲]
[乙]1929，[甲][乙]2223 三昧耶，[甲]
[乙]2263 定障設，[甲][乙]2263 顯諸
依，[甲][乙]2263 者受心，[甲][乙]
2309，[甲][乙]2309 非佛說，[甲][乙]
2309 近日自，[甲][乙]2309 勝義生，
[甲][乙]2394 第一院，[甲]1512 但凡
夫，[甲]1512 則非也，[甲]1700 若不
證，[甲]1717 玄根，[甲]1718，[甲]
1718 踞師子，[甲]1718 命三弟，[甲]
1719 聲聞耶，[甲]1722 是法不，[甲]
1722 云何念，[甲]1728 始見我，[甲]
1736 雖也下，[甲]1775 攝身心，[甲]
1782 常起大，[甲]1782 假名是，[甲]
1783 我心佛，[甲]1796 正等覺，[甲]

1816 所，[甲]1821 彼中間，[甲]1821
若爲嚴，[甲]1821 色等後，[甲]1822
并隨眠，[甲]1822 已斷我，[甲]1823
及也言，[甲]1828 惡，[甲]1828 顯命
根，[甲]1833 不生者，[甲]1839 乃至
等，[甲]1841 同異是，[甲]1841 爲，
[甲]1842 問何故，[甲]1842 耶，[甲]
1851 義當於，[甲]1913 非是實，[甲]
1918 百生千，[甲]1918 結習盡，[甲]
1922 端坐念，[甲]1924 各別熏，[甲]
1924 心佛及，[甲]2195 二用云，[甲]
2195 恒沙之，[甲]2195 同有三，[甲]
2196，[甲]2207，[甲]2219 遍，[甲]
2219 成劫之，[甲]2219 佛身肢，[甲]
2223 如來殺，[甲]2223 十大跋，[甲]
2230 或有處，[甲]2250 傳許其，[甲]
2253 隨心轉，[甲]2254 法耶答，[甲]
2261 聞卽聲，[甲]2263 等身我，[甲]
2263 故六十，[甲]2263 相見別，[甲]
2263 心所，[甲]2263 衆生心，[甲]
2266，[甲]2270 此我許，[甲]2273 現
比，[甲]2274 不相違，[甲]2274 多
分，[甲]2274 理有此，[甲]2274 似現
似，[甲]2274 一向離，[甲]2274 之不
定，[甲]2287 約大，[甲]2289 覺者
是，[甲]2299〇地持，[甲]2299 般若
有，[甲]2299 泥團非，[甲]2301 唯，
[甲]2337 色是我，[甲]2337 世尊如，
[甲]2337 有一無，[甲]2339 經部師，
[甲]2354 受律儀，[甲]2412 空文，
[明]1635，[明]2122 共住，[明]2122
信施難，[明]2131 法愛，[明]2131 法
門無，[明]2154 土田主，[三][宮]

1593，[三][宮]2123 上樹取，[三][宮]
[聖]224 我，[三][宮][聖]1435 汝，[三]
[宮]327，[三][宮]341 法忍菩，[三]
[宮]721 針口知，[三][宮]1421 有何
方，[三][宮]1438 諸長老，[三][宮]
1443 聖者今，[三][宮]1810 清淨復，
[三][宮]2103，[三][宮]2121 檀膩失，
[三][宮]2121 五戒云，[三][宮]2122，
[三][宮]2122 捨棄棄，[三][宮]2122
生活本，[三][甲]901 願樂見，[三][聖]
[宮]225 誰欲買，[三][知][聖]1441 應
親，[三]624 善友云，[三]901 髮長，
[三]1341 苦波何，[三]2042 何自，[三]
2110 自然爲，[三]2122，[三]2149 法
時幼，[聖]、言[甲]1851 解行，[聖]
2157 衆天或，[聖][甲]1733 初地所，
[聖][甲]1733 十，[聖][另][甲]1733 云
佛，[聖]1428 何處分，[聖]1721 飽也
以，[聖]1733 無明因，[聖]1788 不滅
故，[聖]1859 如胡，[宋][元]1341 和
合説，[宋][元]1341 至來在，[甲]2219
云何令，[乙]1736 乃至云，[乙]1821
外異生，[乙]1723 三周正，[乙]1723
我等長，[乙]1723 正法住，[乙]1724
敬佛，[乙]1736 承佛神，[乙]1736 何
等是，[乙]1736 若約爲，[乙]1736 順
者但，[乙]1736 一闡提，[乙]1736 在
餘淨，[乙]1816 彼有，[乙]1816 智者
重，[乙]1821，[乙]1821 還即由，[乙]
1821 前，[乙]1821 勝謂增，[乙]1821
是故第，[乙]1822 至説在，[乙]1929，
[乙]1929 滅，[乙]2263，[乙]2263 半
作用，[乙]2263 從眞如，[乙]2263 共

許也，[乙]2263 理事皆，[乙]2263 其義可，[乙]2263 無作用，[乙]2263 以六種，[乙]2263 增，[乙]2263 直說第，[乙]2263 眾所依，[乙]2263 諸識體，[乙]2296 刀杖逼，[乙]2397 身，[乙]2425 祕密主，[乙]2426 祕密主，[原]、[甲]1744，[原]2208 定散二，[原]1744 不離，[原]1744 乘，[原]1744 如是我，[原]1744 亦善知，[原]1796，[原]1851，[原]1851 佛土或，[原]1858 菩薩入，[原]1859，[原]2208，[原]2339 今所明，[原]2339 寺者起，[知]2082 以不孝。

眼：[甲][乙]1822 如從。

也：[甲]2290 唯識云，[甲][乙]2350，[甲]1736，[甲]2255 不，[甲]2261 先，[三][宮]2122，[三][宮]2122 右此一，[三][宮]2122 右四事，[三][宮]2122 右一驗，[宋][元][宮]1439。

一：[甲][乙]1821 聞慧唯，[甲]2270 違因明，[明]2122 女郎再，[乙]2232 是唯識，[乙]1822 說三字，[元]2016 凡在起，[元][明]2016 釋如來。

依：[甲]2412 現圖之。

以：[甲][乙]2391 如本縛，[甲]1873，[三][宮][知]1581 何教他，[乙]2223 四方如。

矣：[三][宮]2122，[乙]2397 次文亦。

亦：[明]2122 知人姓，[三]2154 出眾經，[三]2154 是虛空，[乙]2396 金剛手，[原]2196 潤之沼。

異：[甲]2195 顯理，[乙]2263 是。

意：[甲]1736 癡，[甲]1821 解云此，[甲][乙]2254 部行獨，[甲]1700 准論付，[甲]2195 非取以，[甲]2262 可許因，[乙]2249 識可緣，[原]1840 聲無常。

義：[甲]1731 所以明，[甲]2255 本有者，[明]2131 一安樂。

藝：[三][宮]637 若不得。

因：[甲]1735 何得，[甲]2035 何卿作。

音：[甲]2244 彌樓山。

應：[宋][元]1546 何無覺。

有：[甲]1832 一能入，[甲]1742 如來爾。

又：[甲]、一[乙]2263 今，[甲]1828 云一切，[乙]2263 依簡別。

於：[宮]1912 前四勤，[甲]1736 無異熟。

歟：[甲]、也[乙]2254。

宇：[宋]223 何爲信。

與：[甲]2195 三聖德，[甲]2196 怨也。

語：[甲][乙]2207 泥梨。

欲：[三][宮]1451。

元：[甲]1736 名數小，[甲]2299 也若即。

緣：[乙]2249 然心心，[乙]2249 識所增。

曰：[丁]2244 博叉，[宮]2008 神會小，[宮]2008 與汝說，[宮]2112 禹治洪，[甲]1784 自有譬，[甲]1893 背，[甲]1893 人從生，[甲]2035 比丘衣，[甲]2128 弱也許，[甲]2231 周也其，

2109，[三][宮]2109 魯人尚，[三][宮]2109 七略，[三][宮]2122 由汝不，[三][宮]2123，[三]152，[三]196 白淨王，[三]2059 有，[三]2087，[三]2087 離車子，[三]2145 我數日，[三]2154 得戒嚴，[宋][元]2122 下官皆，[乙]1736 彼聲，[乙]1736 自然即，[乙]1821 若能殺，[乙]1822 然得靜，[乙]2223 攝相而，[乙]2227 於，[乙]2227 諸勝處，[乙]2228 根本命，[乙]2263，[乙]2263 次第三，[乙]2263 及餘觸，[乙]2263 三類獨，[乙]2263 所緣事，[乙]2263 緣彼，[乙]2391，[乙]2391 五佛各，[乙]2408 虛合作，[乙]2408 以右手，[元][明]2122，[原]1862，[原]2248 十六十，[原]1858 般若於，[原]1858 不爲，[原]1859 談者謂，[原]2339 遇光息。

約：[甲]1799 相似覺。

樂：[甲]2255 默然不。

芸：[三][宮]222 然慧應，[三][宮]403 若諸通。

雲：[宮]221 若，[宮]2103 之空義，[甲][乙]2376 鄉修德，[明]26 經第四，[明]26 思伽藍，[明]125，[明]2122 護，[三][宮]276 憂波難，[三][宮]512 年，[三][宮]1549 調達本，[三][宮]2034 忍經一，[三][宮]2041 前來佛，[三][宮]2060 改變布，[三][甲][乙]2087 皆訛略，[三]125 作，[三]152 是佛，[元][明]152 六年重。

運：[甲]2879 會初首。

在：[甲]2266 隨生地，[三][宮]、

云焉[三][宮]2122。

造：[三]2088 開泰定。

責：[甲]1828 有者名。

者：[甲]2195 約多分，[甲][乙]1822 何心能，[甲][乙]2263，[甲][乙]2263 對不定，[甲][乙]2263 何下引，[甲][乙]2263 破我之，[甲][乙]2263 由是四，[甲][乙]2263 指彼第，[甲][乙]2391 私云兩，[甲]966 比丘某，[甲]1512 何餘經，[甲]1816 不生法，[甲]1816 諸和，[甲]2195，[甲]2195 舍利弗，[甲]2217 前，[甲]2263 本疏，[甲]2271 此難離，[甲]2273，[甲]2273 除極，[甲]2273 立論者，[甲]2300 凡夫亦，[甲]2312 何得知，[甲]2339 是我執，[乙]2215 若約心，[乙]2254 道類智，[乙]2261 種重現，[乙]2263，[乙]2263 三性俱，[原]1863 謂果地，[原]2271 有緣性。

正：[甲]2075 不憶不，[甲]2339 立教中。

之：[甲]、－[乙]2263 義非爲，[甲]、－[乙]2263 義違二，[甲]、若[甲]1863 有畢竟，[甲]、之云[乙]2249 彼於不，[甲]1733 何今欲，[甲]2215 言竪遣，[甲]2249 義理在，[甲]2304 義一違，[甲]2412 舉進，[甲][乙]2263 釋是正，[甲][乙]2263 義云事，[甲][乙]1822 貪染心，[甲][乙]1822 由此心，[甲][乙]2249 中有末，[甲][乙]2263，[甲][乙]2263 法何變，[甲][乙]2263 故指，[甲][乙]2263 計故護，[甲][乙]2263 難者燈，[甲][乙]2263 難者

知：[甲]2313 答唯識，[甲]2354 是退菩。

執：[甲]1782 人法有。

至：[宮]2108 沙門所，[甲]2266 不名執，[甲]2269 三世平，[甲]2434 四輪皆，[三][宮]2104 更無法，[乙]1724 方便品，[乙]2778 正學四，[原]1863 得禪定。

中：[甲]、－[乙]2263 此即決，[甲]2263 前異熟，[甲][乙][內]1866 不染而，[甲]1805 失一不，[甲]2157 加佛説，[甲]2263，[三]2154 都四十，[乙]2263，[乙]2263 通取俱，[乙]2263 以第，[乙]2263 種性差，[原]1851 生通始。

種：[乙]1822 一切餘。

主：[甲][乙]2194 機也亦，[甲]1736 悲以不，[乙]2263 既。

住：[元]1596 何得依。

子：[宮]1421 何名比。

自：[三][宮]395 爲是是。

字：[甲]1723 從多。

足：[三][宮]2060 遠乎而。

左：[甲][乙]2250 婆。

作：[三]1337 那上云，[三]2149 功德經，[三]2154 相國阿。

者：[乙]2263，[乙]2263 何。

勹

句：[甲]2035 不令稱。

匀

均：[元][明]310 光色潤。

芸

耘：[宮]2103 田之法，[三]374 除草穢，[三]1342 鋤法門，[元][明]2145 耨不以。

雲：[三][宮]、云[聖]1464 於衆人，[三][宮]459 若智諸，[三][宮]767 若慧當，[三]2122。

耘

私：[宮]2111 而滅裂。

藝：[三]203 除諸穢，[宋]、[元]190 除一切，[宋][聖]190 除道路。

雲：[三]201 除諸善。

紜

紛：[三][乙]1092 嚴地鼓，[原]1858 紜。

紅：[甲][乙]2254 良自歎。

亂：[聖]200 遂共諍。

然：[甲]1881 參而不。

絃：[宮][甲][丁][戊]1958 而法師，[甲]2217 思慮他，[宋]201 往至王，[乙]2194 今此大。

緒：[甲]2250 無知。

雲

雹：[元][明]397 惡等若。

而：[甲]2087 開王令。

房：[甲]2068 所輒停。

惠：[甲]2323 月計釋。

集：[乙]1736。

曇：[甲]2255 胞狀伽。

界：[乙]2397 外中道。

覺：[明]1596 義成就。

空：[甲]1983 下繽紛，[甲]2217 地，[三][宮]1435 履水如，[三]656 消滅三，[聖]278 王或號，[聖]425 雨，[原]2230 乃至實。

雷：[甲]1733 喻四猶，[甲]1736 初偈總，[明]312，[明]1336 謂下中，[明]2103 移，[三][宮]443 震，[三][宮]2122 而雷名，[乙]2244 出種，[元][明]440 吼佛南。

零：[三][宮]2053 露方得，[三][宮]2060 露方，[三][宮]2103 露方得。

靈：[甲]2300 師語不，[甲]952 座下右，[三]2145 嶠忘兼，[三][宮]2034 寺，[三][宮]2059 寺帛尼，[三][宮]2060 辯見氣，[三][宮]2060 講學者，[三][宮]2103 道場，[三][宮]2103 瑞之所，[三]156 神降，[三]2103 奧雖字，[三]2110，[三]2110 明鏡之，[三]2110 寺常供，[三]2145 根寺慧，[三]2145 籥自發，[三]2154 應降而，[聖]2157 儀路出，[宋][宮]2034 方被，[宋][明][宮]2122 蓋如飛，[宋]2102 興也爾，[乙]2157 應降而。

龍：[三]2154 二年。

露：[三][宮]721 鳥復有。

夢：[三][宮]377 月落星。

密：[三][宮]657 蔭爲諸。

聖：[聖]279 王或名。

是：[甲]2195 雨喻破。

四：[三]152 集。

遂：[三][宮]2103。

臺：[宮][聖]1562 障餘色。

曇：[甲]2244 七日待，[明]2131 分，[三][宮]300 般若，[聖]2157 皮等僧，[宋][明]694 般。

爲：[三]375 持何。

夏：[甲][乙]2396 鑁。

香：[聖]663 蓋皆是。

虛：[甲][乙]2192 空之寥，[三][宮]2112 而遐上，[三]125 而行海。

玄：[三]2059 顯報其。

雪：[甲]2053 雨之澤，[甲]2337 滿空而，[三][宮][另]1509 蔭曀，[三][宮]286 下，[三][宮]2103 升秋野，[三][宮]2122 山南界，[宋][元][宮]2122 將，[元][明]164 銷，[元][明]278 諸，[原]2001 鬢霜眉，[原]2001 嶺頭梅。

音：[甲]2193 即忍辱，[聖]279。

雨：[宮]263 雷音王，[宮]279 法門開，[甲]2095 欲成荒，[三][宮]606 而不雷，[宋][元]1545 起雨風。

暈：[甲]901 經年取。

云：[甲]1735 義亦如，[甲]1718 分陀利，[甲]1718 是佛子，[甲]1736 委霧合，[甲]1781 受，[甲]2053 皆訛也，[明]2154 般若或，[三][宮][聖]1549 漸漸至，[三][宮]425 侍者曰，[三][宮]2122 求以，[三]211 未得道，[三]1331 樹下禪，[三]2123 在喪足，[聖]754 及其眷，[宋][元][宮]2123 未得道，[乙][丙][丁][戊]2187 所出以。

運：[聖]790。

澐

雲：[明]2103 年六十，[原]1819。

允

充：[宮]2025 某職，[宋]1129 日給金。

凡：[甲]2271 在茲也。

高：[甲]2053 許無任。

究：[三]2145 後遭母。

免：[原]2431 在。

台：[甲]2339。

無：[甲]2250，[三][宮][甲]2053 上德體，[宋]2103 上德體，[原]2317。

先：[三][宮]2049 儀所歸。

元：[宮]2060 人師鳥，[甲][乙]2120，[三][宮]2122 副幽禎，[宋][宮]2060，[宋][元][宮]2060 屬掌知。

犹

犹：[宋][宮]2122 孔熾薄。

隕

損：[甲]2035 身戎陳。

殞：[三][宮][甲]2053 越不勝，[三][宮]694 墜長淪，[三][宮]2059 命廣州，[三]152 身不，[三]2145 首堅單。

殞

殞：[宮]2102 卒俱括，[宋][元]1227 絕稱莎。

殂：[三][宮]2122 歿。

歿：[三][宮]1507。

傾：[聖]639 歿斯法。

然：[宋]、終[元][明]384 何不速。

損：[三][宮]2122，[三][宮]2122

藥王之，[三]201 落。

殄：[明][甲]1216 滅猛獸。

衒：[三][宮]760 活人當。

殣：[宮][甲]2087 比丘。

隕：[甲]2092 倒衆僧，[三][宮]2034 如雨即，[三][宮]2103 欱奪懷，[三][宮]2122，[元][明]2103。

孕

遍：[乙]2228 諸佛故。

朋：[乙]1822 論彼。

序：[聖]1522 在藏是。

盈：[甲][乙]850 二合誐。

字：[甲]2129。

慍

慢：[三]210。

憚

憚：[乙][丁]2244 姤。

運

逼：[三]2110 二王學。

乘：[原][乙][丙]1833 故不。

道：[原]1756。

帝：[甲]2053 累聖相。

過：[宋]1579 故四者。

還：[宋]1562 自心以。

軍：[宮][聖]292 之事已，[甲]2391 和上説，[三][宮]1598 説多置。

來：[原]1238 集去符。

連：[三][宮]2103 於豐沛，[聖]1851 通名乘，[宋]2122 轉靡停，[元][明]310 衆緣無，[元]2122 屬時徵。

蓮：[甲]2035 辯才兆，[甲]2394 心普禮，[明]873 心諸有，[乙]2408，[元][明]2149 等筆受。

輦：[三]129 黃金。

念：[甲]1783 心即空。

睿：[乙]2391 和上説。

速：[元]1609 自滅如。

聽：[原]、聽[甲]1782 施他。

通：[甲]2299 而知不，[三]2122 等四人。

圍：[三][宮][另]281 繞照四。

行：[乙]2391 和上説。

演：[三][宮]2103 慈悲饒。

業：[三][宮]1585 無所希。

暈：[元][明]272 蝕殃災。

雲：[三][宮]749 集問此，[三][宮]2122 行體，[三]125 集，[三]125 集兵衆，[三]125 集此，[三]125 集共，[三]125 集今此，[三]125 集時魔，[三]125 集四種，[三]125 集欲壞，[三]2122 集此，[乙]2408 記，[元][明]2121 集未久。

韻：[三][宮]1545 前麁後。

載：[三][宮]1484 任用任。

轉：[宋]945 密移甲。

韵

誦：[甲]2266 所。

慍

濫：[元][明]309 衆行以。

慢：[聖]、怨[石]1509 心以其。

温：[原]、[甲]1744 守不失。

蘊：[元][明]190 恚汝速。

熅

温：[明]157 樂譬如，[明]202 煖，[三][宮][聖]514 去身冷，[三][宮]2122 氣遂即，[三][聖]99 火，[三]1052 適，[宋][明]374 煖適身，[元][明]658 菩薩摩。

熨

慰：[宮]1425，[聖]1428 比丘。

縕

綖：[三]152 綖矣兄。

蘊：[三][宮]2103 靈。

醖

代：[明]1299 酒押。

南：[甲]2128 釀而成。

韞

韜：[聖]2157 瀉瓶之。

蘊

薄：[甲]1828 塵行餘，[甲]2259 補。

藏：[甲][乙]1822 量。

處：[乙]2263 所攝有。

蕩：[元][明]1545 起有行。

得：[甲]2396 道。

法：[乙]1736 悉是五，[原]2339 攝爲十。

簡：[甲]2266 間斷我。

劫：[乙]2218 上淺。

離：[乙]2263 法説少。

落：[甲]1863 刹那等。

邁：[甲][乙]1822 五伐浪。

首：[甲]2263。

温：[甲][乙][丙]1833 寒。

演：[甲]2266 云，[甲]2266 云
疏，[甲]2266，[甲]2266 大同，[甲]
2266 爲正次，[甲]2266 云此量，
[甲]2266 云疏解，[甲]2266 云疏
若，[甲]2266 云疏上，[甲]2266 云
疏始，[甲]2266 云疏唯，[甲]2266
云疏無，[甲]2266 云疏應，[甲]
2266 云疏宗，[甲]2266 云問，[甲]
2266 云應云。

陰：[甲][乙]2219 縛衆生，[甲]
[乙]2426 畢竟磨，[甲]1736 壞不因，
[甲]2339 體不一，[乙]1816。

蔭：[甲]2036 以積聚，[甲]2196
是苦聚。

緼：[三][宮]2122 靈丘四，[元]
[明]2060 麻屢經。

縕：[三]2087 火當與。

韞：[明]2016 櫝。

莊：[原]2219 嚴論一。

韻

類：[甲]2281 今略載。

題：[乙]2263 歟。

雅：[甲]2129 麻小結。

顏：[甲]2261 驤於五。

願：[三]1162 閑遠男，[三]2151

清遠雅。

量：[宋]1092。

讚：[甲]2400 四智讚。

Z

帀

市：[甲]2128 反欲猶，[三][宮][西]665 婆。

匝

徧：[三][聖]172 推。
遍：[和]293 莊嚴光，[明]1450 便入於，[三][宮]721 蓮，[三][宮]1548 以清淨。
布：[乙]2231 內重爲。
遞：[三]198 逐出。
而：[明]23 四面起。
返：[甲]971 已長跪。
迴：[乙]2393 先遶第。
巾：[甲]2410 云愛染。
兩：[三][甲][乙]1200 置熟銅。
滿：[甲]2006 地。
㠯：[元]1104 却住一。
遶：[宮]1425 著越。
市：[明]1452 從頂，[明]721 莊嚴眞，[三][宮]451 帝薩，[宋][元]1644 遍布此，[宋][元][宮]1644 遍，[乙]2157，[元]1644 遍布此。
通：[甲][乙]2391 已還置。

圍：[三][宮]2122 繞兩種。
匣：[乙]1796 然後捨。
因：[甲]2207 寠新譯。
印：[乙]2394 相連以。
迎：[宮]1425 唱令，[宮]2103 宇道光。
右：[甲]1225 旋布。
迊：[甲]2128 包羅耳，[石]1509 山頂有，[宋]、遞[元][明]2053 虞巡而。
周：[三][宮][聖]416 從頂。

迊

遍：[甲]1232 頭上右。

挱

抄：[三][宮]2122 車却行。
攢：[東][宮]721。
磋：[三][宮]1505 衆生。
鑽：[東]、攢[宮]721 磨令碎。

雜

已：[三][宮]721 行不別。
離：[敦]1960 是故簡，[宮]721，[宮]723 受黑白，[三][宮]2102 以神變，

[三]721 垢布施。

　　親：[元][明]721 有愛。

　　維：[明]2102 。

　　種：[三][宮]721 不能修。

雜

　　場：[元][明]2034 論。

　　觸：[三][宮]1428 破壞者。

　　純：[甲]1881 是圓。

　　惡：[聖]1462 穢不淨。

　　合：[宮]1435 問頗比。

　　難：[宮]2122 誠部。

　　集：[三][宮]2026 復爲一，[宋]2154 記序録。

　　焦：[明]220 病是老，[明]220 病於。

　　近：[明]1457 事中總，[三][宮]1646 。

　　淨：[三][宮]2122 業翻前。

　　類：[三][宮]1599 起故覺。

　　黎：[聖]1579 其身坌。

　　離：[宮][聖]231 業所得，[宮][聖]1462 是故名，[宮][聖]1509 故，[宮]223 心，[宮]278，[宮]309 偈歎如，[宮]310 行得復，[宮]656 想是謂，[宮]657 相是中，[宮]1459，[宮]1461 亂衣二，[宮]1545 性，[宮]2060 召諸知，[甲]1828 色不可，[甲]1830，[甲]2324 繫爲性，[甲][乙]1822 心，[甲][乙]1822 應成有，[甲][乙]2223 染種子，[甲][乙]2263 染說六，[甲][乙]2328 亂隔別，[甲]1709 即純善，[甲]1728 異，[甲]1782 穢，[甲]1782 蘊性，[甲]1828

行計我，[甲]1833 縛斷謂，[甲]1833 染所依，[甲]2157 羯磨一，[甲]2223 染者悉，[甲]2266 受人中，[甲]2271 然外道，[甲]2271 如，[甲]2299，[甲]2299 心云劫，[甲]2787 別還，[甲]2787 斯二過，[明]1602 亂二不，[明][宮]1462，[明][和]293，[明]186 伎樂椎，[明]220 衆毒無，[明]1552 觀名爲，[明]1558 其相各，[明]1559 生依止，[明]1562 亂失又，[三]220 染永滅，[三]1562 非一過，[三]1563，[三][宮]1544 染果異，[三][宮]1559 業悉起，[三][宮]1604 道隣一，[三][宮]1605 故云何，[三][宮]1660 諸波羅，[三][宮][聖]1523 無明諸，[三][宮]234 食而續，[三][宮]273 行入，[三][宮]278 香蓮華，[三][宮]310 慣鬧處，[三][宮]376，[三][宮]397 煩惱行，[三][宮]565 塵勞亦，[三][宮]657 相是中，[三][宮]1509，[三][宮]1521，[三][宮]1537 紅紫，[三][宮]1545 故亦是，[三][宮]1545 聖得故，[三][宮]1545 住故令，[三][宮]1548 行隨順，[三][宮]1562 染道成，[三][宮]1562 染清淨，[三][宮]1562 染言者，[三][宮]1596 相及著，[三][宮]1648 不見去，[三][宮]1660 二種五，[三][宮]2103 肉食云，[三][宮]2108 塵俗若，[三][宮]2122 亂死即，[三][宮]2122 色而修，[三][甲]1003 染是故，[三]157 二乘者，[三]375 煩惱，[三]397 色無色，[三]397 眼耳鼻，[三]660 染念處，[三]1505 內受外，[三]1505 欲者欲，[三]1521 煩惱故，[三]

1532 煩惱現，[三]1545 染，[三]1546 煩惱復，[三]1546 合不相，[三]1552 有漏無，[三]1618 義欲性，[三]1656 則不共，[三]2145 無極經，[三]2149 詞小無，[聖]1425 碎句籌，[聖]1581 惡，[聖]1595 境界智，[聖]26 刀杖結，[聖]190 種無善，[聖]223 穢心若，[聖]272 烟雲佛，[聖]272 諸塵垢，[聖]310 煩惱非，[聖]379 入無所，[聖]425 度無極，[聖]446 華佛南，[聖]1425 物現前，[聖]1462 他國，[聖]1536 如人及，[聖]1562，[聖]1563 其相各，[聖]1579 染義當，[聖]1579 受處，[聖]1602 顯色遍，[聖]1733，[聖]1763 有略有，[聖]2034 事一名，[另]1509 福德業，[石]1509 餘心心，[宋]1509 說故，[宋][明][另]310 餘心而，[宋][元][別]397 三界故，[宋][元]220 穢語邪，[宋][元]2154 譬喻中，[宋]220 煩惱，[宋]220 諸餘心，[宋]1509 心，[宋]2121 譬喻，[乙]1736 故得相，[乙]1822 得上品，[乙]1822 惡友也，[乙]2157 之已久，[元][明][宮]443 如來南，[元][明][乙]1092 染清淨，[元][明]26 凡人有，[元][明]425 難往來，[元][明]618 相流出，[元][明]1341 彼知種，[元][明]2154 本末區，[知]1579。

禮：[三]2110 記云畜。

亂：[甲]2249 互緣之。

論：[明][宮]2034。

名：[三]1331 香兜婁。

難：[宮][聖]310 可知法，[甲]

1512 論解以，[甲]2266 分一謂，[明]157 廁，[三][宮][聖][知]1579 集會即，[聖]2157 錄及祐。

撓：[甲]1969 亂女色。

譬：[宮]2121 喻經。

輕：[甲]1735 心故次。

親：[宮]721 不澁第，[宮]2060 胡戎制，[宮]2060 心及法，[甲]2266 亂然相，[甲]2087，[甲]2087 居，[甲]2290 說華文，[三][宮]1442 亂既出，[三][宮]1442 住，[聖]1429 碎戒為，[聖]1562 緣。

染：[三][宮][聖][另]1442 糅，[三][宮]1509 心行六。

散：[原][甲]2409 花飲食。

食：[宮]671 修行人。

誓：[原]1776。

誰：[甲]1828 之彼耶。

雖：[宮]657 學外道，[甲]2400 似心要。

惟：[宮]1605 染相故。

維：[甲]1821 緣謂色，[三]2154 舊本論。

心：[原]1849 論等依。

新：[宮]1435 薪以為，[宮]2034 華經一，[宮]2060 宐鍾季，[甲][乙]2397 集中十，[甲]1007 者遭，[甲]1700 翻經論，[甲]2249 生生顯，[甲]2255 譯論，[甲]2266 得亦得，[三][宮]、親[聖]1460 憍奢耶，[三][宮]1458 果分為，[三][宮]1484 長養諸，[三][宮]2034，[三][宮]2060 乃出遊，[三][宮]2060 文百有，[三][宮]2123，[三]375

毒藥用，[三]1097 華及置，[三]2154
集失譯，[三]2154 譬喻中，[三]2154
呪內，[聖]1602 因所生，[聖]190 卉
衆花，[聖]200 花而散，[聖]1562 故
如契，[聖]2157 錄及僧，[宋][元][宮]
2122 色光使，[宋][元]374 毒藥用，
[宋][元]2145 問往反，[宋]1425 羊毛
者，[乙]2157，[乙]2296 業即違，[元]
[明]2149 錄，[原][甲]2249 染絹雖，
[原]2196 經。

修：[甲][乙]1821 通明。
異：[聖][石]1509 相故入。
因：[三][宮]2123 緣所有。
樂：[聖][另]285 香擣香。
躍：[宮]322 爲不是。
襍：[明]1509 飾以爲，[明]1509
行師我。
執：[三][宮][聖]1562 染心本。
種：[宮]1509，[三]172 種赤，
[乙]1220 威德瞋。
諸：[三][宮]2123 獸雞猪。
總：[甲][乙]1822 緣法念。

㰱

獻：[甲]850 挐廿五。
㘔：[甲]2128，[甲]2400 蕩礙得。
嗲：[明][丙]954 談補。

咋

嚼：[三][宮]2122 火祕幻。
吐：[三]1336 癉地盧。
齚：[三][宮]1644 其身，[三]152
殺太子，[元][明]2121 殺太子。

災

不：[聖]26 患云何。
此：[聖]125 變。
更：[乙]2261 生異想。
害：[甲]2195 一家縱，[三]2149
經十一，[三][宮]2121 出家見，[三]
[宮]2122 氣時衆，[三][乙]1092 惱又
復，[三]1579 患有遍，[元][明][乙]
1092 惱。
火：[宮]1545 如是中，[宮]2121
出家見，[甲][乙]981 大風色，[三][宮]
263 宅而自，[三][宮]618 宅四百，[三]
[宮]2044 悉滅，[聖]291 變乃能。
尖：[宋][元][宮]、鐵[明]721。
見：[三]196 性頑。
交：[宮]2123 變如此，[甲]2266
相分與，[明]1299 厄，[三]、央[宮]
2122 變或有，[三][宮]2103 諸天日，
[三][宮]2122 廣與之，[聖]2157 屬福。
禁：[聖]211 殘賊之。
來：[甲]1728 難切故。
難：[甲]1728 若風災。
契：[乙]2391 合一體。
容：[甲]1709 害不生。
肉：[甲]1059 毒煩心，[聖]1440
異王尋。
失：[三][宮]1478。
炭：[宮]656 抑遏善。
天：[三][宮]2102 禍流於。
咲：[乙]2227 又眞言。
心：[甲][乙]2387 也更檢。
炎：[甲]2035 難法若，[明]2034
經一卷，[三][宮]606 父時念，[三][宮]

2108，[宋]1 起，[乙]1709 旱水潦。

熠：[聖]210 火焚燒。

殃：[三]1331。

夭：[三][宮]2121 後詣河。

妖：[宮]2121 都息國。

奕：[甲]2129 大兒也。

災：[宋]、栽[元]、栽蘗[明]184 所作已。

哉：[宋]2045 之甚。

栽：[三][宮]1508 外爲種，[三]186。

障：[明][乙]1000 難顯現。

疹：[三][宮]、病[聖]292 疾智慧。

諸：[三][宮]451 厄難不。

哉

財：[元]、明註曰哉作財 279 功德藏，[原]920 與衆生。

裁：[原][甲]1796 首基肇。

得：[三]211 善利乃。

夫：[原]2126。

乎：[甲]、耶[乙]2263 依，[甲]1775，[甲][乙]2288 答以八，[甲][乙]2288 答於此，[甲]1722 又一切，[甲]1924，[甲]2263，[甲]2263 大師處，[甲]2263 若在修，[甲]2285 答馬鳴，[甲]2289 律通諸，[甲]2414。

或：[甲]2285 馬鳴是，[甲]2312。

嗟：[甲][乙]1799 世人莫。

戒：[三][宮]816，[三]157 自調御。

來：[三][聖]26 比丘行。

亂：[甲]1775 生。

起：[三]210 何爲寐。

若：[元][明]848 大勤勇。

死：[元][明]2102 愼終之。

塗：[三][乙][內][丁]865 香供養。

我：[宮]322 諸法無，[宮]1425 以，[甲]1782 當生彼，[明]380 種子汝，[三][宮]2121 先王不，[三][宮]345 悖於欲，[三][宮]376 當教，[三][宮]606 迷，[三][宮]656 此身爲，[三][宮]1563 此愛但，[三][聖]125 見鬼，[三]20 吾爲國，[宋][元][宮]1428 今五百，[元][明]362 代之喜。

小：[甲][乙]2263 色等者。

耶：[甲]2249，[甲]2254 答光云，[甲]2281 依之文，[甲][乙]2254 答，[甲][乙]2254 答任上，[甲][乙]2263，[甲][乙]2263 次若如，[甲][乙]2263 答之有，[甲][乙]2263 況有眞，[甲][乙]2263 若，[甲][乙]2263 若爾論，[甲][乙]2263 雖有思，[甲][乙]2328 答天竺，[甲][知]1785 更爲鈍，[甲]2254 答意地，[甲]2263，[甲]2263 答之且，[甲]2263 況別相，[甲]2263 兩方，[甲]2263 若，[甲]2263 依之，[甲]2263 依之見，[甲]2285 有二義，[甲]2312 以之思，[甲]2399 若云何，[乙]2263，[乙]2263 故撰，[乙]2263 菩提心，[乙]2263 若一智，[乙]2263 依之大。

也：[甲]2249 若依，[甲][乙]2328 問爾若，[甲]1775，[甲]2249 若依之，[原][甲]1775，[原]2248 文。

矣：[甲]2089 赴泉場，[明][乙]994，[三][宮]2034 若使外，[三][宮]

2060 斯固臨。

引：[甲]2401 更檢又。

歟：[甲]2195 況法華，[甲][乙]2288 答如，[甲]2195，[甲]2195，[甲]2195 若以不，[甲]2274 答論云。

者：[明]2103 登木求，[三][宮]817 乃無。

諸：[三][乙][丙][丁]865 佛不空。

栽

芨：[宮]1545 異生離。

本：[三][宮]456 遠離三。

裁：[甲]1821 覆事栽，[甲]2006 鐵山當，[甲]2039 功，[明]151 七者痛，[明]2145 構清泉，[三][宮]263 自供活，[三][宮]2122 斷便在，[三]101 痛癢耳，[三]150 痛癢，[三]198 向日出，[聖]1462 王即受，[宋][元]150 扶拮布，[宋]32 爲莫生，[元][明][宮]768 求後復，[元][明]2145 一身所。

纔：[三]22 充口所，[三]361 支命骨，[三]2103 畢而正。

觸：[三][宮]743 七者痛，[三]221 七者痛。

伏：[宋][元]2122 別處種。

灰：[宋]、栽[元][明]26 爐如。

戒：[明]212 誰不種。

樹：[三][宮][聖]1425 偷蘭罪。

我：[宮]588 不生如，[甲]950 寶性而。

灾：[宋]196 於今始。

災：[三][宮][聖]278 橫所不，[三][宮][聖]278，[宋][宮]657。

哉：[甲]2036 風求影，[三][宮]607，[宋][宮]330 取，[宋][元]196，[宋]212 死，[知]741 果。

裁

灾：[三]、災[宮]398 眾生。

災：[三][宮][聖]278 難，[三]2154 經一卷。

菑

薑：[甲]、番[乙]2426 機車愍。

淄：[三]、宮]2102 城中有。

宰

帝：[三][宮]724 主令長。

寡：[甲]2035 相裴休。

寄：[甲]2183 師藤原，[三][宮]2060。

牽：[甲]1828 引因若。

我：[乙]1736。

幸：[宮]2103 問孔子。

載

裁：[宮]1435 衣得受。

乘：[甲]897 法船。

初：[三]154 出野田。

代：[三][宮]2104 懸殊無。

戴：[丙]2120 之至謹，[宮][聖]606 齒之種，[甲]1969 所貴舉，[甲]2128 反賈逵，[甲][乙]850 姤，[甲]2053 懷宣，[甲]2087，[甲]2214 五，[甲]2400 四佛羯，[甲]2400 五如來，[明]2060 衣於朝，[三]154 道，[三][宮][聖]1462 須彌諸，[三][宮]263 峻罪

垢，[三][宮]606 身諸風，[三][宮]810 衆行以，[三][宮]2059 聖，[三][宮]2060 懷，[三][宮]2060 山，[三][宮]2103 之説至，[三][宮]2122 聖字兆，[三][宮]2123 八萬四，[三]202 至王宮，[三]1013 火得人，[三]2103 爲人倫，[三]2145，[宋][元]2110 又撿周，[宋][元][宮]1425 來，[宋][元][宮]2103 而，[乙][丙]2394 當，[乙]2394，[乙]2394 形相者，[元]1101 如大地，[原]961 空鉢臻，[原]2431 頂渡大，[知]2082 經函誓，[知]2082 於露車。

糞：[三][宮]2121 取以糞。

佛：[三][宮]810 土尋即。

縛：[乙]2391 四佛羯。

計：[三][宮]810 福無限。

濟：[甲][乙]2263 大德之。

截：[三][宮]1543，[三]194 緣如。

戒：[三]632 其德過。

具：[三][宮]2041 如何但。

年：[甲]2075 具戒已，[甲]2837 虔恭諮，[三][宮]2103。

識：[三]682 餘識亦。

歲：[明]403 乃見一，[三][宮]330 及香華，[三][宮]330 勤自勉，[三][宮]2060 葷辛不。

所：[宮]263 有人所。

萬：[宋][宮]810 現在佛。

義：[三]2154 載八紙。

有：[三]375 三人齎。

越：[甲][乙]2231 也是夜，[甲][乙]2263 云五七。

哉：[甲]1793 總，[原]2339 折薪

云。

再：[甲]1728 沐神，[三][宮]2111 請善星，[三][宮]2123 出四億，[三]2122 隆佛還，[聖]2157 出，[聖]2157 揚蠢動。

在：[三]2149 機悟領。

再

并：[甲][乙]1822 說前三，[原]1201 被甲加。

幷：[甲][乙]2263 造論之。

並：[原]2339 相應。

册：[甲]2035 爲后弘，[三]2149 授洋州。

冊：[三][宮]2060 授洋州。

稱：[元][明]190 説三。

垂：[宮]2034 出者大。

戴：[三]2103 飯從師。

爾：[甲]2266，[甲]2266 判明知，[甲]2266 如説，[甲]2266 時智行，[甲]2266 所相乃，[甲]2266 由所依。

二：[三][宮]1435 宿自不。

甫：[宮]270 轉無我。

兩：[甲]1816 聞方悟。

頗：[三][宮]2053 歷炎涼。

冉：[宋][宮]2103。

細：[原]2721 往尋之。

倖：[三][宮]342 得聞無。

又：[明]2076 喝。

載：[甲]2006 鑛矣，[明]857 三，[三][宮]2060 離寒暑，[三][宮]2111 盈卷軸。

重：[甲]1736 剖得覩。

舟：[丁]2244 反又云，[甲][乙]
[丙][丁]2089 至似入。

在

安：[三][宮][聖]292 在在所，
[三][宮]376 樂。

表：[明]2103 長齡晚。

不：[宮]1565 第供養，[明]1552
於意苦，[三][宮]481 顛倒是，[三]80
於黑闇，[三]2103 測至哉。

布：[甲]1805 薩疏有，[聖]1509
生死中。

出：[宮]1548 家，[甲]1724 家品
財，[甲]2299 之，[明]156 後漢錄，
[明]1465 家者孝，[三][宮]1421 虛空
現，[三]156 後漢錄，[元][明]156 後
漢錄，[元]26 家者以。

處：[甲]2812 高臺世，[三][宮]
700 胎及生，[三][宮][聖]476 生死饒，
[三]宮]746 不淨，[三][宮]2060 堂
慶，[三]374 胎中定，[聖]1721 故言
是，[宋][明]374 下兼。

此：[明]125 一處是，[乙]1723。

從：[明]220 處應當。

存：[丙]2087 幽林藪，[宮]309
於無，[宮]1656 棄物，[甲]2068 永寂
亦，[甲][乙]1733，[甲][乙]2087 昔者
人，[甲][乙]2261 故名，[甲]1775 於
此間，[甲]1792，[甲]1828 梵本第，
[甲]1913 亦沒章，[甲]2073 著述造，
[甲]2082 隴西王，[甲]2087 今作此，
[甲]2128 二，[甲]2193 梵語也，[甲]
2266 略名，[甲]2266 求宗故，[甲]

2301 故也，[甲]2366 此中，[甲]2397
藏識藏，[甲]2408 之，[明]2076 果，
[三]1340 菩薩自，[三]2106 南有花，
[三][宮]2053 餘何所，[三][宮]2102
之神而，[三][宮][聖]376 非變易，
[三][宮][聖]425 天人使，[三][宮][聖]
1425 彼比丘，[三][宮]234 菩薩口，
[三][宮]309 佛道，[三][宮]374 活是
菩，[三][宮]398 閻浮提，[三][宮]
513，[三][宮]569 邪疑六，[三][宮]
616 飾好破，[三][宮]627 於法所，
[三][宮]666 不變易，[三][宮]721，
[三][宮]721 念唯除，[三][宮]784 學
道見，[三][宮]819 有佛無，[三][宮]
1451 及我滅，[三][宮]1587 識乃可，
[三][宮]1634 金石泥，[三][宮]2029
總務孜，[三][宮]2034 宣通無，[三]
[宮]2041，[三][宮]2041 法王下，[三]
[宮]2059 因葬而，[三][宮]2060 不足
怪，[三][宮]2060 成器斯，[三][宮]
2060 日已有，[三][宮]2060 玄妙軌，
[三][宮]2060 焉王寢，[三][宮]2060
餘錄，[三][宮]2060 誅蕩璉，[三][宮]
2085 故曰鷗，[三][宮]2102 一切洞，
[三][宮]2102 異代齊，[三][宮]2103
躬修聖，[三][宮]2103 乃至洞，[三]
[宮]2103 且列，[三][宮]2103 一邊
毫，[三][宮]2104 比來已，[三][宮]
2104 日故每，[三][宮]2104 則善惡，
[三][宮]2112 於油燭，[三][宮]2121，
[三][宮]2121 不可尋，[三][宮]2121
盡歸於，[三][宮]2121 七日更，[三]
[宮]2121 有臣啓，[三][宮]2122 善緣，

[三][宮]2122 心，[三][宮]2123，[三][宮]下同 1443，[三][甲][乙]2087 伽，[三][甲][乙]2087 中有佛，[三][聖]99 世王復，[三][聖]125 於世亦，[三]1 顏色悅，[三]20 能亡能，[三]22 鷄猪，[三]152 之，[三]186 愚戀無，[三]192，[三]193，[三]193 佛道，[三]193 守，[三]202 阿難如，[三]202 大計志，[三]202 法，[三]374 畫水速，[三]375 世，[三]453 八萬四，[三]770 一面心，[三]1331 心自念，[三]2060 供養太，[三]2087 阿羅漢，[三]2088 焉因香，[三]2088 印度名，[三]2088 有小塔，[三]2103 焉，[三]2103 於勸教，[三]2104，[三]2145 典骨，[三]2145 后稷爲，[三]2145 乎解色，[三]2145 唯要五，[三]2145 聞賞事，[三]2149 此寧不，[聖]2157 嚴淨佛，[聖][另]1451，[聖]2157 阿彌陀，[聖]2157 開化傳，[聖]2157 於律中，[宋][宮]、在存[元][明]397 念者令，[宋][宮]2121 我家便，[宋][聖]125 世却後，[乙]1715 第三我，[乙][丙]2134 忠，[乙]2192 智邊，[乙]2249 同一果，[乙]2397，[元][明]623 弘誓被，[元][明]623 清，[元][明]2060 法乃致，[元][明]2060 色聲悠，[元][明]2108 心無倦，[元][明]2110 善緣便，[原]2205 故也如，[原]2262 可言果，[原]1774 梵音可，[原]1796 即是師，[原]1851 依此義，[原]1858 於妙悟，[原]2056 一謹狀，[原]2196 故云懺，[原]2408，[知]2082 爲厲令。

大：[甲]1775 名婆羅，[宋][元]1465 於膝下。

地：[三][宮]2122 西。

杜：[明]2103 乎夫五。

惡：[三][宮]317 於胞裏。

而：[元][明]288 諸劫數。

非[元][宮]1581 家出家。

分：[原][甲]1851 於見。

佛：[三]1202 前唯。

告：[明]1450 波羅。

古：[甲]2339 今常然。

故：[乙]1822 起先有。

怪：[三][宮]509 也王聞。

乎：[三]212 地。

互：[丙]1833 現行，[宋][元][宮]、氏[明]2059 楊難敵。

化：[三]2121 百味飲。

活：[元][明]186 耶佛言。

禍：[宋]2103 城令毀。

及：[宮]386。

即：[甲]1705 一心中，[原]2271 此因義。

極：[明]721 寺。

近：[宮]1435 佛前坐，[三][宮]1425 道邊淺，[三][宮]1435 佛前坐。

盡：[甲]1733 何故頂。

經：[宮]2034 臨川郡。

舊：[三][宮]2122 舊欲取。

居：[甲]1912 下自，[甲]1969 吾左右，[三][宮][石]1509 家出家，[三][宮]263 當施與，[三]174 世間無，[聖][甲]1733 第二又，[乙]1816 第三佛。

空：[甲]2219 出故也。

苦：[甲]1828 上火次，[原]2196
令諸衆。

抂：[甲]1848 一切處，[甲]1836
所生色，[甲]1848 隨文注，[明]、者
[宮]1509，[明]310 不共，[明]310 衣
等安，[明]310 彼梵宮，[明]310 家，
[明]310 家出家，[明]310 前王滅，
[明]397，[明]665，[明]731 火中有，
[明]1595 觀中若，[明]1595 正聞思，
[明]下同 310 文殊師，[明]下同 665
地，[三][宮][甲]2053 坑乎彼。

狂：[宋]、－[宮][另]1428 王舍
城。

來：[明]1539 耶若，[三][宮]1505
中或。

老：[聖]200 朽邁名。

立：[甲]1733，[甲]1733 佛離垢，
[甲]1821，[甲]2266 法中正，[甲]2266
或違能，[甲]2271 其中故，[乙]2263
一處結，[乙]2309 教授可。

落：[乙]1909 地獄畜。

妙：[三][宮]1545 三十三。

名：[甲]1918 一念眠，[乙]850 空
漸次，[乙]2261 執而現。

尼：[甲]2792 在寺宿，[聖]1436
阿蘭若。

平：[三][宮]1421 昔蓮華。

其：[三][宮]1488 窮乏有，[三]
201 獄中先，[原]2271。

俟：[三]2110 髠頭守。

前：[甲]2195 授餘無，[三][宮]、
自[聖]310 怪，[三][宮]613 諸四部，
[三][宮]1421 僧，[三][宮]1542 見集

所，[三][宮]1546，[三]1428 現前應，
[乙]2249 除，[知]741 爲道莫。

去：[甲][乙]1822 鷲峯山，[原]
[甲]1851 彼玄絶。

却：[聖]125。

然：[甲]2313 誰，[明][甲]1177
安坐入，[明]1440 無能過，[三][宮]
397，[三][甲]950 名劫比。

仁：[宋]2102 尊經但。

任：[甲]1719 運應物，[明]26 意
所至，[明]257 佛會中，[三][宮][聖]
1434 之二得，[三][聖][另]、住[宮]
1428 欲作便，[三]375 如是五，[聖]
1442，[宋]2061 無幾入，[宋]2061 至
劍門，[元][明]20 作何，[元][明]185
作何器，[元]1 意所與，[元]2104 閻
浮四，[原]2408 人意。

入：[甲]1914 初住，[三][宮]734
地獄。

若：[明]1418 虛空本，[明]1428
拘薩羅，[乙]1822 未，[原]1744 須得
我。

上：[宮]2122 於殿上，[三]193
如紺雲。

舍：[甲][乙]1822 現。

身：[甲]1965。

生：[宮]1536 命離不，[甲]1736
一界皆，[甲]2239 汚泥中，[三][宮]
576 於彼法，[三][宮]606，[三][宮]639
豪富族，[三][宮]693 富，[三][宮]1545
無色界，[三][宮]2109 其中經，[宋]
[宮]624，[乙]1909 佛後是，[元][明]
[宮]614 薜荔中，[元][明]1562 彼非

樂，[元][明]1579 世由彼。

石：[甲]2299 本識，[三][宮]2059 昔數來。

時：[聖]425 世。

世：[甲]2255 有漏心，[甲][乙]1821 未來，[甲][乙]1822 俗情，[甲][乙]1822 天地，[甲]1733 繫屬他，[甲]2266 實是，[三][宮]685 父，[三][宮]1595 已滅未，[宋][宮]1604 皆具足，[乙]1821 蘊處，[乙]2263 二果中，[元]223 世四念，[元]2016 門外，[原][甲]1825 斷善，[原]1818 佛爲有。

仕：[三][宮]572 豪如朝。

侍：[三]365。

是：[三][宮]1505 故近著，[三][宮]1646 何地，[三][宮]2123 先身在。

室：[三][宮]2121 家俱耕。

數：[聖]1509 無學。

説：[甲]1830 惡趣及，[甲]1823 第四類。

死：[甲]2337 不疑。

祀：[宋]2110 浮圖其。

隨：[三][宮]1463 路而行。

所：[三][宮][聖]416 定。

土：[石]1509 所有諸。

王：[宮]2053，[宋]664 諸佛若，[元][明]278 宮捨，[原]1771 名時善。

枉：[甲]1805，[明]2102 故當不，[三][宮]328 我謂爲。

往：[甲]、在意[甲]1781 有求，[甲]1736 一念可，[宋][宮]664，[元]2121 牛屎中。

爲：[甲][乙]2207 化若羅，[明]

1545 定爲止。

委：[三]187。

位：[甲]2035 從師受。

畏：[宋]440 作佛。

無：[甲]2266 此等觸，[三][宮]627 生死行，[聖]225 生死諸。

昔：[丁]1831 因中行。

喜：[三]1427 僧房内。

先：[三][宮]2121 無異其。

現：[三][宮]2122。

相：[甲]2313 後多亦。

心：[甲]1112 想觀音，[元][明]125 三禪如。

行：[甲]2266 識以爲，[甲]2782 之處爲，[乙]2194 輔行云。

性：[甲][乙]2397 心如洗，[明]220 如實觀，[三][宮]、－[聖]1552 隨轉，[三][宮]278 最勝覺，[元][明][宮]310 知法中。

言：[乙]2309 眼所不。

夜：[明]721 彼山寶。

一：[明]2123 一處醉。

衣：[明]2154 刪繁録。

依：[甲]1813，[三][宮][石]1509 地住常。

已：[甲]2300 後仰之。

詣：[宋]2154 誓枝山。

因：[三][聖]157 地者悉。

印：[甲]2410 之蘇悉。

應：[甲]2217 立歎迷，[甲]2219 及有是。

遊：[三][宮]1464 舍衛國。

有：[丙]2286 他人顯，[丙]2396

此如釋，[丁]2089 載國信，[宮]1545
初二靜，[宮]1545 過去八，[甲]2223
口兩角，[甲]2223 時有安，[甲]2249
金剛心，[甲]2266 內外別，[甲]2312
此中取，[甲]2414 外部，[甲][乙]981
半月中，[甲][乙]1821 第四定，[甲]
[乙]1821 身中能，[甲][乙]1821 世尊
令，[甲][乙]1822 法無，[甲][乙]2250
下識依，[甲][乙]2250 餘道亦，[甲]
[乙]2263 第四定，[甲][乙]2263 餘七
識，[甲][乙]2309 毘提，[甲][乙]2309
瞿耶尼，[甲][乙]2309 異品何，[甲]
[乙]2328 十行，[甲][乙]2390 四方，
[甲][乙]2396 一佛亦，[甲][乙]2404
四，[甲]1158 空，[甲]1708，[甲]1781
起滅，[甲]1783，[甲]1802 序故爲，
[甲]1804 心不，[甲]1821 我不記，[甲]
1828 異生聖，[甲]1866 三界外，[甲]
1873 四，[甲]1884 初者反，[甲]2035
二道成，[甲]2128 乾州前，[甲]2129
於中印，[甲]2181 本末二，[甲]2196
幾自在，[甲]2207 金剛座，[甲]2207
室又鄭，[甲]2207 所也東，[甲]2207
渚其子，[甲]2214 虛空中，[甲]2217
眼一字，[甲]2250 優降故，[甲]2254
五識文，[甲]2261 中間兩，[甲]2263
修道，[甲]2263 欲界初，[甲]2266 佛
出世，[甲]2266 能有過，[甲]2266 人
情非，[甲]2266 三，[甲]2266 上下抑，
[甲]2269 四種次，[甲]2274 法自相，
[甲]2299 無化，[甲]2309 通謂三，[甲]
2312 二界，[甲]2337 如來藏，[甲]
2371 之正止，[甲]2390，[甲]2390 地

輪上，[甲]2408 佛頂之，[甲]2412 九
識理，[甲]2428 多義云，[明][宮]310
地獄餓，[明][甲]2131 忘身之，[明]
322 顛倒無，[明]1354 縣官或，[明]
1458 於，[明]1547 過去耶，[明]2110
模所司，[三][宮][聖]481，[三][宮]385
住法性，[三][宮]653，[三][宮]754 無
爲研，[三][宮]1428，[三][宮]1562，
[三][宮]2060，[三][甲]1101 流溺生，
[三]202 四輩應，[三]205 智豈能，
[三]721 橑間數，[三]1545 有尋有，
[三]1633 汝不關，[聖][另]1721 怪鳥
譽，[聖]279 沙門大，[聖]1721 斯二
有，[聖]1721 王以，[乙]1830 但表
法，[乙]2408 身也而，[乙][丙]2397
二釋一，[乙][丁]2244 雞足山，[乙]
[丁]2244 金寶故，[乙]1069 家者持，
[乙]1832 故下中，[乙]2250 山，[乙]
2263，[乙]2263 之大品，[乙]2263 之
思慧，[乙]2263 莊嚴論，[乙]2309 宗
處以，[乙]2397 五種一，[元][明]310
須彌山，[元][明]190 智一切，[元][明]
403 其臍中，[元][明]834 畜生中，
[元][明]1300 鬼若天，[元][明]1545
者由斯，[元][明]1546 前境界，[原]
2410 之故學，[原]2410 之可，[原]
2410 之又此，[原]906 大海其，[原]
933 九品淨，[原]1890 三萬餘，[原]
2410。

右：[甲]1731 此四句，[甲]1896
繞恭敬，[甲]2128 安在懷，[甲]2266
欲滅，[三][甲]951 掌中直，[三]848
青蓮，[聖]2157 甲辰正。

于：[三][宮]399 體佛告。

於：[甲]871 無，[甲]1076 壇中一，[甲]2394 盤石，[明]221 雷音如，[明]1050 口中令，[明]1579 前際無，[明]1650 前愚盲，[三]220 愚夫異，[三][宮]272 百，[三][宮]310 忉利天，[三][宮]342 本，[三][宮]389 山間若，[三][宮]517，[三][宮]671 二邊種，[三][宮]1421 知識家，[三][宮]1428 僧中言，[三][宮]1443 象上所，[三][宮]1507 凡夫地，[三][宮]1522 道場樹，[三][宮]2040 水中，[三][宮]2043 異世不，[三][宮]2104 中，[三][宮]2121 山中與，[三]185 宮中其，[三]190 殿中思，[三]190 佛前，[三]194 境界衆，[三]277 耆闍崛，[三]671 六道，[三]982，[三]982 頻陀山，[三]2060 生多貪，[聖]278 諸邪見，[宋][元][宮]、于[明]721，[宋][元][宮][甲][乙]、于[明]2087 此與九。

約：[甲][乙]2263 末。

樂：[三][宮]1435 一面坐。

載：[甲]2271 長在，[三]1440 一船四。

者：[宮]385 猶復還，[甲]1708 應非定，[甲]2217 能以大，[甲]2219 已滿足，[三][宮]598 大海中，[三]2112 心心外，[聖]211 山頂各，[乙]2397 凡夫地。

正：[甲]1736 後二度，[宋]2042 王能學。

之：[三][宮]2053 辰歲時，[三][宮]2121 對曰佛。

知：[聖]271 是一。

止：[三]203 樹下息，[三]211 家亦難。

至：[甲]2035 修義兼，[甲]1782 大臣至，[甲]2035 一萬歲，[甲]2239 因，[甲]2401 故黑，[明]310 此耶，[三][宮]1428 仙人住，[三][宮]2060 遠門也，[聖]200 祇桓中，[聖]1428 毘舍佉，[乙]2263，[原]1311 遇惡星。

置：[三]、敬[宮]1459 上座前，[聖][另]1435 前不食，[聖]200 後尋。

朱：[乙]2092。

住：[宮][聖]310 或現如，[宮]262 於閑處，[宮]1425 多羅樹，[甲]1728 故知無，[甲]1891，[甲]1715 鷲益物，[甲]1718 大乘也，[甲]1729 耆山則，[甲]1816 七住後，[甲]1828 現在境，[甲]1891，[甲]1918，[甲]2035 八年此，[甲]2128 於堂堂，[甲]2376，[明]312 三，[明]1646 第一義，[明]1648 禪無，[明][宮]1545 無，[明][甲]1177 空心進，[明]99，[明]99 舍衞國，[明]223 阿惟，[明]278 前引導，[明]359 而實不，[明]588 彼，[明]588 於大城，[明]730 水上水，[明]1425 一處不，[明]1428 王，[明]1458 門外共，[明]1458 僧伽中，[明]2122 故又婆，[三][宮]403 於生，[三][宮][聖][石]1509 是中發，[三][宮]276 王舍城，[三][宮]357 中流無，[三][宮]376，[三][宮]1425 一，[三][宮]1462 毘舍離，[三][宮]1462 王舍城，[三][宮]1463 一房不，[三][宮]1546 更無勢，[三][宮]2066 一

年漸，[三][宮]2085 龍精舍，[三][甲]1135 殑伽河，[三][聖]643 行者前，[三][聖]99 舍衞國，[三][聖]99 世尊經，[三][聖]397 我前者，[三]125 高山頂，[三]125 洗手面，[三]143 右面佛，[三]190 露地三，[三]203 他國人，[三]273 二相雖，[三]375 一面默，[三]385 安隱處，[三]842 寂靜而，[三]985 難勝國，[三]1227 諸天圍，[三]1331 此爲彼，[三]1335 一面坐，[三]1336 祇樹給，[聖][甲]1763 處同其，[聖]99 舍衞國，[宋][宮]1421 王舍城，[宋][元][宮]1484 僧房，[宋][元]2122 刀山風，[宋]1565 未來過，[乙]2092 城西即，[乙]2263 色等中，[乙]2381，[元][明]99 空閑處，[元][明]223 阿惟，[元][明]227 十方無，[元][明]1562 何處居，[元][明]1579 學地於。

注：[乙]2254 之止觀。

著：[聖]1428 鉢中故。

莊：[宮][聖]1451 處皆，[宮]288 故修諸，[三]154 者羅，[聖]291 經卷。

壯：[宮]1425 所求欲，[聖]278 盛美。

自：[三][宮]382 在所生，[三]2059 符姚二，[聖]1595 故名爲，[原]、自[甲]2006 何典泉。

字：[甲]2129 前人引。

左：[丙]1246，[甲][乙]2390 文，[甲][乙]2396 右，[甲]893，[甲]1112 金剛，[甲]2128 河間繹，[甲]2392 膊是辟，[明]901，[三][乙]1200 角上即，[三]1096 掌中呪，[三]2106 近追之，

[聖]639 右左廂，[聖]2042 後摩訶，[乙]2391 身，[乙]2394 右第二，[原]2409 那摩羅。

作：[宮][甲]1912 祖餓反，[甲][乙]2390 經文次，[三][宮]338，[三][宮]607 幹流時，[三][宮]1425 前後行，[三][宮]1509，[三][宮]1596 變化或，[三][聖]125 諸邪見，[三]26 魔不墮，[三]2154 鉢，[聖]1509 得無上，[元][明]26 獵師不。

坐：[宮]635 佛座降，[三][宮]1435 上座處，[三]125 樹下者，[三]203 一面佛，[元][明]2060 草見雲。

簪

篸：[宮]1435 刺舒展，[三][宮]1435 縫若刺，[三][宮]1435 縫中。

錯

鑽：[三][宮]1547 緣牛糞。

呇

杏：[甲]2128 荅反字。

染：[甲]982。

竝

並：[甲]2128 竝通也。

贊

讀：[甲]2299 辭也○。

賀：[明]887 二合挐。

濟：[元][明]、讚[宮]2059 而潔己。

賞：[原]、賞[甲]1782 翫好或。

疏：[甲]1782 卷第，[甲]1782 卷第二，[甲]1782 卷第六，[甲]1782 卷第三。

替：[甲]893 那木此，[甲]2135，[明]1170 挐引曳，[乙]2408 之歟。

讚：[宮]2059 之下過，[甲]1782 是諸王，[甲]1805 食八勸，[甲]1805 謂縱有，[甲]1913 爲獨妙，[甲]1969 大乘當，[甲]1969 給事程，[明]2076 禪師廣，[明]2034，[明]2041 云崑崙，[明]2053 玄風豈，[明]2059 論，[明]2088 德及周，[明]2088 重此寺，[明]2154 厥風興，[三][宮]、替[甲]2087 一辭，[三][宮]2059 曰大王，[三][宮]2053 六，[三][宮]2059 經山多，[三][宮]2059 厥風大，[三][宮]2059 歡悲感，[三][宮]2059 也則作，[三][宮]2059 一篇以，[三][宮]2059 曰土資，[三][宮]2059 曰小方，[三][宮]2059 贊曰，[三][宮]2060，[三][宮]2060 成此，[三][宮]2060 能扇芳，[三][宮]2060 擬夫周，[三][宮]2060 恰至埋，[三][宮]2060 引曰法，[三][宮]2060 云昂少，[三][宮]2060 重年十，[三][宮]2087 深經覽，[三][宮]2102 洪，[三][宮]2102 聖言方，[三][宮]2102 時益世，[三][宮]2103，[三][宮]2103 等，[三][宮]2103 極，[三][宮]2103 論十科，[三][宮]2103 歡無以，[三][宮]2103 象肆闕，[三][宮]2103 用暢幽，[三][宮]2103 者罰禮，[三][宮]2108 曰正法，[三][宮]2111 道門第，[三][宮]2111 道門六，[三][宮]下同

2103 頌以興，[三]2034 贊，[三]2063 頌詞旨，[三]2063 又，[三]2063 云，[三]2087 曰愚雖，[三]2103 其祥緣，[三]2110 出周入，[三]2110 佛理勒，[三]2110 揚眞俗，[三]2110 詠，[三]2149 大乘光，[三]2149 支道林，[三]2154 而思焉，[三]2154 曰會公，[聖]1788 後陳此，[宋][宮]2059 成厥志，[宋][元][宮]2103，[宋][元][宮]2103 和周沙，[宋][元]2149 傳記一，[宋]2110 明靈，[乙]1287 贊，[乙]2317。

責：[甲]1782 不識根。

暫

慚：[甲]1969 於海滴，[明]100 定，[明]1507 出遊卿，[三][宮][聖]1562 增故不，[三][宮]1466 故驅，[聖]1428 取用坐，[聖]1462 忍，[聖]1562 不現行，[宋]375 出還復，[宋]414 息又於，[知]1587 死離此。

耳：[元][明]205 著花也。

漸：[三][宮]1543 不喜見，[三][聖]643 滅唯，[三]125 與說法，[三]192 休息智。

繫：[宮]618 壞皮色，[宮]618 停，[宮]1810 著不得，[甲]2266 離故擇，[甲]1830 離不復，[甲]1958 現即去，[甲]2305 屬依他，[三][宮]676 相饒益，[三][宮]1602 相續住，[宋][宮]1605 息想作，[乙]2215 存空藥。

再：[甲]1736 住閻浮。

蹔：[聖]26 歸家彼。

斬：[三][宮]1545 截身分。

輙：[原]1851 施又維。

酆

酆：[久]1452 國公臣。
鄷：[三]2154 縣之山。
鄭：[甲]2052 善果有。

瀆

瀆：[宮]1457 水，[聖]1451 水污第。

鑿

鑿：[三][宮]1435 墮木師。

贊

讚：[三][宮]2122 前後寶，[三]187 助諸城。

讚

稱：[三][宮]221，[三][宮][聖]278 歎佛音，[三][宮]1425 歎得過，[三][宮]1646 歎僧是，[三]100 歎，[石]1509 歎復次。
答：[明]1450 曰。
洗：[甲]、讀[甲]、讀[乙][丙]857 方廣。
讀：[甲][乙]2408 每時用，[甲]2202，[甲]2390 後傳受，[甲]2879 經行道，[三][宮]414 誦解，[三][宮]1443 誦禪思，[三][宮][聖]1509 經善法，[三][宮][知]266 經，[三][宮]263 經諷誦，[三][宮]263 書寫思，[三][宮]266 此經者，[三][宮]415 誦此三，[三][宮]457 佛説經，[三][宮]461 廣爲他，[三]

[宮]553 經，[三][宮]657 不如説，[三][宮]1462 經呪願，[三][宮]2058 誦之龍，[三][宮]2121 經行道，[三][宮]2122，[三]7 誦經典，[三]158 誦一四，[三]202 誦演説，[三]1340 誦護持，[三]1341 之時當，[聖]1428 偈多聞，[聖]2157 如來三，[宋][宮]2060 唄，[乙]2408 後祈始，[乙]2408 搗瑟尼，[原]2408 之爲。
告：[宋][宮]397 莊嚴華。
賀：[三][宮]476 此土衆。
後：[甲]2266。
護：[宮]222 歎宣揚，[甲]952 歎用青，[甲]1802 持也從，[甲]2196 各説讚，[三][宮]1461 修，[三]159 毀他多，[三]186 佛積功，[聖]397，[聖]1421 歎又是。
毀：[甲]1736 佛毀佛。
或：[甲]2870。
獲：[三][宮]278 一佛刹。
稽：[甲]1983 請文依。
及：[宮]1494 無。
計：[三]1195。
偈：[三][宮]398 頌曰。
兼：[甲]2255 也浮也。
講：[宮]263 歎不退，[宮]813 之如虛，[三][宮][聖]425，[三][宮]461 説經義，[三][宮]598 四恩不，[三][宮]657 説隨順，[三][宮]664 説之者，[三][宮]2123 聯齋衆，[三]118 寂於四，[三]291 道音尊，[三]418 説宣布。
謨：[甲]952 許可。
魔：[宮]2122 部。

譬：[宮][聖]278 如牢堅。

潛：[甲]2337 入一如。

請：[宮]415 曰，[甲][乙]2223 語者即，[三][宮]385 是謂五，[三][乙]、讚汝讚世[丙][丁]865 汝尊願，[三]187 曰。

散：[宋]、贊[宮]901 行。

實：[三]1662。

說：[甲][乙]1724 妙音來，[甲]1709 云面如，[甲]2396 功能及，[三][宮]415 禪定，[三]186 偈言，[三]365 大乘十，[三]1341 彼名聞，[元][明]1509。

頌：[宮]664。

誦：[元][明]649 言善，[原]2386 了作之。

嘆：[聖]1428 身若爲。

歎：[甲]1722 今，[甲]1736 身子云，[三][宮]310，[三][宮]399 彼寶女，[三][宮][聖]625 譽守護，[三][宮]263 詠諸佛，[三][宮]377，[三]1096 恒爲一，[聖]1721 供養禮。

爲：[敦]、流布本作說 365 彼佛光。

謂：[和]293 普知無，[甲]1092 言善哉，[三][宮]657 我真坐。

續：[宮]1509 菩薩摩。

言：[宮]414，[三][宮]2040。

揚：[三][宮]657 諸佛。

詠：[三][宮]2123 於佛德。

語：[甲][乙]867 已時金，[三]154 舍利弗，[三][宮]263 大會菩，[三][宮]586 釋梵四，[三]1339 諸菩薩，[宋]

[宮][聖]1509 須菩提，[宋][宮]1509 須菩提，[元][明]630 大力普。

贊：[丙]2092 歎，[宮]1442 寂靜行，[宮]410 地藏過，[宮]2026 天子欣，[甲][乙]2194 嘆圓妙，[甲]1765，[甲]1782 其功德，[甲]1784 護己欲，[甲]1900 云自佛，[甲]1969 兜率内，[甲]2317 述亦不，[三][宮]334 善文，[三][宮][甲]901 成菩薩，[三][宮]901 成，[三][宮]2059 等一百，[三][宮]2060 論方字，[三][宮]2102，[三][宮]2102 皇極而，[三][宮]2122 云，[三]361 賢者滿，[三]1300 摩登伽，[三]2087 曰大矣，[三]2149 析代，[另]1435 戒讚持，[宋]、[元]901 歎三寶，[宋]375 迦葉，[宋]375 歎恭敬，[宋][宮]2034 并詩書，[宋][宮]2034 述即勒，[宋][元]、[宮]下同 1459 歎方便，[宋][元][宮]347 賢護童，[宋][元][宮]901 者助，[宋][元][宮]1459 歎得食，[宋][元][宮]1459 詠大師，[宋][元][宮]1604 信功德，[宋][元][宮]2041，[宋][元][宮]2059 曰，[宋][元][甲]1003 語，[宋][元]375 歎出，[宋][元]2088 故使月，[宋][元]2106 佛歌詠，[宋]374 諸，[宋]375 彼良醫，[宋]375 迦葉菩，[宋]375 迦葉善，[宋]375 說不清，[宋]464 文殊師，[乙]1724 證不可，[元][明]2060 成生也，[元][明][甲]901 成我法，[元][明][甲]901 成一切，[元][明][甲]901 檀那陀，[元]901 言善哉，[原]958 曰此八。

贊：[明]1530 歎令超，[三][宮]

1530 不放逸，[聖]190 助其事。

　　譖：[明]2103 繞峯蓮。

　　譖：[元]2061 記焉。

　　證：[甲]1709 德竟從。

　　諸：[甲]2266 諦深達，[三]、請[宮]2053 佛偈頌，[三][宮]1530 聲聞衆，[三][宮]263 頌，[聖]476 於自佛，[宋]220 勵慶喜，[宋]1345 文殊師，[元]1374 佛善哉。

　　續：[三][宮]2060 疏六卷。

　　鑽：[明]2076 軟似兜，[三][宮]2053 仰爰至，[三]720 出甘露，[聖]2157，[宋][元][宮]2102 味吟，[元][明][聖]754 火加勤。

　　鑽：[三][宮]721 爍生。

　　尊：[乙]2408。

臧

　　藏：[宮]2034，[宮]2121，[明]2103 略略微，[三]2145 否前五，[宋]2103 矜顧歡，[元][明]624 者云何，[元]2034 讖初到。

羋

　　奘：[甲]1828 有。

奘

　　將：[元][明]220 導世間。

　　奘：[三]945 阿難及。

　　獎：[甲]2035 法師傳。

　　且：[宮][甲]2053 猶不懼。

　　莊：[原]2001 嚴隨所。

　　裝：[明]220 奉詔譯，[明]220 奉詔譯，[明]1530 奉詔，[明]1571 奉詔，[明]1597 奉詔譯，[明]1602 奉詔譯，[明]2053 自觀開，[明]2154 來此玉，[三][宮]2060 寂安藝。

葬

　　喪：[元][明]425 其。

　　惜：[聖]2157 龍門飲。

　　瘞：[三]1 舍利者，[元][明]1443 已還持。

　　在：[甲]1973 西嶺。

臟

　　藏：[三][宮]721。

臟

　　藏：[宮]761 脾腎心，[甲]1718 還年駐，[甲]2196 六膀胱，[甲]2410，[三]1，[宋][元][宮]817 屎尿髓，[宋][元][宮]2122，[宋][元]554 腸胃縷。

遭

　　曹：[三]154 患所在。

　　連：[三][宮]1656 誹謗兩，[三]1332 中一食，[石]1509。

　　遇：[宮]397，[三][宮]425 值天上，[三][宮]638 大，[三][宮]2121 我世得，[三]211 我世時。

　　糟：[乙]2879 中一食。

　　值：[三][宮]263 我亦。

　　重：[甲][乙]1822 霜雹。

糟

　　曹：[明]1332 毒扶殊。

　　槽：[三][宮]1546 中浸漬，[聖]

1723 壓三鐵。

繪：[三]99 聚時尊，[三]99 況復打。

鑿

鑒：[甲][乙]2194 木爲機，[甲]2428 顯時恒，[乙]1796 之理如。

剜：[宮]816 是人眼。

沃：[原][乙]871 令斷衆。

醫：[甲]1763 王譬也。

鑿：[宋][元]2061 之至夜。

早

礙：[甲]2339 故此法。

昂：[明]2060 形瞻視。

卑：[宮]2060 慧，[甲]1912 出世尊，[甲]1728 孤少，[甲]2130 尸譯曰，[三]、畢[宮]606 般，[乙]2408 脚小床。

畢：[甲]2263 定然而，[明]2131 見終無，[三]203 就後。

晨：[明][宮]1425 起著入。

旦：[三]2122，[乙]、且[丙]1202 時午時。

悼：[甲]2036 年讀書。

果：[甲]1828 應持利，[甲]1821，[甲]2311 證苦際。

旱：[甲]1799 圖後君，[明]2076 去年僧，[三][宮]683 喪供之，[三][宮]2087 稻宜，[聖]2157 惠如此。

甲：[聖]1421 知欲。

遭：[三][宮]2109 磨滅隱。

蚤：[甲][丁]2092 晚造逸，[明]2103 定良圖，[明]2121 去於是。

蚤

蜜：[元]1451 虱及以。

蜱：[聖][另]790 居士須。

亦：[三]32 行見。

早：[三][宮]2122 亡由。

豸：[元][明]、[宮]263 不習食。

棗

棘：[宋][元][宮]2122。

來：[三][宮]721 今所受，[聖]1425 若。

栗：[三][宮]721 若榛種。

踈：[明]2076 山光仁。

東：[甲]1182 許呪二。

葉：[甲]1851 等寸燈。

璪

鎖：[明]222 肉塗血，[三]26 在地見，[元][明]681 遍滿於。

鏁：[三]、巢[宮]720 因縁長，[三]26 在地於，[乙]1821 修不淨。

澡

參：[聖]1421 豆等佛。

集：[三]206 訖以次。

沐：[甲]2053 罐也舊，[甲]2053 浴池又。

柔：[三][宮]2103 鏡深敏。

灑：[聖]1451 浴往聚。

深：[甲]2387 水澡浴。

滲：[宮]1435 盤中收，[甲]2366 浴清淨，[甲]2392，[聖][石]1509 浴嬉

戲，[聖]99 浴摩飾，[聖]200 浴眾僧，
[聖]1425 浴，[石]1509 浴嚴飾，[原]
910 浴。

洗：[三][宮]2121 浴嬉戲。

賢：[原]1239 瓶皆。

浴：[甲]893 衣於此，[三][宮]
1425。

藻：[宋][元][宮]2122 漱俱，[宋]
375 豆我既。

燥：[宮]1472 內著囊，[三][宮]
1470 不得便。

藻

滲：[甲]2119。

澡：[三][宮]1464 浴著白，[三]
[宮]2053 鉼經架，[三][宮]2122 浴時
臻，[三]220，[乙]1736 潔。

皁

卑：[三]、皂[宮]2060 利國山。

皂

白：[聖]1465 衣迦葉。

黑：[乙]1871 以。

莢：[甲][乙]1822 莢樹。

兒：[甲]2128 漢書高。

貌：[聖]、形[甲]1723 臭謂惡。

猊：[聖]1723 莢刺樹。

泉：[甲]2053 澗北跨。

造

辦：[三]311 所作作。

藏：[甲]2266 真諦譯。

曹：[三]362 世間之。

達：[三][宮]1562。

道：[甲][乙][丙][丁]2092 濟生
民，[三]425 立光明，[聖]211 福勝彼，
[宋]1559，[乙]2254 事惑名，[乙]2249
緣識所。

迷：[甲]1881 玄。

逢：[甲]2052 休法師。

福：[三][宮]2123 緣第三。

告：[博]262 立僧，[宮][甲]1804
其，[宮]656 彼緣物，[甲]952 修法，
[甲]2817 作僧寶，[三]、－[聖]200 長
者家，[三][宮]618 微淵博，[三][宮]
1488 不放逸，[三][宮]2042 大，[三]
[宮]2103，[三]196 一老母，[三]425
教而顯，[三]2063 句容縣，[三]2122
法超道，[聖]272 諸惡業，[乙]2157 遜
云有，[原]1856。

功：[三]1 縱廣一。

過：[宮]672 大種。

還：[宮]656 斯由法。

浩：[甲]2035 籍蕭宗，[三][宮]
2122 像者作。

建：[三][宮][甲]2053 立窮大。

匠：[三][宮]2122 此宮者。

結：[甲][乙]1909 仰願諸，[乙]
1909 諸怨對。

進：[元][明]2122 作清淨。

苦：[宋][明][宮]2102 逝慶升。

論：[宋]1510。

迷：[三][宮]285 亂五曰，[乙]
2261 論前三。

能：[宮]1562 逆思即。

起：[甲][乙]2254 者此，[三][宮]

[聖]639，[三][宮]672 色，[三]2103 八萬四，[乙]1736 三行以。

遺：[甲]、通[丙]2397 十三謂，[甲][乙]894 前金剛，[甲]973 了當畫，[甲]1828 門我今。

邈：[明]1217 佛塔像。

繞：[聖]1462 作六十。

色：[聖]1763 造。

攝：[乙]2249 本意應。

生：[甲]2035 福所在，[宋]1562 福行此，[乙]1821 色許爲。

是：[甲]2250 色依。

釋：[三]2153 一。

受：[三]196 新。

說：[三][宮]1610。

遂：[明]1443 次不審。

通：[甲][丙]2397 四所。

妄：[甲]1805 語上二。

違：[甲]2274 量同異。

謂：[三][宮]2122 藥王寺。

像：[三][宮]2060 之未成。

道：[元][明]、一[宮]626。

寫：[明]2103。

興：[元][明]425 光佛大。

謁：[原]、造謂修造[甲]2270 謂既坐。

遺：[原]2897。

遠：[三][宮]2122 有所表。

在：[宋][宮]585 斯觀其。

遭：[三][宮]263 患，[聖]199 福以是。

之：[宮]401 二答曰。

著：[三][宮]2060 淨名疏。

撰：[甲]1722，[三]192，[三]2154 大唐三。

足：[甲]2299 四卷合。

作：[甲]2207 舟車故，[甲]2266，[明]802 不善業，[明]2123 惡業流，[三][宮]2123 種種園，[三]202 何行種，[三]1339 此水鹹，[三]1340 惡業生，[三]1546 刺織，[三]2153，[聖]1541 作三種。

簹

選：[丙]2163 留學。

造：[三][宮]2060 下，[宋][宮]2122 曰。

燥

惓：[三][宮]1644 辣裂。

慘：[聖]211 然。

壥：[原]1833 如是等。

淨：[三][宮]2122 當拭之。

乾：[三][宮]1435 捲襞。

澡：[乙]1069 浴既了。

躁：[明][甲]1988，[三]186 濁難清。

躁

慘：[聖]397 急無有，[聖]1563 動苦。

操：[宮]329，[三][宮]1536 擾性心，[聖]1425 貪欲眾。

摻：[宋][宮]329 疾合會。

磛：[甲]1156 生。

票：[宮]、漂[聖]1425。

柔：[聖]210 言得中。

搔：[三][宮]1548 動自讚。

懆：[三]374 邪命，[宋]374 動轉
難。

澡：[甲]2217 動者或。

燥：[宮]279 動，[三][宮]1428 藥，
[聖]512 轉，[聖]1425 衆生眚，[宋]
[宮]2121 或起瞋。

譟

梟：[聖]1579 聲或於。

竈

奠：[三]2110 祠社冬。

電：[宮]607 火，[甲]2214 說寂
靜，[三][宮]1478。

迀

逼：[三][宮]523 身體痛。

除：[三]152 滅。

奪：[三][宮]500 毀其命。

近：[三][宮]397 善知時。

敬：[三][宮]500。

迫：[三]193 及逮過。

狹：[三][宮]523 道相逢。

迅：[乙]1866 於一微。

責：[元][明]、逆[知]741 心。

笮：[明]1545 有情令，[三][宮]
2121 王上及，[三]2041 王及以，[元]
[明]1331 磨，[元][明]2040 王上及。

窄：[明]310 道者是，[明]1463 狹
人應，[三][宮]285 假使菩，[三][宮]
462 狹其中，[三][宮]1428 若多人，
[三][宮]1428 狹不，[三][宮]1462，

[三][宮]1462 切會當，[三]22 多獲盈，
[三]374 猶如牢，[元][明]1425 巷中。

則

岸：[甲]1733 凡小在。

敗：[甲]2367 壞或云，[三][宮]
310 壞甚大，[三][宮]1549 壞是故。

必：[甲]1789 感果言。

便：[另][石]1509 不歡，[另]1721
免。

別：[宮]481 無所成，[宮]263 常
應時，[宮]1559 衣不可，[宮]2102 鐵
圍摧，[甲]2193 無相不，[甲]1735 隨
事成，[甲]1736 不契理，[甲]1763 不
假歡，[甲]1828 除障而，[甲]1828 名
分亦，[甲]1828 有經與，[甲]1834 總
舉下，[甲]1851 難分宜，[甲]2250 不
壞，[甲]2250 遠，[甲]2255 總成，[甲]
2261 出體配，[甲]2262 識體是，[甲]
2266 此中離，[甲]2266 名也舊，[甲]
2266 唯一現，[甲]2339 有體非，[甲]
2792 能興，[明]220 以悲，[明]1545
乘船雖，[明]1559 應不定，[明]1579
於其中，[三][宮]292 異所作，[三][宮]
1562 異生應，[三][宮]1595 捨，[三]
[宮]1555 應意識，[三][乙]950，[聖]
1721 有四緣，[石]1509 盡問曰，[宋]
[宮]1509 非色非，[宋][元]1336 爲違
逆，[宋]1103，[乙]1796 無量譬，[乙]
2296 有二徵，[元][明]1452 施者受，
[元][明]1646 能通達，[元]2016 無始
有，[原]、[甲]1744 終是明，[原]1776
非有非，[原]1828 前六種。

不：[三]212 漏人自。

財：[宮]309 無有我，[宮]397 施，[甲][乙]1744 屬五家，[甲]1781 少而心，[甲]2354 法應僧，[明][宮]671 自在轉，[明]1299 宜伏怨，[三][宮]222 富之定，[三][宮]2122 富無量，[三]1509 欲毀害，[三]1534 因緣具，[聖]99 眠覺非，[聖]278 能開發，[聖]1428 決定知，[聖]1595 成就彼，[宋][元]889 若有阿，[元][明]626 其二兒，[原]2306 主守其。

纔：[三][宮]2060 扣此機。

側：[甲]2087 有過，[乙]2261 過前四。

測：[明][甲]1988 度語到，[明]2076 度汝成，[乙][丙]2397，[原]2262 疏三云。

持：[乙]1736 義邊名。

初：[三][宮]639 說名爲。

此：[明]1539 不應言。

挫：[乙]1736 令其發。

大：[甲]1735 無。

倒：[宮]481 無所成。

得：[宮]374 住四者，[久]1488 增長是，[三][宮]606 脫或共，[三][宮]1509 不著是，[三][宮]1509 除苦樂。

對：[元][明]309 曰受教。

而：[甲]2092 老成博，[三][宮]813 得更受，[三]192 便欲捨，[乙]2186，[乙]1736 一遣言。

非：[三][宮]2102 梟則乙。

分：[甲]2255 別眾。

復：[三][宮][聖]514。

剛：[甲]2167 述。

故：[甲][乙][丙]1866 前代諸，[甲]2214 瑜伽中，[三][宮]1646 得定得，[元][明]1341 名爲苦。

及：[三][宮]263 此一切。

即：[丙]2397 圓，[高]1668 此文中，[高]1668 誦呪，[高]混用 1668 白佛言，[宮]1545 能了知，[宮]1884 亦總融，[宮]1911 三品脩，[宮]1912 別教地，[宮]1703 著我人，[宮]1912，[甲]1763 不畢竟，[甲]1823 有此問，[甲]1828 前四，[甲]1828 所行，[甲]1848 波騰鼎，[甲]1854 有，[甲]1870 而不，[甲]1870 因非斷，[甲]1921 三，[甲]1928 局若論，[甲]2223 是世間，[甲]2262 五見皆，[甲]2270 通一切，[甲]2300 開善，[甲]2300 生實觀，[甲]2425 是五方，[甲][乙]2186 云欲度，[甲][乙][丙][丁][戊]2187 此眾生，[甲][乙][丙]1866 不壞末，[甲][乙]930 想車輅，[甲][乙]1821，[甲][乙]1821 不爾故，[甲][乙]1821 不可轉，[甲][乙]1821 此滅定，[甲][乙]1822 不住不，[甲][乙]1822 是，[甲][乙]1822 損苗稼，[甲][乙]1822 同促第，[甲][乙]1822 繫若前，[甲][乙]1822 先自利，[甲][乙]1822 一心有，[甲][乙]1822 應，[甲][乙]1866 別解別，[甲][乙]1866 十佛自，[甲][乙]1929 墮有中，[甲][乙]1929 是無餘，[甲][乙]1929 是性地，[甲][乙]2185 是無量，[甲][乙]2228 不空成，[甲][乙]2228 金剛吉，[甲][乙]2228 是佛部，[甲][乙]

2228 是尊也,[甲][乙]2259,[甲][乙]2263 心根,[甲][乙]2263 不善有,[甲][乙]2263 非此定,[甲][乙]2263 非同喻,[甲][乙]2263 付能緣,[甲][乙]2263 十,[甲][乙]2263 是嗔如,[甲][乙]2263 隨生,[甲][乙]2263 所緣也,[甲][乙]2263 心法也,[甲][乙]2263 依瑜伽,[甲][乙]2263 諸苦,[甲][乙]2288 法身理,[甲][乙]2296 是空空,[甲][乙]2396 賴耶識,[甲][乙]2397 初地爲,[甲]895 彼等毘,[甲]1041 成結界,[甲]1178 得道果,[甲]1698 非般若,[甲]1710 無相空,[甲]1721 當成法,[甲]1724 說無離,[甲]1731 由一故,[甲]1736 常一常,[甲]1736 初句無,[甲]1736 第一句,[甲]1736 各無自,[甲]1736 論文此,[甲]1736 上半偈,[甲]1736 十門皆,[甲]1736 是雙行,[甲]1736 通能所,[甲]1736 下正顯,[甲]1736 心境兩,[甲]1736 正教甚,[甲]1742 名爲,[甲]1744 六識通,[甲]1744 通於五,[甲]1744 無夢中,[甲]1775 不,[甲]1775 四攝所,[甲]1775 因,[甲]1782 無所起,[甲]1782 無作,[甲]1786 不吉,[甲]1816 與彼文,[甲]1828,[甲]1828 初證得,[甲]1828 此中間,[甲]1828 非現量,[甲]1828 官長也,[甲]1828 觀二,[甲]1828 歸信若,[甲]1828 是增上,[甲]1828 所治,[甲]1828 體是糞,[甲]1828 爲三段,[甲]1828 爲十段,[甲]1828 有其義,[甲]1828 於彼邪,[甲]1846 同本也,[甲]1871,[甲]1871 此即彼,[甲]1884 上能攝,[甲]1921,[甲]1924 馳散若,[甲]1924 全用一,[甲]1928 了如來,[甲]1928 之字不,[甲]1929 同別教,[甲]2006 非眞,[甲]2006 汝法眼,[甲]2006 無六塵,[甲]2073 下勅令,[甲]2073 預出家,[甲]2185 此攝受,[甲]2196 常侍佛,[甲]2196 皆取此,[甲]2196 取沼云,[甲]2204,[甲]2204 觀音妙,[甲]2214 理智具,[甲]2214 祕記所,[甲]2214 前八地,[甲]2214 三部聖,[甲]2214 三昧耶,[甲]2214 無量名,[甲]2214 自證極,[甲]2217 隱顯爲,[甲]2218 一故兩,[甲]2261,[甲]2263 一切染,[甲]2270 知現比,[甲]2288 不須論,[甲]2300 礙而不,[甲]2323 因持業,[甲]2412 不嫌一,[甲]2414 大日,[甲]2901 菩提道,[甲]下同 1828 上二業,[甲]下同 1828 於五妙,[甲]下同 1828 由,[甲]下同 1828 證六念,[明]1484 開是時,[明][和]293,[明][和]261 煩惱性,[明][甲][乙]1146 捧珠安,[明][甲]1177 非有相,[明][甲]1177 有漏故,[明][甲]1177 眞是吾,[明][聖]225,[明][乙]994 得諸佛,[明]156 是三世,[明]235 非莊嚴,[明]236 非大身,[明]842 於圓覺,[明]1000 誦菩提,[明]1450 易染六,[明]1595 是無分,[明]1647 通餘粒,[明]2016 一切法,[明]2076 禍生師,[三]125 非盲耶,[三]882 以,[三]1564 爲常是,[三][宮]286 迷沒,[三][宮]1539 不應言,[三][宮]

是譬開，[另]1721 合上火，[另]1721
上下一，[另]1721 是，[另]1721 是獨，
[另]1721 是己兒，[另]1721 是明能，
[另]1721 是內因，[另]1721 是釋成，
[石]1668 不動動，[石]1668 作三重，
[宋]、明註曰則流行本作即 842 無漸
次，[宋][元]26 熱飢渴，[宋][元]842
名爲淨，[宋][元]945 非生不，[宋]842
無有心，[乙]2223 第六顯，[乙]1724
別立趣，[乙]1736 等取安，[乙]1736
具多箇，[乙]1736 逆推此，[乙]1736
順善口，[乙]1736 無，[乙]1736 相無
性，[乙]1736 運數易，[乙]1796 一生
成，[乙]1816 此破名，[乙]1821 不定，
[乙]1821 謂四聖，[乙]1823 是種故，
[乙]1871 理即事，[乙]2092 有禍變，
[乙]2263 存處處，[乙]2263 僧祇之，
[乙]2263 現量攝，[乙]2296 智境何，
[乙]2376 是不，[乙]2397 有不書，
[元][明]2016 念念皆，[元][明][宮]
227 爲世間，[元][明]167 是太子，
[元][明]345 在其處，[元][明]475 無
分別，[元][明]626 問佛文，[元][明]
2122 便中還，[元]236 不，[原]、[甲]
1744 二，[原]、[甲]1744 是無量，
[原]、即[甲]1781 既無生，[原]1744
自謂究，[原]899 時諸魔，[原]905，
[原]1744 人法相，[原]1744 有過罪，
[原]1780 眞體爲，[原]1796 與諸佛，
[原]1818 攝經善，[原]1819 是不斷，
[原]1819 是往來，[原]2339 故此，[原]
下同 1818 明所治。

即：[甲][乙]2263 本疏所，[甲]

[乙]2263 梵王，[甲][乙]2263 惠日論，
[甲][乙]2263 滅，[甲][乙]2263 通理，
[甲][乙]2263 依論文，[甲][乙]2263 緣
義也，[甲][乙]2263 智與眞，[甲][乙]
2309 人也人，[乙]2263 依是諸，[乙]
2263 有十物。

見：[宮]2103 論至宇。

皆：[宮]1911 能見般。

節：[三]2063 説法教。

今：[三][宮]263 當與卿。

利：[宮]2060，[三][宮]2103 百姓
豐。

例：[乙]1736 多望一。

列：[甲]1709 此十皆。

門：[甲]2434 方便修。

明：[宮]223 於義易，[甲][乙]
1736 已先化，[甲][乙]1822 不如是，
[甲][乙]2394 獻華凡，[甲]2299 假生
宛，[三][宮][知]266 旦，[三][宮]222
菩薩摩，[三][宮]403 三世諸，[三][宮]
1482 此因業，[三][宮]1611 不變是，
[三][宮]2102，[三][宮]2103 生之神，
[三][甲][乙]2087 訓由來，[三]25 不
及彼，[三]1646 了爾時，[聖]1763 説
實，[聖]2157 周孔已，[另]1721 照理
周，[原]、[甲]1744 八萬四，[原]、則
明[甲]1722 法身不，[原]1743 之果無。

乃：[甲][乙]2263 相攝，[甲]1719
是光，[甲]1775 力能制，[三][宮]587，
[三]375 得名爲。

能：[三][宮]231，[三]2137 作生
起。

其：[宮]1912 説五念。

齊：[聖]2157 持梵典。

前：[甲]2305 約凡，[明][宮]、則也別丈[甲][丙][丁]866 也有，[三][宮]721 破壞爲，[三][宮]627，[原][甲]1851 過去復，[原]2196 辨也。

却：[三][宮]1428 倒。

人：[三][宮]721 不端嚴，[元][明]375 肥壯一。

如：[三]210 形變。

剩：[原]1764。

剩：[甲]2269 文會文。

師：[甲]1821 非決定。

拾：[明]2121 得一隻。

食：[三][宮]341。

時：[甲]893 所，[甲]2362 爲遍學，[三][宮]263 普聞畜，[聖]221 佛現般，[聖]1509 於衆生，[宋]212 躡虛無，[乙]2296 瓶不增，[原]、[甲]1744 唯是能，[原]1854 可借此。

是：[甲][丙]2397 別義也，[甲]1735 名放逸，[甲]1736 淨八，[甲]1736 顯加要，[三]、一[宮]1509 爲一切，[三][宮]672 滅壞，[三]152 吾身，[三]375 名爲行。

首：[甲][乙][丙]1866 以顯。

所：[宮]664 不能得，[甲][乙]1929 有，[甲]1735 問意二，[三]、[宮]657 謂地獄。

體：[甲]1700 非般若。

頭：[聖][另]790 仰有與。

爲：[甲]1839，[明]274 誹謗法，[三]375 略説五，[聖]1721 偈説故。

謂：[三][宮][聖]639 一切解，[三]

[宮]638 爲石，[原]1818 到於彼。

問：[元][明]823 不相應。

寱：[三][宮]2122。

悉：[三][宮]453 能分別。

相：[三][宮]1509 身根觸，[三][甲]895 先取其，[原]2339 是三乘。

雅：[三][宮][聖]1421 殊。

耶：[甲]2263 非熏，[宋][元][宮][聖]、即[明]1548 於彼知，[元][明]624 答言已。

一：[甲]2129 民安國。

儀：[甲]2068 每聞藏。

以：[聖]231 應親近。

刈：[宮]1545 趣體雜。

亦：[甲][乙][丙]1866 爲伴據，[甲]1728 非多同，[明]1521 非無諸，[三][宮]1488 得增長。

易：[三][宮]606 易於是。

因：[明]2087 王。

映：[三]193 芙蓉敷。

用：[三][宮]318 貢上佛。

優：[乙]1929 劣初發。

有：[甲]1733 百。

於：[甲]2814 一衆生。

緣：[甲]2337 等。

增：[宋][元][宮]、明註曰則北藏作增 1666 有二種。

照：[宋][元]1610 瓶燈一。

輒：[聖]211。

者：[甲][乙]1866 大乘中，[三][宮]1552 説有漏，[乙]1736 即前一。

知：[甲]2219 用字者，[三][宮]2104 佛能化。

州：[宮][甲]1805 也後。

肘：[三][乙]1092 量六輻。

子：[甲]2879 易。

作：[明]1451 非釋種，[明]1563 不爾極，[聖]211。

責

憒：[聖]272 若取彼，[聖]278 或名常，[聖]1509 心汝無。

叱：[三][宮]1425 者無罪。

毒：[宮]754 愁憂不。

讀：[甲]2125 半月半。

惰：[宮]、憒[另][石]聖本有傍註憒或二字 1509 而生憂。

貴：[宮]1545 其所以，[宮]1435 汝我責，[宮]1562，[甲]1816 何故，[甲]2035 副正以，[明]1443，[三][宮]1674，[三][宮]2103 無犯哉，[三]5 愚者原，[聖]1763 現用也，[宋][宮]1488 者如其，[宋][宮]2122 豈得，[宋][元]203 修因不。

恨：[宮]2058 責歸依，[三]99 所以者。

貨：[宋]397。

齋：[宮]2102 韓鄧而。

罵：[三][宮]1428 尼，[三]99 而去羅。

賣：[三][宮]1425 錢多便。

青：[甲]2128 讓也蒼，[聖]1563 有太過。

情：[宮]1425 露地敷，[甲]2879 過咎罪，[聖]1509 心言汝。

喪：[三]17 私事則。

實：[聖]1509 第一最。

索：[三][宮]1488 物他言，[三][宮]2122 之其，[三]187 火是人，[三]2121 斂，[元][明]2121 斂。

已：[三][宮]1435 不應與。

意：[知]26。

筭：[宋]、覓[明]203 油攢。

嘖：[甲]1932 無明暗，[久]1486 罪人汝，[別]397 故無呵，[明]721，[明]721 令其折，[明]721 疏地獄，[明]721 言，[明下同]721 如前闇，[明下同]721 之言，[三][宮]1546 因時不，[三][宮][聖]1579 勝利及，[三][宮]721 故而說，[三][宮]721 之而作，[三][宮]1579 違拒不，[三][宮下同]721，[三][宮下同]721 疏罪人，[三][聖]200 眾，[三]220 痛徹心，[聖]26 汝耶蠶，[聖]26 數阿攝，[聖]26 數內懷，[聖]26 數輕易，[聖]26 數甚急，[聖]26 數我，[聖]26 已內懷，[聖]99 作是念，[聖]100 於己，[聖]190 憶省，[聖]200 入其塔，[聖]200 於彼河，[聖]566 者是無，[聖]668，[聖]1421 得不共，[聖]1425 欲想讚，[聖]1425 自用讚，[聖]1428 婆闍子，[聖]1440 如舍利，[聖]1460 或，[聖]1579，[另]1435 言云何，[石]1668 引導等，[東][元][宮]721 疏之，[宋][宮]702 發願言，[宋][宮]721，[宋][元][宮]、嘖[聖]1463 現，[宋][元][宮]1463，[宋][元][宮]1463 攒出，[宋][元][宮]1463 攒出呵，[宋][元][宮]1463 滅也心，[乙]2296 煩惱清，[知]1581 妙音，[知]

1581 中犯。

責：[宮]1462 如是展，[明]2016 猶如長，[三]17 負唯解，[三][宮]1509 物主追，[三][宮]1546 之人先，[三][宮]2122 言非我，[三]86，[三]212 主盜賊，[三]1300 斂鬪戰，[聖]157 聲破，[另]1428 彼問言，[石]1509 汝欲捨，[宋][宮]、賃[元][明]1435 價時，[元][明]99 食已食，[原]2196 者於取，[知]26。

哲：[明]2103。

質：[甲][乙]1822 難也。

胄：[三][宮]2102 之基易。

諸：[三][宮][另]1435 比丘云。

笐

迣：[宮]1425 作。

柞：[宋]控[元][明]26 具盛沙。

搾：[明]1425 油。

窄：[宮]847 狹嚴切，[三][宮]607 墮地中，[三]152 猶索絞。

作：[三][宮]826 意忍辱。

嘖

嗔：[甲]1778 賓客今，[甲]1813 殺三國。

呵：[原][甲]1825 若變法。

責：[丁]2187 當起大，[甲][乙]1821 如文可，[甲]1828 無依他，[甲]2362 佛無常，[明]1546 之其餘，[三]1336 辭意，[三]1435 六群比，[三][宮]411 惱亂奪，[三][宮][聖][另]1458 於小過，[三][宮]484 教誨何，[三][宮]671 大慧如，[三][宮]671 及惡名，[三]

[宮]754 杖罰禁，[三][宮]1808 有三種，[三][聖]375 六師若，[三][聖]200 即於佛，[三][聖]375 之汝不，[三]26，[三]26 不說本，[三]26 內懷愁，[三]26 若可，[三]26 所，[三]99 墮負處，[三]200 買須曼，[三]375 罵辱提，[三]1340 便放，[三]1582 調伏九，[聖][甲]1733 也下釋，[乙]2309 生死，[元][明]671 是故大，[原]1851 四人不，[原]1960 之語或。

譎：[三][宮]754 罰太后。

幘

憤：[宮]2122 謂山開。

賣：[三][宮]2121 與腐。

衣：[元][明]2103 有。

譜

錯：[甲]2266 對法文。

擇

採：[三]154 諸。

得：[甲]1709 非。

揀：[甲]1792 得祇陀。

精：[甲]1728。

抉：[甲]2289 學人之。

攝：[三][宮][聖][另]1543 法精進，[三][宮]1563 然非煩，[三][宮]1594 應知，[三]1579 自性取，[聖]1562 前說依。

拾：[三][宮]2123 取老瘦。

擇：[宋]1597 善巧轉。

釋：[宮]310 法王，[宮]222 時如

爾，[宮]310 法三者，[宮]1660 彼頌
於，[宮]2040 善而從，[甲]1795 無疑
名，[甲]1830 由此應，[甲]2184 其述，
[甲]2269 者略有，[甲][乙]1821 品云
對，[甲][乙]1822 非，[甲]1708 滅，
[甲]1709 法覺分，[甲]1717 復須簡，
[甲]1733 法，[甲]1813 惡人四，[甲]
1816 智不違，[甲]1821 品云如，[甲]
1828 假名求，[甲]1830 分七，[甲]
2053，[甲]2211 世間日，[甲]2212 披
世出，[甲]2217 論形斥，[甲]2250 言
上座，[甲]2266 餘九，[明][甲]1177 賢
良常，[明]1522 大智慧，[明]2053 論
意義，[三][宮]1521 數百法，[三][宮]
657 衆菩薩，[三][宮]2060 諸方，[三]
26 梵行，[三]1440 諸，[三]1462 也亦
言，[聖][另]1458 迦，[聖][另]1458 迦
體全，[聖][另]1552，[聖]26 法精進，
[聖]425 求一切，[聖]440 力得佛，[聖]
1458 迦等三，[聖]1458 迦污芯，[聖]
1548 重擇究，[聖]1552 品當廣，[聖]
1563 若責何，[聖]1721 者身，[聖]1763
了不了，[另]1458 迦，[另]1458 迦亦
窣，[另]1509 好醜，[另]1552 福田
欲，[宋]、澤[宮]309 獄冀望，[宋][宮]
[甲]2053 迦寺有，[乙]1796 疑心令，
[乙]1816 分善根，[乙]1821 經部，
[乙]1821 品云習，[乙]2261 之不得，
[乙]2296 哉若言，[乙]2408 法華經，
[元][明]585 所，[元]848 治，[原]2220
成身與，[原]2266 迦三千。

搜：[三][宮]2121 採祕要。

損：[宮]263 希有時。

探：[甲]2212 耳。

投：[明]220 種種法。

託：[宋][聖]157。

相：[丙]2810 別故雖。

懌：[甲]、仰[乙]2207 斯，[元]446
佛南無。

譯：[甲]2266 意解簡。

澤：[宮]1542 法性信，[宋][宮]
322 之地獄，[宋]396 地獄五。

擲：[三]2137 盲人漫。

澤

伏：[明]2122 草野以。

福：[聖]2157 潤生靈。

降：[丙]2163 不調以。

露：[三]192。

尿：[元][明][宮]374。

日：[三][宮]376 所以者。

潤：[三][宮][聖]790，[三]2088
鮮白通。

灑：[甲]、澤[甲]911 已還打。

塗：[明]220 香末香，[明]1509
香衣服，[三][宮][聖][石]1509 香，
[三][宮]223 香。

煖：[宮]669 細滑掌。

液：[三][宮]376 不能令。

懌：[明]882 金剛華，[明]279，
[明]865 皆一切，[明]865 三昧耶，
[三][宮]627 乘其力，[三]2122 惟此
哲，[宋][元][宮]596 是以去，[宋]26
好，[元][明]2016 從地而。

譯：[甲]1709 及含靈，[明]2154，
[三][宮]2103 内史大，[宋]、德[元]

[明]2103 豈曰能，[元][明]2149 出序具。

擇：[甲]2186 地獄故，[明]186 獄上至，[明]1342 香，[三][宮]332 之獄受，[三][宮]618 大火聚，[三][宮]1548 重澤，[三][宮]2040 地獄五，[三][宮]2045，[三][宮]2121 地獄五，[三]1 地而置，[宋]627，[元][明]99 大地獄。

宅：[三][宮]398 出入喘，[三][宮]410 泉池，[三][宮]721 園林有，[聖]99 中煎熬。

朱：[三]99 尾聖王。

濯：[三][宮]512 諸眾生。

滓：[甲]2128 也從水。

齚

嚼：[三]264 踐蹋。

齘：[元][明]1673 唉膿血。

齰

作：[宋][宮]、咋[元][明]2122 蛇犬至。

仄

側：[三][宮]1443 足行努。

反：[丙]2003 六切塞。

夜：[三][宮]2103。

連：[三][宮]2122 身體痛。

庂：[宮]1451 陋無宗，[宮]1451 陋小。

庆

仄：[三][宮]1459 足不作，[元][明]1442 足行入。

昃

側：[三]2122 闇轉就。

興：[甲]2053 故賢劫。

仄：[宮]2059 忘御，[宋][元][宮]2102 忘餐以。

賊

財：[甲]1813，[三][宮][聖][另]1463 是名波，[原]1781 必能具。

殘：[三][宮]2121 光自念，[三]211 於是世，[元][明][宮]374 害亦如，[元][明]152 斯。

盜：[甲]1736 共議恐，[三][宮]2060 相看便，[三]152 競施干。

賦：[明]1581 怨敵所，[乙]2194 應供。

賤：[三][宮]1521 旃陀，[三][宮]1604 奴畏主，[三]154 奴未有，[宋][元][宮]、則[明]317 雄。

賤：[甲]1246 者取白，[甲]1733 及諸畜，[明]1439 汝小兒，[明]2121 曰前食，[三][宮][聖][另]1459 等如一，[三][宮]2103 可謂止，[三]1341 以彼缺，[三]2102 漢，[三]2145 臣將，[三]2154 臣將兵，[聖]1428 事鬥戰，[聖]1456 住及以，[聖]1509 為是故，[另]1458 者是總，[宋][宮]2060 慧如殺，[宋][元][宮]、殘[明]729 害賢人，[宋][元][宮]2121 惡人如，[知]741 牢獄刑。

能：[宮]1421 或遇水。

人：[三]1339。

勝：[明]1452 軍國人。

時：[三][宮][聖]1425 見供養。

所：[三][宮]721 奪導者。

臟：[三]2110 現矣又。

臟：[甲]2036 罪條例。

則：[聖]1582 而生，[宋][元][宮]2122 亦。

譖

替：[三][宮]2122 太子而。

讚：[宮]2060 意遣釋。

譛

讚：[三]153 言是處，[聖]291。

增

傍：[三]、僧[宮]2103 省携手。

彼：[甲]2290 減四。

曾：[宮][聖]1552 善根修，[甲]2837，[三][宮]618 受此苦，[三]1301，[聖]26 上心即，[聖]376 加恭敬，[元][明]2110 利見因。

層：[明]2053，[明]2102 雲之下，[元][明]2154 氷峨峨。

長：[三][宮]1425 受陰少。

唱：[甲]1786 念佛之。

稱：[乙]1092 遂。

成：[原][甲]1960 殊勝與。

次：[甲]1821 能招後。

德：[宮]721 長有大。

國：[甲]1723 上力故。

懷：[甲]1816 大悲觀。

壞：[宮]、曾[聖]1547 故滿不，[甲]1733 即，[甲]2339 減即是，[三][宮][久]1488 是義不，[三][宮]1547

結彼立，[三][宮]1549 是故此，[三][宮]1550 不損等，[三][宮]1559 上，[聖]210 不見聞，[聖]1421 上見親，[聖]1541 語云何，[聖]1547 受長養。

減：[甲][乙]1822 此明日，[甲]1922 亦不，[石]1509 何以故，[元]26 善法轉。

漸：[三][宮]613 長猶如。

墡：[甲]2129 長淨法。

境：[宮]1599 上次第，[甲][乙]1822 名故名，[三][宮]1562 長有，[原]1764 異名爲。

堪：[宮]2087 憍。

利：[三][宮]1428 益。

猛：[元][明][聖][石]1509 利諸因。

眠：[三][宮]1562 理有餘，[乙]2249。

煩：[甲]2254 位幷覺。

缺：[明][甲]997 減故得。

饒：[丙]2396 益住法。

僧：[宮]221 其壽命，[宮]821，[宮]1808 聖教彼，[甲]1709 餘隨分，[甲]1724 上雜染，[明][宮]1552 問何等，[明]1429 益安樂，[明]1431 益安樂，[明]2016 愛又常，[明]2154 一阿，[三]、憎[聖]1441 惡取，[三][宮]1428 乃至波，[三][宮]1646 壽，[三][宮]2103 靈祐宜，[三][宮]2122 德廣遠，[三]1 佉若使，[三]187，[聖]1509 進罪福，[宋]26 伺放逸，[宋]2154 信故使，[乙]1821 位說至，[乙]2309 所少分，[元][明]310 上慢，[元][明]1340

我所，[元]1559 是，[元]1579 上果此，
[原]1251 伽二合。

捨：[甲]2266 上力乃。

勝：[明]312 勝願降。

始：[原]1851 習故若。

示：[三][宮]1521 其色是。

數：[三][宮]397 壞一切。

壇：[乙]2408 樣事問。

惟：[宮]636 歡喜得。

謂：[宮]761 勝光明，[宮]1605，
[甲][乙]1822，[甲]2266 諸菩薩，[宋]
[宮]657 善。

性：[甲]2266 上緣等。

續：[甲]2006。

益：[三][宮]534 劇始今，[三]
[宮]2042 有一輔，[元][明]2058 顏色
端。

緣：[元][明]99 名色生。

憎：[宮]657 意菩薩，[宮]1509
進，[宮]2122 上依本，[甲]、僧[甲]、
僧[乙]1816 聖教者，[甲]、增[甲]1851
中忍時，[甲]1828 恚相增，[甲][乙]
[丙]908 恚心即，[甲][乙]1822 背有
故，[甲][乙]1822 婆沙一，[甲][乙]
1822 語至，[甲]895 及能攝，[甲]1775
必捨焉，[甲]1811 受之罪，[甲]1816
害我身，[甲]1816 清淨如，[甲]1816
生，[甲]1828 瞋，[甲]1828 惡心二，
[甲]1828 嫉恚惱，[甲]1828 嫉由有，
[甲]1828 我善友，[甲]2053 惶恐帝，
[甲]2266 嫉，[甲]2266 恚多住，[甲]
2266 同則故，[明][縮]450 上慢，[明]
676 上，[明]821 長，[明]1501 上狂

亂，[明]1509 上慢人，[明]1545 惡三
寶，[明]1549 上下成，[明]2016 愛，
[明]2016 醜例如，[三]、僧[宮]1425，
[三]722 多過患，[三][宮]、聖]294 惡
大乘，[三][宮]1579 背故不，[三][宮]
1595，[三][宮][聖]292，[三][宮][聖]
606 害譬如，[三][宮][聖]1579 背故
由，[三][宮]263 惡不，[三][宮]345 避
家室，[三][宮]649 有取不，[三][宮]
1425 惡人復，[三][宮]1506 惡是不，
[三][宮]1506 惡是行，[三][宮]1509，
[三][宮]1546 惡，[三][宮]1547，[三]
[宮]1547 惡若，[三][宮]1548 樂欲怖，
[三][宮]1557 結為何，[三][宮]1559
礙心未，[三][宮]1562 背慢謂，[三]
[宮]1563 背心正，[三][宮]1647 長名，
[三][宮]1648 贏，[三][宮]2123 惡不
喜，[三][宮]2123 嫌如毒，[三][聖]26
可增，[三][聖]26 諍故為，[三][聖]190
惡法門，[三][聖]190 聞說若，[三]26
惡而不，[三]125 上慢為，[三]220 愛
三摩，[三]413 於甘蔗，[三]1440 妬
故言，[三]1560 有情瞋，[聖]26 瞋恚
不，[聖]627 不滅濡，[聖]1544 長，
[聖]2157 深宜依，[聖]2157 戰越沙，
[石]1509 進善法，[石]1509 長，[石]
1668 長思惟，[宋]310 長不生，[宋]
1694 如慧者，[宋][元]26 慢者以，
[宋][元][宮]608 點，[宋][元]603 如
慧，[宋]26 伺，[宋]26 伺為多，[宋]
220 海水是，[乙]2228，[元][明][宮]
310 愛頒宣，[原]1862，[原]2425 背
有故。

熠：[聖]515 光照明。

者：[三][宮][聖]1552，[三]192 親密亂。

熠：[甲]1973 應化之。

智：[聖]224 多則離。

憎

曾：[元][明]721 愛之色。

崇：[甲]2879 惡。

妒：[元][明]360 嫉惡之。

惡：[三][宮][聖]1509 法中不。

壞：[宮]721 心。

壞：[聖]1509 嫉是故。

恚：[甲][乙]1822 或不擇，[三]1548 使二十，[三]1548 相。

慳：[元][明]26 嫉諛。

親：[三]375 中人乃。

僧：[宮]518，[甲]1828 心不，[宋][聖][另]1543 別苦。

時：[三]5。

增：[宮]638 無亦如，[宮]659 惡他人，[宮]1646 惡生，[宮]1799 恚居懷，[宮]1808 二鈍根，[甲]、憎[甲]1782 故立爲，[甲]、憎[甲]1782 愛，[甲]2249 背諸有，[甲]2259 恚時即，[甲][乙]1822 背慢謂，[甲][乙]2194 恨一切，[甲]1717 名無惡，[甲]1724，[甲]1782 我親友，[甲]1816，[明]1545 惡彼，[明]223 愛三昧，[明]228 無愛何，[明]397 愛魔網，[明]1257 嫉及種，[明]1522，[明]1648 嫉惡斷，[明]1672 愛無常，[三][宮]1428 害不增，[三][宮][聖]310 疾迴向，[三][宮][聖]

292 於，[三][宮][聖]1522 愛等事，[三][宮][聖]1579 惡，[三][宮][聖]1579 上戒學，[三][宮]263 愛欲永，[三][宮]263 不喜者，[三][宮]376 害意其，[三][宮]656 度無極，[三][宮]721 嫉正法，[三][宮]1509 惡目不，[三][宮]1521 上慢法，[三][宮]1521 上慢人，[三][宮]1546 惡慢自，[三][宮]1546 於乳食，[三][宮]1547 惡心耶，[三][宮]1550 他故親，[三][宮]1552 惡不爲，[三][宮]1552 悔餘如，[三][宮]1557 結，[三][宮]1562 背毘婆，[三][宮]1606 惡乞求，[三][宮]1646 惡故，[三][宮]1646 惡心常，[三][宮]1656 惡現來，[三][宮]2103 靈薪昭，[三][宮]2103 生惡死，[三][宮]2122 味蟲住，[三][宮]2122 智人觀，[三][宮]2123 不欲飲，[三][宮]2123 觸惱益，[三]1 惡捨離，[三]99 惡戒若，[三]201 惡，[三]201 惡一切，[三]475 惡人起，[三]606，[三]1644 惡訶責，[三]2110，[聖]1562 厭故亦，[聖][另]1428 嫉二信，[聖]376 惡其食，[聖]586 愛離別，[聖]1617 恚，[宋]375 會下五，[宋][宮]292 惡人，[宋][宮]2122 於餘味，[宋][宮]2123 辱趣樂，[宋][元][宮]222 惡亦不，[宋][元]1，[宋][元]263 惡有明，[宋][元]263 惡者不，[宋][元]375 會苦求，[宋][元]397 愛是尸，[乙]1239 刑害或，[乙]2396 背大乘，[元]220 有愛相，[知]1579 境發生，[知]1581 所常起。